よこみち よのすけ

요시다 슈이치 吉田修一　　1968년 나가사키(長崎) 현에서 태어나 호세이(法政) 대학 경영학부를 졸업했다. 1997년 《최후의 아들》로 등단해 제84회 문학계 신인상을 수상했다. 2002년 《퍼레이드》로 제15회 야마모토슈고로 상을, 같은 해 《파크 라이프》로 제127회 아쿠타가와 상을 수상하면서 대중성과 작품성을 두루 갖춘 재능 있는 작가로 급부상했다. 2007년에는 《악인》으로 제34회 오사라기지로 상, 제61회 마이니치 출판문화상을 더블 수상했다. 그 외 작품으로는 아쿠타가와 상 후보작으로 선정된 《파편》《돌풍》《열대어》와 《캐러멜 팝콘》《사랑을 말해줘》《동경만경》《랜드마크》《첫사랑 온천》 등이 있다.

옮긴이 이영미　　아주대학교 국어국문학과를 졸업하고 일본 와세다대학교 대학원 문학연구과 석사 과정을 수료했다. 2009년 요시다 슈이치의 《악인》《캐러멜 팝콘》 번역으로 일본국제교류기금이 주관하는 보라나비 저작·번역상의 첫 번역상을 수상했다. 그 외 옮긴 책으로 《검은빛》《사랑을 말해줘》《동경만경》《공중그네》《면장 선거》《태양의 탑》 등이 있다.

YOKOMICHI YONOSUKE
by YOSHIDA Shuichi
Copyright ⓒ 2009 YOSHIDA Shuichi
All rights reserved.
Originally published in Japan by MAINICHI NEWSPAPERS CO., LTD., Tokyo.
Korean translation rights arranged with MAINICHI NEWSPAPERS CO., LTD., Japan
through THE SAKAI AGENCY and BC AGENCY.

이 책의 한국어판 저작권은 BC 에이전시를 통한 저작권자와의 독점 계약으로 도서출판 은행나무에 있습니다.
저작권법에 의해 한국 내에서 보호를 받는 저작물이므로 무단전재와 복제를 금합니다.

よこみち よのすけ

요시다 슈이치 장편소설 | 이영미 옮김

은행나무

차례

4월 · 벚꽃 ……… 7
5월 · 황금연휴 ……… 48
6월 · 장마 ……… 87
7월 · 해수욕 ……… 125
8월 · 귀성 ……… 174
9월 · 신학기 ……… 223
10월 · 열아홉 살 ……… 249
11월 · 학교 축제 ……… 286
12월 · 크리스마스 ……… 326
1월 · 새해 ……… 361
2월 · 밸런타인데이 ……… 400
3월 · 도쿄 ……… 440

옮긴이의 말 ……… 484

4월 · 벚꽃

　신주쿠(新宿) 역 동쪽 출구 광장을 비틀비틀 걸어오는 젊은이가 있다. 비틀거리는 건 몸이 안 좋아서가 아니라 어깨에 멘 가방이 무겁기 때문인 것 같다. 열 발짝쯤 걸으면 짐을 오른쪽에서 왼쪽 어깨로 그리고 다시 열 발짝 만에 왼쪽에서 오른쪽으로.
　가방 안에는 고등학교 졸업 앨범이 들어 있다. 오래 입어 낡아 빠진 학교 체육복이 들어 있고, 늘 사용하던 탁상시계도 있다. 설명을 덧붙이자면 그 탁상시계는 받침대가 대리석이라 몹시 무겁다. 처음에는 이런 물건들은 규슈(九州) 고향 집에 두고 올 예정이었지만, 막상 출발하는 오늘 아침이 되니 별안간 불안해져서 허둥지둥 가방 안에 쑤셔 넣은 듯하다.
　젊은이의 눈앞에는 신주쿠 스튜디오 알타의 대형 화면이 보인다. 돌아보면 고층 빌딩이 있고, 이쪽에도 저쪽에도 지하철로 통하는 계단이 보인다. 사람도 많다. 고등학교 때 전교생 조회보다 많다. 신기한 듯 주위를 두리번거리느라 좀처럼 앞으로 나아가질 못한다.

가방을 또다시 바꿔 멘 젊은이가 다시 걸음을 내딛자, 광장 중앙에서 커다란 소리가 들려왔다. 그쪽을 쳐다보니 특설 무대에 선 젊은 여자가 조명을 받고 있었다. 새로 발매된 껌 홍보 행사인 듯했다. 무대 앞에 띄엄띄엄 관객이 보이긴 했지만, 대부분의 사람들은 그냥 지나쳤다.

마이크를 통해 들리는 여자 목소리에 이끌려 젊은이는 무대로 다가갔다. 관객이 적어서 쉽게 맨 앞줄에 설 수 있었다. 여자는 남자 사회자를 상대로 "이 껌을 씹으면 긴장이 쫙 풀리고 굉장히 편안해요"라는 등의 얘기를 나누고 있었다.

그 모습을 보던 젊은이의 입에서 무심코 "어?" 하는 소리가 흘러나왔다. 옆에 있던 남자가 의아한 표정으로 젊은이를 노려봤다.

젊은이에게는 애독하는 만화 잡지가 있었다. 그 잡지의 그라비어 페이지(gravure page. 서적이나 잡지 등에 삽입되어 있는 화보 페이지 — 옮긴이)에 최근 들어 아이다 미와라는 여자가 자주 나왔다. 그런데 무대 위의 여자가 그 아이다 미와와 아주 비슷했던 것이다.

젊은이는 주위를 둘러보았다.

혹시 아이다 미와라면 광장에 있는 사람들이 이렇게 무관심할 리는 없었다. 그녀가 고등학교 전교 조회에라도 나타난다면 그야말로 야단법석이 날 게 틀림없다.

젊은이는 한참동안 생각하다 '아하, 가짜구나'라는 결론을 내렸다. 제아무리 도쿄라 해도 그렇게 간단히 그라비어 아이돌을 만날 리는 없었다.

그렇게 생각한 찰나, 사회를 맡은 남자가 "아이다 미와 씨였습니다! 여러분, 우렁찬 박수 부탁드립니다!"라고 외쳤다. 가짜인 줄 알았던 아이다 미와가 가볍게 손을 흔들며 무대에서 사라졌다. 젊은이는 허겁지겁 까치발로 일어서며 그 뒷모습을 눈으로 좇았다.

결국 진짜였던 것이다.

가짜라고 여기고 진지하게 쳐다보지 않은 게 후회스러웠다. 도쿄에서는 진짜가 가짜로 보이는 모양이다. 앞으로는 조심하는 게 좋을지도 모르겠다.

적잖이 낙담하며 무대 안쪽을 기웃거리는 이 젊은이, 그의 이름은 요코미치 요노스케(橫道世之介)다. 대학 진학을 위해 이제 갓 도쿄에 올라온 열여덟 살 청년.

아이다 미와가 또 한 번 나와줄까 싶어 요노스케는 한참 동안이나 기다렸다. 어릴 때부터 깨끗이 단념을 못 하는 성격이다. 그러나 무대에 올라오는 사람은 철수 준비를 하는 스태프뿐이었다. 하는 수 없이 걸음을 내디디려 하는데 이번에는 울타리 너머에서 기타를 안은 젊은 남자가 노래를 부르기 시작했다. 큰맘 먹고 가서 한 곡 들어볼까 했지만, 그렇게 보이는 것마다 걸음을 멈췄다간 오늘 밤 안으로 새로 살게 될 아파트에 도착할 수 없을 게 뻔했다. 게다가 오늘부터는 이 고장에서 살게 됐으니 첫날부터 너무 욕심껏 돌아다닐 일도 아니었다.

요노스케는 야마노테(山手) 선의 고가를 따라 걷기 시작했다. 지도에 나온 대로 세이부신주쿠(西武新宿) 역이 보였다. 역 위에는 고층 호텔이 들어서 있었다. 두 달 전, 입학시험을 보기 위해 상경했을 때 요노스케는 친구 오자와(小澤)와 함께 그 호텔에 묵었다. 바로 옆이 가부키초(歌舞伎町)의 환락가이기도 해서 출발 전에 하룻밤 정도는 놀러 나가자느니 어쩌느니 한껏 부풀어 있었지만, 막상 올라오자 "어쩐지 그런 짓을 하면 합격 못 할 것 같아"라고 오자와가 불길한 말을 꺼내는 바람에 결국은 환락가 입구에 있는 롯데리아까지밖에 못 갔다.

세이부신주쿠 역 앞 광장에는 벚나무 한 그루가 서 있었다. 시험 보러 왔을 때는 분명 꽃봉오리도 맺지 않았을 것이다. 빌딩 숲 골짜기에 오도카니 외따로 서 있어서 그런지 몹시 작아 보였다. 화려한 간판에 둘러싸여서 꽃잎 빛깔까지 어쩐지 흐릿하다. 조금 전에 본 아이다 미와는 아니지만, 이쪽도 가짜로 보였다.

요노스케는 나무 바로 밑에서 꽃망울이 거의 다 벌어진 벚꽃을 물끄러미 올려다보았다.

이맘때가 되면 요노스케의 고향에도 벚꽃이 핀다. 피는 정도가 아니라 근처 중학교니 신사(神社)니 어디를 봐도 벚꽃이 흐드러져 있다. 그러나 요노스케가 이토록 물끄러미 벚꽃을 바라본 적은 단 한 번도 없었다.

흐음, 이건 정말 아름답군.

난생처음으로 시바즈케(しば漬け, 말린 무를 간하여 누룩, 설탕, 미

림에 절인 것. 또는 무, 가지, 오이, 생강, 고추, 차조기 잎을 함께 잘게 썰어서 소금으로 약하게 절이는 채소절임. 교토의 명물 — 옮긴이)가 맛있다고 느낀 중학생 때를 문득 떠올렸다.

요노스케는 세이부신주쿠 역에서 준급행 전차를 탔다. 다카다노바바, 사기노미야를 지나 가미샤쿠지이에 정차한 부근부터 창밖의 경치가 한적하게 변해 갔다.

이제 막 도쿄에 도착했는데, 다시 도쿄를 벗어나는 느낌이었다.

실은 요노스케가 계약한 원룸 맨션의 주소도 별 볼 일 없었다.

도쿄 도(都) 히가시쿠루메(東久留米) 시.

임대료 4만 엔에 욕실이 딸린 철근 맨션이라는 조건으로는 도심에선 구경조차 할 수 없지만, 텔레비전 드라마에서 본 도쿄밖에 모르는 요노스케로서는 납득이 가지 않았다. 요노스케는 계약할 때 부동산 아저씨에게 "여기 정말 도쿄 맞죠?"라고 몇 번씩이나 확인했다.

"자전거로 10분만 달리면 사이타마(埼玉)긴 하지."

비싼 중개료를 챙기는 데다 비아냥거리기까지 하는 부동산 업자였다.

준급행 전차는 30분쯤 만에 하나코가네이(花小金井) 역에 도착했다. 지난달에 방을 보러 왔었기 때문에 역 앞 풍경에 새삼 낙담할 일은 없었다. 도쿄가 아니라 도쿄까지 전차로 단 30분 거리에 있는 고장에 왔다고 생각하면 기분도 풀린다.

역 앞에서 버스를 타고 그저 휑하니 넓기만 한 고가네이 가도를 북상했다. 도로변에는 띄엄띄엄 패밀리레스토랑, 편의점, 큼지막한 창고가 있고, 그것 말고는 가슴이 뻥 뚫릴 만큼 탁 트인 전망이었다.

여덟 번째 버스 정류장. 그곳에서 내리면 1층에 짬뽕 가게가 있는 3층짜리 맨션 건물이 있다. 그곳 2층의 한 집이 요노스케가 도쿄 생활을 시작할 장소였다.

드디어 시작이다.

맨션 입구에는 수많은 자전거가 늘어서 있었다. 바닥에는 전단지와 다이렉트메일이 어지럽게 흩어져 있었다. 각 층이 20호 정도로 총 60호의 원룸이 있는 듯했다. 벽에는 각 호의 우편함이 빽빽하게 늘어서 있었고, 자기 집인 205호를 보니 전에 살던 사람이 그랬는지 우편함 문에다 직접 '후지이'라고 써 놓았다. 요노스케가 손가락에 침을 묻혀 지워보려 했지만 지워지지 않았다. 유성 매직인 모양이다.

비상벨 같은 소리가 희미하게 들려온 것은 요노스케가 계단을 올라가기 시작했을 때였다. 한 계단씩 올라갈수록 소리가 커졌다. 2층에 도착하자, 양쪽에 현관문이 빽빽하게 늘어선 복도가 뻗어 있었다. 자기 집 앞에 섰을 때, 그 기묘한 소리의 정체를 알아차렸다.

누가 붙였는지 옆집 203호 문에 '자명종 시끄러워!'라고 쓴 종이가 붙어 있었다. 집 주인은 집에 없는 모양이다.

난생처음 해보는 홀로서기. 그 문을 처음 여는 감동적인 순간이었지만, 옆집 자명종 소리가 자꾸만 신경에 거슬렸다.

찰칵.

열쇠로 자기만의 성문을 열었다. 자명종은 시끄러워도 기분은 좋았다. 방으로 들어서자, 얇은 벽을 통과한 자명종 소리는 훨씬 더 또렷하게 들렸다. 세 평 남짓한 넓이의 원룸이었다. 휑하니 비어 있어서 그런지 소리는 더 잘 울려 퍼졌다.

관리 회사에 컴플레인 전화를 건 사람도 없나.

요노스케는 일단 바닥에 앉았다. 먼지 때문에 까슬까슬했다. 가방에 걸레가 들어 있다는 생각이 떠올랐다. 오늘 아침, 어머니가 반강제로 가방에 넣어준 것이었다. 아들에게 새로운 생활은 희망이지만, 어머니에게 새로운 생활은 걸레였던 모양이다.

요노스케는 걸레로 방을 닦아내기로 했다. 몸을 움직이기 시작하자, 신기하게도 옆방 자명종 소리도 신경 쓰이지 않았다. 마음을 딴 데로 돌릴 수 있어서 요노스케는 섀시 문틈까지 닦아내기 시작했다.

택배로 보낸 이불이 도착할 예정인 저녁 일곱 시까지는 아직 한 시간쯤 남아 있었다. 요노스케는 걸레에 대한 감사 인사 셈치고, 고향 집 어머니에게 전화를 걸기로 했다.

203호에서는 여전히 자명종이 울리고 있었다. 문에 붙은 메모지도 그대로였다.

맨션에서 나와 길 맞은편에 있는 공중전화박스로 들어갔다. 전화를 받은 사람은 아버지였다. 전화를 받자마자 "이불은 도착했니?"라는 말부터 물었다.

어머니가 걸레라면, 아버지는 '새로운 생활 = 이불'인 모양이다.

"아뇨, 아직"이라고 요노스케가 대답했다.

"그렇구나. 아니, 그보다 엄마가 아침부터 계속 울어대서……."

"계속 울어요? 왜?"

"글쎄다, 여자인 엄마가 아니면 그 심정을 헤아릴 수 없을 것 같은데."

은근히 짜증스러운 듯한 아버지가 수화기 너머에서 어머니를 불렀다. 옆에 있었는지 금방이라도 울음을 터뜨릴 것 같은 목소리로 전화를 받았다.

고작해야 아들을 도쿄에 보낸 것뿐인데, 왜 그리 슬퍼하는지 이해할 수 없었다.

괜스레 마음이 무거워진 요노스케는 "있잖아, 자명종 시계 건전지는 얼마나 가지?"라고 물었다. 아들의 황당한 질문에 어머니는 울 타이밍을 놓친 듯했다.

그런데도 어머니는 난산이었던 출산 얘기부터 시작해서 틈만 보이면 눈물을 쏟아내려 했다. 원래부터 여배우 기질이 있는 어머니였다. 친척 장례식은 물론이고 아들이 여행을 떠날 때조차 눈물을 흘렸다. 그러니 이런 일생일대의 명장면을 놓칠 리가 없었다. 친척 장례식 같은 데서는 너무나 요란하게 울어대서 장의사 직원이 늘 어머니에게 청구서를 들고 왔다.

어머니와의 긴긴 통화를 마치고, 요노스케는 녹초가 되어 전화박스에서 나왔다. 완급을 절묘하게 뒤섞은 어머니의 추억 얘기 때문에 잠시 잊고 있었는데, 옆집 자명종 시계는 여전히 울리고 있었다.

203호 앞에 늘씬한 여자가 서 있는 모습이 보인 것은 2층 복도로 막 올라섰을 때였다. 요리하는 중인지 한 손에 꽃무늬 냄비 장갑을 끼고 있었다.

발소리를 알아차린 여자가 뒤를 돌아보더니 "여기 사는 사람?"이라고 묻듯이 냄비 장갑의 굵은 손가락으로 203호 문을 가리켰다.

"아뇨"라며 요노스케가 허둥지둥 205호 문을 손가락으로 가리켰다.

"저쪽? 어, 205호 빈집 아니었나?"

"네, 오늘……."

"이사 왔어요?"

도시에서는 이사 인사 같은 건 안 한다는 말을 오자와에게 들었기 때문에 건네줄 카스텔라도 준비하지 않았다. 여자는 우뚝 서 있는 요노스케를 노골적인 시선으로 훑어 내리며 평가했다.

"저어, 대학에……."

요노스케는 가까스로 그 말만 전했다.

"아하, 4월이지."

여자가 꽃무늬 냄비 장갑을 파닥파닥 움직였다.

"문 여닫는 소리가 들려서 틀림없이 이 집 사람이 돌아온 줄 알았는데, 아무리 기다려도 자명종 소리가 멈추질 않아서······."

마치 냄비 장갑이 말하는 것처럼 보였다. 요노스케의 시선을 알아차린 여자가 "지금 스튜 만들다 나와서"라며 또다시 냄비 장갑을 파닥파닥 움직였다.

오자와네 누나랑 조금 닮았다.

요노스케가 자러 가면 "엄마, 쟤들 둘이 만날 야한 비디오만 본다니까"라고 부모에게 고자질하는 누나이긴 했지만, 오자와의 누나치고는 미인이었다.

여자가 물러갈 기미가 안 보여서 "이 집 자명종, 계속 울렸나요?"라고 요노스케가 물었다. 냄비 장갑을 파닥거리면서 "그렇다니까. 정말 열 받아 미치겠어"라며 여자가 얼굴을 찡그렸다.

"아 참, 스튜 좀 먹을래요? 많이 만들었는데."

"네?"

"혼자 있으면 자꾸 짜증만 나는데, 둘이 있으면 소리도 잊을 수 있고 그나마 좀 낫겠지."

"아니, 그래도······."

"벌써 밥 먹었어?"

"아니, 아직 안 먹긴 했는데······. 그래도 금방 이불이 올 거라."

"이불?"

"네. 택배 기사가······."

"그럼, 택배 기사 앞으로 메모라도 붙이지 그래? 201호에 있다고."

여자가 그렇게 말하며 '자명종 시끄러워!'라고 쓴 종이를 턱으로 가리켰다.

"아하, 메모요."

도쿄에선 이웃이랑 교제가 없는 건 물론이고, 옆집에 어떤 녀석이 사는지도 모르는 모양이야.

오자와에게 전해들은 도쿄 정보였는데, 별로 신용하지 않는 편이 좋을지도 모르겠다.

선뜻 초대까지 해준 터라 요노스케는 곧바로 자기 방으로 돌아가 택배 기사 앞으로 메모를 썼다. 다시 복도로 나와 메모를 붙이고 여자 집 앞에 섰다. 초인종을 누르자마자 문이 열렸다. "붙였어?"라고 여자가 물어서 "네"라고 대답하며 자기 집 문으로 시선을 돌렸다.

여자의 집도 방 구조는 똑같았다. 이불도 없이 텅 비어 있는 요노스케의 방과 비교하면 엄청난 압박감이 느껴졌다. 둘러보니 벽에 아프리카산인지 폴리네시아산인지 기묘하게 생긴 목각 가면이 몇 개나 걸려 있었다. 여성의 방이라기보다 어느 부족 추장의 방에 가까웠다.

여자의 이름은 고구레 교코(小暮京子)인 듯했다. 작은 그릇에 스튜를 덜면서 근처 스포츠클럽에서 요가 강사를 한다고 알려주었다.

"요가요?"

요노스케는 방 한쪽 구석에서 무릎을 감싸 안은 채 되물었다.

"관심 있어? 으음, 근데 학생 이름은······."

"아, 요코미치입니다. 요코미치 요노스케."

한자를 가르쳐주자, 스튜 안에다 국자로 요노스케라고 쓰면서 "부모님도 큰맘 먹고 이름을 지으셨네"라며 교코가 웃었다.

말이 나온 김에 덧붙이자면, 요노스케가 자기 이름의 유래를 알게 된 것은 중학교 1학년 국어 시간이었다. 물론 초등학교 선생님에게 들어서 이하라 사이카쿠(井原西鶴, 일본 에도시대의 시인이자 소설가. 1682년부터는 일본 성문학[性文學]의 아버지로 추앙받게 된 《호색일대남[好色一代男]》 등의 소설에 주력하여 일본 최초의 현실주의적인 시민문학을 확립함 — 옮긴이)의 《호색일대남》(에도시대 전기의 대표적 문예작품으로, 이하라 사이카쿠의 처녀작이다. 일본 성문학의 고전으로 손꼽히며, 총 8권 8책으로 되어 있다. 일곱 살 때 사랑에 눈뜬 주인공 요노스케가 열아홉 살에 집에서 내쫓겨 15년간 전국을 떠돌다 서른네 살에 아버지의 유산을 물려받고 풍류인이 된다는 내용. 주로 기생들과 어울리며 살아가는 주인공을 묘사한 풍속소설이다 — 옮긴이)의 주인공과 같은 이름이라는 건 알고 있었지만, 선생님 입장에서는 반바지 차림의 소년에게 가르쳐줘도 좋을지 어떨지 망설였을 게 틀림없다.

중학교 때 국어교사는 정년퇴직을 코앞에 둔 '이나 할배'라 불리는 호색광 같은 노인이었다. 첫 수업에서 출석을 확인할 때, "요코미치 요노스케!"라고 불러서 대답을 하자, "호오, 대단한 이름이로구나"라며 능글맞게 웃더니 부모님에게 이름의 유래에 관한 얘기를 들었냐고 요노스케에게 물었다.

"네! 옛 소설의 주인공으로 이상적인 삶을 추구했던 남자의 이름을 땄습니다."

요노스케는 아버지에게 들은 대로 또랑또랑하게 대답했다. 또랑또랑하게 대답하는 그 모습이 재미있었는지 한껏 흥이 난 이나 할배가 사춘기 소년 소녀들을 앞에 두고 '이상적인 삶을 추구했다는' 남자 이야기를 무려 한 시간이나 들려준 것이다.

유녀와 유곽 설명이 시작되자 학급위원 여자애가 항의를 했고, 사내 녀석들은 갈채를 보냈다. 그런데도 이나 할배의 말은 그칠 줄을 몰랐다. 온갖 잠자리 도구들을 요시이로마루(好色丸, 호색한 삶의 극한을 누린 요노스케가 예순이 되던 해에 소문으로만 떠도는, 여자만 산다는 뇨고노시마[女護の島]로 떠나기 위해 만든 배 이름 — 옮긴이)에 싣는다는 종반이 가까워지자, 도가 지나친 파렴치한 이야기에 옆에 앉은 여학생이 흐느껴 울기 시작했다. 요노스케는 어찌할 바를 몰랐다.

가까스로 수업 종료를 알리는 종이 울렸고, 이나 할배는 만족스러운 표정으로 밖으로 나갔다. 그가 나가자마자 교실은 야단법석이 났다. 여학생들은 부모에게 알리겠다고 소리를 질러댔고, "그렇게 멋진 게 있으면 한 번 보여줘라"라며 남학생들이 덤벼드는 바람에 요노스케의 바지가 거의 벗겨질 뻔했다.

"어머? 옆방 자명종 멈춘 거 아냐?"

갑자기 들려온 목소리에 요노스케는 눈앞의 교코를 멍하니 바라보았다. 깔깔 웃어대는 교코 모습에 우쭐해서 이나 할배 이야기를 늘어놓았던 것이다. 어느새 교코의 그릇에도 스튜가 남아 있지 않았다. 요노스케는 세 그릇이나 비웠다.

"어, 진짜네. 멈췄나 봐요."

벽에 귀를 붙이는 교코를 따라 요노스케도 목각 가면 사이에 얼굴을 파묻었다. 자명종 시계 소리는 사라지고, 희미하게 그 방의 주인이 움직이는 소리만 들렸다.

"아, 요노스케 군 얘기 재미있었어. 그건 그렇고 요노스케 군, 정말로 오늘 도쿄에 갓 도착한 거 맞지?"

벽에서 귀를 뗀 교코가 설거지할 그릇을 포개면서 새삼스레 다시 물었다.

"네, 다섯 시간쯤 전에."

"……그럼 오늘부터 요노스케 군의 새로운 삶이 시작되겠네. 젊은 남자들은 로맨티스트니까 이런 밤에는 청춘소설 주인공처럼 방에 혼자 틀어박혀서 좋아했던 여자를 떠올리거나 장래 일을 생각하거나, 곰곰이 사색할 시간이 필요했던 거 아닌가?"

자리에서 일어선 교코가 좁은 부엌으로 그릇들을 옮겼다.

"아니, 딱히…… 그런 생각은……. 교코 씨는 여기 오래 사셨어요?"

벽에 걸린 가면을 만지는데 눈알이 쑥 빠졌다. 요노스케는 허겁지겁 방석 밑에 숨겼다.

"1년 좀 넘었을 뿐이야. 임대료가 싸고 스포츠클럽도 가까워서 이사 왔는데 일 마치고 들를 데가 세이유(西友, 대형 슈퍼마켓 체인

점으로 미국 월마트의 일본 내 자회사 — 옮긴이)밖에 없더라고."

"그 전에는 어디 사셨어요?"

"봄베이."

"네에?"

"인도 봄베이. 유학 갔다 왔거든. 몰라?"

"아, 아니 알긴 하지만, 전에 살았던 곳을 묻는데 봄베이라고 대답한 사람은 처음이라."

"고향은 요코하마인데, 에스컬레이터 식 학교에서 대학까지 졸업하고 곧바로 식품회사에 취직했어. 그런데 회사에 다니다 보니 갑자기 나한테 아무것도 없다는 기분이 드는 거야. 뭐 하긴, 지금도 아무것도 없긴 마찬가지지만."

요노스케는 텔레비전 선반에 놓인 인도 유학 시절에 찍은 듯한 사진으로 눈을 돌렸다.

"대학 졸업하고, 취직했다 그만두고, 인도 유학에다 요가 강사…… 왠지 대단하네요. 저 같은 놈은 기껏해야 자기 소개할 때 할 말이 요노스케의 유래 정도뿐인데."

"무슨 소리야. 앞으로 온갖 것들이 늘어날 텐데."

"그럴까요?"

교코가 익숙한 손놀림으로 설거지를 해나갔다. 요노스케는 아주 편하게 쉬고 있었다. 초인종이 울린 것은 바로 그때였다.

"어머, 이불 온 거 아냐? ……거 봐, 벌써 한 개 늘었지!"

설거지를 하던 손길을 멈춘 교코가 미소를 머금었다.

자기 인생에 이불 하나가 늘었다고 해서 대수로울 것도 없겠지만, 그런데도 왠지 자랑스러운 기분이 들었다.

며칠 후, 도쿄 거리를 물들이던 벚꽃도 어느새 흩날리며 떨어져 내리기 시작했다. 익숙지 않은 어색한 양복 차림으로 부도칸(武道館, 도쿄 지요다 구 기타노마루 공원에 있는 실내 경기 시설. 일본의 전통 무도를 보급·장려하고 심신 연마의 도장으로 활용할 취지로 설립함 — 옮긴이)으로 향하는 신입생들의 어깨에도 한 잎 두 잎 듬성듬성.

입학식이다. 회장은 부도칸이었다.

맑게 갠 하늘 아래, 부도칸으로 빨려 들어가는 신입생들의 모습도 개회식 5분 전이 되자 어느새 뜸해졌다. 그러나 요노스케의 모습은 보이지 않았다.

"진남색 양복을 입으니 야무지게 뵈는구나."

의젓한 손자의 모습에 눈을 가늘게 뜬 할머니가 고향 백화점에서 새 양복까지 사주셨다. 오늘 안 입으면 나중에는 입을 기회조차 없다.

입학식 시작 1분 전이라 접수 담당자들도 슬슬 회장으로 향하기 시작했을 무렵, 구단시타(九段下) 역에서 이어지는 언덕길을 사이즈가 안 맞는 구두 뒤축을 딸깍딸깍 울리며 뛰어올라 오는 젊은이가 보였다. 그의 모습을 알아챈 담당자 한 사람이 "어서 서둘러요! 곧 시작이야!"라며 손짓을 했다. 젊은이도 — 물론 요노스케다 — 서두르려 애는 쓰지만, 서두르면 서두를수록 구두 뒤축이 자꾸만 헐떡거렸다.

"안으로 들어가면 왼쪽으로 가서 서쪽 계단으로 올라가요! 정문은 닫혔으니까!"

담당자가 등을 떠밀며 설명해줬지만, 숨이 차오른 요노스케에게 왼쪽이니 서쪽이니 정면이니 한꺼번에 말해줘 봐야 기억할 리가 없었다. 어쨌거나 일단 건물 안으로 뛰어 들어간 후, "어, 어느 쪽이었지?" 하며 갈팡질팡하다 결국은 오른쪽으로 가버렸다.

입학식은 이미 시작된 후였다. 한적한 복도에 마이크를 통과한 엄숙한 목소리가 울려 퍼졌다. 복도 문은 수없이 많았다. 어디로 들어가야 할지 도통 감을 잡을 수가 없었다. 어느 문으로 들어가야 하나 하고 종종걸음을 치며 걸어가는 사이, 딱 한 군데 열려 있는 문이 보였다. 요노스케는 '여기다'라고 생각하며 거침없이 뛰어들었다.

안으로 뛰어든 찰나, 시야가 환하게 트였다.

설명을 덧붙이자면 올해 입학생은 7천 명이다. 무슨 영문인지 그 7천 명의 학생들이 한결같이 요노스케 쪽을 향하고 앉아 있었다. 문을 잘못 알고 금병풍을 두른 단상에서 인사말을 하고 있는 총장 뒤통수 쪽으로 나간 모양이다.

총장 뒤에서 우물쭈물하는 요노스케를 알아챈 학생들이 회장 곳곳에서 키득키득 웃기 시작했다. 나가지도 들어가지도 못한 채, 요노스케는 점점 더 허둥거렸다.

"이봐, 학생, 이쪽이야!"

별안간 누군가가 등 뒤에서 옷깃을 움켜잡았고, 회장 안에는 왁자한 웃음소리가 일었다. 벼르고 벼르던 입학식, 의젓해 보이는 진남색 양복도 이것으로 완전히 쓸모없게 되고 말았다.

담당 직원에게 끌려간 요노스케는 간신히 신입생 자리 맨 뒷줄에 앉혀졌다. 졸고 있던 옆자리 남학생이 눈을 뜨더니, "어, 끝났어요?"라고 요노스케에게 물었다. 그쪽 역시 새로 마련한 듯한 진남색 블레이저코트 옷깃이 침으로 젖어 있었다.

"아니, 아직."

요노스케는 남학생에게 그렇게 대답하고, 등 뒤에서 여전히 째려보고 있을 담당자에게 보란 듯이, 움켜잡혀 쭈글쭈글해진 옷깃을 바로잡았다.

할머니가 사주신 양복은 쭈글쭈글하고, 옆의 남학생 정장은 침으로 흥건히 젖어 있었다. 부토칸에는 그런 신입생들이 7천 명이나 모여 있었다.

지루한 입학식은 끝날 줄 모르고 계속되었다. 젊은이들은 새로운 생활에 대한 희망이 흘러넘치긴 하지만, 한편으로는 틈만 나면 졸음이 쏟아지기도 한다. 기분 좋게 잠든 옆 남학생의 숨결 때문에 요노스케도 아까부터 꾸벅꾸벅 졸고 있었다. 그러는 사이 입학식은 종반에 이르렀다.

계속 잠만 잔 주제에 폐회 인사말은 들었는지 눈을 뜬 옆의 남학생이 "괜히 이상한 꿈을 꾸는 바람에 고추만 서버렸네. 하하"라며 요노스케를 쳐다보고 웃었다. 요노스케는 그냥 못 들은 체하고, 출구 쪽으로 몰려나가는 학생들 뒤를 따라갔다.

부도칸에서 나오자 요노스케는 그제야 잠이 깼다. 입학식 후에는 학교로 돌아가서 오리엔테이션을 받아야 하기 때문에 모두들 갓 새로 산 양복 차림으로 줄지어 언덕을 내려갔다. 이따금 보이는, 무리 지어 걸어가는 학생들은 부속고등학교 출신인 듯했지만, 거의 대부분의 학생들은 아직 친구도 없이 쓸쓸하게 혼자 걸었다.

행렬 뒤를 따르기 위해 요노스케가 걸음을 내딛는 순간, "무슨 학부예요?"라며 갑자기 누군가가 말을 건넸다. 쳐다보니 조금 전에 옆에서 자던 남학생이 어느 틈에 나란히 걷고 있었다.

"경영학부."

별로 상대하고 싶지 않았지만, 요노스케는 무심코 대답하고 말았다. 그래도 얼굴에 드러나게 성가신 표정을 지었는데, 남학생은 개의치 않는지 "엇, 나랑 같네"라며 허물없이 어깨를 두드렸다.

대학 생활에서 가장 중요한 건 뭐니 뭐니 해도 친구 선택이겠지?

같은 비행기로 상경한 오자와의 말이 어쩐지 불길한 징조처럼 되살아났다.

"……그건 그렇고, 입학식 되게 지루하네. 도중에 어떤 멍청한 놈이 총장 뒤에서 우물쭈물할 땐 웃겼지만."

남학생이 그렇게 말하며 웃었다. 지금 자기가 말을 건네는 사람이 그 멍청한 놈이라는 건 꿈에도 상상하지 못하는 모양이다.

"이름이 뭐예요? 난 구라모치."

천성적으로 자기 본위적인 남자인지 주머니에서 꺼낸 껌을 요노스케에게 내밀었다. 가까이 하고 싶지 않으면 거절하면 될 것을 요노스케도 엉겁결에 껌을 받아들고는 "난 요코미치"라며 자기소개를 한다.

"요코미치는 여기가 1지망이었나?"

구라모치가 곧바로 편하게 말을 놓아버렸다. 길고양이라도 친해지는 데는 시간이 좀 걸리는 법이다.

"와세다도 봤는데 떨어졌어."

"그래? 그것도 똑같네. 기가 통하나 보다, 우리."

기가 통한다는 건 학부가 같다거나 떨어진 대학이 같을 때 쓰는 말은 아니었지만, 구라모치의 말을 들으니 기가 통할지도 모른다는 생각도 들었다.

요노스케와 구라모치는 질겅질겅 껌을 씹으면서 야스쿠니 신사에서 바깥 해자(垓字) 변을 따라 난 벚꽃 가로수를 지나 대학 캠퍼스로 향했다. 서로의 출신지 등을 묻기는 했지만, 기가 통하는 것치고는 대화가 계속해서 겉돌기만 하고 조금도 깊어지질 않았다.

도쿄에서 요노스케에게 처음 생긴 친구, 이름은 구라모치 잇페이(倉持一平)다. 신주쿠 구(區) 다카다노바바에서 부모님과 함께 살고 있는 열아홉 살 청년으로 1년 재수한 끝에 요노스케와 동급생이 된 모양이었다.

"그런데 말이야, 조금 전에도 했던 얘기지만, 난 역시 와세다에 가고 싶어."

방금 전까지 면허를 따고 싶다는 요노스케에게 선배인 양 폼을 잡으며 강사가 친절한 운전학원 같은 걸 가르쳐주더니 제방 계단을 다 올라선 순간, 구라모치가 얘기를 다시 되돌렸다.

"그렇구나."

대답은 했지만, 요노스케는 요노스케대로 꽃놀이 손님으로 북적이는 제방 풍경이 신기해서 진지하게 듣고 있진 않았다.

"그래서 3학년 때 와세다 편입시험을 칠까 해."

"편입시험? 시험을 또 보겠다고?"

"그럴 생각이야. 1년 재수하기로 결정했을 때, 난 생각했어. 인생은 길 텐데 이렇게 빨리 타협해버리면 평생 그 모양 그 꼴이지 않을까 하는 생각."

요노스케는 '인생'이라는 말을 농담 이외에는 입 밖에 내본 적이 없었다. 구라모치는 겉보기와는 달리 꽤 진지한 사내인 듯했다.

요노스케는 구라모치의 얼굴을 물끄러미 바라보았다. 첫인상은 별로였지만, '인생'에 관한 얘기를 들은 후로는 윤기가 자르르 흐르는 매끈한 그 옆얼굴까지 석가모니처럼 보였다.

선생님, 공부 별로 안 해도 제가 붙을 만한 도쿄 대학이 없을까요?

지망 학교를 결정하는 면담에서 자기가 했던 말이 되살아났다.

자기처럼 '먼저 타협'하는 인간이 있는가 하면, 세상에는 '먼저 인생'을 고려하는 사람도 있는 모양이다.

제방 산책길에는 벚나무 아래마다 빽빽하게 시트가 깔려 있었다. 벚 꽃잎은 땅에 흩어지며 떨어져야 아름다운 법이니 파란 시트에서는 아무런 정취도 느낄 수 없었다.

산책길에서 학교 정문으로 내려가자, 캠퍼스 안이 무척이나 소란스러웠다. 각자의 교실로 향하는 진남색 신입생들을 에워싸는 것은 동아리 가입을 권유하는 상급생들이었다. 테니스 라켓을 들고 있는 사람이 보였다. 미식축구 유니폼도 보였다. 아직 추운데 수영복 차림으로 애쓰는 사람들은 수영부가 아니라 프로레슬링 동아리인 듯했다.

"요코미치는 동아리 벌써 정했니?"

구라모치가 물어서 요노스케는 "아직"이라며 고개를 저었다.

동아리도 재미야 있겠지만, 요노스케는 아르바이트 먼저 정해야 했다. 그 전에는 테니스 라켓은커녕 공조차 살 여유가 없었다.

"고등학교 때는? 특별활동은 했고?"

동아리를 권유하는 상급생을 피하면서 구라모치가 물었다.

"응원부. 거의 유령 부원이었지만."

"응원부라면 학생복 입고서 '플레이, 플레이' 외치는 거?"

달리 무슨 응원부가 있는지 모르겠지만 구라모치가 진지한 표정으로 물었다. "그래. 너는?"이라고 요노스케가 물어봤다.

"난 아이스하키."

"하키라면, 얼음 위에서?"

"달리 뭐가 있냐?"

역시 같은 타입이긴 한 모양이다.

상급생들의 동아리 권유를 헤치듯 뚫고 지나며 두 사람은 볕이 잘 안 드는 학교 건물로 들어갔다. 바닥에 깔린 대리석 때문인지 높은 천장 때문인지 실내는 동굴처럼 어두웠다. 둘이 나란히 인쇄물에 적혀 있는 지정된 강의실로 들어가자, 벌써부터 학생들이 모여 있었다. 칠판에 이름이 적혀 있었고, 자리도 정해져 있었다.

"어라, 왜 내 이름은 없지……."

학생증 교환권을 주머니에서 꺼낸 구라모치가 머리를 긁적였다.

"……뭐, 아무려면 어때. 어쨌든 오리엔테이션 끝나면 밖에서 보자. 동아리 부스 돌아볼 거지?"

구라모치가 그렇게 말하고 강의실에서 튀어 나갔다. 요노스케는 구라모치의 등을 쳐다보다 강의실 쪽으로 다시 돌아섰다. 아직 친구가 없는 학생들이 차가운 시선으로 요노스케를 쳐다보았다. 어쩐지 강의실 안이 초라해 보였다. 둘러보니 마흔 명쯤 되는 학생들 중에 여자는 단 둘뿐이었다.

요노스케가 지정된 자리로 향하자, 같은 줄에 단 둘뿐인 여학생이 나란히 앉아 있었다. 이름이 '요코미치'라서 자리 배정을 받으면 늘 남자 끄트머리였다(일본의 히라가나에서 '요'가 가장 마지막 문자임 — 옮긴이).

두 명 있는 여학생 중 하나는 워크맨으로 음악을 듣고 있었다. 다른 하나는 얼굴을 파묻듯이 처박고 프린트를 읽고 있었다. 요노스케가 가까이 다가가도 고개조차 들지 않았다.

자리에 앉자마자 선생님이 나타났다. 익살스러운 선생으로 어떻게든 모두를 웃겨보려 애를 썼지만, 학생들은 엄숙하게 프린트에 필요 사항만 적어 넣을 뿐이었다. 서먹한 분위기가 감도는 강의실에 있다 보니 왠지 벌써부터 밝고 명랑한 구라모치가 그리워졌다.

수업 등록 설명이 끝나고, 선생이 강의실에서 나갔다. 곧바로 자리에서 일어서는 학생도 있었고, 옆자리에 앉은 사람끼리 짧은 인사를 주고받는 사람도 있었다. 요노스케가 자리에서 일어서려 하자, 옆에 앉은 여학생이 말을 걸었다.

"이거 학생과에 내는 거죠?"

어느새 워크맨의 모습은 사라지고 없었다.

"아마 그럴 거예요. 우편으로 보내도 된다던데"라며 요노스케가 고개를 끄덕였다.

"우편으로 보내도 되는구나. 고마워요."

몸집이 작은 여학생인데 막 울고 난 사람처럼 눈이 반짝반짝 빛났다. 그런 생각이 든 찰나, 요노스케는 하마터면 "어?" 하고 소리를 지를 뻔했다. 반짝반짝 빛나는 눈이 어딘지 모르게 어색하다 싶었는데, 아이푸티(eye putti, 인공적으로 쌍꺼풀을 만들어주는 액체 화장품의 브랜드 이름 — 옮긴이)라고 하던가, 눈꺼풀이 하얀 풀로 이

중으로 겹쳐져 있었던 것이다.

"대학 선생님도 고등학교 때 선생님이랑 다를 게 하나도 없네요. 학생들 웃기려다 실패해서 결국엔 언짢아하고. 어린애도 아닌데 왜들 그러는지."

"……아, 으응."

요노스케가 허둥거리는 모습도 아랑곳없이 여학생은 마냥 태연했다. 요노스케는 마치 자기 눈꺼풀에 풀이 붙은 것 같아서 끔벅끔벅 눈을 깜박거렸다.

"아까 프린트에서 봤는데 요코미치 씨죠? 잘 부탁해요. 이 반에 여자는 단 둘뿐인데, 어쩐지 나머지 한 명은 엄청 쌀쌀맞은 것 같네요."

프린트를 접으면서 여학생이 얼굴을 찡그려 보였다. 언뜻 보인 이름 칸에 '아쿠쓰 유이(阿久津唯)'라고 씌어 있었다.

"저어, 지금부터 동아리 부스 구경할 거죠?"

"그, 그런데요."

"혹시 폐가 안 되면 나도 같이 데려가줄 수 있어요? 아까 강의실 잘못 알고 들어왔던 남학생이랑 같이 돌 거죠? 아직 같이 돌아볼 만한 친구가 없어서 그래요."

자리에서 일어선 아쿠쓰 유이의 키는 요노스케의 가슴 언저리밖에 안 됐다. 요노스케의 대답도 기다리지 않고 아쿠쓰 유이가 걷기 시작했다. 계단식으로 된 강의실이라 아쿠쓰 유이의 키는 점점 더 작아졌다.

"요코미치 군은 현역?"

아쿠쓰 유이가 뒤돌아 올려다보며 물어서 요노스케가 "응" 하고 고개를 끄덕였다.

"제방 벚꽃 봤어요? 예쁘죠?"

"응."

캠퍼스 광장에서는 여전히 동아리 가입을 권유하는 선배들이 신입생들을 에워싸고 있었다.

"아, 저 사람 아닌가요?"

아쿠쓰 유이가 손가락으로 가리킨 쪽에 구라모치의 모습이 보였다. 만나기로 약속한 요노스케를 기다린다기보다 삼바(samba) 의상을 몸에 두른 여자한테 팔을 붙잡혀 입을 귀에 걸고 있었다.

"저 사람, 삼바 동아리에 들어갈 모양이네."

아쿠쓰 유이가 웃었다.

두 사람의 발소리를 알아챈 구라모치가 뒤를 돌아보며 "아, 보세요. 왔잖아요. 저 녀석을 기다리는 중이었다니까요"라고 삼바 의상을 입은 여자에게 말했다.

"그럼, 나중에 부스에 다시 들러. 기다릴 테니까."

화장이라기보다 유화 같은 얼굴을 한 여자가 그렇게 말하며 또다시 다른 신입생의 팔을 잡아끌었다.

"뭐 해 지금……?"

너무 어이가 없어서 요노스케가 물었다.

"삼바 동아리에 들라고 난리잖아. 삼바에 맞는 체형이라느니 뭐라느니 하면서. 도대체 어떻게 생긴 게 삼바 체형이야."

구라모치가 그렇게 말하며 아쿠쓰 유이에게 시선을 돌렸다.

"아, 이 사람은 같은 반 학생인 아쿠쓰 씨."

요노스케가 소개한 순간, 구라모치가 아쿠쓰 유이의 얼굴을 뚫어져라 쳐다보았다. 그러더니 곧바로 웃음을 터뜨리며 말했다.

"뭐야, 그게……. 네 눈꺼풀 뒤집혔잖아."

요노스케가 애써 건드리지 않은 부분인데, 멍청한 구라모치 녀석이 아무런 망설임도 없이 불쑥 말해버렸다.

"야, 너…… 그런……."

당황해서 쩔쩔매는 요노스케는 아랑곳 않고 "어머, 뭐 이런 사람이 다 있어!"라고 아쿠쓰 유이가 소리를 질렀다.

"아 글쎄, 네 눈꺼풀이 뒤집혔다니까."

더는 못 참겠다는 듯 구라모치가 배를 움켜쥐며 웃어댔다.

"그, 그만해. 야, 시, 실례잖아!"

요노스케가 허겁지겁 구라모치의 몸을 떠밀며 분노로 등이 펴져 키가 좀 커진 아쿠쓰 유이에게서 밀어냈다.

"실례라니, 너……."

"보, 본인한테 할 소린 아니잖아!"

"말 안 하는 게 더 이상하지! ……어라? 와아! 그럼 넌 알아채고도 모른 척했냐? 그런 말은 실례라서?"

구라모치의 웃음은 멈출 줄을 몰랐다. 아쿠쓰 유이의 키가 또다시 분노로 조금 더 커졌다.

자지러지게 웃어대는 구라모치의 입을 틀어막고, 요노스케는 안간힘을 다해 아쿠쓰 유이를 달랬다. 모처럼 생긴 친구라는 마음과 이제 갓 대학 생활을 시작했을 뿐이니 두 사람은 깨끗이 잊고 제로부터 다시 시작하고 싶은 마음이 서로 싸웠다.

가까스로 안정을 찾은 아쿠쓰 유이에게 요노스케가 벤치에 앉으라고 권했다. 강의실에서는 매우 적극적인 여학생 분위기였는데, 아이푸티를 지적당한 정도로 금방이라도 울음을 터뜨릴 것처럼 변했다.

옆에서는 구라모치가 "미안해. 그렇게까지 화낼 건 없잖아"라며 어정쩡한 사과를 했다. "……정말 미안하다. 그렇지만 갑자기 그렇게 뒤집힌 눈을 보면 누구라도……."

"그만 됐어!"

사과하는 방법을 모르는 구라모치를 요노스케가 노려보았다.

"……나도 변하고 싶었단 말이야. 그런데 그걸 비웃다니…… 너무해."

벤치에서 고개를 숙인 아쿠쓰 유이가 불쑥 입을 연 것은 바로 그 순간이었다.

"……새로운 인간이 되고 싶었다고!"

무릎에 올린 두 주먹을 불끈 쥐며 아쿠쓰 유이가 말을 이었다. 그 주먹에 눈물까지 뚝 떨어졌다. 그리 즐거운 고교 시절은 아니었던 모양이다.

강의실에서 본 인상과는 너무나 달라서 요노스케는 그저 당혹스러울 뿐이었다. 도움을 청하고 싶지만, 물론 구라모치 따위가 힘이 되어줄 린 없다고 생각한 순간이었다.

"야, 울지 마. 잘못했어. 놀려서 미안해."

구라모치가 아쿠쓰 유이 옆에 앉더니 어깨에 부드럽게 손을 올렸다.

"……누구나 새로운 자신이 될 권리는 있어. 나도 마찬가지고. 같이 변해보자. 이제 옛날의 자기 모습 따윈 잊어버리자고. 어렵게 대학생이 됐잖아."

기가 막혀 하는 요노스케는 본 척도 않고, 어쩐지 두 사람 사이에 야릇한 분위기가 무르익었다. 이걸로 간신히 한 건이 해결되나 하는 찰나, "근데 말이지, 아무리 그래도…… 풀은 좀 아니지 싶다, 아무래도 풀은 좀"이라며 구라모치가 또다시 얘기를 끄집어냈다.

요노스케가 구라모치의 정강이를 걷어차려 했다. 그러나 한발 앞서 아쿠쓰 유이의 발이 먼저 움직였다.

봄볕이 쏟아지는 광장은 여전히 동아리 가입을 권유하는 소란으로 떠들썩했다.

학생지원부서에 수업 등록, 장학금 신청 등등, 한 장씩 떼어내는 4월의 달력은 마치 벚 꽃잎처럼 하늘하늘 떨어져나갔.

4월의 마지막 일요일이다.

잠결에 눌린 헝클어진 머리 그대로 맨션 현관에서 튀어나온 사람은 요노스케다. 정오에 마쿠하리(幕張)의 현(縣) 주민 기숙사에 사는 사촌형 기요시(淸志)를 방문할 예정이었는데, 아홉 시에 맞춰둔 자명종 시계를 무의식적으로 눌러버리고 내리 세 시간이나 깊이 잠들어버린 모양이다.

도쿄에 도착하면 바로 인사하러 가라. 혹시 무슨 일이라도 생기면 곤란하니까.

어머니가 수도 없이 했던 말이다. 요노스케도 가야지, 가야지 생각은 하면서도 정신을 차려보니 3주나 지나버렸다. 세 살 위인 사촌형 기요시는 집도 가깝고 친형처럼 따랐던 시절도 있어서 만나고 싶지 않은 건 아니었다.

바로 그 기요시라는 청년, 그는 마치 요노스케의 3년 후 모습을 보여주는 듯한 남자였다. 요노스케에게 어딘가 모르게 멍청한 인상이 있다고 한다면, 기요시는 그보다 3년만큼 그 '멍청함'을 보탠 느낌이었다. 그래서 같이 있어도 피곤하지 않았다.

기요시는 구라모치가 가고 싶어 했던 대학의 4학년 학생이었다. 물론 자기 나름대로 입시 공부도 열심히 했겠지만, 고향에서는 커닝을 한 게 아니냐는 의혹 쪽이 강했다.

그건 그렇고 본격적으로 도쿄 생활을 시작한 요노스케는 한 가지 사실을 알아차렸다. 예를 들면 평일 아침 상황이다. 자명종 시계가 일곱 시에 울리면 이불 속에서 손만 뻗어 5분만 더 자게 놔두라는 듯 자명종을 끄고 다시 잠을 잤다. 당연하다면 너무나 당연하겠지만, 그 두 번째 잠에서 깨워줄 사람이 없다는 걸 깨달은 것이다.

고향 집에 살 때는 아래층에서 어머니 목소리가 들렸다. 그래도 소용없으면 어머니가 집 전체가 흔들릴 정도로 쿵쿵거리며 계단을 올라왔다. 요노스케는 틀림없이 어머니가 좋아서 하는 일일 거라고만 믿어왔다. 그런데 지난번에 자러 와서 좀처럼 일어나지 않는 구라모치를 30분이나 깨우면서 용케도 지금껏 어머니에게 안 맞아죽고 살아남은 녀석이라며 몸서리를 쳤다.

내친 김에 덧붙이자면 아침과 마찬가지로 대학 역시 친절하지 않았다. 조금이라도 방심하고 늦잠을 자면, 마치 세상에서 자기 혼자만 히가시쿠루메의 원룸 맨션에 버림받은 기분에 휩싸이게 만들었다. 옛날에는 몹시 성가셨지만, "요코미치! 너 아직 선택과목 등록 안 했지!"라며 귀밑털을 잡아당기던 고교시절 교사조차도 지금의 요노스케에게는 너무나 그리운 존재였다.

자기 일은 자기가 한다.

입으로 말하기는 쉽다. 그러나 요노스케는 도쿄에서 혼자 살기 시작할 때까지 '자기 일'이라는 게 그렇게 많은 줄은 꿈에도 몰랐던 것이다.

요노스케가 마쿠하리 역에 도착한 것은 오후 두 시 반이 넘었을 때다. 어젯밤 지도에서 볼 때는 기숙사를 쉽게 찾을 수 있을 것 같았는데, 막상 역에서 걷기 시작하니 분명 5분 거리일 텐데 목적지로 보이는 건물이 좀처럼 나타나질 않았다. 이리저리 헤매며 가까스로 조그만 간판이 붙은 기숙사를 찾고 나니 결국은 한 시간 가까이나 걸리고 말았다.

안으로 들어가자, 조그만 창에 핑크색 포렴이 걸린 경비실이 보였다. 현관에는 콩트에서나 썼을 법한 낡은 녹색 슬리퍼가 아무렇게나 벗겨진 채 흐트러져 있었다. 요노스케는 경비실의 조그만 창에 얼굴을 들이밀었다.

"저어, 가와카미 기요시를 찾아왔는데요."

등을 돌린 채 소형 텔레비전을 보고 있던 남자가 "어, 조금 전까지 거기 있었는데"라며 요노스케의 등 뒤를 가리켰다. 돌아보니 응접실처럼 보이는 장소가 있었다. 소파에는 스포츠 신문이 흩어져 있고, 탁자에는 누군가의 세면도구가 든 대야가 놓여 있었다.

"……금방 돌아올 것 같은데. 그쪽에서 기다리시죠."

"아, 네. 그럼……."

"요노스케?"

그나마 개중에 제일 청결해 보이는 슬리퍼를 찾고 있는 요노스케의 등 뒤에서 목소리가 들렸다. 돌아보니 편의점 봉투를 든 기요시가 서 있었다.

"형, 늦어서 미안! 늦잠을 자는 바람에."

"아냐, 신경 쓸 거 없다. 너에겐 너의 시간이 흐를 테니까."

"뭐, 뭐라고?"

기요시의 모습이 어딘가 좀 이상했다.

"형, 화났어?"

"화났냐고? 왜?"

"그야 내가 아는 기요시 형이라면 틀림없이 투덜투덜 불평을 퍼부었을 테니까."

"화라는 건 말이다, 결국은 타인에게 뭔가를 바라기 때문에 생겨나는 거야."

"그, 그게 무슨……."

"타인에게 뭔가를 바라고 그것이 이뤄지지 않으면 화를 낸다, 그건 하찮은 속물일 뿐이지. 게다가 화는 아무런 도움도 안 돼. 그저 공평한 눈을 잃어버릴 뿐이지."

"뭐, 뭐라고?"

예상치 못한 친척의 변모에 당황한 요노스케는 엉겁결에 생판 남남인 경비 아저씨에게 시선을 돌렸다. 물론 도와줄 리 없었다.

요노스케는 어딘지 모르게 분위기가 변한 기요시를 따라 3층으로 올라갔다. 복도에 늘어선 문들은 거의 다 열려 있었고, 여기저기서 텔레비전 소리가 새어나왔다.

기요시에게 등을 떠밀린 요노스케가 안으로 들어갔다. 생각보다 널찍했고 베란다에서는 밝은 햇살이 비쳐 들었다. 바닥에 많은 책들이 쌓여 있었다. 대학 생협에 산더미처럼 쌓여 있는 베스트셀러도 보였다. 아무래도 그것들이 이 친척의 변신과 관련이 있는 듯했다. 바닥에서 책 한 권을 집어든 요노스케는 책장을 뒤적뒤적 넘겼다.

"형, 전에도 책을 이렇게 열심히 읽었던가?"라고 요노스케가 물었다.

"타인의 절망에 익숙해지기 위해서지."

점점 더 자기가 알고 있는 기요시로는 보이지 않았다.

"그딴 데 익숙해져서 뭐하게?"

무시하면 될 일을 요노스케도 슬쩍 속을 떠보고 싶어진 모양이다.

"여러 가지 일들을 심각하게 생각하지 않기 위해서라고 할까."

"형이야 옛날부터 생각이 없었잖아."

예전의 기요시를 아는 사람이라면 거의 모두 요노스케의 의견에 동의할 게 틀림없었다. 기요시도 그 말에는 순간적으로 당혹스러워하는 눈치였다.

"기요시 형, 뭔가 좀 이상해. 어떻게 된 거야?"

"어떻게 되고 말고 할 것도 없어. 다만 한 가지 해줄 수 있는 말은 매력적인 여자를 만났기 때문이라고 할까."

요노스케도 더 이상은 참을 수 없었다. 창가에서 한숨을 몰아쉬는 기요시를 비웃어선 안 된다는 생각은 하면서도 너무 웃겨서 뱃가죽이 뒤틀리고 숨 쉬기가 힘들었다.

"형, 왠지 말투까지 이상하네."

그쯤에서 요노스케는 더는 참을 수 없어 웃음을 터뜨렸다. 그러나 기요시는 그런 사촌동생을 쿨하게 바라볼 뿐이었다. 그리고는 창가에 있던 스테레오 스위치를 눌렀다.

흘러나온 음악은 스탠더드한 재즈였다.

"기, 기요시 형, 언제부터 이런 걸 들었어?"

이제는 웃음이 멈추질 않았다.

"······아, 아니 그렇잖아. 얼마 전까지만 해도 매주 〈더 베스트 텐〉 녹화만 했으면서."

자기의 과거를 아는 요노스케를 무시하고, 기요시는 손가락으로 리듬만 맞추었다.

"너, 지금 열여덟 살이지?"

"응, 그렇지."

"너도 언젠가 알게 될 거다."

"뭘?"

"무언가를 잃는다는 의미."

"아, 아하."

요노스케는 그제야 간신히 납득이 갔다. 요약하자면 기요시는 그 매력적인 여자에게 차인 것이었다.

어머니가 하도 찾아가 보라고 해서 찾아온 것까진 좋은데, 그 변모 이유를 알고 나자 사촌형을 상대로 딱히 할 얘기도 없었다. 기요시는 기요시대로 모처럼 사촌동생이 찾아왔는데도 이불에 누워서 책만 읽었다. 같이 있으면서 아무 얘기도 안 할 거면 어느 쪽이든 먼저 단념하면 좋을 테지만, 요노스케도 '돌아간다'는 말을 꺼내지 않았다. 기요시도 '돌아가라'고 하지 않았다.

"요노스케."

"응?"

"춤춰라."

"어?"

"춤을 추라니까. 젊은 시절에."

"뭐, 뭐라고?"

"왜 춤을 추나 하는 의미 따윈 생각하면 안 될 거야, 틀림없어. 한 번 발이 멈춰버리면 그 후엔 점점 저쪽 세계로 가버릴 테니까."

"저쪽이라니?"

"저쪽이 저쪽이지 뭐야. 너도 곧 알게 돼."

기요시가 책을 탁 덮으며 한숨을 내쉬었다.

"……요노스케."

"응?"

"내 말 명심해. 춤을 춰야 해."

"아아, 춤춰, 추고 있어."

살짝 성가시기도 해서 요노스케는 그렇게 대답했다.

"야, 내가 지금 무슨 말을 하는지 알기나 해?"

"알아. 춤추라며?"

"그런데?"

"그래서 춤추고 있다니까. 걱정할 거 없어."

기요시가 이불에서 몸을 일으키더니 요노스케를 쳐다봤다.

"나 실은 삼바 동아리에 들었거든."

"뭐?"

"아 글쎄, 삼바 동아리 들었다니까. 그래서 춤춘다고."

"삼바?"

"그래."

"왜?"

"그냥 어쩌다 흘러가는 분위기에."

"그냥 어쩌다 흘러가는 분위기에……? 대체 뭐가 어떻게 흘렀기에 삼바 동아리 같은 델 들었어?"

"얘기 꺼내면 길어."

요노스케 자신도 왜 하필 삼바 동아리에 들게 된 건지 아직도 이해가 잘 안 갔다. 구라모치가 아쿠쓰 유이의 아이푸티를 놀려 댔고, 놀림을 당한 그녀가 울음을 터뜨렸다. 안간힘을 다해 달래는 구라모치에게 "그럼, 사과하는 뜻으로 삼바 동아리 들어"라는 말을 그녀가 꺼냈다. 물론 구라모치는 "말도 안 돼"라며 거절했지만, 눈물 때문에 쌍꺼풀이 풀어진 아쿠쓰 유이는 매우 끈질겼고, 그 집요함에 손을 든 구라모치가 "뭐, 나중에 그만두면 될 테니까 일단 얌전히 들어주자"라며 무슨 영문인지 요노스케까지 끌고 들어갔던 것이다.

결국 아쿠쓰 유이가 지켜보는 가운데 삼바 동호회 입회 희망서에 둘이 나란히 서명을 했다. 그런데 옆에 서 있던 아쿠쓰 유이도 부원들의 권유에 못 이겨 반강제로 서명을 하는 바람에 결과적으로는 셋이 사이좋게 삼바 동호회에 들어버린 사태가 벌어졌다.

"야, 좀 더 제대로 된 동아리로 바꿔."

요노스케가 일의 전말을 모두 들려주자, 기가 막힌다는 듯 기요시가 말했다.

"제대로 된 동아리야. 전통도 있고."

"어렵게 대학에 들어와 놓고 왜 하필 삼바 동아리야. 다른 것도 많잖아."

"참 나, 기요시 형. 조금 전까지 뭐랬어? 여러 가지 일들을 심각하게 받아들이지 말고 춤추라며."

"아니, 그거야 자식아, 소설 속 얘기지."

"뭐야 그게, 비겁하게."

"비겁하니 어쩌니 할 문제가 아니잖아."

입으로는 염세적으로 떠들어대는 주제에 실제로 염세적인 인간을 보면 부아가 나는 모양이다.

"야야, 그만두자. 요노스케, 맥주라도 마실래? 벨기에 맥주 있는데."

"난 아직 미성년자야."

기요시가 조그만 냉장고에서 벨기에 맥주를 꺼내왔다.

"미성년자 좋아하네. 작년인가 재작년에 고향 술집에서 마주친 주제에."

"아, 맞다."

고등학교 2학년 무렵이었다. 요노스케가 시내 술집에 갔는데 우연히 그곳에 들른 기요시에게 딱 걸리고 말았다. 오자와를 비

롯한 친구 다섯이서 담력 시험하는 셈치고 술집에 간 것이었는데, 그 후 술집에서 나온 요노스케에게 무슨 일이 있었는지 기요시는 모른다. 맥주 두 잔에 취해버린 요노스케는 그 기세를 빌려 당시 좋아서 어쩔 줄 모르던 오사키 사쿠라(大崎さくら)의 집으로 사랑 고백을 하러 갔던 것이다.

처음 경험한 과음은 다섯 명의 젊은 청년을 한껏 고양시켰다. 게임 센터에 가자, 아니다 포르노 영화관이 낫다, 이러쿵저러쿵 떠들어댈 때 요노스케 혼자만 무리에서 빠져나와 버스를 타고 오사키 사쿠라가 사는 마을로 향했던 것이다.

버스 안에서는 자기도 모르게 실실 웃음이 나올 정도로 취해 있었는데, 막상 목적지에서 버스를 내리는 순간 취기가 싹 가셨다. 그래도 그날 밤이 아니면 앞으로 고백할 용기가 안 생길 거라는 걸 알았기 때문에 이쪽 전봇대에서 저쪽 전봇대로 일부러 갈지자걸음을 걸었다. 오사키 사쿠라의 집 앞에 도착하자, 취하기는커녕 평상시보다 머리가 더 맑아졌다.

신흥 주택가의 하얀 집. 2층에 있는 사쿠라의 방에는 불이 켜 있었고, 운 좋게도 창문까지 열려 있었다.

"오사키"라고 요노스케가 작은 목소리로 불렀다. 그러나 그렇게 작은 소리가 들릴 리 없었다. 그래도 요노스케가 계속 그 자리에 서 있자, 무슨 섬뜩한 기운이라도 전해졌는지 오사키 사쿠라가 창가에 모습을 드러냈다.

"요코미치?"

2층 창에서 미심쩍어하는 사쿠라의 목소리가 내려왔다.

"응, 나야. 조, 조금 취했어."

요노스케가 준비해뒀던 대사를 뱉었다. 취한 것치고는 군인 뺨칠 정도로 자세가 좋았다.

"취하다니……. 자, 잠깐 기다려. 바로 내려갈게."

어이없다는 듯 웃는 사쿠라의 모습이 창가에서 사라졌다. 시간으로 치면 30초 정도였지만, 사쿠라를 기다리는 그 30초가 요노스케에게는 아직도 계속되는 것처럼 느껴질 때가 있다.

"요노스케, 황금연휴 땐 뭐 할 거니?"

옛 추억에 젖어 있는데, 별안간 기요시의 목소리가 들렸다.

"……황금연휴. 기요사토(淸里)라는 데서 동아리 합숙이 있다던데……."

"기요사토에서 삼바라. ……내가 지금 읽고 있는 책의 사상을 요약하자면, 분명 그런 얘기이긴 하다만 왠지 네 입에서 나오면 뭔가 좀 다르단 말이지."

"책 같은 거 그만 읽으시지. 형한테는 안 어울려."

"독서에 어울리고 안 어울리는 게 어디 있어?"

"있어. 애당초 매사를 심각하게 생각하지 않는 인간이 매사를 심각하게 생각하라느니 어쩌느니 하는 책을 읽으면 몸에 해로워."

"야! 너, 너무 심하다."

"아니, 그렇잖아……."

창 너머 멀리 보이는 도자이(東西) 선의 고가 다리가 새파란 하늘 아래 지평선처럼 뻗어 있었다. 도쿄에도 하늘은 있다. 엄밀하게 말하면 지바(千葉)지만.

5월 · 황금연휴

약속 장소는 신주쿠 역 중앙 본선의 뒤쪽 홈이었다.

북적거리는 콩코스(역이나 공항 등의 중앙에 있는 통로를 겸한 광장 — 옮긴이)를 똑바로 걸어가지 않고, 그렇게 봐서 그런지 몰라도 비스듬히 걸어가고 있는 사람은 요노스케다. 사람들 사이를 헤치며 걸어가면 될 것을 기가 약한 탓인지 점점 더 비스듬히 흘러간다. 캐디가 봤으면 "포어(fore, 골프 용어. 공이 가는 쪽에 있는 사람에게 경고하는 소리 — 옮긴이)!"라고 외칠 것만 같다.

그러면서도 목적지 홈에는 조금씩 가까워졌다. 조금만 더 가면 홈으로 향하는 계단이 나오는 부근에서 요노스케는 기둥 뒤에 서서 얘기를 나누는 구라모치와 아쿠쓰 유이의 모습을 발견했다. 아는 체를 하고 싶었지만, 반대편에서 사람들이 밀려들어서 다가갈 수가 없었다. 어차피 둘 다 곧 약속 장소로 오겠지 하고 요노스케는 먼저 중앙 본선 홈으로 올라갔다.

콩코스와는 달리 휑하니 빈 홈에는 열 명쯤 되는 삼바 동호회 회원들이 모여 있었다. 요노스케는 입회 후에 학생회관 살롱에서 열린 회의에도 참가했기 때문에 모두의 얼굴은 이미 알고 있었다.

"안녕하세요?"

요노스케가 인사를 건네자 "아, 왔다, 왔다"라며 기요데라 유키에(淸寺由紀江)가 돌아보았다.

기요데라 유키에는 입학식 날 구라모치에게 동아리에 들라고 권유했던 선배였다. 그때는 몹시 화려한 의상과 메이크업 때문에 깜짝 놀랐는데, 평소에는 별갑(鱉甲) 안경을 쓰고 다니는 수수한 법학부 3학년 학생이었다. 요노스케와 구라모치는 뒤에서 몰래 '삼바 누님'이라고 불렀다.

"나머지 두 사람은?"

기요데라의 질문에 요노스케가 지금 막 콩코스에서 봤다는 얘기를 꺼내려는데, "안녕하세요?"라며 등 뒤에서 구라모치의 목소리가 들렸다. 그러나 그 옆에 있어야 할 아쿠쓰 유이의 모습은 보이지 않았다.

"어……"

요노스케가 물어보려는 순간, 마치 따로따로 온 것처럼 "늦어서 죄송합니다"라며 이번에는 아쿠쓰 유이가 모습을 드러냈다.

"그럼 다 모인 거지. 자, 전차 타자."

기요데라의 신호로 회원들이 움직이기 시작했고, 구라모치와 아쿠쓰 유이도 "오랜만이다"라며 왠지 어색하게 인사를 주고받았다.

"요코미치, 기요사토 처음이니?"

기요데라가 말을 건네서 "네. 들어본 적은 있어요. 탤런트 숍(유명 연예인이 경영하는 가게 — 옮긴이) 같은 거 있는 데죠?"라고 요노스케가 대답했다.

전차에 올라타자 구라모치와 아쿠쓰 유이가 재빨리 같은 자리에 나란히 앉았다. 막연히 구라모치와 같이 앉게 될 줄 알았던 요노스케가 순간 갈 곳을 잃고 머뭇거리자 "여기 앉아"라며 법학부 3학년인 이시다 겐지(石田健次)가 불렀다.

설명을 하자면 부드럽고 친절한 이 이시다라는 남자가 삼바 동아리의 회장이었다.

요노스케가 가방을 선반에 올리고 자리에 앉자, "요코미치라고 했지? 삼바가 우습게 보이는 동아리일진 모르지만, 이런 때는 1학년이 먼저 와서 기다리는 거야"라며 갑작스럽게 주의를 주었다.

"아, 죄송합니다."

요노스케는 등 뒤에 있는 구라모치에게 시선을 돌렸다. 왜 그런지 두 사람은 같이 앉았으면서도 다른 방향을 바라보고 있었다.

"뭐 하긴, 삼바 동아리는 성실하게 하면 할수록 불성실하게 보이는 법이니까."

"아니, 그런 게 아니고……."

"나도 문득문득 그런 생각이 들긴 해. 내가 왜 삼바를 추고 있을까? 그렇지만 지난번 모임에서도 얘기했듯이 일 년 내내 추는 것도 아니잖아."

모임에서 들은 얘기에 따르면, 한 달 정도 연습해서 8월에 열리는 아사쿠사(淺草) 삼바 축제에는 출전하지만, 나머지 11개월은 테니스니 스키니 술자리 모임이 주요 활동인 듯했다.

"이시다 선배는 왜 이 동아리에 드셨어요?"

"나? 글쎄, 왜 들었을까……. 흐음, 기요데라가 권유한 것도 이유가 되겠지만, 아마도 뭔가를 성실하게 해보고 싶었던 것 같아. 그런데 그 뭐냐, 요즘 세상엔 뭔가를 성실하게 하면 왠지 폼이 안 나잖아. 그러니까 폼 안 나는 걸 성실하게 하면 폼이 날지도 모른다는 생각이 들더라고. 발상의 역전인 셈이지."

뭐가 어떻게 역전되었는지 이해도 못 했으면서 요노스케는 "아하"라며 납득한 척을 했다.

"그건 그렇고 지난번에 아르바이트 구한다고 했지. 구했니?"

"아뇨, 아직."

"내가 지금 호텔에서 식사 나르는 일을 하고 있는데 소개해줄까? 룸서비스라 야근은 많지만, 일도 편하고 시급도 괜찮아."

"얼마예요?"

"1.5."

"1.5라면 1500엔!?"

요노스케가 면접을 보러 갈 예정이었던 하나코가네이 역에 있는 서양식 술집의 두 배나 되는 시급이었다.

"할게요!"

"자식, 결정 한번 빠르네."

이시다 얘기로는 일주일에 두 번 정도 야근을 하면 한 달에 15만 엔 정도 벌이는 된다고 했다. 이시다는 오늘 아침에도 밤샘 근무를 마치고 왔는지 자세히 보니 졸린 얼굴이었다.

"내일모레도 아르바이트가 들어 있으니까 혹시 할 생각 있으면 주임한테 소개해줄게."

이시다의 말에 요노스케는 "부탁드립니다!"라며 고개를 숙였다.

앞자리에서 돌린 사탕과 캐러멜을 핥아먹으며 이시다와 대화를 나누는 사이, 그의 아파트도 요노스케와 같은 히가시쿠루메 시에 있다는 걸 알았다. 게다가 동거 중이라고 했다.

"그럼, 집에 가면 그 사람이 있는 거네요."

너무나 당연한 요노스케의 질문에 "언제 한번 놀러 와라"라며 이시다가 웃었다.

삼바 동아리 합숙이라고는 해도 하루 종일 춤만 추면서 보내는 건 아니었다. 오전에 기요사토에 도착한 요노스케 일행은 우선 역 앞에 있는 교회 분위기의 레스토랑에서 점심을 먹었다. 그 후 체크인을 할 때까지 각자 빌린 자전거로 숲속을 가로지르며 달렸다.

요노스케는 내심 대학생이 되어서까지 이런 걸 하고 싶지는 않다고 생각했지만, 시원한 고원의 바람은 상쾌했고 정신을 차려보니 "야, 기다려!"라며 앞에서 달리는 구라모치와 아쿠쓰 유이에게 신이 나서 소리를 질러댔다.

펜션에 체크인을 한 후, 모두 모여서 작년에 찍은 아사쿠사 삼바 축제 비디오를 감상했다. 원래는 신입생에게 보여주는 게 목적이었을 테지만 기요데라와 이시다를 비롯한 선배들도 오랜만에 보는지, 이러쿵저러쿵 떠들어대며 신입생들은 나 몰라라 하고 한껏 흥이 났다.

"아, 저것 봐, 저때 깃털 장식이 떨어졌다니까."
"봐, 저기 좀 봐. 좀 있다 경찰관이랑 부딪힐 거야."

굳이 따지자면 신입 회원은 요노스케와 구라모치, 아쿠쓰 유이 세 사람뿐이라 나 몰라라 방치된 사람도 당연히 그 세 사람뿐이었다.

비디오 감상회가 끝나자 차례대로 목욕을 하러 들어갔다. 이시다를 비롯한 선배들이 먼저라서 당연히 구라모치랑 둘만 남았다. 요노스케는 오랜만에 다리를 쭉 뻗을 수 있는 큼지막한 욕조 속에 몸을 담갔다.

"우리 말이야, 이러니저러니 해도 삼바 동아리에 꽤 적응한 것 같지?"

머리를 감던 구라모치가 웃음을 터뜨렸다.

"난 실은 이 합숙에 올 생각 없었어. 그런데 아쿠쓰 유이가 학교에서 마주칠 때마다 하도 가자고 난리를 쳐서 온 거지. 그 애 어느새 삼바에 흥미가 붙었나 봐."

요노스케는 거기까지 말하고, 약속 장소에서 봤던 두 사람의 기묘한 행동을 떠올렸다.

"아 참, 그건 그렇고……."

요노스케가 막 물어보려는 찰나, "야, 요노스케, 너 아직 동정(童貞)이냐?"라며 구라모치가 말을 잘랐다.

"어, 나? 난데없이 뭔 소리야?"

"아니 그냥, 어느 쪽인가 싶어서."

"아냐. 너는?"

"어, 나?"

구라모치가 뒤를 돌아다봤다. 샴푸 거품이 눈에 들어갈 것 같은지 얻어맞은 표정을 짓고 있었다. 요노스케는 그 표정을 본 순간, 왠지 모르게 직감되었다.

"어? 너 혹시 아쿠쓰 유이랑?"

"아니, 실은 얼마 전에 집에 가는 길에 우연히 마주쳤는데, 책꽂이를 주문해놨는데 조립을 못 해서 고민이란 말을 그 애가 하더라고."

"뭐? 우와! 너희, 사귀냐?"

"아니 글쎄, 사귄다고 해야 하나, 바로 그게 문젠데. ……뭐랄까, 그 앤 누구라도 상관없었을 것 같단 말이지."

얻어맞은 듯한 표정은 거품 때문만은 아닌 것 같았다.

구라모치의 얘기에 따르면, 산업개론 수업이 끝난 뒤 혼자 어슬렁어슬렁 해자 변의 산책길을 따라 이다바시 역 쪽으로 가는데, 마찬가지로 경치를 감상하며 어슬렁어슬렁 걸어가는 아쿠쓰 유이의 뒷모습이 보였던 모양이다.

"아쿠쓰!"

아이푸티 사건 후로 완전히 화해한 건 아니었지만, 어쩌다 보니 같은 동아리에 든 동료가 되어서 수업 시간이나 학생식당에서 마주치면 인사 정도는 하고 지냈다고 한다.

구라모치의 목소리에 아쿠쓰 유이가 뒤를 돌아보았다. 구라모치의 놀림 때문인지 뭔지 확실치는 않지만, 그날 이후로는 살짝 부은 듯한 쌍꺼풀 없는 눈꺼풀로 지냈다. 가까이 다가간 구라모치가 "거 봐, 역시 그게 훨씬 낫지"라며 멋대가리 없는 칭찬을 했다. 아쿠쓰 유이는 별반 기뻐하는 기색도 없이 구라모치를 힐끔 쳐다봤다고 한다.

배가 고팠던 구라모치가 역 앞 롯데리아에 갈 생각이라고 밝히자, "그럼, 나도 뭘 좀 먹고 갈까?"라고 해서 두 사람은 북적거리는 롯데리아에서 포테이토를 집어먹으며 마주 앉았다.

어느 수업이 리포트고 어느 수업이 시험이니 하는 얘기를 나누던 중에 그녀가 책꽂이를 사긴 했는데 혼자 조립할 수 없어서 고민이라는 말을 꺼낸 모양이다.

"너, 어디 산댔지?"

"나카노(中野)."

"어, 그래? 굉장히 가깝네. 그럼 내가 조립해줄게."

얘기가 그렇게 흘러가서 그녀의 아파트로 향했다고 한다.

그 당시 구라모치는 여자 혼자 사는 아파트에 들어간다는 마음의 준비나 긴장 같은 건 전혀 없었던 모양이다. 아쿠쓰 유이에게 딱히 여자로서의 매력을 느꼈던 것도 아니라, 따분한 오후에 할 일이 생겨서 기쁜 정도였다.

아쿠쓰 유이의 아파트는 1, 2층에 주인집이 사는 아담한 건물로, 4층 한가운데가 그녀의 방이었다.

방에 도착할 때까지만 해도 구라모치는 고등학교 축제 때 밴드를 결성해서 연주했다는 자랑 따위를 늘어놓았다. 그러나 좁은 현관에서 신발을 벗는 순간, 왠지 갑자기 자기 운동화에서 몹시 냄새가 나는 것 같아서 그때부터는 아쿠쓰 유이와 눈을 마주칠 수 없었다고 한다.

"이거야."

좁은 방을 거의 점령하듯이 하얀 파이프로 된 책꽂이 부품들이 어질러져 있었다. 책꽂이를 조립해달라는 것뿐인데, 왠지 모르게 몸동작이 부자연스러워졌다. 작업을 지켜보는 아쿠쓰 유이의 맨발로 자꾸 눈길이 가서 아직 조립 '1단계'일 뿐인데도 땀이 솟구쳐 올랐다. 널빤지를 뒤집는 것뿐인데도 굉장히 대담한 일을 하는 것 같은 기분이 들었다.

웅크리고 앉아서 작업할 때는 그나마 다행이었지만, 2단계로 접어든 후에는 틀을 일으켜 세워야만 했다.

"아, 뭐 해, 그쪽도 빨리 세워."

구라모치는 아침에 옷 갈아입기가 귀찮아서 트레이닝복 바람으로 나온 것을 뒤늦게 후회했다.

"왜 그래? 얼굴이 왜 그렇게 빨개?"

일어서지 못하는 구라모치를 내려다보며 아쿠쓰 유이가 고개를 갸웃거렸다. 갑작스러운 복통이라고 둘러댈까, 남자니 어쩔 수 없다고 뻔뻔하게 나갈까 고민한 결과, 구라모치는 큰맘 먹고 벌떡 일어섰다. 현장 감독처럼 굴던 아쿠쓰 유이의 시선이 구라모치의 사타구니로 모아졌다.

"어머머, 뭐, 뭐니! 정말 싫다."

"어, 어쩔 수 없잖아! 여, 여자랑 단 둘이 방에 있는데 난들 어쩌라고!"

구라모치는 부끄러움과 한심스러움에 주눅이 들면서도 과감하게 말을 받아쳤다. 기가 막힌 건지 놀란 건지 아쿠쓰 유이는 쌍꺼풀 없는 가느다란 눈을 휘둥그레 뜨며 손에 잡은 책꽂이 기둥을 꽉 움켜쥐었다.

그런데 그 후부터는 구라모치 자신도 기억이 잘 안 나는 모양이다.

"정신을 차려보니 내가 그 애한테 다가섰더라고. 훤한 대낮이었어. 커튼도 열려 있고, 책꽂이를 조립하는 중이었단 말이지. 그랬는데 정신을 차려보니 그 애를 끌어안은 거야."

"그래서? 아쿠쓰 유이의 반응은?"이라고 요노스케가 물었다.

"그야 처음에는 필사적으로 날 밀쳐냈지. 그렇지만 나도 죽어라 매달렸어. 거기서 떨어졌다간 또다시 나의 건강한 그 녀석만 훤히 드러날 것 같았으니까."

어디까지가 진심이고 어디까지가 농담인지는 알 수 없었지만, 샴푸 거품 때문에 찡그린 구라모치의 표정은 진지했다.

"그래서 그대로 키스를 했다고 해야 하나……. 어쨌거나 난 이미 제정신이 아니었으니까. 책꽂이는 금방이라도 넘어갈 것 같지, 손에는 나사가 한 움큼이나 쥐어 있지."

그 후 아쿠쓰 유이는 또다시 구라모치의 몸을 밀쳐냈고, 더 이상 그곳에 있을 수 없었던 구라모치는 방에서 그대로 뛰쳐나온 모양이다.

"나사는?"

무심코 묻는 요노스케에게 "그래, 바로 그 나사가 문제였어"라며 구라모치가 의미심장하게 고개를 끄덕였다.

집으로 돌아온 구라모치는 그제야 간신히 나사를 들고 왔다는 걸 알아차렸다. 그러나 어쩌다 보니 키스를 하고 도망쳐온 처지에 뻔뻔하게 곧바로 돌려주러 갈 수도 없는 노릇이었다.

그 결과 구라모치는 사흘간이나 나사를 들고 다녔다. 학교에서 마주치면 건네주면 될 텐데 만날 수가 없었다. 그렇다고 직접 전해주러 갈 용기도 없었다. 사흘씩이나 나사를 들고 다니다 보니 줄곧 그녀 생각만 떠올랐다. 강제로 밀어붙인 입술 감촉과 두 사람 가슴 사이에 끼었던 책꽂이 기둥의 단단한 감촉이 생생하게 떠올랐다.

사흘 후, 구라모치는 큰맘 먹고 아쿠쓰 유이에게 전화를 걸었다. 삼바 동아리 주소록이 처음으로 도움이 된 것이다. 전화를 받은 그녀는 "책꽂이는 어떡할 거야?"라며 투덜거린 모양이다. 조립 2단계에서 멈춰버린 책꽂이는 여전히 방에 쓰러져 있다고 했다.

"지금 가도 될까?"라고 구라모치가 물었다. 그 말을 하면서 손바닥에 쥔 나사를 꽉 움켜쥐었다. 아쿠쓰 유이는 "안 오면 나 혼자 어떡해"라고 대답했다고 한다.

사흘 만에 그녀의 방에 찾아간 구라모치는 인사도 하는 둥 마는 둥 하고 책꽂이를 조립하기 시작했다. 조립 순서를 확인하는 것 외에는 두 사람 다 입을 열지 않았다.

책꽂이가 완성되자, 아쿠쓰 유이가 답례로 스튜를 만들어주었다. 사흘 전 얘기는 꺼내지 않고, 요노스케의 잠버릇 같은 걸 들먹이며 웃었다고 한다.

"그 애는 자기가 만들었으면서 스튜를 하나도 안 먹는 거야. 하는 수 없이 내가 세 그릇이나 비웠지. 그래서 자세히 말하긴 좀 그렇고, 그 후에 그렇게 돼버린 거지."

어떤 식으로 그렇게 되었는지 묻고 싶었지만, 제아무리 요노스케라도 그 질문을 하긴 망설여져서, 그 대신 "그래서 지금 사귀는 거지?"라고 다시 물었다.

"아 글쎄, 난 그렇게 알고 그날부터 벌써 몇 번이나 그 애 집에 가서 잤는데, '구라모치는 좋아하는 사람 없니?'라고 태연하게 묻는다니까."

"그건 확인하는 거지."

"뭘?"

"뭐긴 뭐야, 네 마음이지."

"난 좋아한다고 분명하게 말했어. 달리 무슨 말을 더 해야 하는데!"

"난들 아냐?"

그때 목욕탕 문이 벌컥 열렸다. 얼굴을 들이민 이시다가 "니들 대체 언제까지 처박혀 있을 거야? 밥 다 됐어!"라고 고함을 쳤다.

***

D동 현관 앞에는 이제 경찰차가 보이진 않았다. 조금 전까지 서 있던 장소를 푸르게한 가로등이 비추고 있었다. 비가 온 것도 아닌데 아스팔트가 젖은 것처럼 보였다. 동남쪽 방향으로 죽 늘어선 베란다에는 띄엄띄엄 불빛도 보였지만, 거의 대부분은 캄캄했고 빨랫줄에 걸린 옷걸이만 밤바람을 타고 이리저리 흔들렸다.

야근을 마치고 회사에서 돌아온 시각은 열 시가 넘은 무렵이었다. 황금연휴 내내 일만 해서 녹초가 된 몸을 끌듯이 하며 역에서 걸어오자, D동 현관 앞에 안에 아무도 없는 경찰차가 서 있었다. 안 좋은 예감이라기보다 가슴을 짓누르는 확신이 들어서 무심코 다시 역 쪽으로 발길을 돌려버렸다.

찾아간 곳은 역 앞에 있는 체인 술집이었다. 황금연휴가 끝나갈 무렵이기도 해서 가게 안은 텅 비어 있었지만, 혼자 들어가서 그런지 한마디 묻지도 않고 카운터 자리로 안내해주었다.

카운터 폭이 좁아서 마치 벌로 벽을 보고 서 있는 것 같은 자리였다. 주문을 받으러 온 젊은 아가씨에게 "늘 이렇게 한가해?"라고 말을 건네자, 잠시 어리둥절한 표정을 지으면서도 "아, 아뇨. 저희는 가족 단위 손님이 많아서 주말에 붐벼요"라고 가르쳐주었다.

"아르바이트? 오래 했나?"

생맥주와 안주 몇 개를 주문하면서 묻자, "아뇨, 4월부터. 한 달밖에 안 됐어요"라고 대답했다. 억양이 약간 달라서 가슴에 단 이름표로 시선을 돌렸다. '장(張)'이라고 씌어 있었다.

"유학생이구나. 일본어 잘하네."

"아니, 아직 멀었어요."

수줍어하는 듯한, 조금은 자랑스러워하는 듯한 미소를 지으며 그녀가 고개를 저었다.

"아니야, 정말 잘해. 대학생?"

고개를 끄덕인 그녀가 낯익은 대학 이름을 입에 올렸다.

"호오, 그럼 내 후배네. 무슨 학부야?"

"국제문화학부예요."

"요즘엔 그런 학부도 있구나. 나 다닐 때는 없었는데."

"그렇군요."

"그래도 유학생은 있었어. 물론 나 다닐 때는 자네 같은 젊은 이가 아니라 서른 살 넘은 남자가 많았지. 아내가 있는 사람도 많았고. 그래서 당시에는 딴 세상 사람이라 여기고 별로 안 사귀었는데, 지금 생각해보면 좀 더 많은 얘기를 나눌걸 그랬다 후회가 돼."

불현듯 대학 시절 광경이 되살아나서 정신없이 떠들어댔다.

그러나 어느 나라에서나 중년남자의 옛이야기 같은 건 젊은 애들한테는 흥미가 없는지 그녀는 아리송한 표정을 짓고 서 있었다. 좀 더 얘기를 나누고 싶었지만, 주방에서 부르는 소리가 들리자 "생맥주 가지고 올게요"라고 미소를 지으며 그녀가 자리를 떠났다. 뛰어간 그녀에게 점장으로 보이는 남자가 뭐라고 말을 건넸고, 두 사람은 즐거운 듯 함께 웃었다. 하얀 이를 드러내는 그녀의 옆얼굴을 바라보고 있으니 쌓였던 피로가 단번에 싹 가셨다.

술집에서 나온 것은 폐점 시간 무렵이었다. 도중에 단체 손님 몇 팀이 들어와서 가게 안은 금세 소란스러워졌다. 바쁘게 뛰어다니던 아르바이트 학생도 근무 시간이 끝났는지 어느새 모습이 보이지 않았다. 아무리 마셔도 취하진 않았지만, 쿡쿡 찌르는 것 같은 위의 통증은 사라졌다.

경찰차가 서 있던 장소를 지나 현관으로 들어갔다. 이미 열두 시가 넘어서 경비실 옆에 있는 자동판매기 모터 소리만 나지막하게 으르렁거렸다. 올라탄 엘리베이터에는 달콤한 향수 냄새가 남아 있었다. 문득 경찰관과 함께 엘리베이터에 서 있는 외동딸 지요(智世)의 모습이 떠올랐다. 현관문을 열자, 복도 끝에 아내 유이의 모습이 보였다. 집에 돌아온 지 시간이 꽤 많이 지났을 텐데 아직 옷도 안 갈아입고 다이닝 테이블에 턱을 괴고 앉아 있었다.

"다녀왔어."

말을 건네자, 표정의 변화도 없이 일어서서 부엌으로 모습을 감췄다. 눈앞에 보이는 문 너머에서 시끄러운 음악 소리에 뒤섞여 친구와 전화 통화를 하는 지요의 목소리가 들렸다.

복도를 지나 다이닝룸으로 들어갔다.

"몇 번이나 전화했어"라는 아내의 목소리가 부엌에서 들렸다.

"미안해, 전원이 꺼져 있어서. 그 왜, 지난번에 말했던 우라와 상점가 조합장님 일행이랑 같이 있었거든. 전차에서 내릴 때까지 부재중 전화 확인하는 것도 잊어버렸네."

아내는 애당초 변명 같은 건 들을 마음도 없었는지 부엌에서 불도 켜지 않고 그레이프푸르트를 잘랐다. 그 등에 대고 "지요는?"이라고 물었다. "방에"라고 짧게 대답한 아내의 손끝에서 부엌칼이 푹 내려앉으며 그레이프푸르트 속 깊이 박혔다.

"데리러 갔었나?"

그렇지 않다는 걸 빤히 알면서도 물어봤다. 고개를 젓는 아내의 등에서 하나로 묶은 머리가 흔들렸다.

지요의 변화를 먼저 알아차린 사람은 아내였다. 지요가 중학교 3학년이 된 무렵이었다.

"저 애가 요즘 이상한 글씨를 쓰더라."

아내 말로는 어쩌다 학교 공책을 보다 알아챈 듯한데, 변화가 상점 셔터나 육교에 있는 낙서 같은 서체였던 모양이다.

"학교에서 유행하나 보지."

별 신경도 안 쓰고 대답하자, "아마 그렇긴 하겠지만, 그런 글씨는 보기만 해도 정신적으로 우울해지는데 대체 그런 걸 왜 쓰는지……"라며 아내가 얼굴을 찌푸렸다.

지요가 친구 집에 자러 가게 된 것은 그로부터 얼마 안 지나서였다. 그러나 지요가 자러 갈 때가 있는가 하면 친구가 자러 올 때도 있었고, 새벽 한 시가 다 될 때까지 자기 방에서 소리를 죽이며 깔깔거리는 모습을 보는 한, 그리 걱정할 일은 아닌 것 같았다. 자러 오는 아이는 모두 예의바른 아이들이었고, 가끔 일찍 일을 마치고 들어가면 마찬가지로 일 때문에 늦는 아내 대신 친구와 함께 요리를 만들어줄 때도 있었다.

여름방학이 끝난 후에도 주말이 되면 그런 생활이 계속되었다. 학교 성적도 나쁘지 않았다. 머리를 염색하거나 옷을 화려하게 입지도 않았다. 사실은 우리 중학생일 때랑 비교하면 요즘 아이들은 착실한 편이라며 아내와 함께 웃었을 정도다.

그래서 지요가 관할 경찰서에서 보호를 받고 있다는 연락을 처음 받았을 때, 아내와 함께 틀림없이 무슨 오해일 거라 생각했다. 물론 걱정이야 했지만, 예를 들면 친구 집에서 밤늦게 편의점에 과자를 사러 나갔다가 너무 늦은 시각이라 경찰의 보호를 받았다거나 하는 정도의 일일 거라고 믿었던 것이다.

곧바로 아내와 둘이 경찰서로 향했다.

"폐를 끼쳐드려 대단히 죄송합니다. 밤늦게 편의점 같은 데 가지 말라고 늘 주의를 줬는데."

그 정도 말밖에 준비하지 않았다.

그런데 경찰의 보호를 받았다는 지요는 희미하게 턱수염이 난 열여덟 살짜리 소년과 같이 있었다. 아무 의심 없이 늘 집에 놀러 오는 친구들과 함께 있었을 거라고만 믿었기 때문에 "모모랑 같이 있었던 거지?"라고 아내가 물었다. 지요가 미안해하듯 고개를 저었다. 곧이어 떠오른 광경은 그 남자가 강제로 지요를 끌고 가려 하는 모습이었다. 그 순간 머리끝까지 피가 솟구쳐 남자 쪽을 노려보자, "아냐, 아빠. 우린 진지하게 사귀는 사이야"라고 지요가 말했다.

경찰 말로는 딸이 그 남자의 차에 타고 있는 상황에서 데려온 듯했다. 남자가 신호를 무시해서 경찰 오토바이가 세웠는데, 수상하게 여긴 경찰관이 지요를 보호해 경찰서로 데리고 왔다고 했다.

모든 게 너무나 갑작스러워서, 예를 들면 그 자리에서 딸의 뺨을 때리거나 중학생 딸을 심야 드라이브에 꾀어낸 녀석의 멱살을 움켜잡거나, 나중에 생각하면 해도 상관없었을 행동들이 그 자리에서는 무엇 하나 머릿속에 떠오르지 않았다.

좀처럼 사정을 파악하지 못하는 부모 앞에서 지요만은 무척이나 침착했다. 오히려 희미하게 턱수염이 난 소년 쪽이 주뼛주뼛 어쩔 줄을 몰라 했다.

집으로 돌아오는 차에서는 한마디도 하지 않았다. 감정적으로 소리를 칠 수는 있겠지만, 소리를 쳐야만 하는 딸의 모습이 여전히 제대로 그려지지 않았기 때문일 것이다.

집으로 돌아온 아내는 "내가 먼저 둘이 얘기하고 싶어"라며 지요의 방으로 들어갔다.

그런 남자애랑은 대체 언제부터 사귀었나. 친구 집에 자러 간다고 한 건 거짓말이었나. 중학생 딸이 말하는 사귄다는 의미는 도대체 어느 정도 수준인가.

묻고 싶은 말은 산더미처럼 떠올랐지만, 역시나 그런 노골적인 질문을 던져야만 할 딸의 모습이 좀처럼 연상되지 않았다.

날이 새기 시작할 즈음, 아내가 지요의 방에서 나왔다. 몹시 지친 표정으로 "일단은 우리가 정신을 똑바로 차려야 해"라고 중얼거렸다.

"……무조건 소리만 쳐봐야 소용없어. 우리가 생각하는 것 이상으로 이미 어른이니까."

"아니야, 아직 어린애야……."

아내 말에 그날 밤 처음으로 입을 열었다. 무심코 내뱉은 말이었지만 자신의 심정이 그 말에 모두 집약된 것 같은 기분이 들었다.

지요와 같이 있었던 남자는 고등학교를 중퇴하고 주유소에서 일하는 열여덟 살 소년인 듯했다. 지요와는 여름방학이 끝날 무렵에 알게 되어서 세 달쯤 교제를 했다고 한다.

"그런 건 아무래도 상관없어. 아무튼 앞으로는 더 이상 만나지 말라고 했겠지?"

아내의 말을 가로막았다.

"글쎄 그렇게 막무가내로 해봐야……."

"아니 그럼, 그런 놈과 계속 만나게 하겠다는 거야!"

"소리 지르지 마."

"지요는? 지요를 불러와!"

일어서려고 하는 어깨를 아내가 강하게 내리눌렀다. 떨리는 것이 자신의 몸인지 아내의 손인지 알 수 없었다.

"저 애도 알아. 이런 식으로 되기엔 아직 이르다는 걸."

"그게 뭔 소리야, 이런 식이라니……. 아니야, 이건 아니야. 저 녀석한테는 아직 해야 할 일들이 수없이 많아. 아직 아무것도 모른다고. 아직 아무것도 시작하지 않았어."

갑자기 온몸에서 힘이 빠졌고, 정신을 차려보니 머리를 감싸쥐고 있었다.

"나도 할 만큼은 얘기했어. 지요한테는 아직 할 일이 많고, 그런 건 나중에도 얼마든지 할 수 있다고. 그랬더니 그 애가 나한테 묻는 거야. '그럼 언제면 되는데?' '몇 살이면 사귀어도 되는데?'라고. '좋아서 너무 좋아서 견딜 수가 없고 생각만으로도 가슴이 아파오는 사람이랑 몇 살이면 만나도 되는데?'라고."

"나이 문제가 아니야. 부모에게 숨기고 밤중에 몰래 만나고 다녔어. 그건 착실한 중학생이 할 짓이 아니야."

"우리한테 숨긴 건 걱정시키기 싫어서 그랬대. 우리를 이해시킬 만한 말로 그 애를 소개시킬 자신이 없어서래."

"고작 중학생이 그런 말이 뭐가 필요해……."

결국 출근 시간이 될 때까지 아내와 얘기를 계속했다. 무슨 말을 들어도 납득할 수 없었고, 아내가 시간을 좀 가져보자고 하면 할수록 지요가 점점 더 멀어질 것 같아서 견딜 수가 없었다.

한 번도 얼굴은 안 내밀었지만, 지요가 자기 방에서 줄곧 이쪽 얘기를 듣고 있다는 건 느껴졌다. 그날 일을 쉬고 지요와 대화를 나눠볼 생각이 없었던 건 아니다. 그러나 아내가 시간을 두자고 하고, 청소 시스템을 새로 설치한 가게에 인사하러 갈 스케줄도 있었다. 기름이 번질거리는 얼굴을 씻고 현관에서 구두를 신고 있는데, 지요가 방에서 나와 얼굴을 내밀었다. 한숨도 못 잤는지 아니면 울어서 그런지 눈두덩은 부어오르고 눈은 충혈되어 있었다.

"아빠는 용서 못 해. 그런 놈은 두 번 다시 만나지 마! 알아들었어? 만약 만나고 싶으면 여기서 나가! 나가서 네 맘대로 해."

정신을 차려보니 눈도 마주치지 않고 그렇게 말하고 있었다. 틀림없이 "그럼 나갈 거야!"라고 강하게 나올 거라 짐작했다. 그런데 방에서 나온 지요는 "……알았어. 참을게. 근데 언제까지 참으면 돼?"라고 말하는 것이었다.

"언제까지라니……."

말문이 막혔다.

중학교 졸업할 때까지? 아니, 아직 이르다. 그럼, 고등학교를 제대로 졸업할 때까지? 아니다, 그때부터 새로운 세계가 열리는 것이다. 이 아이가 아직 알지도 못하는 새로운 것들이 그 앞에 수없이 기다리고 있을 터였다.

"그, 그런 건 너 스스로 생각해!"

자기도 모르게 난폭하게 소리를 쳤다.

"그건 너무 비겁해"라며 지요가 금방이라도 울음을 터뜨릴 듯이 말했다.

"난 아직 중학생이라 아무것도 할 수 없어. 그건 알아. 지금 집에서 나가라고 해도 어쩔 수가 없잖아. 교헤이에게도 폐를 끼칠 순 없어. 그렇지만 일할 수 있게 되면 열심히 노력할 거야. 그러니 그때까지만 여기 있게 해줘."

마지막에는 눈물과 콧물이 뒤범벅이 되어 목소리조차 제대로 안 나왔다. 기가 막혔다. 주먹을 불끈 쥔 딸의 모습에 머릿속이 하얘져서 "안 되는 건 안 돼! 두 번 다시 만나지 마!"라고 고함을 치고, 그 자리에서 도망치듯 밖으로 뛰쳐나왔다.

대학을 중퇴하고 조그만 부동산 회사에서 영업사원으로 일했다. 완전 성과급제라 불안정한 직장이었지만, 어릴 때부터 낯을 안 가리고 말도 잘하는 편이라 그런지 그럭저럭 성과를 올릴 수 있었다. 물론 험한 꼴을 당한 경험도 있다. 계약 직전에 고객의 마음이 바뀐 적도 있었고, 술 취한 상사에게 얻어맞은 적도 있었다. 그런데도 죽어라 매달려서 일했던 것은 집에 돌아오면 아내가 있고, 얻어맞은 뺨을 조그만 손으로 어루만져주는 지요가 있었기 때문이다.

아내와는 대학 동아리에서 알게 되었다. 처음에는 둘 다 학생이라 마음 편하게 사귀었는데 어느 날 그녀에게 임신했다는 말을 들었다. 피임을 안 한 건 아니지만, 완벽하게 했느냐고 물으면 고개를 숙일 수밖에 없었다. 임신 소식을 들은 순간, 초조했다기보다 묘하게 배짱이 두둑해지는 듯한 느낌이 들었던 기억이 남아 있다. 둘이 며칠씩 의논한 끝에 키우자는 결론을 내렸다. 두 사람 모두 겁쟁이였던 것 같다. 여자는 남자에게 "낳아줘"라는 말을 들은 후 거절할 자신이 두려웠고, 남자는 여자에게 "낳고 싶어"라는 말을 듣고 반대할 자신이 두려워서 오히려 둘 다 "떼자"는 말을 꺼낼 수 없었는지도 모른다.

물론 양쪽 부모님은 심하게 반대했다. 아무런 도움도 줄 수 없다고 했다. 분명 너무 젊었던 탓일 것이다. 반대에 부딪히면 부딪힐수록 양가 부모님이 말하는 장래라는 게 아무런 의미도 없이 느껴질 뿐이었다.

대학을 그만두자마자 일을 시작했다. 생활은 어려웠지만 도와주는 친구도 있었다. 지요가 무사히 건강하게 태어난 아침은 지금도 떠올리기만 해도 눈물이 솟구친다. 주위에서는 소꿉놀이라느니 지금까지의 인생을 헛되게 날렸다느니 온갖 소리를 했지만, 조그만 지요를 품에 안은 순간, 주위의 그런 비웃음들은 아무 가치도 없는 것처럼 느껴졌다.

지요가 유치원에 들어갈 때까지 휴일까지 반납하며 일만 했다. 야간대학에서 공부를 다시 시작하고 싶다는 아내의 희망을 들어주기 위해 필사적으로 학비를 모았다. 아내는 아이를 키우면서도 한 번 포기했던 대학을 훌륭하게 졸업했다. 아이가 있는 관계로 취직 활동에도 적잖은 고통이 따랐지만, 마침내 스위스 자본 보험회사에 취직했다.

아내의 벌이 덕분에 생활은 상당히 나아졌다. 지요를 위해 다달이 적금도 넣을 수 있었다. 초등학생이 된 지요도 일하는 엄마를 존경했고, 엄마를 대학에 보내준 아빠가 자랑스럽다는 작문을 쓴 적도 있었다. 아이 깐에는 부모에게 마음을 써준 것뿐일지 몰라도 말로 표현할 수 없을 정도로 기뻤다. 어린 나이에 아이를 낳아 고생하며 살아온 자기들에게 그 딸이 졸업 증서를 주는 듯한 기분이었다.

그것 때문인지는 몰라도 자신의 인생을 새삼스레 다시 바라보게 되었다. 일하던 부동산 회사의 경기가 나빴던 영향도 있어서 지요가 중학교에 입학한 해에 큰 결심을 하고 회사를 그만두었다. 그 후 독립해서 레스토랑 등에 주방 청소 시스템을 판매하는 회사를 시작했다.

말이 좋아 회사지 아카사카(赤坂)에 있는 공동 사무실 한 칸을 빌려서 전화 응대 서비스를 부탁했을 뿐이다. 그래도 부동산 회사 시절에 상가를 취급한 시기도 길어서 기대한 만큼은 아니지만, 그럭저럭 꾸려나갈 수 있었다. 그리고 수면 부족에 시달리면서도 머지않아 자기만의 영역을 구축할 주인 행색은 할 만큼의 주문은 받을 수 있었다.

지요가 경찰의 지도를 받은 것은 바로 그 무렵이었다.

아내는 밤이면 밤마다 지요를 설득했다. 지요는 지요대로 아내의 대응이 무른 걸 틈 타 중학교를 졸업하면 취직하고 그 남자와 결혼하고 싶다는 말까지 꺼냈다. 아내와는 정반대로 경찰에 불려 간 다음 날 "당장 헤어져! 두 번 다시 만나지 마!"라고 소리친 후로 지요와 단 한 번도 제대로 된 대화를 나눈 적이 없었다.

그런 때는 부모가 단호한 태도를 보여야 한다고 믿었고, 자기가 세상 그 누구보다 더 딸을 걱정한다는 자부심도 있었다.

상대 남자를 만나러 간 것은 지요가 학교에 안 가고 방에 틀어박혔을 무렵이다. 한번은 휴대전화로 남자와 통화하는 소리가 들려서 방으로 뛰어 들어가 두 번 다시 딸에게 전화하지 마라, 딸이 걸어도 받지 말라고 호통을 치고 그러마는 약속까지 받아냈다. 그때 말투가 딸의 심기를 건드렸는지 방에 틀어박혀 나오지 않게 된 것이다.

아내가 알아낸 주유소로 찾아가자, 소년은 땀범벅이 되어 일하고 있었다. 이쪽 얼굴을 기억하고 있었는지 눈이 마주치자 흠칫 놀라며 등을 곧게 펴고 고개를 숙였다. 머리를 염색한 것도 귀를 뚫은 것도 아니고, 굳이 말하자면 껑충하게 키만 큰 순박해 보이는 소년이었다.

이제 곧 휴식시간이라고 해서 근처 패밀리레스토랑으로 가자고 했다. 소년이 사무실에 보고하러 갔다. 보고를 받자마자 점장으로 보이는 나이 지긋한 남자가 튀어나오더니 "지난번에는 이 녀석이 여러 가지로 폐를 끼친 것 같습니다. 대단히 죄송합니다"라며 고개를 숙였다. 순간 아버지인가 싶었는데, 두 사람의 행동으로 봐서는 그런 것 같진 않았다.

패밀리레스토랑에 자리를 잡고 앉자, 음료 주문도 하기 전에 소년이 고개를 깊이 숙이며 지요가 경찰의 지도를 받게 된 일을 사과했다.

"사과할 일인 줄 알면서 그렇게 늦은 밤에 중학생 딸은 왜 끌어내!"

엉겁결에 목소리가 커지는 바람에 가까이 다가오던 웨이트리스가 걸음을 멈췄다.

아내 얘기에 따르면, 그날은 마침 그 소년의 생일이었는데 일이 늦게 끝난다며 망설이는 소년에게 그래도 꼭 만나고 싶다며 지요가 부탁을 했던 모양이다.

주문한 커피가 나오자, "아무튼 지요는 아직 중학생이야. 남자와 사귀니 어쩌니 하는 소리를 할 나이가 아니야"라고 단호하게 말했다.

땀이 흐르는 목을 긁는 것 외에는 소년은 꿈쩍도 하지 않고 뚫어져라 테이블의 커피만 내려다보았다.

"자네도 아직 열여덟이라면서?"

소년이 고개를 숙인 채 "네"라고 대답했다.

"열여덟이면 앞날이 창창하잖아. 지금부터 많은 걸 공부하고, 지금부터……."

"그렇지만……."

소년이 그쪽에서 고개를 들었다. 지요에게 들었는지 그 시선에는 당신들도 어려서 결혼하지 않았냐는 어렴풋한 비난의 빛이 어려 있었다.

"한 가지 분명하게 말해두겠는데, 우린 대학생이었어. 지금 자네와 지요와는 상황이 전혀 달라."

"그건 알고 있습니다. 전 고등학교도 못 나왔고……. 그렇지만 놀고 있는 것도 아니고, 지금 일하는 주유소에서 돈을 모으면 언젠가는 작은 정비공장을 할 생각입니다."

"글쎄, 지요는 아직 중학생이라니까!"

세상 물정 모르고 떠들어대는 소년의 말에 엉겁결에 테이블을 내리쳤다.

"그렇지만 진지하게 생각하고 있습니다. 그러니 지요가 중학교를 졸업할 때까지만……."

"진지하긴 뭐가 진지해. 진지하다는 게 뭔지 그 뜻이나 알아? 자기 생각만 하고 지요 생각은 하나도 안 하잖아."

"그럴 리가……."

소년은 핏대가 설 만큼 어금니를 꽉 깨물었다.

"무슨 생각을 했어? 앞으로 고등학교에 가서 새 친구를 만나고, 대학에 가서 하고 싶은 일도 찾고, 모든 게 지금부터야. 지요에게도 앞으로의 인생을 보여줘야 할 거 아냐. 지요의 인생에 관해선 아무 생각도 없으니까 진지하다느니 어쩌느니 쉽게 떠들어댈 수 있겠지. 지금 자네 상황에서 지요를 행복하게 해줄 자신이 있나?"

온몸이 뻣뻣하게 굳은 소년이 천천히 고개를 옆으로 저었다.

"혹시라도 진심으로 지요를 생각한다면 지요 앞에서 모습을 감춰주게. 자네도 지요의 행복을 바라겠지? 그렇다면 그 애한테 냉정하게 생각할 수 있는 시간을 주잔 말이야. 아직 중학생이잖아……"

고개를 든 소년의 눈에 눈물이 어려 있었다.

소년이 주유소를 그만두고 그 고장을 떠났다는 사실을 안 지요가 반미치광이가 된 것은 그로부터 한 달쯤 지난 무렵이었다. 소년은 아무에게도 알리지 않고 정말로 그 고장을 떠난 것이다.

처음에는 "아빠가 뭐라고 했지!"라며 지요가 머리를 헝클어뜨리며 덤벼들었다. 그러나 아내에게도 말하지 않았기 때문에 그런 적 없다고 끝까지 주장하면 달리 증거가 있는 것도 아니었다.

소년이 모습을 감춘 후, 지요는 차마 눈뜨고 볼 수 없는 상태가 되었다. 기껏해야 열다섯 살짜리 소녀가 그렇게까지 절망할 수 있을까 싶을 만큼 가슴이 찢어지는 듯한 소리로 날이면 날마다 눈물로 지새웠다.

소년은 이해했던 것이다.

어른들이 생각하는 것 이상으로 지요를 소중하게 여겼던 것이다. 그랬기에 남몰래 모습을 감춘 것이다. 아직 열여덟 살인 그는 자기의 앞날에 무슨 일이 벌어질지 스스로도 알 수 없었기 때문에 지요에게도 앞으로의 인생을 보여주고 싶었던 것이다.

그런 생각이 들수록 스스로의 판단에 자신감이 사라졌다. 그걸로 됐다고 생각하면 할수록 소중한 딸의 뭔가를 망가뜨리고 만 것 같은 기분이 들어 견딜 수가 없었다.

학교에도 거의 나가지 않았지만, 지요는 가까스로 중학교는 졸업할 수 있었다. 부모에게 배신을 당했는지 애인에게 배신을 당했는지조차 모르고 몹시도 괴로워하는 것 같았다. 아내와 둘이 필사적으로 설득해봤지만, 결국 고등학교에는 진학하지 않았다.

올 4월부터 갈 곳을 잃은 지요는 방에 틀어박혀 지내거나 갑자기 기분이 내켜 밖으로 나가면 며칠씩 안 들어오는 날이 이어졌다. 그리고 때로는 오늘 밤처럼 경찰에게 인도되어 경찰차를 타고 들어오는 일도 있었다.

"오늘 말이야, 벌써 몇 년 만인가, 일 때문에 이치가야(市ヶ谷)에 들렀거든."

목욕을 하고 나오자, 아내가 갓 짜낸 그레이프푸르트 주스를 따라주며 말했다.

"이치가야?"

"응, 시간이 좀 남아서 대학 쪽으로 걸어가 봤는데 학교 건물이 높은 빌딩으로 변했던데."

"아, 나도 사진으로 봤어."

"그 자리에 원래 뭐가 있었지?"

"그 자리? 흠, 뭐였더라."

그레이프푸르트 주스를 한 모금 마시자, "그러고 보니 아까 경찰관에게 이끌려 와서 골이 난 표정으로 서 있는 지요를 보니까 갑자기 요코미치 생각이 나네"라고 아내가 중얼거렸다.

"요코미치?"

"응. 왜 그랬을까……."

"보고 싶군. 요코미치 요노스케라. 잘 지내고 있을까.……생각해보면 그 녀석 덕분에 우리가 알게 된 건데. 아 참, 삼바 동아리에서 기요사토 갔던 거 기억해?"

"응, 갔었지."

"내가 그때 목욕탕에서 그 녀석한테 말했어. 당신 얘기."

"내 얘기? 뭐라고?"

"지금은 잊어버렸지."

피곤해서 잠들어버렸는지 조금 전까지 지요 방에서 들려오던 음악 소리는 어느새 꺼져 있었다.

***

사람들 흐름에 떠밀리듯 시부야(澁谷) 역 광장으로 나오는 젊은이가 있다. 모두가 서둘러 각자의 목적지로 향하는 인파 속에서 발을 잘 못 내딛겠는지 이따금 스킵하듯 오른손과 오른발을 동시에 뻗기도 한다. 요노스케다.

같은 비행기로 함께 상경한 고향 친구 오자와와 오랜만에 만날 약속을 한 모양이다. 보나마나 길을 헤맬 테니 곧장 약속 장소인 찻집으로 가면 좋을 테지만, 모든 게 신기하기만 한지 게임센터가 나오면 들여다보고 보세 가게가 있으면 들어가 보고 다코야키(삶은 문어를 잘게 썰어 밀가루 반죽을 하여 탁구공만 한 크기로 구운 것 — 옮긴이)를 사먹기도 하면서 여전히 좀처럼 나아가질 못한다.

보세 가게에서는 돈도 없이 물건들을 둘러보다가 햇볕에 그을린 장발 매니저가 말을 건네는 바람에 하마터면 아무 쓸모도 없는 은 액세서리를 살 뻔하기도 했다.

약속 장소는 파르코(PARCO, 전문점의 집합 형식을 취한 백화점 — 옮긴이) 뒤쪽에 있는 '르누아르'라는 찻집이었다. 요노스케가 도착했을 때, 혼잡한 가게 안에 오자와의 모습은 보이지 않았다. 하는 수 없이 요노스케는 종업원이 안내해주는 자리에 앉았다. 마치 드러눕는 의자처럼 생겨서 메뉴를 펼친 채 뒤로 나자빠질 것 같았다. 게다가 메뉴에 적힌 커피 한 잔 값도 너무 비싸서 그쪽 역시 뒤로 나자빠질 지경이었다.

커피에 이 돈을 낼 바엔 저녁에 튀김 도시락 두 개를 사는 게 훨씬 낫다.

옆 테이블에서는 텔레비전 관계자로 보이는 남자들이 다음 약속 날짜를 정하고 있었다.

"다음 주는 월요일부터 금요일까지 완전히 꽉 찼네."

"흐음, 나도 그렇군. 월, 화는 지방 취재, 수, 목은 녹음, 금요일부터는 가루이자와. 가끔은 쉬어줘야 할 텐데 말이야. 하하하."

먼저 비어 있는 날부터 얘기하면 빠를 텐데 무슨 영문인지 두 사람 다 두툼한 가죽 수첩을 펼쳐놓고 스케줄이 차 있는 날부터 나열했다.

요노스케가 테이블에 나온 커피를 한 모금 마시는 순간, 눈앞에 몹시 화려한 팥죽색 양복을 입은 남자가 우뚝 섰다. 옆에 있는 남자들을 흉내 낸 것 같은 양복이라 순간 자리를 잘못 찾은 줄 알았는데 위에서 목소리가 들려왔다.

"미안하다. 앞의 일이 조금 밀려서."

고개를 들어보니 팥죽색 더블 재킷 위에 여드름 난 오자와의 얼굴이 덩그러니 올라가 있었다.

"뭐, 뭐냐? 그 양복은?"

요노스케는 하마터면 마시던 커피를 내뿜을 뻔했다.

"아하, 이거? 이래저래 양복 입을 기회가 많아서 샀다. 마루이 백화점에서 10개월 할부로 사긴 했지만."

양복 입을 기회라곤 입학식 말고는 떠올릴 수 없었던 요노스케가 오자와를 뚫어져라 올려다보았다.

"나, 매스컴 연구회에 들어갔거든. 조금 전까지 올해 학교 축제 건으로 선배들이랑 연예기획사를 좀 돌았어."

"연예기획사?"

"그 왜, 에스뮤직이니 뭐니 하는……."

오자와가 그렇게 말하며 두툼한 시스템 수첩을 테이블에 내려놓았다.

"아 참, 그렇지. 이건 내 명함이야."

오자와가 두툼한 시스템 수첩에서 명함을 꺼냈다.

팥죽색 더블 재킷. 시스템 수첩. 그리고 명함.

단순히 웃길 의도였다면 상당히 공을 들인 셈이다. 오자와라는 녀석은 원래 고등학교 시절부터 세뱃돈으로 꼼 사 데 모드(COMME CA DU MODE) 티셔츠를 사는 멋쟁이라는 건 요노스케도 알고 있었지만, 그게 왠지 안 좋은 방향으로 흐르는 것 같은 느낌이 들었다.

"……아 참, 너 이번 주 토요일 밤에 시간 있냐?"라고 묻는 오자와.

"응, 있어"라고 대답하는 요노스케.

"빨리도 대답한다."

오자와가 놀리듯 웃음을 터뜨리더니 "그럼 마침 잘됐네. 이번 토요일에 우리 동아리에서 주최하는 댄파가 있거든. 티켓 줄 테니까 친구 데리고 놀러 와"라며 테이블 위에 티켓을 꺼냈다.

"댄파?"

"댄스파티 말이야."

"그 정도는 알아."

'동아리, 댄스'라는 말에 무심코 삼바를 연상하는 요노스케였지만, 꺼내놓은 티켓을 보니 장소는 롯폰기의 디스코클럽에다 복장 제한까지 있는 듯했다.

티켓에 정신이 팔린 요노스케 앞에서 오자와가 한 손을 들고 웨이트리스를 불렀다.

"야, 커피 주문할 거면 아직 한 모금밖에 안 마셨으니까 이거 마셔. 그리고 나눠 내자."

요노스케의 제안에 "쩨쩨한 소리 좀 그만해라"라며 얼굴을 찌푸린 오자와가 "걱정 마, 커피 값 정도는 내줄 테니까"라며 선심 쓰듯 말했다.

"웬일로?"

"파티 티켓 판매금이다 뭐다 해서 돈이 좀 들어왔거든."

"뭐? 그럼 이거 나한테 파는 거야?"

요노스케가 허겁지겁 티켓을 밀어냈다.

"공짜로 줄 테니까 걱정 붙들어 매, 자식아. 너한테까지 안 팔아도 우리 동아리 댄스파티는 인기가 좋아서 여대생 애들도 척척 사준다고."

"이런 걸 팔아서 돈이 돼?"

"되고말고. 동아리 전체로 보면 백만 엔 단위는 거뜬히 넘을걸."

"거뜬히 백만 엔?"

"필요 없냐?"

"필요해!"

"몇 장?"

"으음, 세 장."

구라모치와 아쿠쓰 유이 몫이었다.

르누아르에서 나온 요노스케가 "이제 어떡할래?"라고 물었다. 고등학교 시절이라면 "이제 어떡할래?" "글쎄, 할 것도 없네" "그럼 갈까?" "가도 할 건 없는데"라면서도 이래저래 시간을 보냈기 때문에 요노스케로서는 그 말을 먼저 꺼냈을 뿐인데, "글쎄, 할 게 없네"라고 대답해야 마땅할 오자와가 "미안. 난 다른 약속이 잡혀 있어서"라는 말을 꺼냈다.

"어! 뭔 소리야, 그게?"

"됐잖아. 무료 티켓도 받았겠다."

자기가 불러내놓고 이런 식이라면 아무리 요노스케라도 화가 났다. 그러나 여기서 무리하게 붙든다 해도 "이제 어떡할래?" "글쎄, 할 게 없네" "그럼 갈까?"의 연속일 뿐이긴 하다.

요노스케는 하는 수 없이 팥죽색 더블 재킷을 휘날리며 경쾌하게 횡단보도를 건너가는 오자와를 배웅했다.

길가에 남겨지고 보니 시부야라는 거리에 우두커니 멈춰 서 있는 게 너무 모양새가 빠진다는 생각이 들었다. 그대로 집으로 돌아가도 되겠지만 돌아간다 한들 "이제 어떡할래?" 이하 생략을 혼자서 할 수밖에 없었다.

바빠 보였던 오자와 흉내를 내면서 요노스케도 공원 거리까지 총총걸음으로 걸어갔다. 마침 빨간 전화박스가 보여서 문득 떠오른 구라모치의 집으로 전화를 걸기로 했다.

보나마나 구라모치도 "이제 어떡할래?" 이하 생략을 혼자서 하고 있을 게 뻔했다. 그러나 전화를 받은 사람은 구라모치의 어머니였고, "잇페이짱은 나가고 없는데요"라고 고상한 말투로 알려주었다.

'잇페이짱'이라는 말에 웃음이 나왔지만 간신히 참았다.

"몇 시쯤 들어올까요?"

"글쎄요, 요즘은 안 들어오는 날도 많아서. 학교 친구?"

"네. 요코미치라고 합니다."

"어머나, 잇페이짱이 가끔 자러 가는 친구 맞죠? 우리 애가 괜히 성가시게 하는 건 아닌가?"

"아니, 별로."

"아직 부엌 살림살이도 제대로 안 갖춰졌다면서? 어려워 말고 언제든 우리 집으로 밥 먹으러 와요."

"고맙습니다."

"저어, 잇페이짱이 요즘 사귀는 사람이 생긴 것 같은데……, 알아요?"

"……아뇨."

"소개시켜주면 좋을 텐데 부끄러운지 아무 말도 안 하네."

시간이 남아돌아서 건 전화였는데 요노스케보다도 시간이 더 남아도는 사람과 연결되어버린 것 같았다.

가까스로 구라모치의 어머니와 통화를 끝낸 요노스케가 전화박스에서 나왔다. 요요기 공원으로 이어질 것 같은 언덕 쪽으로 걸어가 봤다.

천천히 언덕길을 올라가기 시작하자, 웬일인지 한 발짝을 뗄

때마다 무의식적으로 소리가 흘러나왔다.

"뭔, 가, 달, 라."

"뭔, 가, 달, 라."

오른발. 왼발. 정신을 차려보니 번갈아 발을 내디딜 때마다 그런 소리를 중얼거리고 있었다. 일단 그것을 의식하고 나자 소리는 점점 더 커졌다.

"뭔가 달라."

"뭐, 가?"

"뭔가 달라."

"뭐, 가?"

마음속 리듬에 맞춰 물어봤지만, '뭔가가 다르다'고 생각하는 것도 자기 자신이었고, '그게 뭘까?'라고 물어보는 것도 자기 자신이었기 때문에 또 한 명쯤의 자신이 나오지 않으면 결말이 날 수 없었다.

"뭔가 달라."

"뭐, 가?"

발걸음에 맞춰 되풀이해 중얼거리는 사이, 눈앞에 요요기 공원 입구가 보이는 곳까지 이르렀다. 요노스케는 자기 발자국이라도 확인하듯이 언덕 위에서 공원 거리를 돌아보았다.

상경한 지 벌써 두 달이 가까워져서 5월도 어느덧 끝나갈 무렵이었다. 뭐가 어떻게 다른지는 알 수 없지만, 그 두 달간 발이 땅에 닿지 않는 느낌이 들었다. 새로운 고장에서 살아가고, 새로운 친구가 생기고, 새로운 생활이 시작되었으니 모든 게 처음부터 척척 들어맞을 리는 없겠지만, 아무리 그렇다고 해도 모든 게 너무 휙휙 흘러가버리는 인상이 강했다. 분명 여러 가지 것들이 많이 변했을 텐데 그 인상은 몹시 가벼웠다.

요노스케는 가까이 있는 가드레일에 걸터앉았다. 요요기 공원에서 나온 커플이 망연자실해 있는 요노스케를 바라보며 스쳐 지나갔다.

그것은 중학교 2학년 여름방학이 끝난 무렵이었을까. 남학생들 사이에서 맨살에 노타이셔츠 교복을 입고 다니는 게 유행했다. 그때까지는 어머니가 사다주는 러닝셔츠를 아무런 망설임도 없이 입고 다니던 요노스케도 곧바로 노타이셔츠로 등교하게 되었다. 뭔가가 유행하기 시작하면 반드시 그것을 저지하려는 교사가 나타나게 마련이다. 맨살에 노타이셔츠를 눈엣가시처럼 여긴 사람은 오쿠마라는 난폭한 체육교사였다. 오쿠마는 맨살에 노타이셔츠를 입은 학생을 발견하면 그 굵직한 손가락으로 학생들의 유두 옆을 있는 힘껏 꼬집었다. 견딜 수 없는 통증에 비명을 질러대는 녀석도 있었고, 꼬집혀서 멍이 지면 "내 유두가 커졌어"라며 내보이고 다니는 녀석도 있었다.

어느 날, 요노스케도 그 오쿠마와 복도에서 딱 마주쳤다. '아아, 마침내 올 것이 왔구나, 오늘은 드디어 내 차례야'라며 미리부터 꼬집히는 통증을 떠올리며 얼굴을 찡그렸는데, 가까이 다가온 오쿠마는 "속옷 좀 제대로 입고 다녀라"라며 진절머리가 난다는 듯한 목소리로 그저 말만 했을 뿐이었다.

물론 오쿠마에게 꼬집히고 싶었던 건 아니지만, 못내 아쉬운 기분도 없지 않았다. 진절머리가 난다는 듯한 오쿠마의 목소리라는 표현이 조금 이상할지는 몰라도 그것이야말로 진정한 어른의 목소리로 들렸던 것이다.

오쿠마의 표적이 되는 것은 학교에서도 눈에 많이 띄는 학생이라고 할까, 이른바 불량학생들이었다. 오쿠마에게 꼬집힌 불량학생들은 요란하게 비명을 질러댔다. 그것이 일종의 쇼처럼 변해서 쉬는 시간마다 복도를 떠들썩하게 만들었던 것이다. 그리고 그런 학생들은 예외 없이 "그냥 좀 냅둬요!"라고 소리를 지르며 선생에게 대들었다. 그러나 선생은 절대로 내버려두지 않았다. 요노스케 역시 열네다섯 살로 한창 사춘기를 겪는 소년이라 "그냥 좀 냅둬요!"라고 말해보고 싶었다. 그러나 말하지 않아도 그냥 놔두니까 그런 말을 해볼 기회조차 없었던 것이다.

그래. 그때 오쿠마한테 "나도 좀 꼬집어주세요"라고 부탁할걸 그랬어.

가드레일에 걸터앉아 있던 요노스케는 불현듯 그런 생각이 들어서 "아냐, 아냐, 그건 아니지"라며 허둥지둥 가드레일 위에서 앉음새를 고쳤다.

6월·장마

"그럼, 확실하게 잘해라!"

선배에게 경주마처럼 엉덩이를 얻어맞고 룸서비스 왜건을 밀며 호텔 복도를 걸어가는 젊은이, 요노스케다. 배웅하는 사람은 삼바 동아리 선배, 이시다였다. 이시다에게 불안한 표정으로 고개를 끄덕이고 스태프 전용 엘리베이터를 타고 객실로 향하는 모습을 보아하니 오늘 처음으로 혼자 객실에 식사를 나르는 모양이다.

"내 말 명심해. 어쨌든 호텔에는 온갖 손님이 오게 마련이니까 방에 들어갈 때는 반드시 객실 문 안전고리를 이용해서 문을 완전히 닫지 말 것!"

아르바이트 경력이 많은 이시다의 말에 따르면, 제아무리 아카사카의 일류 호텔이라고는 해도 술에 취해 덤벼드는 남자 손님이 있는가 하면 룸서비스 직원을 호스트 같은 걸로 착각하는 여자 손님, 심지어는 한창 섹스 중에 룸서비스를 부르는 파렴치한 손님까지 있는 모양이었다.

"……따지고 보면 자살할 마음으로 오는 녀석도 없다고는 단정할 수 없으니 그런 녀석에게는 마지막 만찬을 나르는 일이란 말이지. 아무튼 고객 서명을 받아서 방에서 나오는 순간까지 절대로 긴장을 풀어선 안 돼."

이시다에게 아르바이트를 소개받을 때는 호텔방에 음식을 날라주는 정도의 일일 거라고 낙관했던 요노스케지만, 이시다를 비롯한 선배 스태프들이 그렇게 겁을 줄수록 이곳 아카사카의 일류 호텔이 마치 유령의 집처럼 느껴졌다.

그러나 그때까지 이시다를 따라 몇 번인가 룸서비스를 경험해본 한에서는 그런 성가신 손님은 만난 적이 없었고, 지방에서 결혼식에 올라온 노부부가 "방에 딸린 목욕탕은 싫은데, 공중탕은 없나?"라는 질문을 한 정도 말고는 말을 걸어온 일조차 없었다.

아무튼 호텔에는 온갖 손님이 있다. 취객이니 호스트니 노출광이니 선배들이 입을 모아 요노스케를 위협했지만, 요노스케는 솔직히 그런 손님들보다 2천 엔이나 하는 주먹밥을 아무렇지도 않게 주문하는 인간이 있다는 사실이 더 놀라워서 견딜 수가 없었다.

20층에서 엘리베이터를 내린 요노스케는 두툼한 융단이 깔린 복도로 걸어갔다. 2015. 방 번호를 확인하고 초인종을 누르자, 안에서 곧바로 남자 목소리가 들렸다.

"룸서비스입니다."

문을 연 사람은 풍채가 좋은 중년남자였다. 이미 밤 열두 시가 지났는데 양복 차림에 넥타이까지 그대로 매고 있었다.

이시다가 시킨 대로 안전고리로 문을 조금 열어놓고 안으로 들어간 후, "어느 쪽에 세팅해드릴까요?"라고 묻자, "테이블 위가 어질러져 있으니 텔레비전 앞에 그대로 놔두게"라고 남자가 대답했다. 부동산 일을 하는지 책상에는 빌딩 도면이 그려진 자료들이 흩어져 있었다.

"밤늦게까지 고생이 많겠군."

남자가 리모컨으로 텔레비전 채널을 바꾸면서 말을 건넸다.

"아닙니다. 저어, 된장국을 그릇에 따라드릴까요?"

"그냥 두게."

요노스케는 2천 엔짜리 주먹밥을 싼 랩을 벗겨냈다. 창가로 다가간 남자가 눈 아래 펼쳐진 야경을 내려다보며 "모처럼 큰 건을 성공시킨 밤인데 이런 데서 혼자 주먹밥이나 먹어야 하다니 한심하군"이라고 중얼거렸다.

큰 건. 혼자 먹는 주먹밥.

허둥지둥 《손님 접대 매뉴얼》 책을 머릿속에서 펼쳐보았지만 그런 예문은 없었다. 요노스케는 일단 대화를 건너뛰기로 했다.

"식사 후에 9번을 눌러주시면 바로 치우러 오겠습니다."

"아, 알았어요, 고마워요."

서명을 받고 방에서 나오려고 하자, "아, 잠깐"이라며 남자가 불러 세웠다.

"네."

돌아본 요노스케에게 "팁을 줘야지"라며 남자가 양복 안주머니에서 지갑을 꺼냈다. 이시다와 함께 다닐 때도 미국인 손님에게 백 엔을 받은 적은 있지만, 일본인에게는 받은 적이 없었다.

"어, 천 엔짜리가 없네. 아 됐어, 자 이거 받게."

남자가 내민 것은 놀랍게도 만 엔짜리 지폐였다. 물론 준비해 둔 거스름돈 같은 건 없었다.

"아, 아니, 이건 너무."

"부담가질 거 없어."

남자가 만 엔짜리 지폐를 쑥 내밀었다.

"아니, 그래도……."

"안심해, 수상한 돈도 아니니까."

만 엔이면 요노스케의 하루 일당과 맞먹었다. 테이블에는 2천 엔짜리 주먹밥이 놓여 있었다.

"이왕 꺼낸 거니까 받아둬."

"그, 그런가요. 그럼 실례하겠습니다, 대단히 감사합니다."

거절하려고 했던 주제에 요노스케는 냉큼 만 엔짜리 지폐를 받아들었다.

복도로 나온 요노스케는 팁으로 받은 만 엔짜리 지폐를 천장 불빛에 비쳐 보았다. 접은 자국도 거의 없이 신권과 다를 바 없는 만 엔짜리 지폐였고, 물론 위조지폐도 아니었다.

미국인에게 받은 백 엔짜리 동전은 대기실 자동판매기에서 금세 써버렸지만, 만 엔이라면 캔 주스 정도로 끝날 일이 아니었다.

그러고 보니 한 달 전이었던가, 요노스케는 일본의 1인당 GNP가 미국을 제치고 세계 1위에 올랐다는 뉴스를 봤던 기억이 났다. 경기가 좋은 도쿄에서는 심야 택시를 잡기 어려워서 만 엔짜리 지폐를 팔랑팔랑 흔들며 빈 차를 잡는다는 뉴스도 나왔다. 맨션 방에서 재생 전용이 아닌 비디오를 살까 말까 망설이며 그 뉴스를 보던 요노스케는 그런 콩트 같은 일이 있을 리 없다고 생각했지만, 이런 곳에서 실감하게 될 줄은 꿈에도 몰랐다.

요노스케는 어느새 복도를 달려가고 있었다. 만 엔짜리 지폐를 높이 쳐든 채, '홉, 스텝, 점프' 세단뛰기로 천장까지 뛰어올랐다. 요노스케는 만 엔 팁 덕분에 좀처럼 오지 않는 스태프용 엘리베이터도 짜증스럽지 않은 모양이다. 짜증이 안 나는 것뿐인가, 기분 좋게 콧노래까지 불러댔다.

오호, 역시 있는 데는 있구나~. 만 엔짜리 지폐, 파~알랑 팔랑. 히가시쿠루메 같은 데 사니까 안 되는 거지~. 도쿄 아카사카 롯폰기~. 역시나 있는 데는 있구나~. 아냐, 이런 마을은 싫어~. 아냐, 이런 마을은 싫어~. 도쿄로~ 가야지~. 도쿄에 가면~ 룸서비스를 해도~ NTT 주식을 살 수 있지롱~.

떵 하는 소리가 울리며 엘리베이터 문이 열렸고, 요노스케는 허둥지둥 직립 부동 자세를 취했다. 안에 타고 있던 사람은 왜건을 미는 이시다였는데 "왜 그렇게 히죽거려, 기분 나쁘게"라며 인상을 찌푸렸다.

요노스케는 만 엔짜리 지폐를 허겁지겁 손안에 감추었다.

"팁 많이 받았냐?"

이시다에게 금세 들통이 나버렸다.

"……주임한테는 말하지 마라. 몰수당하니까."

"이시다 형도 자주 받아요?"

"어쩌다 가끔. 그렇지만 그게 계속되면 정말로 일할 맘이 사라지니까 조심해."

"그러게요~. 지금 내 머릿속은 NTT 주식 생각으로 가득 찼다니까요."

한껏 달뜬 요노스케에게 코웃음을 친 이시다는 2천5백 엔짜리 햄버거가 실린 왜건을 밀며 긴 복도로 걸어갔다.

다음 날 아침 아홉 시가 지난 무렵, 철야 근무를 마친 요노스케는 준급행 전차를 타고 하나코가네이 역으로 돌아갔다. 새벽녘부터 내리기 시작한 비는 도심을 벗어날수록 거세지며 출근 러시와는 반대 방향인 텅 빈 차량의 차창을 내리쳤다. 우산이 없었던 요노스케는 자전거를 타지 않고, 때마침 멈춰 서 있던 버스에 올라탔다. 버스에도 손님은 요노스케뿐이었고, 마치 요노스케를 기다리기라도 한 듯 앉자마자 달리기 시작했다. 심하게 흔들리는 버스 안에서 요노스케는 어제 받은 만 엔짜리를 주머니에서 다시 꺼내보았다.

오늘 밤에는 오랜만에 폴크스(Volks)에서 스테이크를 먹기로 결심했다.

펼친 만 엔짜리 지폐는 후쿠자와 유키치(福澤諭吉, 일본 만 엔권에 그려져 있는 인물. 일본의 계몽가이자 교육가로 에도에 네덜란드 어학교인 난학숙[蘭學塾]을 열었고, 메이로쿠사[明六社]를 창설한 후 동인으로 활약하며 실학과 부국강병을 강조하여 근대 일본의 사상적 근거를 마련했다―옮긴이)까지 웃고 있는 듯 보였다.

버스에서 내린 요노스케는 빗속을 헤치며 맨션으로 뛰어갔다. 철야 근무 후 지방이 번질거리는 몸에 와 닿은 차가운 빗줄기는 상쾌했다.

입구로 뛰어든 순간 바닥에 흩어진 젖은 전단지 때문에 미끄러질 뻔했다. 계단으로 올라가자 복도에 젊은 남자 두 사람이 서 있었다. 요노스케는 발걸음을 멈췄다. 그들이 날카로운 시선을 요노스케 쪽으로 돌렸기 때문이다. 양복은 입었지만 아무리 봐도 회사원은 아니었다.

요노스케가 슬쩍 시선을 피하며 가까이 다가가자 "이 방에 사시는 분?"이라며 푸르스름한 면도 자국이 남아 있는 쪽이 말을 걸어왔다.

"네."

"아하, 그래요. 실은 옆집 203호 사람한테 볼일이 좀 있어서 왔는데 말이~죠."

아직 한 번도 얼굴을 마주치지 않은 옆집 사람. 자명종 시계였다.

"……문을 안 열어준단 말이지. 안에 있는 것도 다 아는데~."

남자의 목소리가 차츰 커지더니 "다 아는데~"와 동시에 203호 문을 걷어찼다. 엉겁결에 요노스케가 비명을 질렀다.

"이런 이런, 이웃에 사는 분들한테까지 폐를 끼쳐서야 되겠나."

남자가 요노스케의 어깨를 두드렸다. 요노스케는 부리나케 자기 방으로 도망쳤다. 너무 서두르다 보니 자기도 모르게 아르바이트 버릇이 나와서 안전고리를 걸 뻔했다. 문을 열어놓고 들어가면 어쩌란 말인가.

방에 들어온 후에도 사내들의 고함 소리는 한참동안 들려왔다. 요노스케는 텔레비전을 켜고 마음을 딴 데로 돌렸다. 때마침 〈미토코몬〉(水戶黃門, 에도시대 전기 미토번[水戶藩]의 제2대 번주[藩主] 도쿠가와 미쓰쿠니[德川光]의 별칭인 '천하의 부장군 미토코몬'에서 따온 명칭. 우리나라의 암행어사와 비슷한 이야기를 주제로 함 ― 옮긴이) 재방송을 하고 있었다. 여전히 무섭긴 했지만 긴장이 조금 풀리자, 철야 근무를 마친 후라 그런지 졸음이 쏟아졌다. 꾸벅꾸벅 졸다가 사내들의 목소리에 눈이 떠졌다. 텔레비전 프로를 잘못 선택한 탓인지 요노스케는 비몽사몽간에 필사적으로 잃어버린 인롱(印籠, 옛날에 허리에 찼던 세 층 또는 다섯 층으로 된 작은 약상자. 본래는 도장·인주 등을 넣었음 ― 옮긴이)을 찾아 헤맸다.

요노스케가 전화벨 소리에 눈을 뜬 것은 오후 두 시가 지났을 무렵이었다. 비는 여전히 내리고 있었지만 복도에서 들리던 목소리는 사라진 후였다. 요노스케는 반쯤 잠든 상태로 전화를 받았다.

"여보세요? 요노스케?"

들려온 목소리는 팥죽색 양복이 아직도 기억에 생생한 오자와였다.

"지난번에 왜 안 왔어?"

"아니, 안 간 게 아니라"라고 요노스케가 대답했다.

"어? 왔어? 내가 한참동안 찾아다녔는데 안 보이던데."

"아니, 그러니까 가긴 갔는데 못 들어갔어."

"혹시 복장 때문에?"

"미리 말해두지만 나 때문이 아니고, 같이 간 두 사람이 청바지 차림이라."

"그럼 안 되지."

"근데 그 기준이 대체 뭐야?"

청바지 차림인 구라모치와 아쿠쓰 유이는 출입을 거부당했고, 입학식용 양복을 입은 요노스케는 입장이 OK였던 것이다.

그날 밤, 롯폰기 디스코클럽에서 입장을 거절당한 요노스케 일행은 구라모치의 제안으로 신주쿠에 있는 디스코클럽으로 가기로 했다.

"신주쿠는 들어갈 순 있지만, 반대로 네 입학식 양복이 좀 튈 거다."

구라모치의 말대로 요노스케는 심하게 눈에 띄었다. 하필 그곳은 서퍼(surfer)들이 자주 찾는 디스코클럽이었기 때문이다. 요노스케 혼자만 해수욕장에 양복을 입고 온 얼뜨기처럼 보였다.

한밤중까지 춤을 추다 지쳐 디스코클럽에서 나오자, 마지막 전차는 이미 끊어지고 없었다. 보나마나 히가시쿠루메까지 갈 택시비가 있을 리 없는 요노스케에게 "너도 우리 집으로 가자"라고 아쿠쓰 유이가 초대해주었다.

애기를 들어보니 구라모치는 요즘 거의 아쿠쓰 유이의 아파트에서 지내는 모양이었고 반동거 상태라고 했다. 그런 두 사람 옆에서 자긴 싫었지만, 달랑 천 엔뿐인데 가부기초에 홀로 남겨지는 것도 싫기는 마찬가지였다.

결국 셋이서 4백 엔씩 내기로 하고 택시를 잡아타고 아쿠쓰 유이의 아파트로 향했다.

아쿠쓰 유이의 방에는 말로만 듣던 그 책꽂이가 설치되어 있었다. 창가 침대에는 베개 두 개가 나란히 있었고, 바닥에는 티슈 통이 놓여 있었다. 그것은 그저 평범한 티슈 통이었지만, 요노스케는 왠지 똑바로 쳐다볼 수가 없었다.

세 사람 다 춤에 지친 터라 방에 도착하자마자 차례로 샤워를 하고 곧바로 잠자리에 들기로 했다. 평소대로 둘이 같이 자면 될 텐데 아쿠쓰 유이가 구라모치와 같이 침대에 들어가는 걸 완강하게 거부했다. 친구 앞에서 같이 자는 게 부끄러웠던 모양이다.

"늘 같이 잘 거 아냐."

요노스케는 잽싸게 방석을 늘어놓고 그 위에 드러누웠다.

한동안 두 사람의 입씨름이 이어졌지만, 요노스케는 그 소리를 자장가 삼아 눈 깜짝할 새에 잠들어버렸다.

새벽녘에 눈을 뜨자, 낮은 탁자 다리 너머로 몸을 웅크리고 잠든 구라모치의 등이 보였다. 결국 침대에는 못 들어간 모양이다. 희미하게 들이비치는 아침 햇살 속에 잠든 구라모치와 아쿠쓰 유이의 숨결 소리가 겹쳐졌다.

오자와의 전화를 끊고 요노스케는 복도 상황을 살피러 나갔다. 일단은 문에 귀를 먼저 대보았다. 아무 소리도 들리지 않았다. 사내들의 기척이 없다는 건 이미 확인했지만, 문 체인을 건 채로 밖을 내다보았다. 사내들이 마신 듯한 빈 캔 두 개가 옆집 문 앞에 놓여 있었지만 사내들의 모습은 보이지 않았다.

요노스케는 깊은 안도의 한숨을 내쉬었다. 한숨을 내쉬는 찰나, 배에서 꼬르륵 소리가 났다. 먼저 폴크스로 스테이크를 먹으러 갈 것인가, 아니면 식빵으로 가볍게 요기를 하고 영어 숙제부터 마친 후에 천천히 스테이크를 음미할 것인가.

클로드 레비-스트로스인가 뭐가 하는 학자의 책을 번역해야 하는데, 모르는 언어로 모르는 말이 써 있으면, 솔직히 자기가 뭘 몰라서 곤혹스러운지조차 모르게 된다.

스테이크 먼저 먹어야겠지.

고민한 것치고는 아주 쉽게 결론이 나왔다. 엉덩이를 벅벅 긁는데 또다시 전화가 울렸다. 방이 비좁다 보니 전화기가 울리는 게 아니라 방 전체가 울리는 것처럼 소리가 울려 퍼졌다.

"여보세요?"

들려온 것은 고향 집의 어머니 목소리였다. 어머니는 늘 전화 요금이 싼 밤 여덟 시 이후에만 전화를 걸었기 때문에 요노스케는 조금 놀랐다.

"웬일이야? 이 시간에?"

"너, 들었니?"

어머니는 상당히 흥분해 있었다.

"들었냐니, 뭘?"

"기요시가 취직은 안 하고 소설가가 되겠다고 했단다."

"뭐?"

"아 글쎄, 네 사촌형 기요시가……."

"그건 알고."

"너, 기요시한테 놀러 갔었지?"

"갔어."

"변한 것 같지 않던?"

"절망에 익숙해지고 싶다던가 뭐라고 하던데."

"뭐야!?"

요노스케도 전달하는 부분이 적절치 못했다.

"설마 자살 같은 거 하는 건 아니겠지……."

"왜?"

"아 글쎄, 소설가가 된다잖아."

"엄마, 소설가들이 다 자살해버리면 소설가가 남아나겠어?"

"그야 그렇지만."

그때 현관에서 초인종이 울렸다. 곧이어 201호에 사는 고구레 교코의 목소리가 들렸다.

"누구니?"라고 묻는 어머니의 목소리가 수화기에서 들렸다.

"옆집의 옆집 사람."

요노스케가 전화 코드를 끌면서 현관문을 열자, "아, 다행이다, 있었구나"라며 교코가 목소리를 죽였다.

"오랜만입니다."

수화기를 귀에 댄 채 인사를 하는 바람에 "뭐?"라고 묻는 어머니의 목소리가 들려왔다.

"아, 아냐……. 지금 누가 좀 왔으니까 전화 끊는다"라고 요노스케가 어머니에게 말했다. 눈앞에서는 "미안. 통화중이었어?"라며 교코가 사과했다.

"어머나, 여자니?"

이제 누가 누구랑 얘기하는지조차 헷갈렸다. 요노스케는 일단 전화부터 끊었다.

"미안해, 통화중에."

"아니 괜찮아요, 어머니 전화니까."

"어머니? 걱정 많으시겠지. 외동아들을 도쿄에 보내놨으니."

"아니, 제가 아니라 사촌형이……."

"사촌형?"

"아니, 그건 됐고요. ……그것보다 무슨 일로?"

"아 참, 그렇지."

6월·장마

교코가 요노스케의 어깨를 떠밀며 비좁은 현관으로 들어왔다.

"······오늘 아침에 요노스케도 봤어?"

"보다니, 뭘요?"

"옆집, 203호에 왔던 야쿠자."

"엇, 그 사람들 역시 야쿠자였나요?"

"그런 거 아냐? 돈 받으러 왔을까? 난 무서워서 방에서 나오지도 못했다니까."

멋대로 방 안으로 들어온 교코가 몸서리를 치며 벽을 가리키더니 "옆집 사람 정말로 숨어 지내나?"라며 또다시 소리를 낮췄다.

덧붙여 설명하자면 203호의 주인은 요노스케가 아직 깊이 잠든 새벽녘에 일하러 나갔다. 밤 열두 시가 다 되어서 돌아오는 기척을 요노스케도 알아챈 적은 있지만, 아직 실체를 본 적은 없었다. 한때는 옆집에 어떤 사람이 사는지 신경 쓰여서 요노스케는 옆집 문이 열리는 소리가 들릴 때마다 황급히 현관문의 작은 구멍으로 내다본 적도 있었다. 그렇지만 반사신경이 둔한 건지, 아니면 저쪽 동작이 빠른 건지 단 한 번도 그의 모습을 볼 수는 없었다.

"요즘은 요노스케도 밤에 집에 없지?"

방으로 올라온 교코가 벗어던져 놓은 요노스케의 셔츠를 개면서 물었다.

"아르바이트 시작했어요. 호텔 룸서비스."

"그래서 없었구나."

"그 야쿠자들, 밤에도 와요?"

"오고말고. 이삼일 전에는 밤 한 시가 넘었는데 그 난리를 피웠다니까. 있지, 아무래도 관리회사에 연락하는 게 좋겠지?"

"……글쎄 어떨지."

고구레 교코의 제안에 요노스케는 애매한 답변을 했다.

"지금 일하러 가세요?"

교코가 스포츠 가방을 들고 있어서 요노스케가 물었다.

"응, 오늘은 한 클래스뿐이지만."

"나도 요가나 시작해볼까, 요즘 운동 부족인데."

바로 그때 옆집 현관문이 열리는 소리가 들렸다. 둘이 동시에 "아!" 하고 입을 벌렸다.

"어, 얼른 나가봐. 가서 댁 때문에 불편하다고 말해."

교코가 별안간 요노스케의 어깨를 밀었다.

"네에? 제가요?"

"남자잖아. 자 얼른, 가버리면 어떡해."

벌떡 일어선 교코가 요노스케의 팔을 강제로 잡아끌었다. 강경한 교코에게 등을 떠밀리면서도 요노스케도 나름대로 저항은 했지만, 눈 깜짝할 사이에 현관 밖으로 내쫓겼다.

그러나 다행히도 옆집 203호 남자는 이미 가버렸는지 복도에 모습이 보이지 않았다.

"아이 참, 거봐. 우물쭈물하니까 벌써 가버렸잖아."

요노스케는 문틈으로 얼굴을 내민 교코에게 "죄송해요……"

라고 사과했다.

하라주쿠(原宿) 역에서 억수같이 퍼붓는 빗속으로 나온 요노스케는 눈앞의 거리를 감개무량한 심정으로 바라보았다. 다케시타(竹下) 거리다. 주말이라 그런지 엄청난 인파였다. 온갖 색깔의 우산들이 비좁은 거리 이쪽저쪽에서 부딪쳤고, 멈춰 선 요노스케의 우산에도 가차 없이 다른 우산들이 와서 부딪쳤다. 손잡이만 가볍게 쥐고 있어서 요노스케의 우산은 부딪칠 때마다 빙그르르 돌았다.

덧붙여 말하자면, 요노스케에게는 다케시타 거리 하면 늘 죽순족(竹の子族, 1979년에서 1984년에 걸쳐 유행. 신주쿠 요요기 공원 옆에 설치된 보행자 천국에서 카세트에서 흘러나오는 디스코풍 음악에 맞춰 독자적인 죽순족 댄스를 춘 풍속 또는 그 참가자를 뜻함 — 옮긴이)이 떠올랐다. 지금은 물론 없지만, 요노스케가 아직 초등학생이었을 무렵, 가출했던 친가 쪽 사촌누나가 그 죽순족이 되어 돌아온 적이 있었다.

큰어머니에게 사촌누나가 무사히 집에 돌아왔다는 소식을 듣고, 정체를 알 수 없는 그 '죽순'족인지 뭔지에 놀라 쩔쩔매던 부모님의 모습을 요노스케는 아직도 생생하게 기억하고 있다.

"아카리가 집에 돌아온 모양인데 무슨 죽순에 들어갔다네."

분노와 안도감에 목소리를 떨던 큰어머니의 전화로 그 심각한 상황만 전해들은 어머니는 아버지에게 일단 그렇게 전했다.

"죽순에 들어가? 어디서?"

중요한 부분을 이해하지 못했으니 아무리 심각하게 말해본들 아버지에게 그 진의가 전해질 리 없었지만, 자기가 전화를 받았으니 어떻게든 상황을 전달할 의무가 있었던 어머니도 나름대로 애를 썼다.

"도쿄에서 그랬대."

"도쿄에서 죽순에 들어가? 대나무가 아니고?"

"대나무였나……. 대나무라면 들어갈 수 있나?"

"아카리가?"

"그건 힘들겠지?"

지금이야 우스갯소리지만, 당시에는 요노스케도 이 죽순족이라는 존재를 몰랐기 때문에 부모님의 대화를 옆에서 들으면서 사촌누나가 대체 어디에 들어갔을까 하며 무척이나 무서워했다.

지금은 지방 공무원의 아내가 된 옛 죽순족 출신 사촌누나를 떠올리며 요노스케가 다케시타 거리로 걸음을 내디뎠다. 다케시타 거리에는 유명한 탤런트 숍이나 크레이프 가게가 늘어서 있었고, 사람들이 너무 북적거려서 멈춰 설 여유조차 없었다. 요노스케는 단단히 각오를 하고 가까스로 혼잡한 다케시타 거리를 통과했다. 오자와와 만나기로 한 약속 장소는 메이지 거리에서 오모테산도 거리로 꺾은 후, 골목길로 들어선 곳에 있는 가게인 듯했다.

좀 알기 쉬운 장소로 하자고 요노스케가 전화로 부탁을 했지만, 업계 분위기에 익숙해진 오자와는 친구를 만나는 가게까지 까다롭게 고르는 듯했다.

절충안으로 약속 장소를 골목길 입구로 정했다. 비에 젖은 가로수를 올려다보며 요노스케가 걸어가자, 오늘은 에메랄드그린 빛깔 양복을 입고 나온 오자와가 서 있었다.

"왜 이렇게 늦어."

"미안, 미안."

요노스케가 오자와를 따라 들어간 곳은 '뱀부(bamboo)'라는 세련된 카페였다. 오픈된 테라스가 인기 있는 가게인 듯했지만, 이렇게 거센 빗속이다 보니 야외 천막도 걷혀 있었다.

'오늘 키워드는 대나무인 모양이네.'

요노스케는 그런 생각을 하며 가게 안으로 들어갔다.

가게 안의 진열대 앞에는 아가씨들이 줄지어 늘어서 있었다. 아마도 샌드위치 전문점인 듯한데 서 있는 아가씨들 수준이 학교나 전차 안과는 확연하게 달랐다. 전국에서 각 지역 최고 미인만 불러 모은 것 같았다.

오자와가 주눅이 든 요노스케의 등을 떠밀었다.

"뭘 그리 긴장해?"

"아, 그야……."

"아하, 여기? 여긴 비교적 이쪽 업계 애들이 많이 모이는 데라서 그래."

"업계라니?"

"모델이나 탤런트 지망생들."

"모, 모델!"

요노스케의 목소리에 늘어서 있던 여자들이 거슬린다는 듯한 시선으로 돌아보았다.

"야, 내 말 듣고 있냐?"

오자와의 목소리에 놀란 요노스케가 당황하며 "어어"라고 고개를 끄덕였다.

사실은 듣고 있진 않았다. 모델이나 탤런트 지망생들이 모여든다는 세련된 카페에 자리 잡은 요노스케에게 오자와의 말 따위가 들어올 리 없었다.

"그래서 말인데, 그 한 학년 선배랑 독립할 생각이다."

"뭐? 독립? 언제부터?"

"아 글쎄……. 야, 너 진짜 내 얘기 듣긴 한 거야?"

요노스케에게 전혀 들리지 않았던 오자와의 말에 따르면, 동아리에서 주최하는 댄스파티를 거들어봤자 말단인 자기들한테는 벌이가 거의 없어서 한 학년 선배인 남학생과 합세해서 그쪽 방면 동아리를 새로 만들고 싶은 모양이었다.

"……그래서 말인데, 너도 같이할 생각 없나 하고."

"뭐? 내가?"

"일은 간단해. 우선 장소부터 구하고 그 다음은 파티 티켓만 팔면 돼."

"나한텐 절대 무리지. 고등학교 축제 때도 나만 나섰다 하면 크레이프 한 개도 안 팔렸던 거 너도 잘 알잖아. 난 뭘 팔려고 하면 눈빛이 사나워지나 봐."

"고등학교 축제 크레이프랑 비교하면 안 되지. 그리고 괜찮아. 여기 온 후로 너도 좀 나아졌으니까."

"어, 정말?"

"쪼끔, 아주 쪼끔. 뭐 하기 본판이 워낙 아니니 어쩔 수 없겠지만."

"야, 칭찬할 거면 끝까지 좀 해라."

그쯤에서 가게 안을 바삐 헤엄쳐 다니던 요노스케의 시선이 한 곳에 멈췄다.

언제 들어왔는지 창가 테이블에 혼자 앉은 여자가 빗줄기가 거세게 쏟아지는 테라스를 내다보고 있었다. 조금 전까지는 그저 단순히 거센 빗줄기였을 뿐인데 그녀의 시선 끝에서는 음악이라도 연주하는 것처럼 보였다. 가게 안에는 결코 수준이 떨어지지 않는 수많은 여자 손님들이 있었지만, 요노스케의 눈에는 왠지 그녀의 모습밖에 안 들어왔다.

요노스케는 국어 시간 외에 처음으로 '아름답다'는 말을 입에 올릴 것만 같았다.

"어, 저 사람……."

요노스케의 노골적인 시선을 알아차린 오자와가 뒤를 돌아보더니 고개를 갸웃거렸다.

"저 사람, 분명히……."

고개를 갸웃거리며 일어선 오자와가 여전히 고개를 갸웃거린 채, 요노스케의 시선이 쏠린 여성에게 다가갔다.

오자와가 애매한 말만 남겨두고 가버려서 요노스케는 안절부절 어쩔 줄을 몰랐다.

여자에게 다가간 오자와가 조심스럽게 말을 건넸다. 오자와를 올려다보는 여자의 표정이 험악했다. 오자와가 당황한 듯 자기소개를 하는 것 같았다. 재킷 안주머니에서 지난번에 봤던 명함을 꺼냈다.

명함을 건네받은 그녀는 "아아"라고 귀찮다는 듯 고개를 끄덕이더니 오자와의 명함을 곧바로 테이블에 내려놓았다.

오자와가 또다시 뭐라고 말을 건넸지만, 이제는 아예 고개도 안 들고 샌드위치만 먹었다. 오자와의 모습을 바라보는 요노스케까지 긴장이 되었다.

여자에게 거의 무시당한 오자와가 요노스케 곁으로 돌아왔다. 돌아왔다기보다 퇴각했다는 표현이 더 어울렸다.

"누, 누구야?"

더 이상 참을 수 없어 묻는 요노스케에게 오자와가 "아하, 그냥 좀 아는 사이. 가타세 지하루(片瀨千春)라고 했던가"라며 자리로 돌아온 후에야 위세를 부렸다.

"가타세 지하루……. 근데 아는 사람이라면서 너 완전 무시당한 거 아니냐?"

"원래 그런 여자야."

오자와가 작은 목소리로 험담을 했다.

"어떻게 아는 사인데?"

"저 여자 말이지, 흠 뭐라고 해야 하나…… 파티걸이라고 해야 할까?"

"파티걸? 그게 뭔데?"

"말하자면 정체불명인데, 늘 잘나가는 남자들을 거느리고 온갖 파티에 얼굴을 내미는 부류라고 할까?"

"뭐 하는 사람인데?"

"아 글쎄, 정체불명이라니까."

"잘나가는 남자라니, 예를 들면?"

"예를 들자면 업계 사람이나 유명 배우나 부잣집 도련님이나 투기꾼이라거나."

"투기꾼이라니…… 그럼 혹시 야쿠자 여자?"

"아니라니까. 그게 아니라 파티걸."

요노스케는 다시 여자 쪽으로 시선을 돌렸다. 오자와에게 아무리 설명을 들어도 납득이 가지 않았지만, 어쨌든 왠지 좀 위험할 것 같은 여자로 보였다.

샌드위치를 다 먹었는지 여자가 이쪽으로 시선을 돌렸다. 요노스케는 필요 이상으로 허둥거리며 메뉴판으로 얼굴을 가렸다.

여자가 일어선 것은 바로 그때였다. 일어선 여자가 계산서를 살랑살랑 흔들며 다가왔다. 요노스케의 시력이 별안간 나빠진 게 아니라면, 무슨 까닭인지 그 여자는 요노스케를 뚫어져라 쳐다보고 있었다.

하아~아.

교수 얘기는 듣지도 않은 주제에 남들보다 두 배는 피곤한 얼굴로 한숨을 내쉬는 사람은 요노스케다. 산업개론 수업이 막 끝나고 학생들이 대강의실에서 빠져나갔다.

캠퍼스의 나무들은 오랜만에 활짝 갠 햇살을 흡수하려고 푸르게 반짝이고 있었다. 모두가 나간 강의실에 여름 향기가 감도는 바람이 불어와 몹시도 긴 커튼을 하늘하늘 흔들었다. 비쳐든 햇살이 칠판 한쪽 구석에만 살짝 닿았다.

요노스케는 여자 성기를 낙서해놓은 책상 위에 엎드렸다. 시원한 책상에 뺨을 대자, 누군가 어깨를 톡톡 두드렸다. 얼굴을 들어보니 아쿠쓰 유이가 서 있었고, "뭐야, 왜 그렇게 풀이 죽어 있어?"라며 코웃음을 쳤다.

요노스케는 다시 팔 속에 얼굴을 파묻었다. 옆에 앉은 아쿠쓰 유이가 "야, 가끔은 연습하는 데도 얼굴 좀 내밀어라"라며 요노스케의 옆구리를 펜으로 찔렀다.

"지금 삼바 스텝이나 배울 기분이 아니야."

엎드린 채로 요노스케가 대답했다.

"이시다 선배가 아무 소리도 안 하던?"

"교대 근무가 달라서 요즘은 못 만나. 그것보다 요즘 구라모치 학교에 나와? 통 안 보이던데."

"그쪽도 전혀 안 나와. 안 나오는 건 고사하고 하루 종일 집에만 틀어박혀 있어. ……오늘이 화요일이니까 또 《프롬A》(일본의 유명 취업 정보지 ― 옮긴이)나 들척이고 있지 않을까."

"그 녀석, 아르바이트 시작하려나 보지."

"그러면 다행인데, 페이지 밑에 나오는 한 줄 코멘트 있지? 그거 읽고 키득거릴 뿐이라니까. 정말 알다가도 모르겠어."

아쿠쓰 유이가 일어서려는 기척이 느껴져서 요노스케가 얼굴을 들었다.

그 모습을 올려다본 순간, "좋겠다, 구라모치는 너 같은 애를 좋아하게 됐으니"라는 말이 불쑥 튀어나왔다.

"그게 무슨 소리야? 지금 날 바보 취급하는 거니?"

"아니, 그게 아니라 역시 동급생끼리 좋아하는 게 낫겠다 싶어서 그래. 그러면 이렇게 고민할 필요도 없을 텐데……."

"어머! 좋아하는 사람 생겼어?"

아쿠쓰 유이는 그렇게 질문을 던져놓고는 대답도 안 기다리고 강의실에서 나가려고 했다.

"야, 물어봤으면 대답은 들어야지!"

"다음 수업 있는데 어쩌라고."

"내가 너희들 맺어줬잖아!"

"부탁한 적 없거든."

아쿠쓰 유이는 뒤도 안 돌아보고 모습을 감췄다. 그러나 목구멍까지 올라온 말을 누구에게든 털어놓고 싶었다. 요노스케는 강의실을 둘러보았다.

눈이 마주친 것은 전에 학생식당에서 50엔을 빌려준 적이 있는 남학생이었다. 요노스케가 새끼손가락을 세우며 "아, 실은 이것 때문에 고민이 좀 있어서"라며 그 남학생을 향해 미소를 지어 보였다.

미소를 머금은 순간, 남학생이 곧바로 시선을 돌리더니 시치미 뗀 표정으로 워크맨 테이프를 갈아 끼웠다. 그러나 말하고 싶을 때는 무슨 수를 써서라도 털어놔야 직성이 풀리는 모양이다.

"다음 수업 없니?"

요노스케의 질문에 남학생이 "없어"라고 곧바로 대답했다.

요노스케는 자리에서 일어나 냉랭한 남학생의 태도는 아랑곳하지도 않고 그 옆자리에 앉았다.

귀찮아하는 표정은 지었지만, 이어폰을 둥글게 감는 걸 보니 얘기 상대를 해줄 마음도 있는 듯했다.

"점심 먹었어?"라고 요노스케가 물었다.

남학생이 "아니"라며 고개를 젓더니, "근데 우리 첫 대면 맞지?"라며 새삼스레 미간에 주름을 잡았다.

"잊어버렸어? 그게 언제였더라, 학생식당에서 나한테 50엔 빌렸잖아"라고 요노스케가 말했다.

"50엔?"

"그 왜, 식권 판매기에서 '어, 50엔이 부족하네'라고 했던가 뭐라고 하면서 돌아가려고 해서 내가 빌려줬잖아."

"그거 나 아니야."

"거짓말!?"

순식간에 얼굴을 붉히는 요노스케를 남겨두고 남학생이 자리에서 벌떡 일어섰다. 그대로 헤어지면 얼빠진 놈으로 끝나버릴 것 같아서 요노스케는 일단 그를 불러 세웠다.

"으음, 저기, 뭐 좀 먹으러 갈래? 역 앞 롯데리아라면 할인권도 있는데. 포테이토쯤은 사줄 수도 있고."

"좋아. 이따 친구 만날 약속도 있으니까."

"몇 시부터?"

"오후에."

"그럼 괜찮겠다. 같이 가자, 응?"

요노스케의 뻔뻔함이 효력을 발휘한 건지, 다시 거절하는 게 귀찮았는지 남학생은 떨떠름한 표정을 지으면서도 권유에 응해주었다.

"이름이 뭐니?"

"가토(加藤)."

"난 요코미치."

캠퍼스에서 나온 두 사람은 해자를 따라 난 산책길로 걸음을 내디뎠다. 가토도 단단히 마음을 먹었는지 말수도 조금 늘었다.

그가 태어나고 자란 곳은 오사카(大阪)였지만, 오사카 사투리가 너무나 싫어서 도쿄로 나온 듯한데 말끝에는 여전히 억양이 남아 있었다.

가토의 얘기를 들어줬으니 다음은 자기 차례라고 생각했는지 요노스케는 한껏 신이 나서 아쿠쓰 유이가 들어주지 않은 이야기를 시작했다.

"으음, 실은 말이야……, 이것 때문에 좀 고민이 생겨서"라며 요노스케가 새끼손가락을 세웠다.

요노스케의 얘기 따윈 듣고 싶지도 않겠지만, 자기 얘기를 한 다음이라 가토도 무시할 수는 없는 모양이다.

밖에는 억수 같은 비가 내렸다. 하라주쿠의 '뱀부'라는 카페였다. 음료 메뉴판으로 얼굴을 가린 요노스케의 테이블로 여자가 가까이 다가온 것이다.

"저어, 한 시간이면 되는데 남동생 역할 좀 해줄 수 있을까? 아르바이트 비는 줄게."

요노스케 앞에 멈춰 선 여자는 그렇게 말했다. 오자와에게 말을 걸었을지도 모른다고 생각한 요노스케가 음료 메뉴판을 아주 살짝 내리자, 여자는 역시나 요노스케 쪽을 바라보고 있었다.

"아, 이 녀석은 나랑 고등학교 때부터 친구인데……."

끼어들려는 오자와를 제지한 여자가 "응? 한 시간이면 되는데"라고 되풀이해 말했다.

"어? 어? 저, 저 말인가요?"라며 요노스케가 뒤집힌 목소리로 물었다.

"그래. 달리 누가 있어?"

오자와가 있었지만, 여자에게는 더 이상 보이지 않는 듯했다.

"한 시간, 남동생이요? 어? 남동생?"

"그쪽이면 딱 좋아. 부탁이야!"

여자가 갑자기 두 손을 모아 쥐었다.

"그, 그렇지만……."

"아무튼 사정은 가면서 얘기해줄게. 자 얼른, 시간 없어"라며 여자가 재촉했다.

"어? 그래도……."

"응? 부탁이야!"

여자가 다시 두 손을 모으며 윙크를 했다. 윙크보다도 여자 몸에서 어렴풋이 풍기는 향수 냄새에 취해서 "뭐, 안 될 거야 없지만"이라고 요노스케도 응해버리고 말았다.

"정말? 아, 살았다. 고마워."

"아, 아니, 뭐 그럴 것까진……."

여자가 요노스케 테이블의 계산서까지 들고 계산대로 향했다. 무슨 일이 벌어졌는지조차 파악하지 못하는 요노스케에게 "야, 너, 갈 거야?"라며 오자와가 어이없어했다.

"아니, 안 가!"라며 요노스케가 허둥지둥 고개를 저었다.

"안 간다니, 방금 간다고 했잖아."

"응, 그랬지……."

"어느 쪽이야……."

요노스케는 계산대 쪽으로 시선을 돌렸다. 뒤를 돌아본 여자가 매력적인 미소를 띠며 "빨리, 빨리"라고 손짓을 했다.

"미안, 나 그만 가볼게……."

"뭐? 간다고?"

비틀비틀 일어선 요노스케의 귀에 오자와의 목소리는 더 이상 들어오지 않았다.

오모테산도로 나온 여자는 곧바로 택시를 잡았다. 뒷좌석에 올라탄 여자가 요노스케가 일하는 호텔 이름을 운전기사에게 말했다.

"으음, 이름이 뭐지?"

레이스 손수건으로 비에 젖은 목을 닦아내면서 여자가 요노스케를 바라보았다. 그 순간, 운전기사가 핸들을 꺾어서 두툼한 여자의 입술이 가까이 다가왔다.

"응? 이름……. 내 말 듣고 있어?"

자세를 고친 여자가 다시 물었다.

"아하……. 아 네, 요코미치입니다. 요코미치 요노스케."

바로 옆에 있는데도 요노스케에게는 여자의 목소리가 멀게 느껴졌다. 중학교 2학년 겨울, 감기로 고열이 났을 때랑 비슷했다.

멍한 머리로 요노스케가 여자에게 들은 부탁이란 아주 단순한 일이었다. 어떤 남자와 끝내고 싶다. 지금 그 남자를 만나러 가는데 혼자 가면 그 남자가 훌쩍거릴 게 뻔하다. 그런데 요코미치를 본 순간 문득 생각이 떠올랐다. 남동생을 데리고 나가면 상대도 그 자리에서 울거나 아우성치는 부끄러운 짓은 못 할 것이다.

"그래서 저를?"

제아무리 요노스케라도 그렇게 되묻지 않을 수 없었다.

"글쎄, 정말로 징징대는 남자라니까."

"그럼, 헤어진다는 건 사귀었다는 뜻이네요?"

진지한 표정으로 묻는 요노스케를 보며 지하루가 어처구니없어했다.

"'그 사람 부인이랑 아이도 있어'라는 말이라도 해줘야 납득하겠어?"

"아, 그런가요?"

지하루는 요노스케의 질문에는 대답하지 않고, 창밖으로 시선을 돌렸다. 밖에는 여전히 거센 빗줄기가 쏟아지고 있었다.

이러쿵저러쿵하는 사이에 택시는 호텔 정문 현관에 도착했다.

"돌아갈 택시비도 줄게"라는 여자의 말에 "히가시쿠루메에 사는데요"라고 요노스케가 대답했다.

"가까운 데 좀 살아라"라며 여자가 웃었다.

"말할 기회를 놓쳤는데 저 실은 이 호텔에서 룸서비스 아르바이트를 합니다. 지금은 좀 이르긴 하지만 오늘 밤에도 아르바이트가 있고요."

"그래?"

대리석 로비로 들어서자 여자가 신은 힐 소리가 울려 퍼졌다.

"아, 있다 있어."

드넓은 라운지 안쪽에서 이쪽을 알아채고 일어서는 중년남자한 사람이 보였다. 하얀 실크 재킷은 젊어 보였지만, 아무리 봐도 오십 줄에 가까웠다.

"아~ 정말, 자신감을 잃으면 인간이 저렇게까지 초라해지는 걸까."

여자가 요란하게 한숨을 내쉬었다.

"자신감을 잃다뇨?"

"저 사람 회사, 결국 위험해졌나 봐. 무슨 사기 비슷한 사업을 했거든."

라운지에서는 조용한 피아노곡이 흘러 나왔다.

"저기, 말하는 도중에 미안한데, 네 새끼손가락 얘기는 언제쯤 나오니?"

가토가 끼어들어서 요노스케는 포테이토를 입에 문 채, "내 새끼손가락?"이라며 고개를 갸웃거렸다.

장소는 롯데리아 이다바시 매장의 2층이었다. 자리는 거의 대부분 학생들로 채워져 있었고, 아까부터 프로모션 비디오가 딸린 주크박스에서는 누가 틀었는지 카일리 미노그(Kylie Minogue)의 신곡이 반복해서 흘러 나왔다.

"그 여자 일로 고민이 돼서 나한테 얘기하고 싶었던 거 아냐? 아까 새끼손가락 세워 보였잖아."

가토가 너겟을 입 안에 던져 넣었다.

"야, 너 내 얘기 듣기나 한 거냐?"

진지해 보이지 않는 가토에게 요노스케가 따지듯이 물었다.

"당연히 들었지. 친구랑 오모테산도 카페에 갔는데 못돼 보이는 여자가 있었고, 그 성질 사나운 여자가 남동생 역할을 해달라고 부탁해서 네가 아르바이트하는 아카사카의 호텔에 갔다며? 그랬더니 거기엔 중년남자가 있었고……."

너겟에 바비큐 소스를 잔뜩 묻히며 거기까지 말한 가토가 갑자기 "어?" 하고 소리를 질렀고, 뭔가를 알아챈 듯 동작을 멈췄다.

"……그럼 혹시 그 여자가?"

"그래. 그 사람 말고 또 누가 있냐고. 난 바로 그 지하루 씨 때문에 고민이란 말이야!"

기가 막힌다는 표정으로 요노스케가 너겟을 집어 들었다.

"자, 잠깐만. 그럼 그 뒤에 그 여자랑 무슨 일이 있었던 거야?"

"그 뒤에?"

"그래, 아카사카 호텔에서 사기 비슷한 사업을 하는 중년남자랑 만났다면서?"

"아 글쎄, 내가 그 뒷얘기를 하려는데 네가 너겟이나 먹어대면서 내 얘기를 잘라버렸잖아."

"아, 그런가? 미안해……. 아니, 그건 그렇고, 그 여자 몇 살이야? 내 이미지로는 상당히 연상인 것 같은데."

"몰라. 나이 같은 건."

"겉모습으로 대충 알 수 있잖아."

"겉모습?"

요노스케는 지하루의 모습을 떠올려 보았다. 카페 창가에서 거센 빗줄기가 쏟아지는 바깥 풍경을 내다보던 모습은 스물한두 살쯤으로 보였다. 그러나 택시에서 옆에 앉았을 때 어렴풋하게 풍겨온 그녀의 향수 냄새로 보면 좀 더 나이가 많은 인상도 받았다.

아카사카 호텔 라운지에서 중년남자와 마주앉은 가타세 지하루는 요노스케를 남동생이라고 간략하게 소개하더니 곧바로 본론으로 들어갔다.

네기시라고 이름을 밝힌 중년남자는 그런 상황에 따라 나온 남동생을 원망스러운 시선으로 노려보았다. 그러나 지하루의 말대로 사기 비슷한 사업 때문에 누군가에게 쫓기기라도 하는지 날카로운 눈빛으로 등 뒤를 확인한 후 지하루에게 미칠 듯이 타오르는 시선을 보내고, 또다시 등 뒤를 확인하고 원망스러운 눈빛으로 요노스케를 노려보았다.

사무적인 지하루의 얘기를 정리하면, 남자에게서 빌린 자동차 명의를 자기 명의로 바꿔달라는 내용이었다. 빌린 자동차는 BMW인 듯한데, 같은 자동차 얘기를 하면서도 '비엠'이라고 부르는 지하루에 반해 남자는 '베엠베'라고 부르는 것만 보아도 두 사람이 합의를 보긴 어려워 보였다.

실제로 두 사람의 주장이 뒤얽혀서 좀처럼 결론이 나지 않았다. 차는 빌려준 것뿐이라고 말하는 남자에게 지하루는 받은 거라고 주장했다. 차는 회사 명의였지만, 시기를 봐서 지하루 명의로 바꿔주겠다고 남자가 약속을 했던 모양이다.

"늘 우물쭈물하니까 이 모양이잖아!"라며 지하루가 분개했다. 옆 테이블 손님들이 놀라서 돌아보았다.

한편 남자 쪽은 자동차 명의변경 건을 어떻게든 잘 풀어서 자기와 지하루의 미래 이야기로 연결 짓고 싶어 하는 듯했다.

"남동생 앞에서 이런 말 하긴 부끄럽지만 난 진심이었어. 그러니 회사가 이렇게 되어버린 이상, 난 지하루와 함께 어딘가로 도망치고 싶어. 물론 행복하게 해줄 자신은 없지. 그렇지만 앞날이 불행해진다면 난 너랑 함께 지내고 싶다고."

남자로서는 일생일대의 고백이겠지만, 가짜 남동생을 데려올 정도니 지하루에게는 당연히 그럴 마음은 손톱만큼도 없는 듯했고, 얘기가 빗나가면 곧바로 자동차 명의변경서를 남자에게 들이밀었다.

30분쯤 두 사람의 말씨름이 이어졌고, 최종적으로는 남자가 명의변경에 응했다. 얘기가 끝나도 남자는 끈질기게 지하루를 붙잡아놓으려 했다. 그러나 그녀는 한 치의 동정심도 보이지 않고 자리에서 일어섰다.

어찌 되었든 남동생 역할이었기 때문에 요노스케도 지하루의 뒤를 따라 라운지에서 나왔다.

"같이 있어줘서 고마워."

"그냥 앉아 있기만 했는데요, 뭐."

"아무런 쓸모도 없는 토지를 노인들에게 속여 팔아서 돈을 벌어들인 남자야."

지하루의 말을 듣고 요노스케가 라운지를 돌아보았다. 그러나 화분들에 가려져 그 남자의 모습은 보이지 않았다.

"요노스케 군은 여기서 아르바이트한댔지? 몇 시부터야?"

밖에는 아직도 억수 같은 비가 내리고 있었다. 벨보이에게 택시를 부탁한 지하루가 물어서 요노스케는 "다섯 시 반에 가면 됩니다"라고 대답했다.

"그럼, 차 한 잔 마실 시간도 없네."

택시가 천천히 현관 앞으로 들어왔다.

"요노스케 군, 학생이야?"

"네."

"그렇구나. 자 그럼, 좋은 남자가 되길."

그때까지 거의 웃음을 보이지 않았던 지하루가 그렇게 말하며 처음으로 활짝 웃었다.

"좋은 남자?"

택시 문이 열렸다.

"그래.……내가 반할 만한 남자."

그 순간 지하루의 표정은 어려 보였다. 무심코 라운지 쪽을 돌아보는 세련되지 못한 요노스케에게 "아이 참, 내가 언제 저런 남자한테 반했다고 했나?"라며 웃더니 지하루가 택시에 올라탔다.

"자 그럼, 고마웠어."

"아, 아닙니다……."

요노스케는 멀어져가는 택시를 배웅했다. 가타세 지하루는 돌아보지 않았다.

그날 아르바이트를 끝내고 요노스케가 집으로 돌아간 것은 다음 날 아침 일곱 시가 넘어서였다. 값비싼 주먹밥 세트니 햄버거니 립 스테이크를 객실에 배달할 때마다 밤새도록 택시를 타고 떠나버린 지하루를 떠올렸다.

히가시쿠루메의 맨션으로 돌아온 요노스케는 난데없이 누군가와 얘기를 나누고 싶어 못 견딜 지경이었다. 정신을 차려보니 고향 집에 전화를 걸고 있었다. 전화는 출근 전인 아버지가 받았다. 이제 막 아침 일곱 시가 지난 시각이라 그랬는지 아버지는 무슨 일이 있느냐며 걱정을 했다.

"아무 일도 없어요"라며 요노스케가 웃었다.

"어떠냐, 도쿄는?"이라고 물어서 요노스케는 "그냥 그래요"라고 대답했다.

아버지는 이른 아침 걸려온 아들의 전화를 돈이 부족해서일 거라고 추측한 모양이다. 전화를 끊기 직전 "돈 조금 보내마"라고 아버지가 나지막이 말했다.

"난 그만 가볼게."

햄버거 포장지를 와락 찌그러뜨리며 가토가 말했다. 그 얼굴에는 요노스케의 얘기에 진력났다는 표정이 역력했다. 호텔 현관 앞에서 가타세 지하루와 헤어지는 장면을 얘기할 때만 겨우 몸을 앞으로 내밀며 관심을 보였지만, 기대했던 클라이맥스도 없이 지하루는 택시로 미련 없이 떠나버렸고, 그 후 요노스케가 집으로 돌아와 전화를 거는 대목에 이르자 거의 탈진 상태에 가까웠다.

일어서려고 하는 가토에게 "이왕 얘기까지 다 들었으니 조언이라도 한마디 해줘라"라고 요노스케가 말했다.

정말로 진절머리가 난 듯한 가토가 "그 여자를 만난 건 운명이 아닐까 싶은데"라고 될 대로 되라는 식으로 내뱉었다.

"그, 그렇지? 내, 내 생각도……."

요노스케가 엉겁결에 자리를 박차고 일어서려는 순간, "설마 그럴 린 없겠지"라고 가토가 차가운 목소리로 단언했다.

"좀 전에 만났으니 네가 어떤 녀석인지는 모르겠지만, 상대는 수상쩍은 사업을 하는 남자한테 BM을 빌려 탄 여자라며? 게다가 너 자동차 면허나 땄냐?"

요노스케는 힘없이 고개를 저었다.

"BM 여자한테 홀딱 빠져서 고민하는 건 면허나 딴 다음에 해라."

몹시 독선적인 가토의 말투에 "그러는 넌 면허 있냐?"라며 요노스케가 입을 삐죽 내밀었다.

"아직은 없지만 다음 달부터 운전면허학원 다닐 거야."

"어? 어디 있는 학원?"

"고가네이."

"정말!? 거긴 나도 자전거로 갈 수 있는데. 근데 비싸지?"

"물론 할부지. ……아 참, 그렇지. 같이 갈래? 지금 둘이 같이 신청하면 5퍼센트 할인해주는데."

어느새 이야기는 운전학원 할인 쪽으로 흘러갔다. 의자에 다시 앉은 가토가 가방에서 꺼낸 팸플릿을 요노스케도 뚫어져라 들여다봤다. 아르바이트해서 버는 돈으로 그럭저럭 해결할 수 있는 할부 조건도 있었다.

"언제 신청할 건데?"라고 요노스케가 물었다.

"내일."

"내일이면 나도 아르바이트 가기 전에 갈 수 있겠다."

"그럼 같이 가자. 5퍼센트 할인이면 적은 돈이 아니지."

두 사람은 자리에서 다시 일어나 쟁반을 정리하고, 팸플릿을 주거니 받거니 하면서 롯데리아에서 나왔다.

이다바시 역으로 향하는 길에 면허를 따면 로버미니(ROVER MINI)를 갖고 싶다는 가토의 말을 들으며 요노스케는 어쩐 일인지 지하루의 BM을 운전하는 자기 모습을 상상하고 있었다.

7월 · 해수욕

 옆으로 넘어갈 것 같은 기세로 부지 안으로 들어서는 자전거가 있다. 요노스케다. 높낮이 차이 때문에 브레이크가 안 잡혀서 자전거는 붕 떠올랐고, 곧이어 "으아아악" 하는 비명이 들렸다. 자전거는 자전거 보관소에 간신히 멈춰 섰고, 그 위에서 뛰어내린 요노스케가 정신없이 건물 안으로 달려 들어갔다. 요노스케는 온몸에서 뿜어져 나오는 땀을 닦을 여유조차 없어 보인다.

 운전면허 학과 수업이 실시되는 건물로 뛰어 들어가자, 강한 냉방 공기에 요노스케의 몸이 순식간에 차가워졌다. 복도 자동판매기에서 캔 주스를 사고 있는 가토의 등이 보였다.

 "휴, 안 늦었다……."

 복도로 주르륵 미끄러져 들어온 요노스케가 가토의 어깨를 두드렸다.

 "어? 너도 아직 이 수업 안 들었어?"

 뒤를 돌아본 가토가 땀범벅인 요노스케를 피하듯 뒷걸음질을 쳤다.

"지난번에 3분 지각했다고 못 들어오게 하잖아."

요노스케의 불평을 한 귀로 흘려버리며 가토는 이미 교실로 향하고 있었다.

"……고작 3분이라니까!"

가토 뒤를 따라 교실로 들어가자, 앞에 앉아 있는 여자가 가토를 물끄러미 바라봤다. '물끄러미'라기보다 '멍하게'에 가까웠다.

두 사람은 맨 뒷줄 책상에 앉았다.

"아까부터 앞에 있는 여자애가 널 쳐다보는 것 같은데?"라며 요노스케가 가토의 어깨를 두드렸다.

"아아."

여자는 옆에 앉은 여자애와 일부러 웃는 척을 했지만, 그 의식은 틀림없이 가토에게 쏠려 있었다.

"아아라니, 아는 사람이야?"

"으음, 아까 잠깐 말을 걸더라고."

가토가 별일 아니라는 듯 대답했다.

"마, 말을 걸어? 뭐라고?"

"데이트하고 싶대. 봐라, 이게 전화번호야."

"데이트!?"

가토의 반응이 너무 냉정해서 요노스케는 다시 한 번 여자를 품평했다. 다시 봐도 그런대로 예뻤다. 게다가 그 옆에 있는 여자애도 그런대로 예뻤다.

"친구도 같이 나오라고 하던데, 너도 갈래?"

가토가 흥미 없다는 듯 말했다.

"어? 더블데이트? 저 두 사람이랑? 응? 내가?"

"싫으면 관두고."

"아냐, 아냐. 싫긴."

요노스케가 엉겁결에 책상 앞으로 몸을 내밀 뻔한 순간, 때마침 강사가 들어왔다.

그로부터 약 한 시간, 두툼한 커튼으로 둘러쳐진 교실에서는 처참한 교통사고 현장 슬라이드가 상영되었다. 요노스케는 수마에 무릎을 꿇고 말았다. 옆에 있던 가토가 "면허 따는 놈이 있는가 하면, 그것 때문에 죽는 사람도 있군"이라며 불길한 소리를 했다. 그 말 때문에 요노스케의 꿈자리까지 뒤숭숭했다.

수업이 끝나고 두툼한 커튼이 걷히자, 여름 햇살이 교실로 쏟아져 들어왔다. 기지개를 펴는 요노스케 옆에서 "어, 매미다. 올해 처음인가"라고 가토가 중얼거렸다.

"매미?"

요노스케가 귀를 기울이자 정말로 매미 우는 소리가 들렸다.

"지금 매미가 중요한 게 아니잖아. 더블데이트 할 거라며?"

이미 자리에서 일어선 여자애들이 가토 쪽을 힐끔힐끔 쳐다보며 교실에서 나갔다.

"야야, 쟤들 가버리면 어떡해. 날짜나 시간 같은 거 안 정해?"라고 요노스케가 재촉했다.

"너, BM 여자 때문에 고민하는 중 아니었냐?"

안달하는 요노스케를 보며 가토가 웃었다.

"만나지도 못할 텐데 어쩔 수 없지. 연락처도 모르고."

"뭐? 안 물어봤어?"

"어? 보통 물어보는 건가? 아, 그건 일단 됐고, 더블! 더블!"

재촉하는 요노스케 성화에 귀찮다는 듯 일어선 가토가 가방을 어깨에 걸치고 복도로 나갔다. 요노스케도 뒤따라 나가자, 가토에게 불린 여자애가 신이 나서 복도를 되짚어왔다.

"아까 했던 얘기 말인데, 이번 토요일쯤 어떨까? 그리고 이 녀석은 같은 대학에 다니는 요코미치라고 하는데 이 녀석도 갈 수 있다고 하고."

가토 앞에까지 온 여자애는 꽈배기라도 된 양 몸을 꼬아댔다. 요노스케의 시선은 이미 복도 저편에서 기다리는 '자기 상대' 쪽으로 돌아가고 있었다.

고개를 돌린 순간, 눈이 딱 마주쳤다.

가토의 상대와는 타입이 전혀 달라서 꼬기는커녕 금방이라도 달려들 것 같은 기세로 요코미치를 째려보았다. 요노스케는 무서워서 시선을 피했다.

"그럼, 이번 토요일에 시모키타자와 역에서 오후 한 시에 만나는 걸로 알고 있을게요."

무쓰미(睦美)라고 이름을 밝힌 여자애는 약속 장소를 정하고 나서 가토와 헤어졌다. '꼬인' 채로도 걸을 수 있는지 여전히 금방이라도 달려들 것처럼 요노스케를 노려보는 친구에게 돌아가 나란히 눈부신 햇살이 쏟아지는 밖으로 나갔다. 가토가 가볍게 손을 흔들어주었다.

두 사람을 배웅하고 나자 요노스케가 가토의 어깨를 움켜잡았다.

"야, 너 말이야, 어지간히 인기가 좋은 거냐, 아니면 어지간히 성격이 못된 거냐? 대체 어느 쪽이야?"

"왜?"

"여자애한테 갑작스럽게 데이트 신청을 받는 체험은 거의 없어. 좀 더 허둥거려야 정상이지."

"허둥거려라……."

새삼스레 찬찬히 다시 보니 가토는 최근 인기 있는 어느 배우와 어딘지 모르게 비슷했다.

"난 저런 여자애한테 관심 없어."

"그럼 뭐에 관심 있는데?"

"뭐냐고 물어도 대답하긴 좀……."

"난 너 같은 녀석은 처음 봤다."

"그런가?"

둘이서 나란히 밖으로 나오자 햇볕이 지면을 반짝반짝 비추고 있었다. 바람 한 점 없었고, 운전학원 부지에 심은 나뭇잎들도 마치 그림처럼 미동도 하지 않았다. 집에 돌아가서 한잠 자고 나면 요노스케는 또다시 아르바이트에 가야 하는데, 에어컨은커녕 선풍기도 없는 방에서는 낮잠도 제대로 올 것 같지 않았다.

"저어, 네 방에는 에어컨 있니?"라고 요노스케가 물었다.

"있지. 원래부터 딸려 있는 집이니까."

"여기서 가깝지?"

"가깝지."

"잠깐 들러도 될까?"

"아르바이트 시간까지 잘 속셈이지?"

"자전거로 집까지 갔다 다시 나오기도 귀찮잖아. ⋯⋯방해는 절대 안 할게, 그냥 방 한쪽 구석에서 얌전하게 잠만 잘 거니까."

"그게 방해지 뭐야."

가토는 와도 된다고 하지는 않았지만, 오지 말라고도 하지 않았다. 요노스케는 좋은 쪽으로 해석하기로 했다.

가토의 아파트는 운전학원에서 걸어서 3분 거리에 있었다. 시냇물이 흐르는 물가 옆에 지은 건물이라 방 창문으로 그 시냇물이 내려다보였다.

방에 들어가자마자 가는 길에 편의점에서 사들고 간 도시락을 먹어치운 요노스케는 가토가 빌려준 타월담요를 휘감고 잘 준비에 들어갔다.

"너 아까 여자한텐 관심 없다고 하던데, 행여 나 잠들어 있을 때 덮치진 마라."

요노스케의 농담에 대꾸 한마디 없이 가토도 침대에 벌러덩 드러누웠다. 곰팡이 냄새가 약간 나긴 했지만, 그래도 에어컨이 있으니 금세 땀이 가셨다. 요노스케의 눈꺼풀은 어느새 무거워졌다. 에어컨의 찬바람이 요노스케의 뺨을 어루만졌다. 창밖에서는 시냇물 흘러가는 소리가 들렸다. 어릴 때부터 요노스케는 일어나는 건 힘들어도 잠은 빨리 들었다.

"아 참, 힘들어서 못 한다니까요. 지금부터 어떻게 삼바를……."
 새벽 여섯 시였다. 호텔에서 아르바이트를 마치고 돌아갈 준비를 하던 요노스케가 뒤에서 어깨를 꽉 끼고 서 있는 이시다에게 저항하는 중이었다. 요즘은 아르바이트도 익숙해져서 휴게실 의자를 붙이고 잠깐씩 숙면을 취하기도 했지만, 아무리 그래도 철야 근무를 마친 새벽 댓바람부터 삼바 연습은 너무했다.
"너, 삼바 부원이라는 자각은 전혀 없지?"
"없어요, 없어요. 그딴 거."
"올해 신입 회원은 단 세 명뿐인데 너도 구라모치도 코빼기도 안 보이니까 온갖 잡일은 아쿠쓰 유이 혼자 다 떠맡았잖아. 미안한 마음이라도 좀 가져봐라."
"아 글쎄, 몇 번이나 설명했지만 좋아서 들어간 게 아니고……."
 다음 달에 열리는 삼바 카니발 준비로 본격적인 연습이 시작되었다. 얼마 전에 요노스케도 딱 한 번 아쿠쓰 유이에게 강제로 끌려간 적이 있었다.
 요노스케가 소속된 삼바 동아리는 부원수가 적어서 단독으로는 카니발에 참가할 수 없었다. 그래서 매년 삼바 음악을 애호하는 일반인 단체인 '뮤지카'와 합동 팀을 편성했다. 그런데 그 '뮤지카' 사람들이 엄청나게 진지하다고 해야 할까, 도무지 한계를 몰랐다. 굳이 말하자면 요노스케라는 남자는 디스코클럽에 가서도 벽을 쳐다보고 혼자 춤을 추는 스타일이다. 그렇게 초 일본적인 요노스케에게 짙은 라틴의 피를 요구하는 것이다.

수도 없이 싫다고 저항한 요노스케였지만, 결국 그날 아침은 이시다에게 멱살이 잡힌 채 유시마의 주민회관에서 하는 이른 아침 연습에 끌려 나갔다.

피도 눈물도 없는 이시다도 전차 손잡이를 움켜쥔 채 꾸벅거리는 요노스케가 불쌍했던지 주민회관으로 가는 길에 요시노야에서 아침 정식을 사주었다.

둘이서 조금 늦게 주민회관에 도착하자, 출근 전에 모인 '뮤지카' 사람들과 삼바 누님인 기요데라 유키에 일행이 벌써부터 모여서 요란한 음악에 허리를 흔들고 있었다. 홀 구석에서 상자 안을 들여다보는 아쿠쓰 유이의 모습도 보였다. 요노스케가 가까이 다가가자 "어, 너도 왔니, 별일이네"라며 고개를 들더니 "이게 남자 의상이래"라며 오렌지 빛깔의 기묘한 천을 끄집어냈다.

"……이걸 머리에 뒤집어쓴대."

"뭐야, 이게?"

아쿠쓰 유이에게 건네받은 것은 해바라기라고 할까, 태양이라고 할까, 아무튼 기묘하게 생긴 물체였다. 아무래도 그 중심으로 얼굴을 내밀고 쓰는 듯했다.

"이걸 쓴다고?"

"그렇겠지. 여기 남자용 의상이라고 씌어 있으니까."

요노스케는 기묘한 물체를 펼쳐보았다.

"어렵게 도쿄 대학까지 보내놨더니 이런 거나 쓰고 다니는 걸 알면 부모님 눈에서 피눈물이 쏟아질 거다……."

당혹스러워하는 요노스케에게 아쿠쓰 유이가 반강제로 그 거대한 모자를 씌웠다. 그러자 조금 떨어진 곳에 있던 '뮤지카' 사람들이 몰려들었다. 요노스케는 당장 벗어버리고 싶었지만, 사이즈가 작은지 턱밑에까지 잠근 단추가 좀처럼 풀리질 않았다.

"잠깐, 강제로 잡아당기면 안 돼!"

"아무래도 턱 끈을 좀 더 늘려야겠다."

"전체적인 밸런스랑 색깔은 좋은데."

부끄러움에 얼굴을 붉힌 요노스케를 둘러싸고 냉정한 토론이 시작되었다. 요노스케는 가까스로 뒤집어쓴 물건을 벗어서 아쿠쓰 유이에게 넘겨주고 그 자리에서 벗어났다.

이시다가 홀 한쪽 구석에서 트레이닝복으로 갈아입고 있어서 요노스케가 우는소리를 하려고 가까이 다가갔다.

"이시다 선배, 난 절대로 저런 걸 입고 사람들 앞에 나설 순 없어요."

"요란 떨지 마. 길가에 너 아는 사람이 몇이나 된다고."

"아는 사람이 있으면 그 자리에서 즉사죠."

"죽어라, 죽어. 내가 장사지내주마."

"이시다 선배는 작년에도 저런 걸 입었던 거예요?"

"작년에는 저런 느낌이 아니라, 뭐랄까 좀 더 퍼플한……."

"퍼플이라니……. 어찌 보면 정말 대단한 거네요. 포기할 줄 모르는 그 일탈 정신."

말이 안 통한다는 듯 자리를 떠나려는 요노스케의 셔츠를 이시다가 와락 움켜쥐었다. 본래는 새벽 댓바람부터 주민회관에서 미친 듯이 춤추는 사람들이 이상할 테지만, 여기서는 부끄러워하는 요노스케가 소수파라 춤을 안 추면 오히려 눈에 더 띄었다.

여전히 스텝의 '스' 자도 모르는 주제에 요노스케도 일단은 무리에 뒤섞여 어깨너머로 본 흉내를 내며 허리를 흔들었다. 그러나 허리는 살짝살짝 흔들지만 과감하게 팔을 들어 올리진 못해서 직립 부동 자세로 허리만 흔드는 묘한 장난감처럼 보였다.

"너 대체 언제까지 쑥스러워할 거야!"

이시다가 난데없이 엉덩이를 걷어차서 요노스케가 앞으로 고꾸라졌다.

"……모든 걸 잊고 확 빠져들면 점점 신이 난다니까."

"아 글쎄, 그 확 빠져드는 방법을 모르겠단 말이죠!"

"그건 숙달이야, 숙달!"

몸을 일으켜 세운 요노스케 옆에서 이시다가 화려한 스텝을 밟았다.

시모키타자와(下北澤) 역 개찰구를 나간 요노스케는 엉거주춤한 걸음으로 계단을 뛰어 내려갔다. 지각한 건 아니지만 박정한 가토라는 녀석이 왠지 믿음이 안 가서 1분이라도 늦으면 그냥 가 버릴까 봐 제정신이 아닌 듯했다.

다행히 역 앞 광장에 서 있는 가토의 모습이 보였다. 옆에는 운전학원에서 가토에게 말을 건넸다는 무쓰미도 서 있었는데, 웬일인지 둘이 나란히 청남방을 입고 있었다.

"아, 왔다, 왔다."

아는 체를 하는 가토를 보며 요노스케가 무쓰미에게 인사를 했다.

"쇼코(祥子)도 금방 올 거예요……."

무쓰미가 혼잡한 역 광장을 둘러보았다.

"근데 왜 똑같은 옷을 입었어?"

요노스케가 눈치 없이 묻자 "아, 이거요. 정말 우연히……"라며 얼굴을 붉히는 무쓰미 옆에서 "널리고 널린 게 이런 셔츠 입은 사람이야"라며 가토는 끝까지 냉담했다.

가토 옆에 선 무쓰미는 눈에 띄게 긴장한 모습이었다.

솔직히 그런 분위기라면 옆에 있는 요노스케까지 마음이 편치 않았다. 두 사람이 운전학원의 취득 단위 얘기를 시작한 틈을 타서 요노스케가 웅크려 앉아 운동화 끈을 다시 맸다.

"저거 어쩌면 쇼코일지도……."

무쓰미의 말에 요노스케가 고개를 들었다.

비좁은 상점가로 검은색 센트리(도요타의 최고급 승용차 ― 옮긴이)가 나 보란 듯이 진입해 들어왔다.

"저거라니, 저 자동차?"

역시 적잖이 놀란 듯한 가토의 질문에 무쓰미가 고개를 끄덕이며 차를 향해 손을 흔들었다.

일어선 요노스케도 가토와 얼굴을 마주보았다. 검은색 센트리가 통행인들의 불편도 아랑곳 않고 역 광장에 바짝 차를 세웠다.

"시모키타도 자동차로 오나? 그것도 역 앞까지."

가토의 의견은 정당했다.

차에서 제복 차림의 운전기사가 내렸다. 돌아가서 뒷문을 열자, 운전학원에서 무쓰미와 같이 있던 여자애가 내렸다.

표정은 초조해 보였다. 그러면 운전기사가 문을 열어줄 때까지 기다리지 않으면 될 텐데 일단 그건 기다리고 그 후에 초조해하는 느낌이었다.

"죄송합니다~. 너무 늦어서."

손을 흔들면서 쇼코인지 뭔지 하는 여자애가 요노스케 일행 쪽으로 다가왔다. 주위는 전혀 개의치 않는 사람이라 바닥에 시트를 펼치고 잡화를 파는 젊은이의 따가운 시선 따윈 신경도 안 썼다. 신경을 안 쓰는 정도가 아니라 시트까지 발로 밟았다.

"어쩐지 대단한 사람이 온 것 같다."

무심코 그렇게 중얼거린 가토가 "······운전수 딸린 자동차가 있으면, 면허 딸 필요도 없겠네"라고 냉정하게 덧붙였다.

무쓰미가 뛰어온 여자애를 요노스케에게 소개했다.

"소꿉친구인 요사노 쇼코(與謝野祥子)예요."

이상.

무쓰미는 어떻게든 빨리 가토와의 대화로 돌아가고 싶은 모양이다.

"대, 대단해. 저거 쇼코 씨네 자동차예요?"

요노스케는 혼잡한 상점가를 느릿느릿 빠져나가는 검은색 센트리를 넋 놓고 바라보고 있었다.

"전차로 올 생각이었는데, 막 나오는 걸 아즈미 씨에게 들켜버려서."

"아즈미 씨?"

"방금 왔던 운전기사요. ……그 사람이 최근에 엄청난 미인 아내를 얻었는데 나한테 자랑하고 싶어서 안달이 난 것 같아요. 아정말, 여기 도착할 때까지 내내 아내 얘기뿐이었다니까요."

너무 뜬금없는 소리라 이해는 잘 안 갔지만, 아무튼 그녀는 그녀 나름의 노고가 있는 모양이었다.

"자 그럼, 갈까?"

가토의 말을 신호로 네 사람은 더블데이트답게 쌍쌍이 나란히 서서 걷기 시작했다.

"요노스케 씨는 도로주행 연수 벌써 받으셨어요?"

요사노 쇼코가 요노스케에게 말을 건넸다.

"어?"

"도로주행 연수 말이에요."

물론 질문의 의미야 알지만, 마음에 걸리는 게 너무 많았다.

"아직 안 받았는데……. 그보다 요노스케 씨라는 호칭부터 좀 어떻게 할 수 없을까? 어쩐지 종이우산 같은 거나 만드는 낭인(浪人)처럼 들리는데?"

"하하핫. 낭인이라니. 하하, 재미있는 분이시다."

"저기요, 늘 그렇게 정중한 말씨를 쓰나요?"

놀라는 요노스케 앞에서 걸어가던 무쓰미가 뒤를 돌아보더니 "미안, 그렇지만 금방 익숙해질 거예요"라며 대신 사과했다.

"무슨 말을 그렇게 하니, 무쓰미. 익숙해질 거라니 그건 마치……."

거기서 말이 끊어졌다.

어중간하게 말이 끊겨서 뒷말을 기다리던 요노스케 일행의 발걸음이 뒤엉켰다.

"……잠깐만. 마치 뭐?"

궁금증을 참지 못하고 되묻는 무쓰미에게 "어머, 미안해요, 그다음 말이 생각이 안 나네요"라며 쇼코가 태연하게 대답했다.

이도저도 아니게 대화가 끊겨버렸지만, 쇼코는 조금도 신경 쓰는 기색이 없었다.

가토가 선택한 가게는 '카프리초사(Capricciosa)'라는 레스토랑이었다. 인기 있는 가게인지 이미 계단까지 줄이 늘어서 있었다.

"이거 기다리다간 저녁밥이나 먹겠다."

곧바로 징징거리는 소리를 늘어놓는 요노스케에게 "그럼, 이타토마(이탈리안토마토라는 체인 레스토랑의 줄임말 — 옮긴이)는 어때?"라고 가토가 제안했다.

쇼코도 무쓰미도 반대 의견은 없는 듯했다.

그러나 이타토마 역시 손님들로 북적거렸다. 따로따로 떨어진 2인용 테이블 두 개만 비어 있다고 종업원이 말했다.

한시라도 빨리 둘만의 시간을 보내고 싶었는지 "상관없지 않나, 따로따로 앉아도"라며 무쓰미가 재빨리 테이블로 걸어갔다.

"무쓰미 양, 가토를 무지 좋아하는 것 같네."

결국 두 쌍은 각각 다른 테이블에 앉았다. 먼저 나온 사이드샐러드에 포크를 찔러 넣으며 요노스케가 말했다. 창가에 앉은 두 사람 쪽을 바라본 쇼코가 "무쓰미는 원래 잘 생긴 남자한텐 약하니까요"라고 선뜻 대답했다.

"좀 심한 거 아닌가? 그런 표현은?"

"사실인 걸 어쩌겠어요."

"사실인 걸 어쩌겠냐니. ……혹시 두 사람, 사이가 별로 안 좋은가?"

"아니에요, 친한 친구예요. 유치원 때부터 고등학교 때까지 줄곧 같이 다녔고, 난 무쓰미가 교통사고로 못 걷게 되어서 내가 휠체어를 밀어주는 꿈도 몇 번씩이나 꿨고……."

어디까지가 진심인지 알 수 없었다. 행간에 은유라도 내포되어 있는지는 모르겠지만, 요노스케는 일단 깊이 들어가는 건 피하기로 했다.

"저어, 쇼코 아버님은 뭐 하는 분이야? 부자지?"

"아버지요……. 설명하기 좀 어려운데……."

"혹시 수상쩍은 사업이라도?"

"수상한 사업은 아니고 잔토처리업자라고 하는데, 도쿄만을 메우는 일이라고 할까요."

"휴우, 다행이다. 도쿄만에 파묻는 일은 아니라서."

"하— 하하핫."

요노스케의 농담에 쇼코가 큰 소리를 내며 웃었다. 큼직한 입으로 활짝 웃는 모습이야 물론 매력적이지만 소리가 조금 컸다.

"재밌어?"

"네에. 도쿄만에 파묻는다니, 오늘 밤에 아빠한테도 말해줘야겠어요."

"돼, 됐어. 얘기 안 해도 돼. 소중한 딸이랑 데이트했다는 게 들통 나면 나야말로 도쿄만에 파묻혀버릴 텐데."

"하— 하하핫."

"이것도 재밌어?"

"요노스케 씨, 정말 재미있는 분이네요."

재미없다는 말을 듣는 것보다야 낫지만, 옆자리 커플이 두 사람의 대화를 짜증스러워하는 빛이 역력했다.

"쇼코는 동아리 같은 건 들었어?"

"시 낭송 동아리."

"흠, 시 낭송이라. 난 삼바."

"하— 하하핫."

"아니, 진짜야!"

"히힛 히히힛."

요노스케는 점점 더 불안해졌다. 도움을 요청하려고 창가로 시선을 보내봤지만, 가토의 등은 냉랭했고 무쓰미는 게슴츠레한 눈으로 그런 가토를 바라보고 있었다.

가까스로 쇼코의 웃음이 잦아들었을 즈음, 주문한 파스타가 나왔다. 파스타를 보자마자 요노스케는 또다시 시답잖은 익살이 떠올랐지만, 무서워서 도무지 입 밖에 낼 수가 없었다.

요노스케는 마치 자기 방인 양 벽장에서 타월담요를 꺼냈다. 방석을 접어 베개로 삼고 바닥에 벌러덩 드러누웠다. 귀를 기울이면 창밖에서 시냇물 흘러가는 소리가 들려왔다. 가토의 방이었다.

"야, 여기 임대료는 얼마나 하냐?"

요노스케의 질문에 역시나 침대에서 낮잠을 자고 있던 가토가 "6만 8천 엔"이라고 대답했다.

"식비를 줄이면 나도 못 살 것도 없겠네."

"매일같이 우리 집에서 먹어대면서 줄일 식비나 있냐?"

"에이, 그렇게 매정하게 말하지 말라니까."

학교에서는 중간고사가 시작되었다. 요노스케는 철야 아르바이트가 있고, 운전학원에 다녀야 하고, 강제로 삼바까지 춰야 하는 바람에 하루가 아니라 일주일이 눈 깜짝할 새에 지나가버렸다.

시간 절약을 하기 위해서라도 요노스케는 최근에 가토의 아파트에 들러붙어 살았다. 가토는 노골적으로 성가셔하는 표정을 지었지만, 오사카에서 꽤 큰 슈퍼마켓을 운영하는지 고향 집에서 매주 보내주는 대량의 식료품을 깨끗하게 먹어치우는 요노스케에게 "썩는 것보다야 낫겠지"라며 절반은 환영하는 눈치도 보였다.

"아 참, 가토, 네 이름은 뭐냐?"

제멋대로 에어컨 풍량을 '강'으로 바꾸면서 요노스케가 물었다.

"유스케."

"……평범하군."

"요노스케에 비하면 평범하지 않은 이름이 있겠냐?"

창밖에서 두부장사의 나팔소리가 스쳐 지나갔다.

"그러고 보니 요즘 쇼코가 운전학원에 안 보이던데."

나팔소리가 멀어지길 기다렸다가 가토가 말했다.

"기능 수업 첫 시간에 강사랑 싸우고 면허 따는 거 포기했대."

"연락해?"

"그 후에 몇 번인가 전화가 왔는데 요즘은 부재중으로 돌려놓고 안 받아."

"왜?"

"글쎄, '잠자리가 잠자리에 들었다'는 농담만 해도 자지러진다니까. 그 애 아무래도 좀 이상해. 그보다 그쪽은? 무쓰미 양?"

"아아."

"아아라니, 어떻게 됐는데?"

"좋아하는 사람이 있다고 했더니 운전학원에서도 완전 무시해."

"너 좋아하는 애 있었냐?"

"오사카에. 그것도 짝사랑."

"우와, 어떤 앤데?"

한동안 기다렸지만 가토는 대답이 없었다. 조금 전에 지나친 두부장사 나팔소리가 또다시 서서히 다가왔다.

요노스케는 꽃집 아르바이트가 있다는 가토와 함께 오후 네 시가 넘어서 아파트에서 나왔다. 나오기 전에 가토가 볶음밥을 만들기 시작해서 요노스케도 말없이 자기 그릇과 숟가락을 준비했다.

볶음밥을 먹으면서 가토가 아르바이트하는 꽃집 얘기를 들려주었다. 긴자에 있는 꽃집이라 이른 저녁에는 호스티스처럼 보이는 사람들이 가게에 장식할 꽃을 사러 오고, 밤이 깊어지면 중년남자들이 꽃말을 물어가며 여자친구에게 줄 선물로 사 간다고 했다.

요노스케는 가토 얘기를 들으면서 볶음밥에 소금을 뿌리고, 후추를 뿌리고, 마지막에는 케첩까지 뒤섞었다. 그러나 그렇게까지 훤히 드러나게 항의를 해도 가토는 전혀 알아채지 못했다.

솔직히 가토의 요리 실력은 형편없었다. 그날 볶음밥도 그렇고 얼마 전에 만든 야채볶음도 무슨 까닭인지 하수구 냄새가 났다.

제아무리 둔한 요노스케도 불만을 털어놓자, "난 식욕은 질색이거든"이라며 도통 영문을 알 수 없는 소리를 했다.

"그 왜, 인간의 다섯 가지 욕망이란 게 있잖아. 성욕, 재물욕, 식욕, 명예욕, 수면욕. 그중에서 제일 질색인 게 식욕이야."

"'난 피망이 질색이야'라는 말은 들어본 적 있지만, 식욕이 질색이라는 놈은 처음이다."

야채볶음 간 맞추는 얘기일 뿐인데 왜 그런지 가토를 상대로 얘기하다 보면 선방의 선문답처럼 변해버렸다.

역으로 가는 가토와 아파트 앞에서 헤어진 후, 요노스케는 자전거를 구르며 자기 집으로 돌아갔다. 고가네이 가도를 일직선으로 북상만 하면 되는데, 돌아가도 할 일이 없네, 오늘 밤도 덥겠네, 의욕 없이 페달을 밟은 탓인지 하마터면 무서운 속도로 내달리는 덤프트럭 풍압에 빨려 들어갈 뻔했다.

30분 넘게 달려서 맨션 입구에 도착하자, 순식간에 땀이 솟구쳤다. 열쇠를 꺼내기 위해 주머니에 손을 찔러 넣는 것조차 불쾌했다. 방으로 돌아온 요노스케는 우선 비좁은 욕조에 물을 받았다. 선풍기는 없지만, 탕에 들어갔다 나오면 두 시간 정도는 쾌적하게 보낼 수 있었다.

3분의 1 정도 물이 찼을 무렵, 옷을 벗고 차가운 물에 조심조심 발을 넣었다. 발끝만 넣었는데도 덤프트럭 배기가스에 휩싸이며 자전거를 굴러서 금방이라도 불꽃이 일 것 같았던 몸에서 땀이 싹 가셨다. 허리까지 담근 후에는 한 번에 주저앉았다.

"후아~."

수량이 늘어난 비좁은 욕조에서 요노스케는 코를 쥐고 물속으로 잠수했다. 머리를 담그면 다리가 나왔다. 비어져 나간 사타구니 사이에 수도꼭지에서 떨어지는 물이 닿아서 요노스케는 물속에서 비명을 질렀다. 내지른 비명이 거품이 되어 수면에서 보글보글 소리를 냈다.

다음 날 아침, 실내에 갇혀 꼼짝도 않는 열기가 잠든 얼굴을 내려다보는 것 같은 느낌에 요노스케는 눈을 떴다.

창은 열어뒀지만, 선풍기도 없는 열대야에는 쾌적하게 잠을 잘 수도 없으니 밤새도록 조그만 이불의 시원한 부분을 찾아 수없이 몸을 뒤척이는 사이 날이 새버린 느낌이었다. 체온으로 뜨거워진 베개를 멀리 집어던지고, 요노스케는 다시 잠을 청하려고 베개가 놓여 있던 조금 서늘한 자리에 얼굴을 묻었다.

바로 그때 현관 초인종이 울렸고, 요노스케는 멍한 잠결에도 대답을 했다. 베갯머리에 둔 시계는 아직 여덟 시 전이었다.

고향 집에서 택배라도 보냈나.

졸린 눈을 비비는데, "요노스케 씨~이, 저~어 여기가 요노스케 씨 집 맞죠~오?"라는 귀에 익은 목소리가 들렸다.

쇼코?

묘한 자세로 누워 있던 데다 고개까지 갸웃거리자, 목 근육에 쥐가 날 것 같았다.

"자, 잠깐 기다려!"

팬티 한 장 차림이었던 요노스케는 발밑에 말려 있던 타월담요를 허리까지 휘감고 현관으로 나갔다. 문을 열자, 차양이 엄청나게 넓은 모자를 쓴 쇼코가 서 있었다.

"어머, 아직 주무시고 계셨어요?"

"웬일이야? 이렇게 일찍."

짜증스러워하는 요노스케는 아랑곳도 않고 쇼코가 방으로 들어오려 했다.

"자, 잠깐 기다려."

허둥지둥 가로막는 요노스케에게 "혹시 안에 누가 계신가요?"라며 쇼코가 험악한 표정으로 방 안을 들여다봤다.

"그게 아니라……, 아 맞다, 방이 좁아서 그렇게 큰 모자는 못 들어가."

"아이~ 정말. 또 그렇게 웃기신다~. 핫핫핫."

"근데 여긴 어떻게 알았어?"

"가토 씨한테 전화로 물어봤죠. 이쪽으로 전화를 걸어도 늘 안 계셨잖아요. 가토 씨 댁에서 계속 묵으셨다면서요?"

"계속은 아니고……. 그보다 정말 웬일이야? 이렇게 이른 아침에."

"아 참, 그렇지. 바다 안 가실래요?"

"바다? 지금?"

"네에. 틀림없이 기분이 좋아질 거예요. 하늘도 파랗고."

크고 하얀 모자에 주눅이 든 요노스케가 뒤로 한 발 물러났다.

"갑자기 바다에 가자고 하면 힘들지……."

"어머, 다른 예정이라도 있으세요?"

"아니, 예정은 없지만……."

'있다'고 대답하면 좋으련만, 쓸데없이 착실하다고 할까, 여하튼 임기응변에는 약하다.

"어쨌든 잠깐 기다려. 난 지금 꼬락서니도 이 모양이고, 방 안 가득 야한 책들이 널려 있으니까."

물론 농담으로 한 소리였지만, 쇼코의 얼굴색이 별안간 새파랗게 변했다.

"어? 왜 그래?"

"……난 천박한 농담은 사양할래요."

낙담한 쇼코가 무서웠다. 평소에는 '잠자리가 잠자리에 들었다'는 시시한 농담으로도 깔깔 웃어대는 주제에 도대체 어디에 지뢰가 묻혀 있는지 모를 일이다.

"어쨌든 기다려. 옷 좀 갈아입을 테니까."

요노스케는 우선 벗어던져 둔 청바지에 다리를 꿰었다. 등 뒤의 시선이 느껴져 돌아보자, 쇼코가 물끄러미 이쪽을 쳐다보고 있었다.

"뭐, 뭐야, 그렇게 빤히 쳐다보지 마. 창피하잖아."

"괜찮아요. 난 오빠가 있으니까."

"아니, 그런 문제가 아니고."

이러쿵저러쿵 실랑이를 하면서도 요노스케는 청바지를 입고 티셔츠에 팔을 꿰었다. 방은 여전히 찌는 듯이 무더웠고, 아주 작은 동작만으로도 땀이 솟구쳤다. 그 순간 문득 파도를 향해 바다로 뛰어드는 이미지가 떠올랐다. 급격하게 차가워진 살갖 위로 사정없이 쏟아져 내리는 태양의 감촉.

"흠, 바다라······바다도 좋겠네."

요노스케는 급히 입은 티셔츠의 냄새를 확인하며 쇼코에게 말했다.

"그렇죠? 바다도 좋겠죠?"

쇼코가 차양이 몹시 넓은 하얀 모자를 살짝 들어 올리며 미소를 지었다.

일단 결정하면 머뭇거리지 않는 요노스케였다. 벽장 종이상자 속에서 재빨리 수영복과 물안경을 꺼냈다.

"밑에 차가 기다리고 있으니까 여기서는 두 시간이면 갈 수 있을 거예요."

"차라니, 그 검은색 자동차? 왠지 해수욕 가는 기분은 아니다. 좀 노인네들 같지 않나?"

"어머, 그런가요?"

"젊은이는 튜브랑 물안경에 전차가 제격이지."

농담처럼 건넨 말이었는데 쇼코가 "어머, 그건 그렇겠네요"라며 납득했다. "아냐, 농담이야"라고 요노스케가 황급히 말했지만, "아니에요, 젊은이는 역시 전차예요"라며 이번에는 쇼코가 완고

하게 고개를 저었다.

결국은 아가씨를 차로 모셔다 드리고 싶어 하는 운전기사와 젊은이답게 전차로 가고 싶어 하는 쇼코, 그리고 이왕이면 자동차가 편하긴 하지만 가죽 시트에 비치샌들 차림으로 타는 건 왠지 꺼려지는 요노스케의 절충안으로 일단 도쿄 역까지는 자동차로 가고, 거기부터 전차를 탄다는 어중간한 선에서 결론이 났다.

그런데 차에 올라탄 요노스케는 문득 한 가지 사실이 떠올랐다.

"근데 왜 도쿄 역이지? …… 쇼난(湘南) 방향인 줄 알았는데?"

반바지에 비치샌들 차림이라 땀이 밴 무릎 안쪽에 가죽 시트가 들러붙었다.

"이나게 해안으로 가려는데, 혹시 그쪽은 내키질 않으시나요?"

"아냐, 바다라면 어디든 상관없어. 그런데 이나게 해안이 어디 쯤이지?"

"우라야스 앞쪽이라고 해야 할까……."

"우라야스라면 디즈니랜드잖아? 그런 데 바다가 있었나?"

달리기 시작한 자동차는 기대 이상으로 승차감이 좋았다. 똑같은 길이라도 버스로 가는 것과 고급 승용차로 가는 건 경치 자체가 완전히 달랐다.

"속에다 수영팬티를 입어서 그런지 까슬까슬하네."

요노스케는 엉덩이를 들고 죄어드는 수영복을 몇 번이나 잡아당겼다.

"……우리 시골에 있는 바다는 모래사장이 아니고 바위투성이야. 바위에서 바다로 뛰어들어서 소라도 잡고 성게도 잡았지. 그게 해수욕이었어. 멋대가리 없지? 그래서 이쪽 해수욕은 어떨까 약간 동경했는데."

마음은 이미 비치파라솔 밑에 가 있는 요노스케의 얘기에 쇼코가 왠지 시무룩한 표정을 지었다. 그 이유를 안 것은 도쿄 역에서 전차로 갈아타고, 게이오 선의 이나게 해안까지 가서 택시로 목적지에 도착한 순간이었다.

"어!? 여기야?"

요노스케는 눈앞에 보이는 호화로운 요트 항구 모습에 두 눈을 휘둥그레 떴다.

"요노스케 씨가 해변을 상상하는 것 같아서 차마 말씀드릴 수가 없었어요. ……그렇지만 안심하세요. 크루저로 앞바다까지 나가면 수영할 수 있으니까."

"크, 크루저?"

섬머 스웨터를 어깨에 걸친 커플이 스쳐 지나갔다. 요노스케는 아까부터 이나게 해안 역 앞 편의점에서 산 튜브를 허리에 차고 있었다.

새파란 바다는커녕 얼굴이 새파랗게 질린 요노스케의 팔을 쇼코가 강제로 잡아끌었다. 요노스케가 허리에 찬 튜브를 붙잡으며 저항해봤지만 도움이 될 리 없었다.

"자, 잠깐만. 쇼코, 지금 크루저라고 했어?"

고급 자동차들이 죽 늘어선 주차장으로 끌려가면서 요노스케가 저항했다.

"말이 크루저지 소형이에요, 소형."

"소형이라도 크루저는 크루저지. 소형이라도 불도그는 불도그 잖아!"

"하— 하하핫."

"뭐가 웃겨!"

"아무튼 오늘은 오빠가 친구들을 모아서 파티를 하고 있어요. 다들 허물없이 지낼 수 있는 분들이니까 요노스케 씨도 틀림없이 재미있을 거예요."

주차장에 늘어선 자동차들은 벤츠에 BMW에 재규어에 카운타크……카, 카운타크였다.

"쇼코, 아까 내 방 봤지! 아무리 봐도 난 크루저는 아니잖아? 난 바닷가 매점에서 스우동(삶은 우동 면발에 뜨거운 국물만 부은 것 — 옮긴이)이나 먹어야 제격이라고!"

"어머, 스우동이라면 크루저 키친에서……."

"아 글쎄, 그런 뜻이 아니라니까!"

결국 잔교(棧橋)까지 질질 끌려갔다. 거기에는 하얗게 빛나는 크루저와 요트들이 보란 듯이 늘어서 있었다. 요노스케는 그런 풍경은 금요 명화극장 오프닝 장면에서밖에 본 적이 없었다.

"저기요, 저쪽. 보세요, 오빠가 손을 흔들잖아요."

쇼코가 손가락으로 가리킨 장소에서는 반짝반짝 빛나는 하얀 선체가 부드럽게 흔들리고 있었다. 갑판 위에는 일고여덟 명의 남녀가 샴페인 잔을 흔들고 있었지만, 물론 요노스케처럼 허리에 튜브를 찬 사람도, 수영복 차림을 한 사람도 없었다.

남자용 섬머 스웨터 같은 걸 도대체 누가 어디서 입을까, 요노스케는 진즉부터 신기하게 여겼는데 거기에 있었다. ……그것도 세 사람, 네 사람씩이나 있었다.

"늦어서 미안해요. 전차로 오는 바람에."

쇼코가 오빠로 보이는 남자의 손을 잡으며 갑판 위로 올라섰다. 갑판에 있던 사람들이 신참자인 요노스케를 예리한 눈빛으로 주시했다. 하다못해 튜브라도 없었으면 좋으련만 이미 엎질러진 물이었다. 바로 그 순간, 요노스케의 시야 한쪽에 눈에 익은 여성이 포착되었다.

지하루 씨?

시야 한쪽에 포착된 여자는 틀림없이 가타세 지하루였다. 아카사카 호텔에서 중년남자에게 BMW를 낚아채고 "좋은 남자가 되길"이라는 말을 남긴 후, 요노스케의 눈앞에서 떠나버린 가슴 저 깊은 곳에 자리한 여인.

허리에 튜브를 찬 채로 갑판으로 올라서자, 어울리지 않는 곳에 발을 들여놓고 말았다는 느낌이 생생하게 전해졌다. 노골적으로 거부하는 게 아니라, 좀 더 주도면밀하다고 할까 음습하다고 할까. "어, 이게 웬일이야. 쇼코가 남자친구를 다 데려오고"라며 언뜻 보기엔 친절하게 말을 건네는 것 같지만, 그 눈빛은 하나같이 웃음기가 없었다.

갑판에서 샴페인 잔을 한 손에 들고 오르되브르를 집어 드는 사람들은 쇼코의 오빠와 그의 친구로 보이는 남자 세 명 — 모두 섬머 스웨터다 — 그리고 가타세 지하루를 포함한 여성 네 명. 여자들이 입고 있는 섬머 드레스는 그 세탁비만으로도 요노스케의 옷 한 벌은 거뜬히 살 수 있을 것 같았다.

그것이 크루저 놀이에 익숙한 사람들의 예의라는 걸까, 신참자 요노스케가 모두에게 소개를 받는 일도 없고, 반대로 자기소개를 하러 오는 사람도 없었다.

가만히 있어도 흔들리는 배 위에서 갈 곳을 몰라 우뚝 서 있는 요노스케에게 쇼코가 샴페인 잔을 건네주었다. 건네받은 샴페인 잔으로 쇼코와 어색하게 건배를 할 수밖에 없었다.

"선글라스 좀 가지고 올게요."

쇼코가 배 안으로 모습을 감추자, 바로 옆에서 앞바다를 바라보고 있던 지하루가 그때를 노렸다는 듯 요노스케에게 다가왔.

쇼코 오빠 일행은 뱃머리로 돌아갔는지 바닷바람을 타고 그들의 웃음소리가 흘러왔다.

"당신이 왜 여기 나타난 거야?"

"왜라뇨…… 초대받아서……."

귓가에서 속삭이는 지하루의 목소리가 무서웠다.

"정말로 가쓰히코 씨 여동생이랑 사귀는 거야?"

"아니, 안 사귑니다. 여자친구 없습니다."

"쉬, 쉬잇, 그렇게 큰 소리 내지 말고."

"그건 그렇고 가타세 씨는……."

"어찌 됐든 지난번 일은 비밀이니까 그리 알아. 알았지?"

지하루의 손가락이 그 두툼한 입술을 꾹 눌렀다.

"두 사람, 아는 사이였나?"

갑자기 들려온 목소리에 요노스케가 뒤를 돌아보자 쇼코의 오빠가 서 있었다.

"아, 아 네, 어디서 본 것 같다 했더니 지난번에 묵은 아카사카 호텔의 보이였지 뭐예요."

지하루의 거짓말에 쇼코의 오빠는 자연스러운 미소를 지어 보였지만 믿는 것 같진 않았다.

"자넨 쇼코랑 어디서 알게 됐지?"

"아 저어, 운전학원입니다. 자동차"라고 재빨리 대답했다.

출항 전 갑판에서 나누는 환담을 간간이 귀동냥하면서 요노스케는 가타세 지하루라는 여자가 무슨 일을 하는지 어렴풋하게나마 짐작할 수 있었다. 샴페인 잔을 한 손에 든 사람들이 내키는 대로 쏟아내는 말에서 그 정보를 캐낼 수밖에 없는 상황인데, 옆에 있는 마이페이스인 쇼코까지 "요노스케 씨, 전갈자리죠?" "요노스케 씨, B형이죠?"라고 떠들어대는 바람에 좀처럼 정리하긴 어려웠지만, 아무튼 지하루는 파티 — 예를 들면 DC브랜드 매장 오픈 기념 같은 각종 모임 — 를 기획 운영하는 회사에서 도우미 같은 일을 하는 듯했다.

쇼코의 오빠인 가쓰히코와 사귄 지는 얼마 안 된 것 같은데, 롯폰기에서 열린 그런 유형의 파티에서 알게 되었다고 했다.

그런데 요노스케만의 생각일지는 모르지만, 지하루를 바라보는 다른 여자들의 시선은 차가웠다. 여자들은 지하루가 얘기를 시작하면 따분한 표정을 지었고, 지하루가 모르는 과거 이야기만 하려 들었다.

"어때요, 괜찮죠?"

별안간 귓가에 쇼코의 목소리가 들려왔고, 요노스케는 시선을 여전히 지하루에게 돌린 채 "어, 으응" 하며 적당히 고개를 끄덕였다.

저 먼 하늘에 뜬 쎈비구름이 마치 지하루의 옆얼굴을 돋보이게 하기 위해 떠 있는 것 같았다.

"정말 괜찮은 거죠? 요노스케 씨, 지금 좋다고 한 거 맞죠?"

"어, 으응."

"정말로 정말?"

"응응."

"우와, 너무 기뻐요! 난 아직 규슈 못 가봤는데."

"규슈 가려고?"

"아이 참, 요노스케 씨 고향 집이 규슈라면서요?"

"응."

"여름방학에 집에 갈 거죠?"

"응."

"그러니까 그때 나도 같이 놀러 가겠다고 한 거잖아요."

"뭐?"

어느새 얘기가 그렇게 흘러갔을까.

요노스케가 당황하며 얘기를 되돌리려는 순간, "슬슬 앞바다로 나가볼까"라며 가쓰히코가 일어서자 갑판에 작은 함성이 일었다. 요노스케는 그 바람에 이상한 약속을 취소할 타이밍을 놓쳐버렸다.

설명을 덧붙이자면 앞바다라고 해도 육지에서 별로 떨어지지 않은 곳이었다. 크루저 놀이 같은 건 자기한테 안 어울린다고 불편해했지만, 한편으론 신기하기도 해서 설레는 마음으로 출항을 간절히 기다린 요노스케는 왠지 허탕을 친 기분이었다.

그래도 역시 앞바다로 나가자 쓰레기와 해초가 떠 있는 요트 항구의 물과는 달라서 주변에는 온통 여름 햇살이 내리쬐는 바다가 펼쳐져 있었다. 투명도가 높아져서 갑판에서 들여다보이는 바다는 깊었다.

정박한 배 위에서 맨 먼저 바다로 뛰어든 사람은 가쓰히코였다. 거센 물보라에 환성이 터지고 바다 깊숙이 내려가는 가쓰히코의 하얀 몸도 선명하게 보였다.

"요노스케 씨도 빨리 뛰어들어요!"

얼굴에 물보라를 뒤집어쓴 쇼코가 흥분한 목소리로 요노스케의 등을 떠밀었다. 수면에 떠오른 가쓰히코가 "물이 너무 차!"라고 소리치자, 그 소리가 고요한 주변에 언제까지고 울려 퍼졌다.

요노스케도 티셔츠와 반바지를 벗어던졌다. 갑판 가장자리에 엄지발가락을 걸고 발돋움을 하며 힘차게 뛰어오르자, 가슴팍에 태양빛이 부서지며 바다가 성큼성큼 눈앞으로 다가왔다.

발끝부터 가볍게 물속으로 들어갔다. 차디찬 물이 튀어 올랐다. 땀이 밴 살갗이 순식간에 식었고, 드넓은 바다 속에서 정신없이 발장구를 쳤다.

물 밖으로 올라와 젖은 머리를 흔들었다. 눈앞에는 천천히 흔들리는 크루저가 보였고, 갑판 위에는 지하루와 쇼코가 웃는 얼굴로 나란히 서 있었다. "지하루 씨도 들어오세요!"라고 외치고 싶은 마음을 꾹 참고, "쇼코도 들어와!"라고 외친 요노스케의 목소리가 울려 퍼졌다.

그때부터 요노스케는 쇼코와 둘이서 물속으로 뛰어들었다 갑판으로 올라갔다 또 물속으로 뛰어들고 또다시 갑판으로 올라가길 수없이 되풀이했다.

새우 뛰기, 오징어 뛰기, 거미 뛰기, 삼회전 뛰기, 비틀어 뛰기.

생각나는 방법은 둘이서 모두 시도해봤다. 지하루가 줄곧 쳐다보고 있어서 요노스케는 조금 창피하기도 했지만, "다음엔 무슨 뛰기 할까요?"라며 쇼코가 싫증도 안 내고 자꾸 물어서 그만두고 싶어도 그만둘 수가 없었다.

문제지 뒷면에 'Jesuissomnolent, Jesuissomnolent……'라고 요노스케가 다섯 번쯤 썼을 때 시험 종료를 알리는 차임벨이 강의실 안에 울려 퍼졌다. 설명을 하자면 '나는 졸리다'라는 뜻으로 최근 세 달 동안 요노스케가 외운 유일한 프랑스어였다.

해답 용지를 걷자, 강의실 여기저기에서 나지막한 한숨과 하품 소리가 울려 퍼졌다. 꿈지럭꿈지럭 움직이기 시작한 학생들 중에는 벌써부터 답을 맞춰보는 사람도 있었는데 들려오는 답마다 요노스케가 적어낸 답과는 달랐다. 누가 어깨를 가볍게 두드려서 올려다보니 웬일로 학교에 나온 구라모치가 서 있었다.

"꼬락서니를 보아하니 보강은 확정인 것 같군."

구라모치가 둥글게 만 문제지로 요노스케의 머리를 툭 내리쳤다.

"아~, 보강 들으면 여름방학이 줄어들잖아."

"그보다 요즘 네 얼굴 보기가 왜 이렇게 힘드냐."

그렇게 말하면서 옆에 앉는 구라모치가 요노스케에게 멘토스 한 알을 건네주었다.

"아르바이트에다 운전학원에다 정신없이 바빠."

"지난번에 누가 불러냈다며? 당구장 가자고."

"응, 근데 다른 친구랑 약속이 있어서."

"다른 친구라니?"

다른 친구는 가토였다. 평상시처럼 자리 가서 노골적으로 귀찮은 표정을 짓는 가토를 상대로 새벽까지 '크루저 사건'의 전말을 얘기했을 뿐인데, 요노스케는 왠지 구라모치에게 일일이 설명하기가 성가셔서 "가토라고, 넌 모르는 녀석이야"라고만 대답했다.

"그보다 너야말로 뭐 하고 지내? 아쿠쓰 유이 말로는 학교에도 안 나오고 아르바이트도 안 하고 계속 방에만 틀어박혀 있다던데."

"흐흠, 뭐라고 해야 할까, 간단히 말하면 색(色)에 빠져 있다고 해야 하나?"

"색에 빠져? 으이그, 입만 살아가지고."

"아냐, 농담이 아니야. 우리끼리만 하는 얘기지만 이제 막 자위를 배운 원숭이처럼 매일같이 아침부터 밤중까지……. 야, 나 정말 어디가 심각하게 이상한 거 아닐까? 아, 이 얘긴 다른 사람한텐 절대로 하면 안 돼."

"그런 말을 어떻게 하냐."

"야, 넌 그런 경험 없냐? 하긴, 있을 리가 없겠지."

"아니 뭐, 꼭 없는 건 아니고……."

자신감 없이 중얼거리는 요노스케에게 "괜한 허풍 떨 거 없다"라며 구라모치가 둥글게 만 문제지로 또다시 툭 하고 내리쳤다.

아직 2년도 안 지났지만, 요노스케에게는 그 무렵이 아득히 멀게 느껴졌다. 술김을 빌어 오사키 사쿠라에게 터질 듯한 마음을 털어놓은 것은 고등학교 2학년 2학기였다. 밤중에 난데없이 나타난 요노스케를 이상하게 여기면서도 2층 자기 방에서 내려온 사쿠라는 요노스케 일생일대의 고백을 진지하게 들어주었다. 그렇지만 사쿠라는 "갑자기 그런 말을 하면……"이라며 난처해했다.

"게다가 넌 지금 취했잖아?"라고 해서 "안 취했어! 취한 척하는 것뿐이야!"라고 요노스케가 황급히 부정했다.

나중에 들은 얘기지만, 그때 사쿠라의 마음을 움직였던 말은 "계속 좋아했어"라는 첫 고백이 아니라 "취한 척하는 건 취하지 않았을 때 오사키를 훨씬 더 좋아하기 때문이야"라는 알 듯하면서도 알 수 없는 요노스케의 아리송한 설명 쪽이었던 것 같다.

그날 밤 사쿠라에게 어떤 대답을 들었는지 요노스케는 확실하게 기억나진 않는다. 그러나 사쿠라의 배웅을 받고 돌아오는 길에 "나에겐 여자친구가 있다" "어? 나한테 여자친구가 있나?"라고 몇 번씩이나 혼잣말을 중얼거렸으니 아마도 호의적인 대답이었을 것이다. 전신주가 나올 때마다 높이 뛰어올랐던 기억만은 생생하다.

다음 날 학교에 가자, 평소와 다름없이 사쿠라의 모습은 창가에 있었다. 매일 아침 그 모습을 확인하고 자기 자리에 앉는 게 일상적인 습관이라 그날도 자연스레 시선이 갔다. 다만 어제까지와 다른 점은 평소에는 일방적으로 쳐다봤을 뿐인데 그날은 사쿠라도 이쪽을 보며 "안녕?"이라고 말을 건네줬다는 것이다.

첫 시간이 끝난 후, 짧은 쉬는 시간에는 말을 걸지 못했다. 둘째 시간이 끝나고, 셋째 시간이 끝나도 말을 걸기는커녕 사쿠라 쪽을 바라보지도 못했고, 점심시간에는 오자와에게 강제로 학생식당에 끌려가서 타이밍을 놓쳤고, 다섯째, 여섯째 시간에는 선택과목 수업이라 사쿠라와 교실이 달랐다.

여자친구야. 나랑 사쿠라는 어젯밤부터 사귀기 시작했다고.

자기 자신에게 그렇게 타이르는 요노스케였지만, 그러면서도 말을 걸지 못했다. 방과 후, 요노스케는 교실에 남았다. 평소에는 쏜살같이 사라지는 오자와가 하필 그런 날에는 일찍 돌아가지 않고 뭉그적거렸다. 마침내 오자와가 돌아간 후 기대를 품고 돌아보자, 그곳에 사쿠라가 혼자 앉아 기다리고 있었다.

"미안"이라고 요노스케가 사과했다.

"너무 늦어"라며 사쿠라가 웃었다.

그것이 아마 사귀기 시작해서 처음 주고받은 대화였을 것이다. 그날부터 매일 사쿠라와 함께 돌아가게 되었다. 요노스케는 오자와의 권유로 응원부에 들긴 했지만 기본적으로는 유령부원이었고, 사쿠라 역시 중학교 때는 수영부였던 모양이지만 고등학교에는 수영부가 없어서 기본적으로는 '귀가부(歸家部)'라 수업이 끝나면 비교적 둘 다 시간이 있었다.

학교에서 버스를 타고 번화가로 나갔다. 거기서 각자 집으로 가는 버스를 갈아타는데, 갓 사귀기 시작했을 때는 헤어지기 힘들어서 딱히 할 얘기도 없이 버스 정류장 벤치에 오랫동안 앉아 중학교 때 일, 친한 친구 얘기 그리고 선생님 험담 같은 얘기를 끝도 없이 나누곤 했다.

요노스케는 얘기 상대가 사쿠라라면 선생님 험담을 주고받아도 자연스럽게 발기된다는 묘한 학습도 했다.

처음 사쿠라의 집에 간 것은 사귀기 시작한 지 2주쯤 지난 무렵이었다. 버스 정류장에서 얘기를 나누기에는 너무 추웠고, 그렇다고 매일같이 맥도날드에 들어갈 돈도 없었다.

"우리 집에 갈래?"

먼저 말을 꺼낸 사람은 요노스케였다. 집에 가자고 한 것까진 좋지만 어머니가 과잉반응을 보이며 평소에는 절대로 안 만드는 케이크 같은 걸 굽기 시작할 것 같은 불안감도 있었다.

"요노스케 집은 좀 멀지 않나?"

분명 요노스케의 집은 번화가에서 버스로 한 시간 가까이나 걸렸고 돌아오는 시간까지 고려하면, 일곱 시까지는 집에 들어가야 한다는 사쿠라가 머무를 수 있는 건 고작 30분 정도였다.

"그래도 30분쯤은 시간이 있고, 돌아오는 버스 안에서도 얘기할 수 있잖아. 여기보다는 버스 안이 따뜻할 테고."

물러서지 않는 요노스케에게 "여기서는 우리 집이 더 가까운데 우리 집으로 갈래?"라고 사쿠라가 제안했다.

사쿠라네 부모님은 맞벌이였고, 미술관에서 일하는 어머니가 귀가하는 시간이 일곱 시 무렵이라 그때까지는 단 둘이서만 보낼 수 있었다. 아무리 생각해도 맛없는 케이크를 먹는 것보다는 훨씬 나았다.

사쿠라의 집은 번화가에서 버스로 7, 8분쯤 걸리는 곳에 있었다. 지은 지 아직 3년밖에 안 된 새하얀 단독주택이었고, 현관 앞에는 마가렛 같은 게 심겨 있었다. 현관에서 신발을 벗는 것도 쑥스러웠다. 쑥스러움을 감추기 위해 일부러 "다녀왔습니다"라고 말을 하자, 먼저 올라간 사쿠라가 "아빠 있는데"라고 장난을 쳐서 허둥지둥 벗은 신발을 움켜쥐었던 기억이 남아 있다.

사쿠라의 방은 소녀다운 실내 장식이었다. "전부 엄마 취향이야"라며 부끄러워해서 "우리도 마찬가지야. 엄마 취향에 맞게 참고서가 죽 늘어서 있지"라며 요노스케가 웃었다.

귀엽고 아기자기한 방에는 며칠 전 요노스케가 빌려준 레코드가 있었다. 마돈나의 '트루 블루'라는 앨범이었다. 그 안에 있는 발라드 곡들을 들으며 그 얼마나 많은 밤을 사쿠라를 떠올리며 보냈던가. 그런데 이제는 그 레코드와 함께 사쿠라의 방에 존재하는 것이다.

가방을 책상에 올린 사쿠라가 "뭐 좀 마실래?"라고 묻는 말을 듣고서야 자기 머릿속이 하얘져 있다는 사실을 알아차렸다. 아직 손도 못 잡아봤다. 카펫을 밟는 사쿠라의 양말 신은 발이 유난히 두 눈을 사로잡았다. 몇 번씩이나 침을 삼키며 가방 위에 한 손을 얹고 서 있는 사쿠라에게 다가갔다. 가까이 다가서자 사쿠라가 너무나 작게 느껴졌다. 몹시 긴장한 와중에도 입술 먼저 들이미는 건 모양새가 안 좋다는 자각만은 있어서 조그만 사쿠라의 몸을 끌어안았다. 사쿠라의 머리 위에 파묻은 코끝에서 달콤한 향기가 났다.

"요노스케, 가방……."

사쿠라가 웃었다. 입술을 내밀 타이밍에만 집중한 탓에 가방을 든 채로 사쿠라를 껴안아버린 것이다.

가방은 내려놓고 싶지만, 일단 끌어안은 사쿠라에게서 떨어지고 싶진 않았다. 고육지책으로 그대로 가방을 떨어뜨리자, 하필이면 가방 모서리가 발등을 직격했다.

그러나 참았다. 눈물이 나올 만큼 아팠지만 발가락을 꽉 움츠리며 필사적으로 참아냈다. 요노스케에게 생애 최초의 키스는 가라앉지 않는 무지근한 통증의 추억뿐이었다.

그날 사쿠라의 어머니가 돌아올 때까지 두 시간 가까이 마돈나의 발라드를 되풀이해 들으며 사쿠라와 몇 번이나 키스를 했다. 두 사람의 속눈썹이 스쳤다. 머뭇머뭇 내민 혀가 사쿠라의 조그맣고 하얀 앞니에 닿았다.

첫 키스를 하는 날은 첫 키스만 하는 날이라고 믿어왔다. 지금 생각하면 키스 후에 침대로 바로 이끌어도 좋았겠지만, 어쨌거나 첫 경험이었고 다음 단계를 너무 서두르면 여자가 싫어한다고 잡지에도 씌어 있었기 때문에 어떤 의미에서는 몸을 자유롭게 움직일 수가 없었다. 그러면서도 뭔가가 하고 싶어서 두 시간 동안이나 그저 키스만 되풀이했던 것이다.

그날부터 학교가 끝나면 사쿠라의 집에 들르는 것이 일과가 되었다. 수업이 끝나자마자 쏜살같이 달려가서 사쿠라의 어머니가 귀가하는 일곱 시 무렵까지 둘이서 공부했다, 고 사쿠라의 어머니에게는 말해두었다. 사쿠라의 어머니는 상당히 개방적인 사람이라 일을 마치고 돌아오면 늘 집에 있는 요노스케에게 일부러 야한 화집 같은 걸 보여주고는 거동이 불편해진 모습을 바라보며 웃곤 했다.

그 무렵에는 수업이 끝나자마자 사쿠라의 방으로 뛰어 들어가 그야말로 책상에 가방 놓는 시간도 아까워할 정도로 성급하게 덮쳐들었다.

"가방이나 좀 내려놓자."

"빠, 빨리 놔, 빨리."

"아이 정말, 무드라는 건 눈 씻고 봐도 없다니까. 조금 기다리면 안 돼?"

"조금 기다리라고? 말이 나왔으니 하는 얘기지만, 내가 매일매일 얼마나 기다리는지 네가 알기나 해? 버스로 여기까지 오는 시간은 물론이고 수업 중에도 죽을 각오로 기다린다고."

"과장하기는."

"아니, 수업 중만이 아니지. 아침에도 여기 올 생각으로 일어나는 거야. 아니, 사실은 내가 어제 여기서 돌아갔지? 그럼, 그때부터 계속 기다리는 거라고."

당시에는 진심이었다. 사쿠라의 방에서 지내는 두 시간이 인생의 전부였다고 해도 과언이 아니었다.

계절은 어느새 겨울로 접어들었고, 추위에 떨면서 돌아간 사쿠라의 방도 뼛속까지 한기가 들 정도로 냉랭했다. 난로가 방을 녹여줄 때까지는 차가운 침대로 기어들어간 두 사람의 대화와 주고받는 웃음만이 얼어붙은 몸을 녹여주었다.

결혼하면 어떤 집을 짓고, 어떤 일을 하고, 아이들은 어떻게 키울까. 침대 안에서 진지하게 그런 얘기를 나눴다. 크리스마스도 밸런타인데이도 줄곧 침대 속에서 보냈다. 침대 속에서 보내는 두 시간을 이어붙이면 행복한 인생이 만들어질 거라고 착각했던 것 같다.

그런 관계에 느닷없이 종지부를 찍은 사람은 사쿠라였다. 봄이 오고 3학년에 올라간 직후였다.

"우리, 장래 문제에서 도망만 치는 건 아닐까?"라고 사쿠라가 말했다.

어제까지 코끝을 비비던 여자애라고는 믿어지지 않을 정도로 태도가 변해 있었다. 아마도 제정신이 돌아왔던 모양이다. 영원하리라 믿었던 행복의 보금자리의 문을 사쿠라가 일방적으로 닫아버리고 자물쇠를 채웠다. 결심이 굳은 여자 앞에서 요노스케 혼자만 제정신을 못 차리고 여전히 허둥거렸다.

요노스케는 쌓인 빨래를 안고 빨래방을 찾아 헤매는 꿈을 꾸다가 눈을 떴다. 틀어놓은 에어컨 바람에 손발이 조금 차가워져 있었다.

현관 자물쇠가 열리는 소리를 들은 요노스케는 헐레벌떡 침대에서 일어나 거기서 안 잔 것처럼 바닥으로 이동했다.

마치 자기 방인 양 생활하고 있지만, 그곳은 실은 가토의 방이었다.

"지금 침대에서 자다 내려왔지. ……다 봤어."

현관에서 가토의 냉랭한 목소리가 들려왔다.

가토가 돌아온 시각은 어느새 오후 무렵이었다. 그렇다면 운전학원 기능 수업을 또 빼먹었다는 말이 된다.

"오전 중에 운전학원 가야 해서 여기서 잔다고 한 거 아냐?"

슈퍼 비닐봉지를 든 가토가 지긋지긋하다는 듯이 요노스케를 비난했다. 오늘 아침 호텔 아르바이트를 마친 요노스케는 가토의 방으로 왔다. 여름방학은 벌써 시작되었지만 삼바 연습으로 바쁜 이시다 대신 거의 매일 교대 근무에 들어갔고, 게다가 운전학원까지 가야 하는 날은 아무래도 가토의 아파트에서 자고 싶었다. 에어컨이 있는 것도 큰 이유였다. 아르바이트를 그렇게 많이 하니까 선풍기 하나쯤 못 살 것도 없지만, 돈을 너무 벌다 보면 쓸 시간이 없다는 말이 맞는지 전자제품 대리점에 갈 시간이 있으면 30분이라도 더 자고 싶었다.

"남의 집 에어컨이라고 막 틀어대질 않나, 도대체 넌 어떻게 생겨먹은 녀석이야."

가토가 리모컨으로 에어컨을 끄더니 쳐놓은 커튼과 창을 활짝 열었다. 잠이 덜 깬 요노스케로서는 견디기 힘겨울 정도로 눈부신 여름 석양빛이었다.

"요즘 진심으로 너한테 에어컨을 사줄까 고민하는 나 자신이 무섭다."

침대에 걸터앉은 가토가 들어오는 길에 사 온 모양인지 소다 아이스크림을 맛있게 베어 먹었다.

냉방으로 차가워진 몸에 와 닿는 숨 막힐 듯한 창밖의 열기가 기분 좋게 느껴졌다.

"아 참, 오늘 아침에는 잠결이라 말 못했는데, 난 벌써 임시면허증 땄다. 너 기다리다간 여름 안에 따긴 힘들 테니까 나 먼저 시험 볼 거야, 그리 알아."

가토가 앞니로 사각사각 깨무는 소다 아이스크림에서 하얀 냉기가 피어올랐다.

"나도 한 시간만 더 들으면 임시면허증 딸 거니까 일주일만 더 기다려줘라."

일주일간은 아르바이트 휴일도 없는 데다 운전학원도 다녀야 하고, 마침내 삼바 카니발까지 열린다. 요노스케는 빠듯한 일정을 어떻게 하나 고민하며 훤히 드러난 정강이를 긁어댔다.

오랜만에 열 시간 가까이 자고 나니 몸은 가뿐했다. 요노스케는 가토가 소다 아이스크림을 다 먹을 때까지 지켜본 후, 자리에서 일어나 멋대로 냉장고 문을 열었다.

"이 복숭아 먹어도 돼?"

물어보는 동시에 덥석 베어 물었다. 베어 먹은 후에야 "안 돼"라는 가토의 대답이 들려왔다.

"아 참, 가토. 그러고 보니 샴푸가 다 떨어졌더라."

"네가 써대니까 떨어지지."

"어쩐지 기분이 안 좋아 보인다. 욕구불만 아닌가?"

베어 문 복숭아는 아주 달았고, 풍부한 과즙이 갈증 난 목을 촉촉하게 적셔주었다.

"난 오늘 밤에 외출할 거니까 넌 돌아가."

침대에 벌러덩 드러누운 가토의 양말이 더러웠다. 요노스케는 그것을 보고 떠올린 듯 "샤워 좀 할게"라며 멋대로 욕실로 들어갔다.

얼마 안 남은 샴푸에 물을 부어 머리를 감는 중이라 물소리 때문에 선명하게 들리진 않았지만, 문 너머에서 가토가 누군가와 얘기를 나누는 소리가 들렸다. 또 신문 구독 권유 같은 거겠지 짐작하고 신경도 안 쓰고 머리를 계속 감고 있는데, 얄팍한 문을 톡톡 두드리더니 "요노스케, 쇼코 왔어!"라고 가토가 소리쳤다.

이나게 요트 항구로 '해수욕'을 다녀온 후로 소식이 뚝 끊어졌기 때문에 요노스케는 틀림없이 지하루만 뚫어져라 처다봐서 정나미가 떨어졌을 거라고만 믿어왔다. 머리를 감는 중이었지만, 일단은 문밖으로 상반신을 내밀었다. 비좁은 현관에 쇼코가 태평한 표정으로 서 있었다. 변함없이 차양이 넓은 모자를 쓰고 있어서 좁은 현관이 훨씬 더 좁게 느껴졌다.

"웬일이야?"

눈에 들어갈 것 같은 거품을 닦아내며 요노스케가 물었다.

"최근 이삼 일 동안 집으로 여행사 직원을 모셔다가 나가사키에서 묵을 예쁜 호텔도 고르고 효율적인 관광 스케줄도 상의하는 중인데, 언뜻 생각해보니 제가 아직 요노스케 씨가 언제 고향에 가는지도 모르잖아요?"

거품투성이인 요노스케 앞에서 쇼코가 일방적으로 떠들어댔다.

"자, 잠깐 기다려. 효율적인 스케줄이라니? 쇼코, 정말로 우리 시골에 갈 생각이야?"

"어머, 그야 당연하죠. 호텔은 아주 예쁜 게 있어서 벌써 정했어요."

요노스케의 소극적인 저항이 쇼코에게 전해질 리 없었다. 현관에서 두 사람의 대화를 들으며 웃음을 참던 가토가 "우와, 쇼코, 요노스케 집에 내려갈 때 따라가는구나? 호텔은 무슨, 그냥 요노스케 집에 묵으면 될 텐데"라며 쓸데없는 말참견을 했다.

요노스케가 곧바로 가토를 째려보았지만, 정작 그 말을 들은 당사자인 쇼코는 부끄러운지 "아이 참, 가토 씨도 짓궂긴. 전 성격상 그렇게 뻔뻔한 짓은 못 해요"라며 기분 좋게 웃어댔다.

"귀성 날짜쯤은 전화로 물어봐도 되잖아. 굳이 여기까지 올 필요 없이"라며 요노스케가 있는 힘껏 항의를 해봤다.

"물론 전화도 걸었죠. 그런데 요노스케 씨는 늘 안 계시는 데다 부재중 메시지까지 가득 차서."

"내 부재중 전화, 3분짜리 메시지가 열 개나 들어가는데?"

"어머? 그게 3분이나 되나요? 난 30초쯤인 줄 알았는데."

결말이 안 날 거라고 포기한 요노스케는 급한 대로 거품이라도 씻어내려고 욕실로 들어갔다.

거품을 씻어내면서 쇼코가 고향 집 근처를 걸어 다니는 모습을 상상해 보았다. 깡시골은 아니지만, 원래는 섬인데 15년 전 무렵에 매립되어 육지와 연결된 곳이었다. 그래서 어선을 가진 사람은 있어도 크루저를 소유한 사람은 한 명도 없었다. 없는 것뿐인가, 아마도 그런 걸 가진 인간을 본 적이 있는 사람도 없을 것이다. 어쩌다 사쿠라를 한 번 데리고 갔을 때도 어시장 아주머니들이 열광적인 갈채를 보냈을 정도다.

요노스케는 배수구로 빨려 들어가는 거품을 바라보며 긴 한숨을 내쉬었다.

욕실에서 나온 후, 밖에서 기다리고 있다는 쇼코를 무시할 수도 없어서 가토에게 작별을 고하고 방에서 나왔다. 예상은 했지만 아파트 앞에는 검은색 센트리가 세워져 있었고, 뒷좌석에 앉은 쇼코는 들뜬 표정으로 여행 팸플릿을 내려다보고 있었다.

차창을 콩콩 두드리며 차에 올라타자, 운전기사인 아즈미 씨가 "오빠한테 왔습니다"라며 쇼코에게 자동차 전화를 건네주었다.

"오늘 밤에? 오늘 밤은 여행 준비로 바쁜데."

통화를 시작한 쇼코 옆에서 요노스케는 룸미러를 보며 아즈미 씨에게 인사를 했다.

"……으응. 지금도 요노스케 씨랑 같이 있어. 으응. 어머, 그래? 그런데 오늘은 힘들 거 같아. 응. 그럼 지하루 씨에게도 안부 전해 줘."

통화가 끝나기를 기다리던 요노스케는 쇼코의 입에서 흘러나온 '지하루'라는 이름에 곧바로 반응을 보였다.

"지하루 씨라면 그때 크루저에서 봤던 지하루 씨?"

수화기를 아즈미에게 돌려준 쇼코에게 요노스케가 달려들 것 같은 기세로 물었다.

"네에. 가쓰히코 오빠가 오늘 밤에 헬리콥터로 도쿄만을 돌아볼 예정이래요. 누구 데리고 올 사람 없냐고 하는데, 오늘 밤 안으로 스케줄도 정해야 하고."

요노스케의 동요는 아랑곳없이 쇼코는 또다시 팸플릿을 들척이기 시작했다

"그럼, 오빠랑 지하루 씨 둘이만 가?"

"원래는 오빠 친구, 그 왜 지난번에 오셨던 오코우치 씨 일행이랑 같이 갈 예정이었는데 급한 일이 생겨서 못 오게 됐나 봐요."

목구멍까지 '가고 싶어! 날고 싶어!'라는 말이 솟구쳐 올랐지만, 너무 노골적으로 지하루에게 열을 내는 것도 안 좋을 것 같아서 요노스케는 반대로 평정을 가장하며 "쇼코네는 형제간에 우애가 좋은가 봐"라며 다른 각도에서 공격해 들어갔다.

"이복형제라서 그런 거 아닐까요?"

쇼코가 태연하게 대답했다.

"어? 이복형제야?"

"네에. 아빠가 상당히 자유분방한 분이라 우리 엄마가 세 번째예요."

"아, 그랬구나……. 그건 그렇고 모처럼 같이 가자고 하는데 거절하는 것도 좀 그렇지 않나?"

"네? 뭐가요?"

"헬리콥터 말이야."

"요노스케 씨, 헬리콥터 타고 싶어요?"

"나? 난 별로······."

"전 왠지 그 지하루 씨라는 분을 대하기가 좀······."

"어, 왜? 사람은 괜찮아 보이던데."

"가쓰히코 오빠는 재미있어하며 사귀는 모양인데, 실은 그 사람 말이죠, 우리끼리 하는 얘기지만 고급 창부인 것 같아요."

"고, 고급, 뭐라고?"

선루프가 있었다면 헬리콥터처럼 날아오르고도 남았을 듯이 놀라는 요노스케 앞에서 "아 글쎄, 창부라고요"라며 쇼코가 나지막이 대답했다.

"그, 그 뭐냐, 파티 기획 같은 일 돕는 도우미라면서?"

"그 기획사에서 알선해주는 거 아닐까요? 나도 오코우치 씨에게 언뜻 들었을 뿐이라 자세한 건······. 있죠, 있죠, 그보다 내가 정한 호텔이 이거예요. 예쁘죠? 시내에서는 조금 떨어지긴 했지만, 요노스케 씨 집하고는 가까운 모양이에요. 그리스의 산토리니 섬 이미지로 만들었다는 거 있죠."

쇼코는 놀라서 어쩔 줄 모르는 요노스케 앞에 동그라미 표시를 한 팸플릿을 펼쳐 보였다.

8월·귀성

8월로 접어들어 연일 찌는 듯한 무더위가 계속되었다. 도쿄에서 첫 여름을 경험하는 요노스케도 날이면 날마다 더위에 허덕이는 들개 같은 양상을 드러내고 있었다. 물론 요노스케의 고향에도 여름은 있다. 그러나 온종일 사람과 대지 위로 따갑게 쏟아져 내리던 태양이 기울고 저녁이 되면 공기도 서늘해졌다. 그런데 도쿄는 그렇지 않았다. 고향에서는 잠들기 힘든 밤은 있어도 잠들지 못하는 밤은 없었다.

게다가 7월의 마지막 날에는 동아리에서 참가하는 대망의 삼바 카니발까지 개최되었다. 요노스케도 물론 참가했다. 그러나 완벽한 컨디션으로 참가하고 싶다는 이시다 선배 대신 밤낮으로 아르바이트를 강요당한 요노스케는 오전 중에 화려한 의상을 입고 출발 지점에 선 것까진 좋았는데, '뮤지카' 팀의 출발을 기다리는 사이 수면 부족과 일사병으로 인해 기절하는 실태(失態)를 저지르고야 말았다.

요노스케가 의식을 되찾은 건 주최 측 사무실 뒤편에 만들어놓은 응급용 텐트 안이었다. 몽롱하게 의식이 돌아온 요노스케는 동료들을 배려하며 "난 괜찮으니까 출발하세요"라고 헛소리처럼 중얼거렸던 모양이다.

모두가 걱정이 되어 참가를 포기하고 침대 옆에서 자기를 돌봐줄 거라 믿었던 것이다. 그러나 현실은 매정했다. '뮤지카'의 댄서들은 물론 후배에게 무리한 교대 근무를 강요했던 이시다까지 들것에 실려 가는 요노스케를 대열에 서서 배웅한 후, 무정하게도 곧바로 큰길을 향해 춤을 추러 떠나버린 모양이었다.

카니발이 무사히 끝나고 저녁에 아사쿠사의 한 술집에서 벌어진 쫑파티에서야 요노스케는 그 사실을 알게 되었다. 맘껏 춤을 추고 난 고양감에 젖어 신나게 생맥주잔을 맞부딪치는 술자리 한쪽 구석에서 요노스케 혼자만 언제까지고 삼바 동아리 부원들의 무정함을 한탄할 뿐이었다.

그러나 비록 삼바 카니발에서는 기절했지만, 최근 며칠간 요노스케에게도 꽤 경사스러운 일이 있었다. 귀성할 때까지는 힘들 줄 알았던 임시면허시험과 본시험에 보기 좋게 합격한 것이다.

"너 또 삼바 카니발 비디오 보냐?"

대중목욕탕에 다녀온 가토가 말을 건넸다. 요노스케는 여전히 에어컨이 있는 가토의 집에 들러붙어 지냈다. 설명을 덧붙이자면 최근에 아르바이트로 돈을 조금 모은 요노스케는 학교와 좀 더 가까운 곳으로 이사할 생각을 하고 있었다. 그럴 바에는 지금 사는 방에 에어컨을 설치하는 것보다는 앞으로 한 달만 더 더위를 견뎌내고 에어컨이 딸린 방을 찾는 게 나을 것 같았다. 사정이 그렇다 보니 어떻게 하면 앞으로 한 달간 가토의 아파트에서 쫓겨나지 않고 버틸 수 있느냐에만 신경을 집중했다.

바닥에 드러누운 채 "어서 와~"라며 밝은 목소리로 맞아들이는 요노스케에게 "입으로는 삼바가 창피하다느니 어쩌니 하더니만 속으로는 무척이나 나가고 싶었던 모양이지?"라며 가토가 웃었다.

"그건 그렇고 내일 고향에 내려갈 거지?"

아사쿠사 대로에서 경쾌한 템포에 맞춰 허리를 꿈틀거리는 '뮤지카'의 춤을 흥미라고는 털끝만큼도 없는 시선으로 바라보며 가토가 물었다.

"가긴 가는데 2주만 지나면 이리로 돌아올 거야."

연습은 게을리 한 주제에 카니발에 못 나간 게 어지간히 억울했는지 비디오를 바라보는 요노스케의 눈에 원한의 빛이 서려 있었다.

"오지 말라고 해도 올 거 아냐. 그건 그렇고, 이제 제발 비디오 좀 꺼라. 그 음악을 하도 들어서 꿈속에까지 네가 나타나잖아."

"꿈속에서는 내가 춤췄어?"

"뭐?"

"출발 전에 기절하진 않았고?"

좀처럼 체념할 줄 모르는 요노스케를 바라보며 가토가 기가 막힌다는 듯 일어섰다. 오후부터 욕조에 담가둔 수박이 시원해졌는지 살피러 가는 모양이었다.

"야, 가토, 지하루 씨 얘긴데 말이야. 아무래도 그건 쇼코가 꾸며낸 얘기 같지? 그 왜⋯⋯ 전에 말했던 고급 창부 건 말이야. ⋯⋯내가 지하루 씨한테만 신경 쓰니까 쇼코도 질투가 났다고 할까⋯⋯."

바닥에서 자전거 구르기 운동을 하면서 요노스케가 떠들어댔다. 욕실에서 수박을 안고 나온 가토가 "또 그 얘기냐?"라며 혀를 찼다.

"⋯⋯아르바이트도 쉬고 할 일이 없다는 건 알지만, 매일같이 삼바 카니발 비디오 아니면 지하루라는 여자 얘기뿐이니⋯⋯, 너도 참 생산성 없는 인간이다."

"생산성? 없어, 없어."

"그렇게 그 여자가 신경 쓰이면 직접 만나서 확인해보면 되겠네. 뭣하면 아르바이트해서 모은 이사 비용으로 하룻밤 사보든가."

"허, 그 자식, 말 한번 심하게 하네. 난 그 사람을 그런 눈으로 본 적 없어."

"웃기고 있네. 만날 잠꼬대로 가격 흥정이나 하는 주제에."

"⋯⋯거짓말!"

수박을 품에 안은 가토가 당혹스러워하는 요노스케의 몸을 넘어갔다.

"거짓말이라니, 역시 흥정할 생각은 있었나 보네."

고급 창부라는 직업이 대체 어떤 것인지 요노스케 나름대로 조사는 해봤다. 입학한 후로 한 번도 들어가 본 적 없는 학교 도서관에 회원 등록까지 한 것도 그 이유 때문인데, 에밀 졸라의 《나나》라는 소설을 빌렸다.

'가난한 노동자 가정에서 성장한 딸 나나는 그 육체적 매력으로 여배우에서 고급 창부가 되어 상류사회 신사들의 마음을 빼앗기 시작한다. 나나에게 빠져든 남자들은 재산과 지위를 내팽개치고 잇달아 파멸해간다. 그러나 방자하기 이를 데 없는 나나의 인생 앞에 기다리고 있는 것은 나태의 말로인 비참한 죽음뿐이었다…….'

그렇게 적힌 몹시도 정중한 줄거리를 먼저 읽어버린 탓인지, 혹시 지하루까지 비명의 죽음으로 끝나버릴까 두려워 좀처럼 책을 손에 잡을 수가 없었다.

"야, 가토. 이 책 말인데, 네가 먼저 읽어줄래?"

반으로 뚝 자른 수박을 여유 작작 숟가락으로 퍼먹는 가토에게 요노스케가 《나나》를 던져주었다.

"난 이 수박 먹고 외출할 거야."

가토가 가차 없이 이야기를 돌렸다.

"어디 가게? 벌써 열한 시가 넘었는데."

"어디긴…… 그냥 잠깐 산책."

"어, 산책 갈 거면 나도 따라갈래. 딱히 할 일도 없으니까."

"됐어, 안 와도 돼. 넌 여기서 고급 창부 소설이나 읽어."

"아 글쎄, 무서워서 못 읽겠다니까."

가토가 권하진 않았지만, 요노스케도 부엌에서 자기 숟가락을 들고 왔다.

"난 말이야, 그 사람이 본래 그런 여자는 아니라고 봐. 혹 배후에 야쿠자 같은 사람이 있어서 어쩔 수 없이 하는 건 아닐까?"

한가롭게 수박을 퍼먹기 시작한 요노스케를 무시한 채 가토가 방에서 나가려고 했다.

"잠깐 기다려, 나도 간다니까."

"아 글쎄, 따라오지 말래도."

요노스케는 수박과 숟가락을 손에 든 채 가토 뒤를 쫓아갔다.

"그것까지 들고 가겠다고?"

"으응, 아직 다 못 먹었잖아. 그냥 산책할 거라며?"

대꾸를 하기도 귀찮은지 가토는 아무 말 없이 현관을 벗어났다.

밤길을 걷기 시작한 가토 뒤를 요노스케가 수박을 먹으면서 따라갔다. 가토의 등에 대고 "지하루 씨 말인데……"라고 말을 건네봤지만 대답이 없었다. 3분쯤 걸어간 후, 가토가 느닷없이 우뚝 멈춰 서더니 "내가 전에 여자애들한테 관심 없다고 말한 적 있지?"라고 물었다.

"으응, 그랬지, 들었어."

"그랬더니 네가 '그런 녀석은 처음이다' '자 그럼, 뭐에 관심 있냐'고 물었지?"

"으음, 그런 말도 했지."

"난 남자 쪽이 좋아."

거리낌 없는 말투였지만, 웬일로 가토가 긴장해 있었다.

"아, 그래?"

설명을 덧붙이자면 요노스케의 외가 친척 중에 그런 성향을 가진 사람이 있었고, 현재 고향에서 건강하게 미용실을 하고 있어서 별로 신기할 것도 없었다.

"'아, 그래?'라니…… 그것뿐이야?"

오히려 가토가 더 놀랐다.

"엇……. 너 혹시 나 잠들었을 때 장난이라도 쳤냐?"

"쓸데없는 소리 하지 마. 넌 전혀 내 타입이 아니야."

"야……, 그 말은 좀 심하다."

"……어찌 됐든 난 그렇다는 얘기야. 그러니까 앞으로 혹시 만나기 거북하면 그건 그대로 상관없어."

가토가 다시 걸음을 내디뎠다.

"어……. 혹시 그 말, 빙 둘러서 자러 오지 말라는 뜻인가?"라며 요노스케가 허둥거렸다.

"그게 아니고……. 아니, 그보다 동요도 전혀 안 해?"

"그야 어릴 때 친척 삼촌이랑 삼촌 애인이 유원지에도 자주 데려가주고 했으니까."

"뭐?……그건 또 뭔 소리야. 정말 힘 빠지네."

"얘기하자면 길어."

"어쨌든 그렇다는 건 알아둬."

"알았다니까 그러네. 어쨌든 너희 집에서 자는 건 괜찮지?"

요노스케의 말에 가토가 기가 막힌 듯 뒤를 돌아보았다.

두 사람 앞에는 나무가 울창하게 우거진 공원이 있었다. 공원 안의 나뭇잎들은 조명을 받아 환상적으로 반짝이고 있었다.

"너 말이야……."

가토가 태평하게 수박을 퍼먹는 요노스케의 앞을 가로막고 섰다.

"……아냐, 됐다. ……아무튼 난 그런 인간이고, 그런 인간들이 밤이면 밤마다 하룻밤의 자극을 찾아 모여드는 이 공원에 내가 지금 와 있는 거라고."

은근히 조바심이 난 듯한 가토의 등 뒤에는 캄캄한 공원이 있었다.

"어, 여기가 그런 곳이야?"

제아무리 요노스케라도 당혹스러웠다.

"그래."

"그럼, 내가 같이 가면 곤란하겠네."

"당연히 곤란하지."

조바심을 넘어 가토는 거의 화가 난 상태였다.

"……그럼 난 저쪽 벤치에 앉아서 기다릴게."

틀림없이 집으로 돌아갈 거라고 믿었던 요노스케가 수박을 퍼먹으며 가토 옆을 지나쳐 공원 안으로 걸어갔다. 너무 기가 막혀서 가토는 목소리조차 제대로 안 나오는 모양이었다.

"기다린다니……."

"방해 안 할게. 자, 얼른 갔다 와."

공원 안으로 들어간 요노스케는 제일 가까운 벤치에 앉았다. 역시 자리에 앉는 게 수박 먹기는 더 편한 모양이었다.

가토의 아파트에서 그렇게 뒹굴거리는 사이, 요노스케의 여름방학도 절반이 지나갔다. 귀성할 예정만 없었다면 귀뚜라미가 울기 시작할 때까지 에어컨이 돌아가는 가토의 방에 틀어박혀 지냈을 게 틀림없다.

어찌 되었든 그날은 요노스케의 첫 귀성 날이었다.

요노스케가 졸린 얼굴로 고향의 공항 로비를 빠져나갔다. 어깨에는 커다란 가방을 메고 있었다. 그리고 그 안에는 대리석 받침대가 달린 탁상시계가 들어 있었다. 네 달 전에 도쿄에 들고 갔던 물건을 다시 들고 돌아오는 것이다.

공항 로비에서 나와 시내로 향하는 리무진 버스에 타는 순간, 요노스케는 문득 하늘을 올려다봤다. 오늘도 덥겠구나 하며 별 생각 없이 고개를 들었을 뿐인데, 눈 안 가득 파고드는 새파란 하늘과 웅대한 여름 구름에 별안간 눈시울이 뜨거워졌다. 그리운 여름 하늘이었다. 그러나 불순한 요노스케는 혹시 일사병이 아닐까 불안해했다. 삼바 카니발 출발 전에 기절한 탓도 있었다.

시내까지는 리무진 버스로 갔다. 시내에서 노선버스로 갈아탔다. 요노스케의 집은 시내에서 자동차로 한 시간쯤 걸린다. 그 고장에서도 '시골'이라 불리는 땅에 있었다. 요노스케는 한 시간쯤 버스에 흔들거리며 '고향의 고향'에 도착했다. 버스 안에서는 깊은 잠에 빠져들었다. 잠이 덜 깬 눈을 비비며 버스에서 내린 요노스케는 집으로 향하는 길을 터벅터벅 걸어갔다. 곧이어 요노스케는 갑자기 자기 발밑을 확인했다. 다른 사람 신발을 잘못 신고 온 듯한 기분이 들었기 때문이다.

요노스케는 주위를 돌아보았다. 눈에 익은 고향 풍경인데 왠지 모르게 낯설어 보였다. 불과 네 달 전까지 매일 걸어 다니던 길이었다. 자기의 길이라고 부를 만한 길이었다.

어라, 이렇게 좁았나?

네 달 전과 똑같은 높이일 게 분명한데 길을 에워싼 돌담이 낮아 보였다. 요노스케는 다시 한 번 자기 신발을 확인했다. 늘 신고 다니는 지저분한 운동화였다. 그런데 길도 돌담도 어릴 적에 빠졌던 도랑도 그리고 막과자집 입구도 모든 게 다 작아 보였다.

설명을 덧붙이자면 요노스케의 키는 고등학교 2학년 여름에 성장을 멈췄다. 도쿄에서 지내는 네 달 사이에 갑자기 자랐을 리도 없었다.

요노스케는 거의 비틀거리듯 집으로 향했다. 두부집 앞에서 햇볕을 쬐고 있던 후지이댁 아주머니가 "어머나, 요노스케가 도쿄에서 돌아왔구나"라며 말을 건넸다.

"아 네. 아줌마, 안녕하세요?"

그 소리를 듣고 가게에서 얼굴을 내민 두부집 아저씨가 "어이쿠, 요노스케, 너 촌티 좀 벗었다"라며 놀려댔다.

"어, 아저씨, 안녕하세요?"

경사 급한 언덕길 위에 오랫동안 살아온 요노스케의 집이 보였다. 길이나 돌담, 어릴 적 빠졌던 도랑보다도 훨씬 더 작아 보였다.

그렇군. 난 지금 도쿄에 사는 거야······.

불현듯 그런 말이 요노스케의 입 밖으로 흘러나왔다. 요노스케는 하늘을 올려다봤다. 여름 하늘이다. 그 여름 하늘이 그토록 파랬다는 것도 이곳 매미가 그토록 요란하게 울어댔다는 것도 요노스케는 그때서야 처음으로 깨달았다.

비행기 안에서는 스튜어디스의 움직임에만 눈길을 빼앗긴 주제에 그리운 고향 집을 눈앞에 한 순간, 단순한 요노스케로서는 갑자기 몰려드는 향수를 감당할 길이 없었다. 거의 눈물을 흘릴 듯이 현관문을 열고 "저 왔어요!"라고 안에 대고 소리를 쳤다.

현관에 들어선 순간, 그리운 냄새가 확 풍겼다. 닳아빠진 마룻귀틀도 신발장에 놓인 탈취제도 네 달 전 여기서 떠날 때와 달라진 게 없었다.

네 달 전, 짐은 무거웠지만 새로운 뭔가가 시작된다는 강렬한 예감을 느끼며 요노스케는 이곳에서 나갔던 것이다.

이윽고 요노스케의 감정이 복받쳐 오른 순간, "어서 와라"라는 어머니의 목소리가 안에서 들려왔다. 신발장 탈취제에서 시선을 돌리니 앞치마 차림의 어머니가 서 있었다. 요노스케는 내심 "어머니, 저를 이렇게 훌륭하게 키워주셔서 고맙습니다"라는 말이라도 하고 싶은 심정이었다. 그러나 감정이 복받쳐 오른 아들을 힐끔 쳐다본 어머니는 "왜 이렇게 늦어, 또 어디 샜다 오는 거야? 쇼코 씨는 벌써 와 있는데"라며 야단을 쳤다.

"새긴 어디로 새……."

그쯤에서 말이 끊겼다.

"……뭐라고? 지금 쇼코 씨라고 했어?"

괴상한 소리를 내지르는 요노스케 앞에서 어머니 등 뒤로 불쑥 얼굴을 내미는 쇼코가 보였다.

"쇼, 쇼코……."

"어서 오세요."

"어, 어떻게 된 거야? ……도, 도착은 내일 아닌가?"

"네에……. 얘기를 하자면 좀 길어요. 스카이메이트(일본 국내선 항공기 요금을 약 50퍼센트 가까이 할인받을 수 있는 제도 — 옮긴이)라는 거 있잖아요?"

변함없이 마이페이스인 쇼코가 입을 열었다.

"비행기 학생할인이잖아. 물론 알지. 나도 그걸로 왔는데."

"그렇죠? 전 그걸 몰랐던 거예요……. 학교 친구한테 그 얘길 들으니까 갑자기 화가 나더라고요. 나도 학생이니까 스카이메이트 혜택은 받을 수 있잖아요. 그런데 일반 요금으로 사게 하다니 너무 심하지 않아요? 난 그렇게 탐욕스럽게 장사하는 분들을 보면 도저히 용서가 안 돼요. 그래서 곧바로 집에 드나드는 여행사

8월 · 귀성

직원한테 변경을 요청했는데, 내일 비행기 편은 자리 구하기가 어려운지 오늘 갑자기 오게 된 거예요."

분개하는 쇼코의 모습을 눈앞에 한 순간, 요노스케의 향수니 감개도 어느새 깨끗이 사라져갔다. 지칠 대로 지친 요노스케에게 가방을 받아든 어머니가 "경제관념이 확고한 훌륭한 아가씨네"라며 감탄했다. 요노스케는 마음속으로 '천만에!'라고 외쳤지만, 그 외침은 어머니에게는 전해지지 않았다.

"그럼 전화라도 하지."

이제 와서 무슨 말을 해도 소용없지만, 요노스케도 좀처럼 체념을 못 하는 스타일이었다.

"그랬으면 좋은데, 아침부터 대기자 줄에 서 있느라고."

"대기자 줄까지 서면서 스카이메이트로 왔다고?"

"어머, 그게 뭐 어때서 그러니? 절약이 얼마나 중요한 건데."

어머니가 당연한 행동이라는 듯이 옆에서 말참견을 했다.

이러쿵저러쿵 말씨름은 했지만, 어쨌거나 네 달 만에 앉아보는 거실이었다. 무슨 까닭인지 쇼코가 차가운 보리차를 내왔다. 그제야 요노스케도 대강의 사정을 파악할 수 있었다.

오늘 아침, 쇼코는 운 좋게 취소 대기자로 이른 아침 비행기를 탈 수 있었던 모양이다. 곧바로 여행사에 전화해서 호텔 예약도 했다고 한다. 비행기 값을 할인받아도 호텔비가 하룻밤 늘어나니까 그쯤에서 모순을 알아차리면 좋으련만 쇼코는 희희낙락하며 스카이메이트의 높은 할인율을 강조했다.

공항에서 호텔 버스를 탄 쇼코가 체크인한 시각은 오전 열 시 무렵, 수영장과 카페와 선물가게를 한 바퀴 돌아보긴 했지만 금세 따분해졌다고 한다. 그래서 먼저 도착했다고 알리려고 요노스케의 집으로 전화를 걸었던 것이다.

전화를 받은 사람은 어머니였는데 물론 처음에는 쇼코의 얘기 — 요노스케가 도쿄에서 여자친구를 데리고 왔다! — 에 놀라긴 했지만, 아들의 여자친구가 일부러 도쿄에서 찾아왔는데 호텔에서 혼자 쓸쓸히 지내게 하는 건 가여운 일이었다.

"지금 바로 우리 집으로 와요."

정중한 자택 약도까지 호텔 팩스로 보내준 모양이다.

만난 지 채 몇 시간도 안 됐는데 어떻게 된 영문인지 쇼코와 요노스케의 어머니는 금세 허물없이 속을 털어놓았다. 굳이 표현하자면 요노스케가 손님에 가까웠다.

"아버지는 몇 시쯤 오셔?"

그래서인지 요노스케의 말투가 언짢았다.

"일곱 시에는 들어오시겠지. ……아, 쇼코 씨, 설탕은 그쪽이 아니라 오렌지색 서랍 안에 있어요."

"네~에! 아, 찾았어요. 그건 그렇고, 이 개수대 창밖 풍경이 아주 좋네요."

"높은 지대라 바다까지 보이죠?"

쇼코와 어머니는 마냥 기분이 좋았다.

"도쿄에서 어떻게 지냈냐는 말도 안 물어봐?"

무심코 말을 건넨 요노스케에게 "너 늘 가토라는 친구 집에 틀어박혀 지낸다면서? 게다가 삼바 동아리에 들었는데 중요한 발표회 날 쓰러지기까지 하고"라고 어머니가 대답했다.

외동아들의 도쿄 생활은 어느새 쇼코에게 다 들어버린 모양이다.

네 달 만에 귀성한 감동도 사그라지고, 요노스케는 아버지가 들어오기만 기다렸다. 그래도 어쨌거나 오랜만에 왔다고 오늘 저녁 식탁에는 요노스케가 좋아하는 햄버그스테이크가 나올 예정이었다. 그런데 부엌에 모인 쇼코와 어머니가 점점 더 의기투합하는 바람에 요노스케는 자기 집인데도 도무지 마음이 편하질 않았다.

그러나 새로운 발견도 있었다. 운전기사 딸린 자동차를 타고 다니고, 크루저 파티를 해수욕이라고 착각하는 쇼코였지만 요리는 잘했다. 햄버그스테이크는 물론 아버지 반찬인 조림 요리도 어머니의 지시를 받으면서 솜씨 좋게 만들어나갔다.

부엌에 서 있는 두 사람을 바라보고 있어봐야 배만 고플 뿐이었다. 갈 곳이 없는 요노스케는 자기 방으로 올라갔다.

네 달 전과 달라진 건 하나도 없었다. 그 방에서 잠들면 내일 아침에 잠이 덜 깬 상태로 고등학교에 등교해버릴 것 같은 기분마저 들었다. 침대에 드러누워 있다 보니 요노스케는 어느새 꾸벅꾸벅 졸기 시작했다. 얼마나 잤을까, "어허, 왔니?"라는 아버지의 목소리에 눈을 떴다.

"아 네, 저 왔어요."

눈을 비비면서 대답을 하자, "밥, 다 됐다"라는 네 달 전과 조금도 변하지 않은 말이 아버지의 입에서 흘러 나왔다.

"네, 금방 내려갈게요."

이쪽도 네 달 전과 별반 다를 게 없는 건 마찬가지였다.

문을 닫으려던 아버지가 우뚝 멈춰 서더니 "너 혹시…… 저 애한테 이상한 짓 한 건 아니겠지?"라며 돌아보았다. 미간에 깊은 주름이 잡혀 있었다.

"이상한 짓이라니?"라며 요노스케가 하품을 했다.

"으음, 예를 들자면…… 임신을 시켰다거나."

"네에?"

진심으로 물었던 모양이다.

"그게 무슨 뚱딴지같은 소리야. 그냥 친구예요."

"정말이냐?"

"정말이에요."

요노스케가 입을 삐죽 내밀었다. 실제로 뒤가 켕길 만한 짓은 전혀 한 적이 없었다.

안심한 듯한 아버지가 문을 닫더니 "여보! 요노스케 살 안 쪘다네"라며 아마도 부부끼리의 암호인 것 같은 보고를 하면서 계단을 내려갔다.

열어둔 창으로 밤바람이 밀려들었다. 그 밤바람이 선풍기 날개에 휘감겼다. 요노스케가 방에서 나오자 계단 밑에서 쇼코가 올려다보고 있었다.

"요노스케 씨, 저녁 준비됐어요."

"응."

"있죠, 저녁 먹고 나면 아버님이 단골로 가시는 노래방 술집에 데려가주신대요."

"단골 술집이라면 저쪽에 있는 와카나?"

"아버님이요, 요노스케 씨가 대학생이 되면 같이 술 마시러 가는 게 꿈이었대요."

"아버지가 그래?"

"아니요, 어머님이 살짝 가르쳐주셨죠. ……제가 그런 감동적인 순간에 같이할 수 있다는 게 너무 행복해요."

철저하게 마이페이스인 쇼코였다. 요노스케는 그런 쇼코의 어깨를 밀치듯이 하며 식탁으로 향했다. 식탁에서는 "요노스케, 도쿄 아가씨들은 말씨가 참 곱구나" "그러게 말이에요"라며 임신 의혹을 떨친 요노스케의 부모가 기분 좋게 맥주를 마시고 있었다.

***

냉장고에 차게 넣어둔 와인이 없었다. 와인이 있던 자리에 인스턴트 포타주 수프 팩이 놓여 있었다. 자기가 사다놓은 기억은 없으니 상대가 사다놨겠지만, 요 며칠 냉장고 문을 몇 번이나 열었을 텐데 전혀 몰랐다.

다행히 상자째로 사다둔 상세르(Sancerre)가 한 병 남아 있어서 인스턴트 포타주 팩을 안쪽으로 밀어 넣고 냉장고에 넣었다. 어느새 일곱 시를 지나고 있었다. 상대가 올 때까지는 시원해지지 않을 것이다. 맨션 1층에 있는 편의점에 가서 얼음이라도 사다놓는 게 좋을지도 모르겠다.

3년 전쯤에 구입한 이 맨션 베란다에서는 신주쿠의 야경이 한눈에 바라다보였다. 추첨으로 맨 위층을 구입할 수 있었던 것도 운이 좋았다. 이른 아침 조깅 때 인사를 나누게 된 후카가와 부부는 한 층 아래 주민인데, 그들 얘기로는 한 층 차이로 도로 맞은편 맨션의 배기탑이 딱 가로막혀서 신주쿠의 고층빌딩 숲이 안 보이는 모양이었다.

맨션을 구입한 것은 땅값도 바닥을 치고, 금리도 낮은 시기였다. 신주쿠에서 지하철로 두 번째 역에 있는 60제곱미터짜리 2LDK(방 두 개에 거실, 식당, 부엌이 있는 주택 형태 — 옮긴이)를 5천만 엔대에 살 수 있었으니 좋은 시기에 사들였다고 생각한다.

대학 졸업 후 취직한 중견 광고회사에서 8년간 일했다. 시계, 자동차, 향수 등 주로 럭셔리한 상품들을 담당했고, 그 인맥으로 당시에 새로 창간된 잡지의 광고 담당으로 스카우트되었다. 그곳에서 4년간 일한 뒤 독립해서 현재는 작은 광고 대리점을 운영하고 있다.

맨션을 구입한 것은 회사가 정상 궤도에 올랐기 때문이기도 하고, 대학 4학년 때부터 사귄 상대가 갑자기 건강을 해쳐 오랫동안 병원 생활을 경험한 탓이기도 했다. 심장에 이상이 발견된 것이다.

젊을 때부터 주위 분위기를 잘 맞추는 사람이라고 할까, 좀처럼 나약한 소리를 하지 않는 녀석이었는데, 병실 침대에서 소리를 죽이며 우는 모습을 보자 자기도 모르게 "무슨 일이 있어도 내가 보살펴줄게"라고 말했던 것이다.

지금에 와서는 어쩌면 그것이 자기의 프러포즈였을지도 모른다는 생각이 든다. 다행히 수술 후 경과가 좋아서 세 달 정도 만에 퇴원했다. 그 후로는 둘 다 그때 얘기는 되도록 피했지만, 매주 주말마다 이곳 베란다에서 바보 같은 소리를 주고받으며 와인을 마실 때는 어느 순간 그때의 대화를 서로가 잊지 않고 있다는 게 느껴질 때가 있다.

상대에게 자기 집에서 움직일 수 없게 되었다는 연락을 받았을 때, "지금 당장 구급차를 불러"라고 말했다. 그 후에 119로 연락해서 상대가 실려 간 병원으로 달려갔다. 그러나 몸부림치며 괴로워하는 상대의 면회는 허가되지 않았다.

흥분한 탓도 있어서 15년 가까이 사귄 사이라고 의사에게 솔직하게 털어놓았다. 그런데도 의사는 기분 나쁜 표정만 지을 뿐, 가족도 아니고 아내나 약혼자로도 보이지 않는 사람에게는 면회할 권리가 없다며 끝끝내 주장을 굽히지 않았다.

병원에서 이미 상대의 가족에게도 연락을 취한 상황이었다. 두 시간 후, 하얗게 질려서 달려온 상대의 어머니가 다소 안정을 찾고 "이런 일이 있으니 빨리 결혼하라고 그렇게 타일렀는데"라는 푸념을 늘어놓았을 때, "저 녀석, 인기가 너무 많아서요"라는 멍청한 대답밖에 할 수 없었다.

병의 증상이나 환자의 상황도 모른 채, 병원 복도에서 혼자 머리를 싸매고 있었던 때가 지금도 문득문득 떠오를 때가 있다. 이따금 간호사들이 복도를 지나다녀서 가까스로 정신은 놓지 않았지만, 만약 아무도 보이지 않았다면 바닥에 웅크려 앉아 벌벌 떨었을지도 모른다.

와인을 차게 할 얼음을 사러 1층 편의점에 내려가 한동안 잡지 코너에서 잡지를 들척이고 있는데 불현듯 낮에 있었던 일이 떠올랐다. 그 생각이 떠오르자 잡지에 집중할 수가 없었다.

오늘 오후, 아오야마의 카페에서 약속이 있었다. 만난 사람은 오랫동안 알고 지낸 어느 음료 회사의 홍보 담당이었고, 다음 달에 예정된 신제품 발표 파티에 관한 협의를 하면서 최근 그녀가 푹 빠져 있다는 베트남 얘기도 간간이 듣고 있었다.

창가 자리라 거리를 지나다니는 사람들 모습이 보였다. 베트남에서 만났다는 그녀의 마음에 든 화가 이야기를 듣고 있을 때였다. 자기도 모르게 시선을 돌린 바깥 거리에서 낯익은 젊은 남자가 휙 스쳐간 것처럼 보였다.

무심코 "앗!" 하고 소리는 질렀는데 그 사람이 누군지 떠오르진 않았다. 이름이 생각 안 난다기보다 언제 어디서 만난 녀석인지조차 알 수 없었다.

"왜 그래?"

말이 끊긴 그녀도 곧바로 바깥 거리로 시선을 돌렸다.

"아는 녀석이 지나간 것 같아서……."

바깥 거리로 시선을 돌린 채 대답했다. 물론 젊은 남자는 이미 시야에서 사라지고 없었다.

"일 관계되는 사람?"

"그게 아니라 좀 더 젊은 녀석."

"또 시작이다, 자기 타입인 애가 지나간 건 아니고?"

그녀는 한동안 거리를 내다보다 가까이 다가온 웨이터에게 홍차용 더운물을 부탁했다.

"……아 참, 타입인 애라고 하니까 생각나는데, 요즘 댁의 부부는 잘 살아?"

"우리? 여전하지."

"지난번에 아내가 바람 피웠다고 화냈잖아."

"아아. 그거야 이미 예전에……. 그보다 이 나이가 됐는데도 자기가 아직 인기 있다고 믿는 게 그 녀석의 애처로운 점이지."

"무슨 소리야, 둘 다 한창 때 남잔데."

"이런 경우엔 여자들 나이로 생각하는 게 낫지."

"흐흠, 그런가. ……아니, 잠깐. 나도 당신들이랑 동갑이지만 난 아직 멀었어."

"그 녀석도 그렇게 말한다는 거지."

"진짜 그렇긴 하겠다. 나도 내 입으로 말하는 건 괜찮아도 동갑

내기 여자가 똑같은 말을 하면 좀 애처롭게 느껴질지도 모르겠다."

"그렇다니까."

그 후 대화는 다시 베트남 이야기로 돌아갔고, 다음에 휴가를 맞춰서 같이 놀러 가기로 약속했다. 카페에서 나올 때는 이미 언뜻 본 낯익은 젊은 남자 일은 머릿속에서 사라진 후였다.

편의점에서 얼음을 사들고 집으로 돌아오니 베란다 테이블로 반찬을 옮기는 상대의 모습이 보였다. "일찍 왔네"라고 말을 건네자, 상대는 "또 이세탄(백화점 이름 — 옮긴이) 반찬이야?"라고 불평을 하면서도 접시에 옮겨 담은 오리고기 한 조각을 집어먹었다.

"오사카 출장이었지?"

부엌에서 와인 쿨러에 얼음을 채우면서 물었다.

"아 참, 이번 현장은 역시 네 고향 집이었던 슈퍼랑 가까웠어"라고 상대가 말했다.

"고향 집은 무슨, 팔아버린 지가 언젠데. 아마 다른 가게로 변했을걸."

"여전히 슈퍼야. 이웃 사람들한테 물어보니까 개장된 멋진 간판에 새 이름이 붙어 있긴 한데 아직도 모두 '마루망'이라고 부른다던데."

대기업 건설 회사에 근무하는 상대는 큰 건이 있을 때마다 일본 전국을 돌아다녔다. 최근에는 일본뿐만 아니라 아시아 각국으로 출장을 나갈 때도 많았다. 일의 성격상 상대가 빈번하게 출장을 다닌 지역은 반드시 재개발이 되었고, 몇 년 후에는 새롭게 떠오르는 신도시로 세간의 주목을 받았다. 최근 몇 년간 고향에 가진 않았지만, 상대가 빈번하게 출장 가는 걸 보니 태어나고 자란 그 지역도 상당히 변하는 모양이었다.

와인 쿨러를 안고 베란다로 나오자, 어느새 침실에서 옷을 갈아입었는지 상대가 트레이닝복 차림으로 의자에 앉아 있었다.

식사를 하기에는 조금 어두웠지만, 밤바람을 쐬며 그곳에서 느긋하게 보내는 시간이 요즘에는 가장 행복한 한때였다.

"아직 안 시원해."

곧바로 와인을 따려고 하는 상대에게 말했다. 담배를 입에 문 채 찡그린 얼굴로 "됐어, 목말라"라며 코르크에 오프너를 찔렀다.

젓가락을 안 가져온 걸 떠올리고 막 일어선 순간이었다. 뭐가 어떻게 작용했는지는 알 수 없지만, 오늘 오후 아오야마의 카페에서 봤던 젊은 남자가 누구와 닮았는지 퍼뜩 떠올랐다.

"아……"

엉겁결에 동작을 멈춰서일까, 코르크를 빼던 상대가 팔에 힘을 넣은 채 "어? 왜?"라며 얼빠진 목소리로 물었다.

"아니, 아무것도 아냐……."

일단 대답은 그렇게 했지만, 되살아난 기억은 눈 깜짝할 사이에 선명해졌다. 그때 멍하게 바라보고 있던 바깥 길을 지나친 젊은이는 대학 1학년 무렵에 친하게 지냈던 요노스케와 비슷했던 것이다. 그러나 그로부터 20년도 더 지난 지금, 요노스케가 당시

모습 그대로 거리를 걸어갈 리는 없었다.

"어이, 왜 그래?"

상대가 코르크 마개를 따면서 고개를 갸웃거렸다.

"아하, 실은 오늘 아오야마의 카페에서 마루노 씨랑 차를 마셨는데, 창밖 거리로 젊은 남자가 지나갔어. 그런데 그 사람이……."

이야기를 하는 도중에 자기도 모르게 웃음이 터져 나왔다.

"왜 웃고 난리야. 기분 나쁘게."

"아 그게, 대학 1학년 무렵에 친하게 지낸 친구가 있는데."

"남자?"

"그래. 같은 대학이었고, 아마…… 아 맞다, 그 녀석이 사람을 잘못보고 나한테 처음 말을 걸었지."

자기 침대에 자고 있다가도 쏜살같이 내려와서 바닥에서 자던 척하던 요노스케의 모습, 밤에 공원 벤치에 앉아 수박을 퍼먹던 모습도 떠올랐다.

"……이름이 요노스케였는데, 그러고 보니 그 녀석이랑 같이 운전면허도 땄네."

"혼자서 히죽거리지 좀 마라. 기분 나쁘다니까."

"미안……."

상대가 따라준 와인을 마시기 시작한 후로도 웃음이 멈추질 않았다.

"……그 요노스케라는 녀석 말인데, 당시 연상의 여자한테 첫 눈에 반했는데 그 여자가 고급 창부라고 해야 하나, 그 왜 그 당시가 버블이 한창일 때였잖아? 아무튼 그런 여자한테 요노스케가 빠져버린 거지. 그런데 잠꼬대로 가격 흥정을 하더라니까. 아 참, 그렇지. 같은 시기에 엄청난 부잣집 아가씨가 반대로 그 녀석한테 푹 빠졌고……. 그 녀석 말이야, 튜브를 허리에 차고 그 애 오빠의 크루저에 탔다는 거야."

상대가 재미없어하는 건 알지만, 흘러나오는 말을 멈출 수가 없었다.

"네가 대학 시절 얘기를 그렇게 재미있게 하는 건 처음인데."

"그런가?"

"그럼. 우리가 알게 된 게 대학 4학년 끝나갈 무렵이잖아. 그때부터 네가 늘 말했어. '우리 학교는 따분해. 재미있는 놈이 하나도 없어'라고."

"그랬나?"

"그럼, 그랬지."

"그렇군……. 그럼 그 당시에는 몰랐던 거겠지."

"뭘?"

요노스케와 만난 인생과 만나지 못한 인생이 뭐가 다를까 하는 생각을 문득 해봤다. 아마도 달라질 건 없을 것이다. 그러나 청춘 시절에 요노스케와 만나지 못한 사람이 이 세상에 수없이 많다는 걸 생각하면, 왠지 굉장히 득을 본 것 같은 기분이 들었다.

"얼른 젓가락이나 갖고 와. 배고파."

상대의 목소리에 고개를 끄덕이고, 또다시 옛일을 떠올리고 웃으며 부엌으로 향했다. 베란다에 남자 둘이 에워싸고 앉은 작은 테이블 바로 앞에는 신주쿠의 야경이 펼쳐져 있었다.

***

"잠깐, 너 정말 괜찮겠니?"

차창으로 불쑥 얼굴을 들이민 어머니가 요노스케의 일거수일투족에 잔소리를 해댔다. 요노스케는 요노스케대로 "아, 괜찮다니까!"라고 대답은 하면서도 운전학원에서 배웠던 차종과 달라서 열쇠를 끼우는 데도 우왕좌왕 헤매고 있었다.

"쇼코 양을 태웠으니 정신 똑바로 차려야 해."

요노스케가 사이드 미러 조절 버튼인 줄 알고 눌렀는데 유리창 개폐 버튼이라 하마터면 어머니의 목이 낄 뻔했다.

조수석에는 쇼코가……라고 말하고 싶지만, 쇼코는 무슨 까닭인지 뒷좌석에 앉아 있었다.

"전 조수석에 타면 멀미가 나요. 그리고 뒤에 앉는 게 운전기사랑 얘기 나누기도 편하잖아요."

아직 연인 사이는 아니라고 하지만, 요노스케 일생의 첫 드라이브인데 뒷좌석에 앉을 건 또 뭐란 말인가.

"저기, 에어컨이라도 먼저 켜줄 수 있을까요?"

어젯밤, 요노스케는 고등학교 친구에게 전화를 걸어 집에 왔다고 알렸다. 그 지역 대학에 진학한 구리하라라는 친구였다. 여름 방학에 따분하게 지내는 건 도쿄나 지방이나 마찬가지인지 "아, 왔구나. 그럼 내일 바다에라도 같이 나가자. 지로랑 고이케한테도 연락해둘게"라는 얘기가 나온 것이다.

네 달 전까지만 해도 넷이서 산 야한 책들을 돌려 읽던 사이였는데, 웬일로 세 사람 다 대학생이 된 후 여자친구가 생긴 모양이다. 각자의 차로 애인을 데리고 오겠다고 했다.

"너는? 도쿄에 여자친구 생겼냐?"

구리하라의 질문에 요노스케는 무심코 "아니"라고 대답할 뻔했지만, 부엌에서는 저녁식사를 마친 쇼코와 어머니가 함께 수박을 먹고 있었다.

"여자친구라고 해야 하나, 아무튼 도쿄에서 친구가 와 있어."

"남자?"

"아니, 여자."

"어? 그래? 그럼 이제 얘기해도 될까······."

구리하라가 어쩐 일로 말끝을 흐리며 머뭇거렸다.

"뭔데? 말해"라고 요노스케가 재촉했다.

"으응······ 그럼 말할게. 실은 지금 지로가 사귀는 여자가 오사키 사쿠라야."

"뭐!?"

"우연히 같은 데서 아르바이트를 하게 됐나 봐. 그 왜, 너도 가본 적 있지? '댓츠'라는 피자 가게."

가봤지. 물론 가보고말고. 가보기만 한 게 아니라, 오사키 사쿠라랑 같이 갔던 적도 있었다.

"바로 앞이 바다인데 왜 군이 자동차로 멀리 가나요?"

밀리미터 단위로 룸미러를 조절하는 요노스케에게 조바심을 내며 뒷좌석에 앉은 쇼코가 물었다.

"저긴 바위투성이라 수영하긴 힘들어."

"요노스케 씨의 친구분들이랑 그분들의 여자친구도 같이 모이는 거죠?"

"응. 같이 올 거야. 우리까지 합하면 총 여덟 명. 그보다 이제 출발한다. 준비됐지?"

"네에. 15분 전부터 기다리고 있었어요."

요노스케는 마침내 사이드브레이크를 내리고, 브레이크 페달에서 발을 뗐다. 기다리다 지친 어머니의 모습은 이미 차고에서 사라지고 없었다. 천천히 앞으로 나간 자동차가 어스름한 차고를 벗어나 가파른 언덕길을 내려갔다. 운전학원의 자동차보다 브레이크가 너무 잘 드는지, 가볍게 밟았을 뿐인데도 두 사람의 몸이 앞뒤로 휘청거렸다.

"왠지 긴장되네요."

"아, 미안."

"요노스케 씨의 친구분들도 모두 재미있는 분들이겠죠?"

"아, 그쪽."

"네? 그쪽이라뇨? 달리 어느 쪽이 있겠어요?"

요노스케는 쇼코를 무시하고 운전에만 집중하기로 했다. 가파른 언덕길을 내려온 자동차는 마을의 좁은 골목길로 들어섰다. 운전학원에서도 L자 방향 전환은 자신 있었다. 마을을 벗어나 현(縣) 도로로 들어섰다. 출발까지는 시간이 꽤 걸렸지만, 달리기 시작하니 모든 게 순조롭게 흘러갔다.

"요노스케 씨의 친구분들도 모두 자동차로 오시겠죠?"

"다들 자기 차로 온대. 도쿄랑 달라서 자기 집에 주차장이 있으니까 바로바로 사버리는 모양이야."

바닷가 도로를 달리는 요노스케는 '아아, 이게 바로 드라이브로구나' 하는 생각이 들었다. 난생처음 자동차를 운전하는 자신이 자랑스러웠지만, 가능하면 동승자도 조수석에 타줬으면 하는 심정이었다.

"쇼코, 안 더워?"

"네에, 쾌적해요."

"음악 틀어줄까?"

"어머, 여기 아버님이 술집에서 부르셨던 이시카와 사유리(일본 여자 엔카[演歌] 가수 — 옮긴이)의 전곡 모음집이 있네요."

"말도 안 돼. 이건 내 인생 최초의 드라이브야."

"그럼, 아쓰미 지로(일본 남자 엔카 가수 — 옮긴이)로 할까요?"

속도를 올린 차가 도로 위를 미끄러지듯 달려갔다. 요노스케는 인생 최초의 추월을 시도해봤다. 추월한 차는 통학용으로 타고 다니던 노선버스였다.

첫 드라이브. 예상했던 것보다 쾌조의 출발이었다.

약속 장소로 정한 아열대 식물원 앞의 드넓은 도로에는 이미 자동차 세 대가 늘어서 있었다. 따가운 햇볕 아래서 구리하라 일행이 가드레일에 걸터앉아 한창 얘기를 나누고 있었다. 요노스케가 맨 뒤에 차를 대자, 곧바로 자동차로 다가왔다.

"왜 이렇게 늦어."

맨 먼저 다가온 구리하라가 그렇게 말하면서 뒷좌석에 있는 쇼코에게 시선을 돌렸다.

"안녕하세요? 저는 구리하라입니다."

"안녕하세요. 저는 요사노 쇼코라고 합니다. 오늘 이렇게 초대를 해주셔서 얼마나 영광인지……."

"아아, 됐어, 됐어."

요노스케가 허겁지겁 밖으로 나갔다. 담배를 문 고이케가 "오랜만이다"라며 인사를 건넸다. 요노스케는 "어, 그래"라고 대답하면서 눈으로는 지로와 사쿠라를 찾았다. 구리하라와 고이케의 여자친구로 보이는 여자애들이 가드레일에 앉은 채 요노스케에게 인사를 했다.

"지로는?"이라고 요노스케가 구리하라에게 물었다.

"맨 앞의 차"라며 구리하라가 턱짓으로 가리켰다.

요노스케는 뜨거운 아스팔트 위를 걸어 천천히 코롤라(도요타

자동차 모델 — 옮긴이)로 다가갔다. 잠시 망설이다 조수석이 아닌 운전석 쪽으로 돌아가자, 지로와 사쿠라가 룸미러로 다가오는 요노스케를 바라보고 있는 게 느껴졌다.

요노스케가 운전석 문을 두드렸다. 곧바로 창이 열리고 "어이!"라며 지로가 얼굴을 내밀었다. 조수석에는 사쿠라가 앉아 있었다. 하얀 폴로셔츠에 햇살이 부딪쳐서 살짝 그을린 사쿠라의 얼굴이 반짝반짝 빛나고 있었다.

"오랜만이다."

요노스케는 사쿠라가 아니라 지로에게 인사를 건넸다. 그러나 "어서 와"라고 대답한 사람은 사쿠라였다.

"응……. 어, 저기, 두 사람 얘긴 구리하라한테 들었어. 그 피자집에서 아르바이트한다면서? 그럼 맹물 같은 커피도 내려야겠네? 하하하."

요노스케의 농담에 지로의 표정도 가까스로 부드러워졌다.

"도쿄에선 오자와도 가끔 만나니?"

지로가 화제를 바꿨다.

"오자와 자식, 화려한 양복 차려입고 매스컴 연구회인가 뭔가 하고 다니느라 정신없어."

"그 자식, 텔레비전 아나운서 되고 싶다고 했으니까."

"어? 그랬나?"

등 뒤에서 웃음소리가 들려서 요노스케가 돌아다보았다. 쳐다보니 구리하라와 고이케의 여자친구들이 쇼코와 무슨 얘기를 나누고 있었다.

각자의 여자친구를 조수석에 태운 자동차 세 대와 무슨 영문인지 뒷좌석에 쇼코를 태운 요노스케의 자동차가 반도(半島) 끄트머리에 있는 해수욕장에 도착한 것은 열한 시가 지난 무렵이었다. 고등학교 때부터 자주 이용했던 '오바마야'라는 바닷가 가게에서 모래사장을 한눈에 바라볼 수 있는 전망 좋은 자리를 차지했다. 여자들이 곧바로 탈의실로 향하자 "야, 너 쇼코 씨랑 싸웠냐?"라고 구리하라가 요노스케에게 물었다.

"왜?"

목욕 수건을 두르고 수영복을 갈아입던 요노스케가 고개를 갸웃거리며 되물었다.

"아니 그냥, 조수석에 안 타서."

"조수석에 타면 멀미난대."

요노스케가 이해하기 쉬운 쪽으로 이유를 대자, 구리하라는 "아하"하며 납득했다.

구리하라와 고이케의 여자친구가 사교적인 사람들이라 신참인 쇼코도 즐거워 보였다. "커플끼리 드라이브라니, 저에겐 첫 경험이에요"라며 뒷좌석에서 마냥 들떠 있었다.

수영복으로 갈아입은 요노스케 일행은 바닷가 가게의 발 씻는 장소에서 여자들을 기다렸다. 여자애들이 옷을 갈아입은 순서대로 계단을 내려왔다. 평소에는 프릴이 달린 귀엽고 넉넉한 옷을 자주 입고 다녀서 몰랐는데, 요노스케는 그제야 쇼코의 가슴이 꽤 크다는 걸 알고 적잖이 놀랐다. 그리고 원피스 수영복에도 물론 프릴은 달려 있었다.

구리하라와 고이케의 여자친구는 고등학교 친구 사이인 듯했다. 두 사람은 색깔이 다른 세퍼레이트 수영복이었고, 맨 뒤에 내려온 사쿠라만 하얀 비키니 차림이었다.

요노스케는 일부러 사쿠라에게서 시선을 피하고, "모래사장이 뜨거우니까 바다까지 전력질주다!"라고 어린애들처럼 소리친 후, 쇼코의 손을 잡고 햇볕에 달궈진 모래사장으로 뛰어들었다. "앗, 뜨거, 뜨거워!"라고 비명을 지르면서도 쇼코는 열심히 따라왔다. 요노스케가 파도로 뛰어들자, 가만있어도 될 텐데 쇼코까지 흉내를 내는 바람에 하마터면 급격하게 높아진 파도에 휩쓸려 갈 뻔했다. 요노스케가 황급히 끌어내긴 했지만, 모두가 물가에 서서 그런 두 사람을 바라보며 웃어댔다.

다 함께 비치볼 놀이를 시작하자, 요노스케는 혼자 앞바다에 뜬 부표(浮漂)까지 헤엄쳐 가기 시작했다. 중간 지점까지 헤엄쳐 가서 바닷물에 몸을 띄웠다. 눈꺼풀 위로 태양이 느껴졌다. 달아오른 가슴을 적시는 바닷물이 시원했다. 요노스케가 선 자세로 수영을 하며 모래사장 쪽으로 시선을 돌리자, 흔들거리는 수면 저 너머에서 비치볼을 쫓아가는 모두의 모습이 보였고, 하얀 비키니를 입은 사쿠라가 이쪽을 향해 손을 흔들었다.

그런데?

쇼코는 어디 있나 찾아보니 누구보다도 열심히 비치볼을 쫓고 있었다. 요노스케는 사쿠라에게 손을 흔들어주었다. 앞바다에서 불어온 바람이 젖은 어깨를 훑고 지나갔다.

바닷가 가게에서 모두 함께 꽤 늦은 점심을 먹었다. 크루저에서 먹은 캐비어도 맛있었지만, 요노스케에게는 수영한 후 먹는 스우동과 주먹밥이 더 좋았다.

조금 전까지 정수리 위에 있던 태양이 등 뒤 산으로 기울기 시작하며 모래사장을 뛰어다니는 아이들의 등을 쓸쓸한 오렌지 빛으로 물들였다.

식사를 마치고 나니 조금 쌀쌀해졌다. 각자 목욕 수건이나 셔츠를 걸치고 모래사장으로 돌아갔다. 멀리 바위가 널린 곳을 향해 다 같이 천천히 걸어가기 시작하자, 자연스럽게 서로의 간격이 벌어졌다. 요노스케는 모두와 상당히 떨어진 곳에서 사쿠라와 나란히 걷고 있었다. 사쿠라의 젖은 넓적다리에는 티셔츠 자락이 들러붙어 있었다.

"쇼코 씨는 참 밝네. 사귄 지 오래됐어?"

"사귄다고 해야 할지……."

말을 머뭇거리는 요노스케에게 "쇼코 씨가 요노스케 좋아하는 거 아냐?"라며 사쿠라가 끼어들었다.

"그야, 쇼코가 좀 특이해서 그렇지"라고 요노스케가 대답했다.

"그게 무슨 소리야. 나도 요노스케랑 사귀었는데."

요노스케의 얼굴을 들여다보는 사쿠라의 가슴 언저리로 무심코 눈길이 갔다.

"그쪽이야말로 지로잖아?"라며 요노스케가 얘기를 돌렸다.

왜 그런지 사쿠라의 표정에서 미소가 싹 가셨다.

"지로가 너한테 고백했니?"

"우리 얘기야 아무려면 어때."

사쿠라가 물가의 해초를 뛰어넘었다.

"잘되는 거지?"라고 요노스케가 물었다.

"물론."

사쿠라가 미소를 머금었지만, 요노스케가 아는 웃는 얼굴은 아니었다.

"그보다 쇼코 씨는 요노스케를 아주 많이 좋아하는 것 같더라."

"그래?"

"모르겠어? 요노스케 친구들에게 잘 보이려고 무지 열심히 하던데."

요노스케는 사쿠라의 말에 무심코 앞에 걸어가는 쇼코에게 시선을 던졌다.

"늘 저런 느낌이라니까. 마이페이스."

"요노스케는 여전히 둔하네. 보통은 다 큰 아가씨가 자외선 강한 바다에서 쇼코 씨처럼 열심히 남자애들이랑 어울리진 않아."

새삼스레 다시 보니 정말로 여자들 중에 쇼코의 어깨가 제일 빨갛게 달아올라 있었다.

"요노스케랑 쇼코 씨 굉장히 잘 어울리는 것 같아."

사쿠라가 중얼거렸다. 앞에서 걸어가는 쇼코 일행이 남긴 발자국이 파도에 지워졌다.

"어울려?"

"그럼. 요노스케도 나랑 사귈 때보다 훨씬 많이 웃던데, 뭐."

"아, 그건 오해야. 쇼코랑 있으면 웃을 수밖에 없는 상황이 많은 것뿐이야."

"이것 봐, 지금도 그렇게 즐겁게 쇼코 씨 얘길 하잖아."

"그랬나?"

요노스케와 사쿠라의 시선이 느껴졌는지 쇼코가 갑자기 뒤를 돌아보며 "요노스케 씨, 저쪽 해변 가게에서 소라구이를 판대요!"라고 큰 소리로 외쳤다.

"뭐어? 또 먹겠다고!?"

어이가 없어서 소리친 요노스케의 목소리가 파도 소리만 높아진 해질녘 모래사장에 울려 퍼졌다.

완전히 일상이 되어버린 '요노스케 가족+쇼코' 네 사람의 저녁 식사 자리였다. 쇼코는 물론 호텔에서 묵었지만, 아침밥부터 저녁밥, 게다가 목욕까지도 요노스케 집에서 하고 매일 밤 호텔로 돌아갔다.

"쇼코 양 바래다주면서 이 물양갱 좀 하쓰노 할머니 댁에 갖다 드려라."

단무지에 오차즈케(녹차에 밥을 말아먹는 일본 음식 — 옮긴이)를 그러넣는 어머니에게 "방향이 반대잖아. 귀찮아"라고 식사 후 우뭇가사리를 후루룩거리며 요노스케가 대답했다.

귀성 당일과 이틀째까지는 식탁에도 축하 분위기가 감돌았지만, 이렇게 며칠씩이나 계속되다 보니 요노스케는 물론이고 손님인 쇼코마저도 거의 손님 대접을 못 받았다.

"네가 지금 먹고 있는 우뭇가사리도 하쓰노 할머니가 갖다 주신 거야."

"에이, 그럼 먹지 말걸."

"말버릇이 그게 뭐니! 버르장머리 없이."

요노스케와 어머니의 말다툼은 예전에 익숙해진 아버지는 거실로 나가 야구를 보고 있었다. 아버지와는 사정이 다르니 익숙해졌을 리도 없을 테지만, 쇼코도 부모 자식 싸움 따윈 나 몰라라 하고 단무지를 아삭아삭 씹으며 오차즈케를 후르륵거리고 있었다.

"다녀와도 되잖아요, 요노스케 씨. 산책 삼아 갔다 오죠, 뭐. 저도 같이 가드릴게요."

"네가 아니라 쇼코 양이 우리 딸이면 좋겠다."

"알았어! 간다고 가. 가면 될 거 아냐······."

어머니만으로도 버거운데 쇼코까지 편을 들어주면 요노스케에게는 승산이 있을 리 없었다.

식사를 마친 요노스케와 쇼코는 사이좋게 집을 나섰다. 목욕을 한 목덜미에 서늘한 밤바람이 불어와 기분이 좋았다.

"이왕 나온 김에 바닷가라도 나가볼까?"

"어머, 멋져요."

"바다라곤 하지만 해변이 아니라 온통 바위투성이야."

"저쪽 방파제 쪽이죠?"

방파제로 향하는 도중에 하쓰노 할머니 집이 있었다. 문을 활짝 열어놓은 현관에서 "할머니 물양갱 여기 두고 갈게요"라며 요노스케가 게으름을 피우자, "너, 도쿄에서 여자친구를 데려왔다며?"라면서 할머니가 안에서 나왔다.

"도쿄에서 워낙 인기가 많다 보니까, 하하하."

쇼코는 밖에서 기다리고 있어서 요노스케는 제멋대로 떠들어댔다.

요노스케와 쇼코는 가파른 언덕길을 내려가 바다로 향했다. 낮은 방파제까지는 금방이었다. 둘은 낮은 방파제를 넘어서 바위가 펼쳐진 곳으로 나갔다.

달빛을 받아 푸르게 빛나는 바위 경치를 본 쇼코가 "어머, 너무 예뻐요"라며 연신 칭찬을 하자, 요노스케는 마치 자기가 칭찬을 받은 기분이 들어 쇼코의 손을 이끌고 바위 끝까지 나가기로 했다.

"세상에, 밤바다를 이렇게 가까이 보는 건 난생처음이에요."

요노스케가 찾아준 평평한 바위에 선 쇼코가 어렴풋하게 보이는 수평선으로 시선을 돌렸다. 달빛을 받은 쇼코의 머리칼이 앞바다에서 불어오는 밤바람에 흩날렸다.

요노스케는 해수욕장에서 사쿠라에게 들었던 "요노스케 친구들에게 잘 보이려고 무지 열심히 하던데"라는 말을 문득 떠올렸다.

쇼코가 앉기 편해 보이는 조그만 바위에 앉았다. 요노스케는 기지개를 크게 한 번 켠 후, 발아래 바위에 부서지는 파도를 들여다보는 쇼코 옆에 걸터앉았다. 바위가 작다 보니 엉덩이와 엉덩이가 부딪칠 수밖에 없었고, 조금이라도 균형을 잃으면 쇼코의 엉덩이에 밀려날 것 같았다. 요노스케는 발가락 사이에 샌들 코가 파고들 정도로 있는 힘껏 발을 버디뎠다.

"아 참, 사쿠라가 아까 쇼코 칭찬을 하던데."

"사쿠라 씨가?"

쇼코가 고개를 돌리는 바람에 두 사람의 얼굴이 가까워졌다. 발아래 바위틈에서는 파도에 흔들리는 바닷물이 부딪치며 잠방잠방 소리를 내고 있었다.

"내 친구들한테 마음 써주느라고 같이 놀아준 거지? 바나나 보트도 타고, 다이빙대까지 수영도 같이 했잖아."

"어머, 딱히 마음 써서 그랬던 건 아니에요. 보트도 다이빙대도 내가 먼저 하자고 제안한 걸요."

천연덕스럽게 대답하는 쇼코를 보니 은근히 고양감에 젖어 있던 요노스케도 대꾸할 말이 없었다.

기분 좋은 밤바람. 눈앞에는 달빛 쏟아지는 밤바다. 분위기는 좋았지만, 그 분위기로는 두 사람의 대화가 이어질 것 같지 않았다.

"……그, 그렇지? 사쿠라가 괜히 지레짐작한 거지?"

요노스케가 겸연쩍어하며 웃었다. 그런데 같이 웃을 줄 알았던 쇼코가 갑자기 고개를 뚝 떨어뜨렸다. 소리까지 들릴 정도였다.

"왜, 왜 그래!?"

너무 심하게 티가 나는 반응에 당황한 요노스케가 쇼코의 얼굴을 들여다봤다.

"요노스케 씨는 여자 마음을 너무 몰라요."

"어?"

"나도 여자예요. 요노스케 씨가 옛날 애인이랑 사이좋게 지내는 모습을 보면 슬프단 말이에요."

"딱히 사이좋게 지낸 건 아닌데. ……아, 그래도 그런 기분이 들게 했다면 사과할게."

"내가 슬프다는 의사 표시도 했잖아요……."

"……미안해, 몰랐어. ……근데 언제?"

"'저쪽 해변 가게에 소라구이 판대요'라고 큰 소리로 외쳤잖아요. 그때는 나도 도저히……."

"뭐? 그런 걸 어떻게 알아채. 그건 너무 미묘하잖아……. 난 쇼코가 정말로 먹고 싶어 하는 줄 알았지."

"난 조개류 알레르기 있단 말이에요!"

"아, 미안하다니까."

옆에 있는 쇼코가 평소보다 더 작게 느껴졌다.

"요노스케 씨……, 저 요노스케 씨 고향에 오길 잘한 것 같아요."

"정말? 나도 처음엔 어떨까 싶었는데 꽤 즐겁네."

수평선 위에 외따로 뜬 별이 반짝이고 있었다.

요노스케는 희미하게 떨리는 손을 쇼코의 어깨에 올렸다. 요노스케가 손가락 끝에 조금씩 힘을 넣자, 쇼코가 더 이상은 못 기다리겠다는 듯 박치기라도 하는 기세로 요노스케의 어깨에 머리를 들이받았다.

"아야!"

"어머, 죄송해요."

"괘, 괜찮아."

앞바다에서 배 두 척이 지나갔다. 속도가 빠른 걸 보니 어선은 아닌데, 나란히 쏘아대는 불빛이 아름다웠다.

"난 이제 사쿠라 안 좋아해."

"네에. 알아요."

"그런데 조금 전에 왜……."

"속마음을 떠본 거예요."

"뭐? 그런 거야?"

"왠지 기분이 좋네요. 이렇게 둘이서 바다도 바라보고."

"쇼코, 키스…… 해도 될까?"

요노스케는 더 이상 참을 수 없어 쇼코를 와락 끌어안았다.

"쇼코……."

쇼코를 끌어안은 팔에 힘을 주었지만, 웬일인지 쇼코가 품에 안기질 않았다.

"저기……, 이런 상황에서 말하긴 좀 그런데."

품에 안기는 대신 묘하게 식어버린 쇼코의 목소리가 들려왔다.

"뭐?"

"……지금 저쪽에 배가 도착했어요."

"배?"

"네에. 저쪽에……. 봐요, 모두들 내리시잖아요……."

근처에 어항(漁港)은 있지만, 이런 시간에 물고기를 잡으러 나갔다 돌아오는 배가 있을 리 없었다. 설령 있다고 해도 바위 쪽으로 접근할 리가 없었다. 요노스케는 쇼코가 또 이상한 소리를 꺼냈을 거라 짐작하면서 뒤를 돌아다보았다. 달빛을 받은 바위가 푸르게 빛나고 있었다. 멍한 쇼코의 시선 끝으로 요노스케가 시선을 돌렸다.

"어? 어어!?"

쇼코가 또 뜬금없는 소리를 꺼낸 게 아니었다.

"어? 저게…… 뭐지?"

조금 떨어진 바위에 기묘한 형태의 작은 배가 정박해 있었다. 달빛을 받은 배는 금방이라도 가라앉을 것처럼 낡고 더러웠다. 배 위에 무리하게 베니어로 지은 오두막이 서 있다고 해야 할까, 아무튼 한 번도 본 적이 없는 형태였다. 그런데 그 일부가 열리더니 쇼코의 말대로 사람들이 배에서 잇달아 바위로 내려왔다.

"저분들은 뭐죠?"

작은 배에서 바위로 뛰어내린 남자들을 바라보면서 쇼코는 상황에 전혀 어울리지 않는 태평한 목소리로 물었다.

"모, 몰라."

너무 갑작스러운 일이라 요노스케도 어떻게 대처해야 할지 갈피를 잡을 수 없었다. 그 사이에도 배에서 내린 사람들은 바위를 움켜쥐고 발 디디기가 사나운 바위를 지나 이쪽을 향해 다가오고 있었다. 스무 명은 넘을까, 낡은 옷을 걸친 야윈 몸이 푸른 달빛을 받고 있었다.

"이, 일단 도망치자!"

요노스케가 허겁지겁 쇼코의 어깨를 붙들었다. 너무 급히 서두른 탓인지 일어서려던 발밑에서 바위가 흔들려서 앞으로 고꾸라지듯 엎어졌다.

"저분들, 이 근처 분들은 아닌 것 같네요."

여전히 태평하기만 한 쇼코가 중얼거렸다.

"이, 일단 도망치자니까!" 요노스케가 다시 말했다. "······나, 난민이야. 보트피플."

"난민?"

그제야 간신히 상황을 파악했는지 쇼코가 요노스케의 팔을 힘껏 움켜잡았다.

"아, 아마 그럴 거야. ······어, 어쨌든 빨리 마을로 돌아가서 알려야······."

"기, 기다려요! 잠깐 저쪽을 좀 보세요, 아기를 안은 엄마가 있어요."

"돼, 됐으니까. 빨리!"

"기다려, 기다려요! 저것 보세요, 아기가 축 늘어져 있잖아요!"

정신을 차려보니 가까이 다가온 사람들의 발소리와 숨결이 들려올 정도였다. 기듯이 커다란 바위틈을 맨 먼저 건너온 젊은 남자가 손을 맞잡고 있는 요노스케와 쇼코를 알아채고 흠칫 놀라며 동작을 멈췄다. 남자 뒤에서 잇달아 바위를 올라오던 다른 남자들 역시 선두 남자와 마찬가지로 각자의 자리에서 동작을 멈췄다.

거리는 몇 미터까지 좁혀졌다. 요노스케는 일어서려는 엉거주춤한 자세였고, 언제든 쇼코를 끌어올릴 수 있게 그녀의 겨드랑이 사이로 팔을 집어넣은 상태였다.

바위를 기어오르는 동작 그대로 멈춘 남자들 속에서 몹시 야윈 여자가 축 늘어진 아이를 안고 비틀비틀 걸음을 내디딘 것은 바로 그때였다.

흐트러진 검은 머리칼이 앞바다에서 불어온 밤바람에 흩날리며 가무잡잡한 여자의 얼굴에 들러붙었다. 여자는 들러붙는 머리칼도 떨쳐내지 않고 요노스케와 쇼코가 못 알아듣는 말로 계속 뭐라고 중얼거렸다. 소리쳐 말하고 싶지만 힘이 안 들어가는 목소리였다. 앞으로 발을 내딛기도 힘겨워 보이는데, 마지막 힘까지 짜내어 품 안에 축 늘어져 있는 아기를 요노스케 쪽으로 보여주려 애를 썼다.

도중에 등 뒤 남자들 사이에서 뭐라고 외치는 고함 소리가 들렸다. 그러나 여자는 거친 목소리를 무시하고 요노스케와 쇼코를 향해 다가왔다. 발밑에서 거세게 부서진 물보라가 아기를 안은 여자와 요노스케 사이로 높이 치솟아 올랐다.

"요노스케 씨, 아기가…… 아기가……."

정신을 차려보니 꼭 끌어안고 있는 쇼코가 요노스케의 품속에서 그렇게 중얼거렸다.

"아기를 구해달라는 말이죠? 그렇죠? 그런 거죠?"

가까이 다가오는 여자에게 쇼코가 거의 울먹이는 목소리로 물었다.

"요노스케 씨, 붙잡히면 어떻게 되죠? 저 아기는 살릴 수 있나요? 네? 어떡해요!"

쇼코의 외침 소리에 요노스케가 "그, 그걸 어떻게 알아!"라고 소리쳤다. 그 순간, 아기를 안은 여성이 불안정한 바위를 밟는 바람에 거의 쓰러질 뻔했다. 요노스케는 엉겁결에 여자 앞으로 다가갔다. 그리고 비틀거리는 여자의 팔에서 축 늘어진 아기를 받아들었다.

여자의 얼굴은 온통 눈물로 젖어 있었다. 더 이상 제대로 소리도 안 나오는 목소리로 필사적으로 뭐라고 호소했다. 요노스케가 말없이 고개를 끄덕이자, 도망치라는 듯이 여자가 요노스케의 등을 떠밀었다. 주위가 별안간 대낮처럼 밝아진 것은 바로 그 순간이었다. 어느새 바위 너머에 순시선(巡視船) 두 척이 보였다.

흔들리는 배 위에서 태양 같은 라이트 두 개를 이쪽으로 쏘아

대고 있었다. 강렬한 라이트 속에서 남자들이 허둥거리며 반짝이는 바위 위로 갈팡질팡 도망쳤다. 순시선 확성기에서 거칠고 성난 목소리가 들려왔지만, 파도와 바람에 흩어져서 요노스케의 귀에는 무슨 소린지 들어오지 않았다.

순시선에서 제복 차림의 남자들이 바위로 뛰어내렸다. 제복 차림 남자들의 동작이 너무나 민첩해서 갈팡질팡 도망치는 남자들의 동작은 슬로모션처럼 보였다.

그때 요노스케의 발밑에 바짝 야윈 여자가 웅크려 앉았다. 모든 걸 포기한 듯 쭈그려 앉더니 더 이상 소리도 안 나오는 입을 벌리고 '도망쳐, 도망쳐. 아이를 구해줘'라고 요노스케에게 필사적으로 손짓발짓을 해보였다.

품 안의 아기는 가벼웠다. 축 늘어진 가느다란 팔이 땀이 밴 자기 팔에 스쳤다. 죽지는 않았다. 축 늘어진 아기의 체온이 요노스케의 가슴팍에 전해졌다.

요노스케는 무의식중에 순시선 남자들에게서 도망을 쳤다. 한쪽 팔에는 아기를 안고, 다른 한쪽 손으로는 거의 비명을 내지르는 쇼코의 팔을 잡아끌었다.

어릴 때부터 뛰놀던 장소였다. 라이트 빛이 안 비쳐도 어느 바위를 딛고 건너야 할지는 잘 알고 있었다. 등 뒤에서 남자들의 거친 고함 소리가 따라왔다. 커다란 바위 사이를 뛰어넘은 순간, 쇼코의 팔이 스르르 빠져나갔다. 발을 내디딘 바위에서 돌아보니 쇼코의 발이 빠져 넘어져 있었다.

"쇼코!"

요노스케는 아기를 양손으로 안은 채 소리쳤다. 발밑에서 파도가 부서지고 커다란 물보라가 두 사람 사이로 높이 솟구쳐 올랐다.

"도망쳐! 도망쳐요! 난 괜찮으니까 빨리! 아기를 구해줘요! 도망쳐!"

부서지는 파도 소리를 몰아내듯이 쇼코의 외침이 바위 사이로 울려 퍼졌다. 요노스케는 쇼코에게 달려가려던 발을 빈디뎠다. 쇼코의 등 뒤에서 남자들이 잇달아 붙잡혔다. 제복 차림의 남자들이 웅크려 앉은 아기 엄마를 지나쳐 쫓아왔다.

"빨리 도망치세요!"

쇼코의 외침에 요노스케는 퍼뜩 제정신이 돌아왔다. 곧바로 방향을 돌려 뛰기 시작했다. 바위에서 바위로 뛰어넘을 때마다 품속에 안은 아기의 가느다란 팔이 크게 흔들렸다.

"기다려! 거기 서!"

남자들의 목소리에 뒤섞여 "도망쳐요!"라고 외치는 쇼코의 목소리가 등 뒤에서 들려왔다. 요노스케는 무심코 발을 멈췄다. 쇼코는 자기를 일으켜 세우는 남자들의 팔을 힘없이 뿌리치려 했다.

"당신들은 일본인인가?"

쇼코를 부축한 남자가 멈춰 선 요노스케를 향해 소리쳤다.

"잠깐 기다려! 당신들 지금 뭐 하는 거야!"

요노스케는 아기를 안은 채 쇼코의 상황을 지켜보았다. 너무 많이 놀랐는지 쇼코는 제대로 일어서지도 못했다. 조금 전까지 캄캄했던 방파제 너머는 어느새 휘황찬란한 라이트로 밝혀져 있었다. 하얀 방파제를 빨간 경찰차 라이트가 빙글빙글 비추고 있었다. 요노스케는 도망칠 곳을 찾았다. 그러나 마을로 돌아가는 것 말고는 갈 곳이 없었다. 경찰들이 마을에서 방파제 쪽으로 달려왔다.

"당신들 여기서 저 사람들을 기다렸나?"

남자의 질문에 요노스케는 힘없이 고개를 저었다. 소리를 내보려 했지만, 목이 타들어가듯 뜨거워서 아무 소리도 나오지 않았다.

"어디로 도망가겠다는 거야? 거기 가만히 서 있어! 지금 바로 그쪽으로 갈 테니까."

발밑의 바위가 흔들흔들 움직인다 싶었는데 떨리는 것은 요노스케의 무릎이었다.

"안심해! 아기는 우리가 책임지고 맡을 거야. 자네가 데리고 도망쳐도 어쩔 수가 없잖아!"

남자의 설득을 들으면서 요노스케는 발소리가 나는 등 뒤를 돌아보았다. 방파제를 넘어온 경찰관들이 허리의 권총에 손을 얹고 몇 미터 떨어진 바위 뒤에서 상황을 주시하고 있었다.

"당신들은 우연히 여기 있었던 건가?"

남자의 질문에 요노스케가 갈라진 목소리로 "네"라고 대답하며 고개를 끄덕였다.

"이봐, 내 말 잘 들어. 그 아기는 우리가 곧바로 병원으로 데려갈 거야. 엄마도 물론 같이 데리고 갈 테고. 걱정할 거 없어. 자네도 이 근처 사람이면 오무라에 저런 사람들을 임시 보호하는 시설이 있다는 건 알고 있겠지? 병원에서 치료한 후에는 그곳에서 보호할 거야. 어쨌거나 진정해. 알아들었지? 내가 지금 그쪽으로 갈 테니, 가만히 있어."

요노스케는 남자의 목소리를 말없이 듣고 있었다. 무슨 뜻으로 하는 말인지는 알지만, 말들이 제대로 귀에 들어오진 않았다.

남자가 팔을 놓자 쇼코가 몸을 휘청거리며 바위에 주저앉았다.

"쇼코!"

엉겁결에 내지른 요노스케의 외침 소리에 힘없이 주저앉은 쇼코가 "요노스케 씨……"라며 눈물을 머금었다.

남자는 한 발 한 발 발밑을 확인하며 요노스케가 있는 바위로 다가왔다. 남자의 목덜미에서 몇 줄기 땀이 흘러내렸다. 남자가 요노스케 앞에 다다르자, 등 뒤 바위에 숨어 있던 경찰관들이 눈 깜짝할 사이에 두 사람을 에워쌌다. 방파제 너머에는 소동을 알아채고 모여든 마을 주민들의 머리가 늘어서 있었다. 남자가 아기를 넘기라고 재촉했지만, 떨리는 팔이 멈추질 않아 아기를 제대로 넘겨줄 수가 없었다.

9월 · 신학기

 9월이 되어도 날은 조금도 시원해지질 않았다. 이미 열 시간 이상이나 잤으면서도 좀 더 잠을 청하려고 땀 냄새 나는 베개에 얼굴을 파묻는 사람은 요노스케다. 사흘 만의 수면이라면 이해가 되겠지만, 요노스케는 고향에서 돌아온 후로 기분이 나빠질 만큼 내내 잠만 잤다. 커튼 틈새로는 어느새 옅은 석양빛이 비쳐들었다.

 요노스케가 이불에서 손을 뻗어 확인한 자명종 시계의 알람은 오전 일곱 시 반에 맞춰져 있었다.

 일곱 시 반이라니…….

 자기가 맞춰놓고도 요노스케 역시 어이가 없었다. 오늘 아침, 여섯 시가 다 될 때까지 텔레비전을 봤는데, 그로부터 한 시간 반 후에 일어날 리가 없었다. 그러나 일단 학교에 가야 한다는 마음만은 있어서 알람은 맞춰놓지만 다 부질없는 짓이었다.

 아무튼 최근 2주간 요노스케는 매일같이 그런 상태였다. 새벽까지 버라이어티 프로그램을 보고, 일어날 수 없다는 걸 뻔히 알면서도 아침 일곱 시 반에 자명종을 맞췄다. 예상대로 ─ 열 시간 이상이나 ─ 계속 잠만 잤다.

아아, 오늘 밤도 잠자긴 또 글렀군······.

힘을 내서 하룻밤 철야 근무를 하면 원래 리듬으로 돌아올 테지만 그럴 기력조차 없었다. 오히려 그렇게 했다간 스무 시간 연속 자버리는 건 아닐까 걱정이 될 지경이었다.

열 시간이나 자고 나면 배가 고프니 밥은 먹는다. 그러나 멀리 가긴 귀찮아서 맨션 1층에 있는 짬뽕 가게에서 정식만 먹어댔다. 매일같이 다니다 보니 정식에 요일별로 따라 나오는 절임반찬 일주일분을 다 외워버렸다. 월요일에는 시바즈케, 화요일에는 단무지, 수요일에는 오이 아사즈케(무, 가지, 오이 등을 얼간한 것─ 옮긴이)······.

요노스케는 또다시 땀 냄새 나는 베개에 얼굴을 파묻었다. 그 순간, 현관 초인종이 울렸다. 보나마나 신문 구독 권유 같은 영업일 게 뻔했다. 이불에서 나가기도 귀찮았다.

"요노스케! 나야, 가토. 집에 있지?"

들려온 것은 가토의 목소리였다. 요노스케는 가토의 아파트에 들러붙어 살았지만, 가토가 여기에 오는 일은 없었다.

"가토?"

요노스케가 우물쭈물하자 가토가 우편물을 넣는 틈새로 들여다보려고 했다.

"있어. 자, 잠깐 기다려."

이불에서 기어나간 요노스케가 등을 벅벅 긁어대며 현관으로 향했다. 문을 열자 갓 새로 산 폴로셔츠를 입은 가토가 상큼한 얼굴로 서 있었다.

"야, 너 지금 일어난 거야!?"

요노스케가 입을 떼기도 전에 가토가 성큼성큼 방으로 밀어닥쳤다.

"이 방 공기, 왜 이렇게 탁해."

가토는 슈퍼 비닐봉지를 들고 있었다. 재빨리 눈치챈 요노스케가 "그게 뭐야?"라며 얼른 손을 뻗었다.

"다코야키야. 역 앞 슈퍼 앞에 포장마차가 있어서."

"이제 막 일어났는데 다코야키라니."

먹을 거면서 불평은 늘어놓는다.

"너, 도대체 요즘 뭐 해? 신학기 시작됐는데 학교에도 안 나오고, 아르바이트도 여름방학부터 계속 쉬었지?"

가토가 거침없이 요노스케의 이불을 밟으며 텔레비전 앞에 유일하게 보이는 바닥에 앉았다.

"혹시 걱정 돼서 다코야키 사 들고 찾아온 거냐?"

불평을 늘어놓은 주제에 요노스케는 어느새 포장지를 뜯고 있었다.

"너 때문에 내가 성가셔 죽겠다."

"왜?"

"너 말이야, 나가사키에서 대체 쇼코랑 무슨 일 있었어?"

요노스케가 다코야키에 이쑤시개를 꽂은 채 동작을 뚝 멈췄다.

"하여간 티 나게 굴긴. 무슨 일이 있었는데?"

"혹시 쇼코가 너희 집에 갔니?"

"쇼코가 아니라 무쓰미다. 그 왜, 쇼코 친구 있잖아. 전에 넷이 시모키타 갔을 때 내 파트너였던⋯⋯. 그 친구가 매일같이 전화라고. 나가사키에서 돌아온 후로 쇼코가 심상치 않을 정도로 울적해 있대. 왜 그러는지 이유를 아느냐고 난리야."

요노스케는 다코야키를 입 안에 넣었다. 첫 번째부터 문어가 안 들어 있었다.

"문어, 없어."

"뭐?"

"문어가 들어 있지 않다고! 첫 번째부터 안 들어 있다는 게 말이 돼!"

"왜, 왜 이래. 기분 나쁘게⋯⋯."

도망치듯 화장실로 들어가더니 화장실이 더럽다고 투덜거리며 나온 가토의 말에 따르면, 쇼코 역시 나가사키에서 돌아온 후로 자기 방에서 거의 나오지 않는 생활을 하고 있는 듯했다. 걱정이 된 무쓰미가 상황을 살피러 갔더니, 무슨 말을 해도 "응"이나 "하아"라는 한숨 같은 대답뿐이었다고 한다.

"쇼코, 굉장히 우울한 모양이더라. 무쓰미 얘기를 들어보니까 쇼코가 부엌에서 홍차를 내오다가 설탕을 잊어버렸는데, 고작 그 정도 일로 '나란 사람은 손님에게 홍차 하나도 제대로 대접 못 하는 쓸모없는 인간이야'라면서 울었나 봐. 무쓰미도 기분이 너무 이상하더래. 너…… 거기서 대체 쇼코한테 무슨 짓을 한 거야?"

다코야키를 볼이 미어져라 먹어대는 요노스케의 등을 가토가 발로 밀었다. 그 바람에 이쑤시개 끝에서 톡 떨어진 다코야키가 이불 위로 굴러갔다.

"뭐 하는 짓이야……."

"아, 미안. 자자, 여기 휴지."

"나도 그냥 확 울어버린다!"

"뭐?"

"나란 사람은 다코야키 하나도 제대로 못 먹는 인간이라고……, 나도 그냥 확 울어버린다!"

얼굴을 들여다보는 가토에게서 요노스케가 시선을 홱 돌렸다. 최근 2주간 꾹 참아왔던 뭔가가 '손님에게 홍차 하나도 제대로 대접 못 한다'고 한탄했다는 쇼코의 말에 왈칵 쏟아져 나올 것만 같았다.

"왜 그래? 대체 무슨 일이야?"

영문을 알 리 없는 가토는 평소답지 않게 쩔쩔매며 허둥거렸다.

결국 순시선 남자들에게 축 늘어진 아기를 건네준 후의 기억은 요노스케에게는 거의 남아 있지 않았다. 경찰들에게 이끌려 바위에서 방파제를 넘어 마을로 돌아갔을 테지만, 그때 옆에 쇼코가 있었는지 따로따로 걸어갔는지조차 기억나지 않았다. 정신을 차렸을 때는 이미 경찰차 뒷좌석에 앉아 있었다. 밤인데도 창밖은 몹시 밝았고, 낯익은 이웃 사람들이 경찰차 차창에 얼굴을 들이대고 있었다. 그제야 퍼뜩 제정신이 돌아온 요노스케가 "저어, 쇼코는?"이라고 운전석에 있는 경찰관에게 물었다. 룸미러 너머로 "앞차에 있어요"라고 경찰관이 대답했다. 앞차 뒷좌석에 여자 경찰관과 나란히 앉아 있는 쇼코의 뒤통수가 보였다.

경찰차 안에서는 무전기에서 빠른 말투로 여러 가지 지시가 흘러 나왔다. 바로 그때 별안간 옆에서 창문이 깨질 만큼 세게 두드리는 소리가 났고, 요노스케가 놀라서 고개를 들자 새하얗게 질린 어머니의 얼굴이 보였다. 유리창을 너무 세게 두드려서 요노스케가 "죄송합니다. 어머니입니다"라고 옆에 있는 경찰관에게 말했다.

"아아, 어머님"이라고 중얼거린 나이 든 경찰관이 요노스케 쪽 창문을 내려주었다.

"무, 무슨 일이니? 너 대체 무슨 짓을 한 거야?"

거의 비명에 가까운 목소리였다. 그러나 요노스케에게는 어머니의 목소리가 멀게 느껴졌다.

"어머님, 진정하세요. 어쨌든 경찰서로 먼저 가겠지만, 사정을 들어보는 것뿐이고 곧바로 돌려보내 드릴 겁니다."

어머니의 박력에 주눅이 든 경찰관이 필사적으로 창을 올리려고 했다.

"무, 무슨 짓을 했냐니까……. 하쓰노 할머니 집에 물양갱 좀 갖다드리라고 했는데, 어쩌다 이런 일이 벌어진 거니……."

어머니도 무척이나 동요되었던 모양이다. 그 말에 경찰차 주위를 에워싸고 있던 이웃 사람들이 소리를 죽이며 웃었다.

경찰차가 천천히 방파제를 따라 난 길로 달리기 시작했다. 앞에는 쇼코가 탄 경찰차가 있었다. 요노스케는 에어컨을 틀어놓은 차 안에서 갑자기 몸이 서늘해지는 걸 느꼈다. 그도 그럴 것이 마치 바닷물에서 막 올라온 것처럼 티셔츠가 온통 땀으로 젖어 있었다. 급격하게 서늘해져가는 몸 중에 조금 전까지 아기를 안고 있었던 팔만이 여전히 타오를 듯 뜨거웠다. 몹시도 가벼웠던 아기의 무게가 요노스케의 팔 안에 언제까지고 남아 있었다.

조사를 받는 중에 쇼코와의 관계에 관한 질문을 받았던 것은 기억한다.

"학생 여자친구야?"

"아닙니다. 그렇지만 거의 그렇게 될 뻔했습니다……."

결국 요노스케는 몇 시간 후 풀려났다.

그날 밤, 쇼코는 호텔로 돌아가지 않고 요노스케의 집에서 묵었던 모양이다. 새벽에 집으로 돌아온 요노스케는 아버지에게 등을 떠밀려 손님 방에서 자고 있는 쇼코의 상황을 살펴보러 갔다. 살짝 열린 미닫이문 너머에서 쇼코는 울다 지쳐 잠들어 있었다.

다음 날 아침, 쇼코는 도쿄로 돌아가기로 했다. 어머니가 만들어준 아침도 두 사람에게는 모래를 씹는 것처럼 까칠할 뿐이었다.

공항으로 향하는 버스 안에서도 거의 입을 열지 않았다.

"……미안해, 어렵게 여기까지 와줬는데."

"요노스케 씨……."

물끄러미 발밑만 내려다보던 쇼코가 갈라진 목소리로 요노스케를 불렀다.

"응?"

"그때 그 엄마의 눈빛 보셨죠? 그 어머님, 정말로 우리를 믿었던 거잖아요. 우리라면 아기를 구해줄 수 있을 거라고. 그래서 결사적인 각오로 우리에게 아기를 맡긴 거죠?"

요노스케도 물끄러미 자기 발밑만 내려다봤다. 지금 고개를 들어 쇼코를 보면 또다시 눈물이 날 것 같았다.

"우리가 그 어머니를 배신한 걸까요? 우린 아무런 도움도 안 된 거죠? 그 아기……."

"아기는…… 병원으로 잘 옮겨져서……."

"정말?"

"……옮겨졌을 거야."

두 사람의 목소리는 점점 더 코멘소리로 변해갔다. 앞좌석에는 한껏 신이 나서 도쿄 디즈니랜드를 어떻게 하면 효과적으로 돌아볼까 계획을 짜는 커플이 앉아 있었다.

걱정해서 와준 가토에게 해안에서 일어난 얘기를 다 털어놔서일까, 아니면 교외에 자리 잡은 대형 술집에서 가토가 사준 맥주를 마시고 숙면을 취해서일까, 요노스케는 다음 날 아침 자명종 시계도 안 맞췄는데 여덟 시 전에 상쾌하게 눈이 떠졌다. 첫 시간 수업은 늦었지만, 천천히 준비하고 나가도 둘째 시간인 '종합 스포츠'에는 여유롭게 맞출 수 있었다.

2학기 수업은 배구였다. 무뎌진 몸을 단련하기엔 딱 좋았다. 설명을 덧붙이자면 요노스케가 다니는 대학 캠퍼스는 도심인 이치가야와 교외인 다마 교사(校舍)가 있었다. 본래 체육 수업은 다마 캠퍼스에서 하는데, 클래스에서 제비뽑기에 당첨된 몇 명만 이치가야 캠퍼스 체육관에서 수업을 받을 수 있었다. 수업을 선택할 때, 도심에서 전차로 두 시간이나 걸리는 다마 캠퍼스는 싫다며 요노스케도 모두의 분위기에 휩쓸려 제비뽑기를 했고 멋들어지게 당첨되었다. 그러나 곰곰이 생각해보면 도심에서 한 시간 반이나 걸리는 변두리에 살기 때문에 버스를 타면 도심 캠퍼스로 나가는 것보다 다마 캠퍼스 쪽이 훨씬 가까웠다.

오랜만에 전차에 흔들리며 학교에 나가자, 비좁은 캠퍼스 안의 분위기가 왠지 모르게 변해 있었다. 여름방학이 끝나자마자 학교 전체가 고요하게 가라앉은 것처럼 보였다. 요노스케는 한산한 캠퍼스 안을 걸으면서 자기가 한동안 학교에 안 나왔던 것처럼 모두가 각자의 여름을 보냈고, 그 여운이 아직 계속되는 모양이구나 하며 마치 남의 일처럼 생각했다.

수업이 있는 체육관에서는 벌써부터 트레이닝복으로 갈아입은 구라모치의 모습이 보였는데 "요노스케! 요노스케!" 하며 쏜살같이 달려왔다. 구라모치에게는 여운에 잠길 만한 여름방학이 없었던 모양이다.

"대체 뭐 하고 지냈냐? 시골에서는 한참 전에 올라왔을 거 아냐. 오늘 수업에서도 못 만나면 오늘 밤에 너희 집에 찾아갈 생각이었어."

체육관 구석에서 트레이닝복으로 갈아입기 시작한 요노스케에게 구라모치가 일방적으로 떠들어댔다.

"전화는 왜 안 받아? 집에 있었지?"

옷을 다 갈아입은 요노스케가 둥글게 만 셔츠를 가방 속에 찔러 넣었다. 코트에서는 벌써부터 가공의 공으로 배구를 시작한 학생들도 보였다.

"급한 일이라도 있었냐?"

요노스케가 운동화 끈을 묶으면서 물었다.

"……급한 일이라고 할 정도는 아니지만, 아니지, 급한 일이라고 하면 급한 일이지."

"어느 쪽이야?"

요노스케가 신발 끈을 다 묶었을 때 담당 교사가 나타나 코트로 모이라고 호루라기를 불었다. 일어서서 뛰어가려는 요노스케의 어깨를 구라모치가 꽉 움켜잡았다.

"이거 끝나고 잠깐 할 얘기가 있어. 점심 살게."

"B런치랑 우동."

"그렇게 많이 먹게?"

"뭐야, 할 얘기라는 게?"

코트로 뛰어가면서 요노스케가 물었다.

"으음, 그게…… 말하기 좀 곤란한 얘긴데, 그 애가."
"그 애라니, 아쿠쓰 유이?"
"그래. 그 애가 으음, 저어, 뭐라고 해야 하나, 임신했대."
"뭐!?"
큰 소리를 지른 순간, 요노스케의 발이 뒤엉켰다. 구라모치도 좀 받쳐주면 좋으련만 요노스케 목소리에 놀라 자기 혼자만 우뚝 멈춰 서버려서, 발이 엉킨 요노스케만 고꾸라지고 말았다.

요노스케와 구라모치는 땀범벅이 된 얼굴과 머리, 내친 김에 목과 가슴팍까지 체육관 옆에 있는 청소용 수돗가에서 씻어냈다. 체육 수업이 끝나고 구라모치에게 빨리 다음 얘기를 듣고 싶은 마음은 굴뚝같았지만, 학생식당에서 차분하게 얘기하는 게 좋을 것도 같아서 서로 묘한 거리를 두고 있었다.

임신 소동.

텔레비전 드라마에서는 자주 봤지만, 요노스케가 실제로 휘말리는 건 처음이었다. 몸을 닦고 옷을 갈아입자, 누가 먼저랄 것도 없이 식당이 있는 건물로 향했다.

"B런치랑 우동이랬지?"라고 묻는 구라모치.

"그래"라고 대답하는 요노스케.

그 다음이 이어지지 않았다. 서로 말없이 학생식당으로 들어가서 식권을 사는 긴 줄에 늘어섰다.

"B런치랑 우동이랬지?"

"그렇다니까."

"난 C런치로 할까."

"야, 아쿠쓰 유이가 그래? 틀림없대?"

결국 더 이상 기다릴 수 없었던 쪽은 요노스케였다.

"그래. 그 애가 분명하게 말했어. 자기도 알아봤고, 병원에서 진찰도 받았대."

구라모치 역시 더는 기다릴 수 없었던 모양이다.

"……나 말이야, 어떻게 해야 좋을지 모르겠다."

"아쿠쓰 유이한테는 뭐라고 했어?"

"아직."

"아직이라니?"

"아직 아무 말도 안 했다니까."

"아쿠쓰 유이한테 그 얘길 직접 들었을 거 아냐. 그런데 아무 말도 안 했어? 보통 뭐라고 하는 거 아닌가?"

목소리를 낮춘 요노스케의 질문에 한동안 기억을 더듬던 구라모치가 "아니, 역시 아무 말도 안 했어"라고 불안한 목소리로 대답했다.

"……그 애도 자기 할 말만 하더니, 자긴 결정했다면서 휙 나가버렸거든."

"결정했다니 뭘?"

"글쎄, 낳는다는 뜻일까?"

어처구니가 없어서 소리를 지르려는 순간, 식권을 살 순서가 되었다. 구라모치 얘기에 따르면 늘 콘돔을 썼다고 했다. 그러나 "아니, 물론 적극적으로 쓰려고 했다는 뜻인데"라는 말을 덧붙이는 걸 보면 어디까지 믿어야 할지 알 수 없었다.

"나도 솔직히 이런 사태는 처음이라 뭘 고민하는지도 모르겠다고 할까……."

정말 고민을 하긴 하는 건지, 구라모치는 그렇게 말하며 된장국을 후룩후룩 마셨다.

"……그 애도 나랑 똑같은 심정일 거야. 그 뭐냐, 이런 경우엔, 아무래도 그 뭐냐, 곧바로 중절이니 뭐니 하는 말을 꺼내는 건 비인간적인 느낌이 들잖아. 그래서 그 애도 일단은 '난 결정했으니까'라고 무리하게 말하는 게 아닐까 싶은데."

"아쿠쓰 유이가 그렇게 말했어?"

"아니, 그러니까 내 말은 그렇게 솔직하게 말할 순 없으니까 변화구로……."

"변화구로 아일 낳겠다고? ……그건 그렇고 넌 어떤 거야? 네 마음은?"

"내 마음? 아니, 그러니까 그게."

"너 1년 재수했다고 해도 고작 열아홉 살 아냐."

"아 참, 지난주에 스무 살 됐어."

"정말이냐? 축하한다."

"고마워."

임신했다는 말은 생일날에 들은 것 같았다.

"스무 살이면 어른이잖아"라는 요노스케.

"뭐, 그렇지"라는 구라모치.

그쯤에서 두 사람 다 얘기가 샛길로 빠졌다는 걸 알아차렸다.

"그건 그렇고, 네 마음은 어떤데?"

얘기를 되돌리는 요노스케에게 "흐음" 하며 고개를 떨어뜨린 구라모치가 "진지하게 대답할 테니까 웃지 마"라고 전제를 깐 뒤, "그 애랑 있으면 왠지 자신감이 생겨. 무슨 특별한 말을 해주는 건 아닌데, 이런 나라도 뭔가 할 수 있지 않을까, 그런 기분이 들지"라고 숙연하게 말을 이었다.

"결혼 생각도 있었던 거야?"

"헤어지기 싫다는 생각은 했어. 그래도 이 일이 결혼이 되면 얘기가 너무 커지잖아. 지난주에 갓 어른이 된 우리한테는……. 뭐 하긴, 낳아놓으면 어떻게든 되겠지만."

얼렁뚱땅 얼버무리려는 구라모치를 보자, 요노스케는 왠지 발끈 화가 치밀었다. 해안에서 품에 안았던 아기의 무게가 팔에 되살아났다.

"아기들도 필사적이야. 살기 위해 필사적으로 발버둥 친다고."

"뭐?"

"어쨌든 너희 둘이 진지하게 상의해보는 게 좋겠다. 서로 속을 탁 터놓고."

"……어, 으응."

다 먹은 식기를 반환구에 돌려주고 둘이서 학생식당을 나왔다.

한동안 말이 없던 구라모치가 갑자기 입을 연 것은 역 쪽으로 해자를 따라 난 산책길을 걸어갈 때였다.

"이렇게 젊은 나이에 인생을 결정해버리는 건 아무래도 바보스러운 짓이겠지?"

요노스케는 "난 대답할 수 없어"라고 솔직하게 대응했다.

"나 같은 놈도 힘을 낼 수 있을까?"

"너 하기 나름이겠지. 어느 쪽이든 응원할게."

"요노스케, 난 실은 네가 좀 더 속없는 녀석인 줄 알았다. 솔직히 너한테 상의하면 그런 것쯤 아무렇지도 않게 웃어넘겨서 내 마음도 조금 편해질 줄 알았어."

입학식을 마치고 돌아오는 길에 둘이 함께 걸었던 길이다. 불과 다섯 달 전에 "3학년 올라가면 와세다 편입시험을 칠까 해"라고 구라모치가 말했던 그 장소였다.

호텔 종업원 로커에서 제복으로 갈아입은 요노스케가 스태프 휴게실에 얼굴을 내밀었다. 약 한 달 만의 직장 복귀였다. 띄엄띄엄 신입 스태프들의 얼굴도 보였고, 벽 쪽 텔레비전 앞에서는 삼바 동아리 선배인 이시다가 열심히 경마 신문을 읽고 있었다.

"안녕하십니까!"

"어, 너 살아 있었냐?"

"물론 살아 있죠. 여름방학에 고향 집에 좀 다녀왔어요."

"카니발 때 쓰러지고, 그 뒤로 소식불통이라 모두들 걱정했어."

"그런 것치곤 아무한테도 연락이 없던데……."

"모두들 부끄러움을 많이 타잖아."

"부끄러움 타는 사람들이라면 그런 의상은 못 입겠죠."

"그보다 시급이 또 오르는 모양이야."

"진짭니까. 또!?"

"일률적으로 70엔씩 올린대."

"우와, 대단해. 이러다 혹시 우리가 이 주변 샐러리맨보다 많이 받게 되는 거 아닙니까?"

"바보 같은 소리 집어치워. 이 주변 샐러리맨들이 보너스로 몇 백만 엔씩 받는 줄이나 알아? 아르바이트는 고작해야 아르바이트야. 이 정도 시급에 취직 안 했다간 장래는 저 모양 저 꼴이다."

이시다가 턱으로 가리킨 곳에는 숨 쉬는 것조차 불쾌해 보이는 주임이 있었다. 그 주임은 여하튼 성격이 나빴다. 1984년 로스앤젤레스 올림픽에서 휘청거리면서도 완주해낸 여자 마라토너 안데르센 선수에게도 잔소리를 할 사람이라는 소문이 나돌았다.

주말이다. 룸서비스는 새벽까지 쉴 새 없이 이어졌다. 한 병에 몇 만 엔씩이나 하는 와인을 몇 병씩이나 배달했다. 보통 가격의 열 배나 되는 요리가 완성될 때마다 요노스케도 부지런히 왜건에 담아 방으로 날랐다. 식사가 끝났다는 전화가 오면 곧바로 식기를 치우러 달려갔다. 대부분의 손님은 접시나 식기를 복도에 내놓았는데, 정성껏 만든 요리를 나이프나 포크로 이리저리 들척이기만 한 것처럼 거의 다 남긴 음식을 왜건에 담아 조리장으로 옮길 때도 있었다.

조리장 쓰레기통에는 조금 전까지 먹음직스러웠던 요리들이 잔반으로 불어났고, 잔반 양동이의 비닐봉지는 바꾸고 또 바꿔도 곧바로 그득그득 차올랐다. 그런 작업을 할 때마다 요노스케는 잔반이 가득 찬 쓰레기봉지가 왠지 그 호텔의 위처럼 느껴졌다. 손님들의 잔반을 도심에 껑충하게 치솟은 빌딩이 먹어치웠다. 빌딩은 그렇게 점점 성장해갔다. 요노스케에게는 이따금 그 괴물의 트림 소리가 들려오는 밤이 있었다.

새벽 다섯 시가 넘어서 아르바이트를 끝내고, 요노스케는 졸린 눈을 비비며 호텔에서 나왔다. 토요일 아침이라 지하철 홈에는 어디에서 놀다 온 것 같은 직장인들이 술에 취해 지친 표정으로, 그러면서도 밤의 여운을 이끌며 휘황하게 빛나는 홈 여기저기에 서 있었다. 남자들 얼굴에는 기름기가 번질거리고, 여자들의 화장은 흐트러져 있었다.

지하철에서 사철(私鐵)로 갈아탄 후, 하나코가네이에 도착할 때까지 요노스케는 자리에 앉아서 숙면을 취했다. 하나코가네이 역에서는 자전거를 타고 맨션으로 향했다. 평소에도 긴 여정이었지만, 지친 몸을 이끌고 갈 때면 집에서 "들어오지 마"라고 소리라도 쳐대는 것 같은 기분마저 들었다.

그래도 속도가 떨어지면 열심히 페달을 밟으며 고가네이 가도로 북상했다. 일단 집에만 도착하면 내일은 일요일, 하루 종일 자고 다시 월요일까지 맘껏 잘 수 있었다. 늘 지나는 교차점을 돌아

1층 짬뽕 가게의 간판이 보인 언저리부터 위화감이 느껴졌다. 평상시와 다를 바 없는 광경이었지만, 짬뽕 가게 앞에 검은색 센트리가 멈춰 서 있었던 것이다.

쇼코?

요노스케는 페달 구르는 발에 힘을 넣었다. 예상대로 뒷좌석에 쇼코의 모습이 보였다. 웬일인지 열심히 뜨개질을 하고 있었다.

"쇼코!"

요노스케가 차창을 두드렸다. 갑작스러운 소리에 놀랐는지 쇼코가 뜨개바늘을 와락 움켜쥐며 방어 자세를 취했다.

"나야, 나."

요노스케라는 걸 알아차린 쇼코가 창문도 내리지 않고 말을 했다.

"어? 뭐라고? 잘 안 들려."

요노스케가 창을 내리라는 제스처를 해보였다. 창이 열린 순간, "……래요!"라는 목소리밖에 안 들렸다.

"어? 뭐?"

"아이, 정말! 지금 말했잖아요!"

"창을 안 내리고 말해서 안 들렸어."

"어머, 내 정신 좀 봐……. 미안해요."

"근데, 무슨 일이야? 이렇게 일찍?"

"그러니까 우리가 도와주지 못했던 아기가……."

"아기라니, 그 아기!?"

"그래요! 그 아기가 살아났대요. 우리랑 헤어진 뒤 병원으로 잘 옮겨졌고, 극도의 탈수상태였던 모양인데 순조롭게 회복해서 지금은 오무라 보호센터에 있는 엄마 품으로 돌아갔대요!"

"정말? 그 말, 정말로 정말이야?"

요노스케는 거의 눈물 어린 목소리로 변해서 쇼코에게 확인했다. 쇼코도 그때부터 잠들 수 없는 밤, 어쩌면 잠밖에 잘 수 없는 나날을 보내왔을 게 틀림없다. 요노스케의 마음이 곧바로 전해졌는지 "네. 정말이에요. 다행이죠……. 정말 다행이죠, 요노스케 씨……"라며 금방이라도 울음을 터뜨릴 듯이 말했다.

"쇼코……."

"요노스케 씨……."

복받치는 감정을 추스를 수 없었던 요노스케는 차 안으로 상반신을 들이밀었다. 힘겹게 양손을 펼치자 쇼코가 앞으로 쓰러지듯이 안겼다. 창틀에 가슴이 눌려서 지독하게 아프긴 했지만, 그래도 기쁨이 훨씬 더 컸다.

"난 그때부터 계속 너무 걱정이 돼서……."

"저도 그랬어요. 저도 그때부터 계속 너무 걱정이 됐어요……."

쇼코의 눈물이 요노스케의 셔츠를 적셨다.

"쇼코 아가씨, 차 밖으로 나가시는 게 좋지 않을까요? 그렇게 계시면 요코미치 씨가 힘듭니다."

냉정한 운전기사의 목소리에 둘은 가까스로 몸을 떼어냈다.

쇼코의 얘기에 따르면 도쿄로 돌아온 후에도 그날 밤의 일이 잊히지 않았던 모양이다. 밥을 먹어도 그 아기는 제대로 먹고 있을까, 목욕을 하러 들어가도 그 아기는 제대로 씻겨줬을까, 그리고 다른 무엇보다 지금도 무사히 살아 있을까 하는 생각이 떠오르면 다이닝룸에 있든 욕실에 있든 엉엉 소리 내어 울기 시작했다고 한다. 다만 요노스케와 달랐던 점은 쇼코에게는 행동으로 옮기는 힘이 있었던 것이다.

이러지도 저러지도 못할 때, 요노스케는 그것 자체를 잊어버리려 하는 타입이지만, 쇼코는 반대로 힘 있는 아버지에게 도움을 요청해서 정보를 모았던 모양이다.

쇼코 아버지의 이야기로는 요노스케와 쇼코가 고향 바다에서 우연히 마주친 것은 베트남에서 온 보트피플이었다고 한다. 베트남의 작은 항구를 출항해서 3주 동안 거의 마시지도 먹지도 못하고 표류했고, 조류에 떠밀려서 목숨만 겨우 부지한 채 요노스케의 고향 해안에 이르렀다고 한다. 배 안에서 목숨을 잃은 사람도 있었던 모양이다. 일본에 살게 될지 제3국으로 출국하게 될지 아직 결정 나진 않았지만, 어쨌든 현 시점에서는 보호센터에 격리되긴 했어도 먹을 것에 구애받지 않고, 건강을 해친 사람은 제대로 된 치료도 받는다고 했다.

쇼코의 설명을 다 들은 요노스케는 또 한 번 "다행이다……"라고 중얼거렸다.

운전기사의 권유로 차에서 내린 쇼코는 요노스케를 따라 거리

맞은편에 있는 외곽 지역의 대형 맥도날드 안으로 들어갔다. 아직 아침 일곱 시밖에 안 되었는데도 가게 안에는 아이를 데리고 나온 엄마들로 북적거렸고, 밖의 미끄럼틀에서는 아이들이 활기차게 뛰어놀고 있었다.

"요노스케 씨, 저 말이죠, 이번 일로 저 자신이 얼마나 도움이 안 되는 인간인지를 깨닫게 된 것 같아요."

창 너머 아이들을 바라보면서 쇼코가 중얼거렸다. 요노스케도 화려한 옷을 차려입은 아이들을 바라보면서 "나도 그래"라고 대답했다.

무역론 수업이 끝난 대강의실에서 요노스케는 멍하니 창밖을 내다보고 있었다. 햇볕은 아직 강하지만 창으로 불어 들어오는 바람은 얼마간 서늘해졌다. 모처럼 한가한 시간이니 가을이 다가오는 분위기를 좀 더 즐기면 좋겠지만, 배가 고파서 도저히 견딜 수가 없었다. 요노스케는 강의실에서 나왔다.

계단을 내려가 지하에 있는 학생식당으로 향하는데, "아, 있다! 요노스케!"라고 외치는 비명에 가까운 소리가 들렸다. 굴러 떨어질 듯이 계단을 뛰어내려오는 사람은 구라모치였다.

"너, 대체 어디 있었냐!?"

약속을 했던 것도 아닌데 구라모치가 분개하며 물었다.

"……너, 무역론 수업 들었지? 데시마가 강의실에서 널 봤다고 해서 학생식당에 올 줄 알고 계속 기다렸잖아."

"데시마라니?"

일방적인 구라모치의 말에 요노스케는 우선 그렇게 물었다.

"데시마라고 그 왜, 아 참, 그렇지. 넌 모르는 녀석이다.……됐어, 그건 아무래도 상관없고. 다음 수업 없지? 잠깐 시간 좀 내."

"나 아르바이트 있어. 여섯 시까지는 괜찮지만."

구라모치가 손목시계를 확인했다.

"두 시간 정도면 여유지, 뭐."

"아쿠쓰 유이 일이지? 그래 어떻게 됐냐? 얘기는 끝났니?"

"얘기는…… 음 뭐라고 할까, 그냥 평행선인 채 낳는 방향으로 흘러간다고 할까."

"평행선인 채 낳는 방향으로……?"

밖으로 나오자 낙엽 한 장이 요노스케의 머리 위로 떨어졌다.

"나 말이다, 어쨌든 학교는 그만둘까 생각 중이야."

구라모치는 커피 값이 아깝다며 해자가 내려다보이는 산책길 벤치로 요노스케를 끌고 갔다. 도중에 자동판매기 앞에서 "뭐 좀 마실래? 아무 거나 좋아하는 걸로 말해"라고 끈질기게 물어서 "그럼 환타 오렌지"라며 요노스케가 직접 버튼을 눌렀다.

벤치에 앉은 구라모치가 먼저 흘린 말이 조금 전 얘기였다.

"그만두고 어쩔 건데?"라고 요노스케가 물었다.

"지금까지는 요즘은 경기도 좋고 하니까 뭔가 멋진…… 예를 들면 카피라이터나 그런 비슷한 일의 어시스턴트라도 해볼까 했는데, 상황이 이렇게 됐으니 폼 나는 것보다는 건실한 일을 찾는 다고 할까……."

"아쿠쓰 유이가 정말로 낳겠대?"

"응……."

발끝으로 돌을 차면서 고개를 끄덕인 구라모치의 표정에서는 그의 심경을 읽어낼 수 없었다.

"힘들면 괜한 고집 부리지 말고 힘들다고 말하는 게 낫지 않을까?"

요노스케의 말에 구라모치는 돌멩이를 내려다본 채, "딱히 고집 부리는 건 아냐"라며 입을 내밀었다.

"……그냥 뭐랄까, 이런 일은 말이야, 음, 결혼이나 임신 같은 거 말인데, 좀 더 드라마틱하게 일어나는 거라고 믿어왔거든."

"충분히 드라마틱하잖아."

"아니, 물론 그렇긴 한데……. 뭐랄까 좀 더……."

"무슨 말이 하고 싶은 거야?"

"요약하자면 어쩐지 모든 게 너무 싱겁고 어이없는 거지. 이런 기분으로 아버지가 되어도 괜찮은가 싶어서……. 보통은 좀 더 신성한 기분으로 되는 거 아닌가 싶고."

"그럼 양쪽 부모님과는 상의했니?"

"아직."

구라모치가 또다시 발끝으로 돌을 걷어찼다. 걷어찬다고 돌멩이가 무슨 해결책을 제시해줄 리도 없었다. 그리고 요노스케 역시 구라모치에게 해줄 마땅한 말이 떠오르질 않았다.

〈할머니 용태 위독 전화 요망 — 엄마〉

요노스케가 전보를 받은 것은 아르바이트에서 돌아온 아침이었다. 집으로 돌아오니 현관문에 낯선 봉투가 끼워져 있었다. 난생처음 전보라는 걸 받은 탓도 있겠지만, 요노스케는 극단적으로 당황하고 말았다. 자물쇠도 열지 않고 문을 열려고 하고, 조바심을 내며 주머니에서 꺼낸 열쇠는 바닥에 떨어뜨리고, 이번에는 떨어진 열쇠를 발끝으로 걷어차고 말았다. 가까스로 열쇠를 주워 현관문을 열고 방으로 뛰어들자마자 수화기를 집어 들었다. 그런데 너무 당황해서 그런지 잊어버릴 리 없는 고향 집 전화번호가 떠오르지 않았다.

전보에 있는 할머니는 시내 맨션에서 혼자 살고 계시는 외할머니였다. 젊은 시절부터 호텔에서 근무해서 그럴 테지만, 메이지 여성치고는 하이칼라라고 할까, 새로운 것에 호기심이 많았다. 요노스케가 초등학생 무렵에 고향에 생긴 맥도날드에 처음으로 데려가준 사람도 할머니였고, 배달 피자라는 걸 입원 중에 병원으로 배달시켜 역시나 난생처음으로 먹어보게 해준 사람도 외할머니였다. 최근에는 건강 상태도 좋아졌다고 해서 여름 귀성 때도 얼굴을 내비치지 않았다.

요노스케는 간신히 떠올린 집 전화번호를 눌렀다. 신호음이 세 번 울린 후, "여보세요?"라는 어머니의 목소리가 들렸다. 어머니가 병원이 아니라 집에 있는 건 좋은 징조였다.

"여보세요! 나, 나야! 할머니가 어떻다고? 여보세요!"

"요노스케!? 너 전보 받았니?"

그러나 수화기 너머에서 들리는 어머니의 목소리에서는 긴박감이 묻어났다.

"봤지. 봤으니까 전화하는 거 아냐."

"아, 아아, 그래. 저기, 엄마, 지금 병원에 가야 해. 너 오늘 이쪽으로 올 수 있겠니?"

"뭐? 오늘? 그렇게 안 좋으셔?"

"어어, 그래.……아! 여보, 그쪽 말고 빨간 가방에 넣어요!"

수화기 너머에서 황망한 분위기가 전해져 왔다.

"여, 여보세요? 엄마?"

"아무튼 할머니가 갑자기. 엄마는 지금 병원으로 갈 테니까 너도 되도록 빨리 와라. 비행기 값 정도는 있지?"

"있긴 한데…… 마지막 편이 여섯 시쯤이라 너무 빠듯해. 어쩌면 내일 아침이 될 텐데. 아니, 정말로 그렇게 안 좋은 거야?"

어머니는 대답도 없이 전화를 끊었다. 그렇게 경황없는 상황이다 보니 제아무리 느긋한 요노스케도 할머니의 용태가 상상이 갔다. 요노스케는 일단 방 안을 둘러보았다. 그러나 뭐부터 손을 대야 할지 막막했다. 일단은 비행기 티켓 확보. 은행에 가서 돈을 찾고 그러고 나서 나갈 준비. 머릿속에서는 잇달아 계획이 섰지만, 아직 손에 쥔 수화기조차 내려놓지 못한 상태였다.

요노스케는 도쿄로 올라오기 전에 할머니에게 인사를 하러 갔다. 그때 할머니가 "다른 사람들한텐 비밀인데, 이 할머니는 손자 여덟 중에 요노스케 네가 제일 좋다. 넌 항상 어딘가 맹한 구석은 있지만, 그 만큼 욕심이 없어서 좋아요"라고 칭찬해주었다.

요노스케는 왠지 쑥스럽기도 해서 "나, 욕심 많아. 할머니한테 잘 보여서 유산 독차지하려고 노리고 있는데"라며 짓궂은 말을 지껄였다. 그러나 할머니는 "할머니 유산이나 노릴 만한 욕심이라면 귀여운 놈이지"라며 깔깔 웃었다.

정신을 차려보니 요노스케는 수화기를 움켜쥔 채 바닥에 웅크려 앉아 있었다. 티켓 예약과 갈 준비 등등 당장 해야 할 일은 많은데, 할머니와의 추억이 떠올라 옴짝달싹도 할 수 없었다.

요노스케는 심호흡을 크게 한 번 하고, 104번으로 전화를 걸어 전일항공 예약 카운터 번호를 물었다. 가르쳐준 번호로 전화를 건 순간, 갑자기 눈물이 솟구쳐서 울먹이는 목소리가 나왔다.

"죄송합니다. 할머니가 돌아가실 것 같아서. 오늘 밤에 나가사키행 비행기 좌석이 있습니까?"

상대방 입장에서 보면 기분 나쁜 예약 손님일 것이다. 그러나 예약 담당자는 마치 가족처럼 따뜻하게 요노스케를 대해주었다.

10월 · 열아홉 살

　제단 위의 영정에서 요노스케의 할머니는 꽃 장식이 달린 모자를 쓰고 있었다. 옅은 보라색 모자에 선글라스 색까지 맞췄는지, 살짝 색이 들어간 선글라스 안쪽에 보이는 눈은 마치 작은 돌고래 두 마리가 헤엄치는 것처럼 보였다.
　설마 자기 장례식장이 '자운실(紫雲室)'로 배정될 거라는 걸 알고 그렇게 온통 보랏빛 계열 사진을 찍었을 리는 없겠지만, 요노스케 눈에는 수많은 꽃에 둘러싸여 살며시 미소 띤 할머니의 사진이 아주 밝고 화사해 보였다.
　어느새 밤 한 시를 넘어섰다. 제단 앞에 오도카니 홀로 앉아 있는 사람은 요노스케다. 대기실에서는 조금 전까지 어머니를 포함한 딸들의 시끄러운 말다툼이 이어졌다.
　"어쩌자고 이렇게 큰 데로 했어."
　"이거 결정해라, 저거 결정해라, 쉴 틈도 없이 몰아붙이니까 정신이 하나도 없잖아!"

"언니가 하는 일이 늘 그렇지 뭐."

"그럼 네가 결정하지 왜 나한테 시켜!"

지금이야 물론 조용해졌다. 지난밤부터 시작된 소동에 지쳐 선잠이 든 남편들을 배려하며 대여한 장례식 예복 반환 시간을 상의하는 소곤거리는 목소리뿐이었다.

사실 150명을 수용하는 '자운실'은 할머니의 장례식을 치르기엔 너무 컸다. 제1차 세계대전이 발발한 1914년 태생으로 향년 72세. 여학교를 나온 후, 무슨 신념이라도 있었는지 당시로는 상당히 늦은 나이에 시집을 갔다. 작은 무역상을 운영하던 할아버지와 결혼한 것이 스물아홉 살 때였다. 그 할아버지가 군대에 끌려가기 전에 두 명, 제대 후에 두 명, 종전을 사이에 끼우듯이 딸 넷을 낳아서 키웠다.

요노스케가 방금 꽂은 향이 어느새 다 타들어갔다. 새 향으로 바꿔주려고 일어서는데, 등 뒤에서 인기척이 느껴졌다. 돌아보니 "요노스케였니……?"라며 기요시가 서 있었다.

"아, 기요시 형, 지금 도착했어?"

"결국 마지막 비행기를 못 타서 후쿠오카행을 탔는데 그것도 엄청나게 지연되는 바람에."

"후쿠오카에서 기차로 왔어?"

"아니, 택시."

"후쿠오카에서? 얼마나 나와?"

"5만 엔 조금."

가지런하게 늘어선 간이의자 사이를 지나 기요시가 다가왔다.
"할머니……."
영정을 물끄러미 바라보며 기요시가 한숨을 쉬듯 중얼거렸다.
"요노스케, 넌 늦지 않게 왔니?"
"응. 간신히."
기요시는 향을 올리고 아주 오랫동안 두 손을 모으고 있었다.
"할머니 얼굴 볼래?"라고 요노스케가 물었다.
"어, 으응. 그보다 양복을 입고 있어서 웬 아저씨인가 했다."
"나도 이제 장례식에 상복 정도는 입어야지. 하긴 장례식장을 너무 큰 걸 선택한 바람에 한 푼이라도 아껴야 한다고 어머니가 하도 성화라 하마터면 옛날 교복을 입을 뻔했지만."
"넌 아직 교복으로도 충분해."
일부러 그런 건 아니었지만, 관 뚜껑을 열기 전에 그런 얘기를 나누며 서로 웃었다. 할머니의 얼굴은 몹시 작고 한없이 온화해 보였다. 살며시 손을 뻗은 기요시가 그 뺨을 어루만지며 "……할머니, 고마워요"라고 중얼거렸다. 그러더니 "우리 할머니 역시 미인이네"라며 요노스케에게 미소를 지었다.
"이미 돌아가셨으니 하는 말이지만, 할머니가 손자 중에선 내 됨됨이가 제일이라고 칭찬해주셨지."
할머니의 뺨을 어루만지면서 기요시가 말했다.
"거짓말!"
"뭘 그렇게 놀라?"

"나한테도 똑같은 말씀을 하셨단 말이야. 손자 중에서 요노스케가 제일 좋다고."

"설마 거짓말이겠지?"

"정말이야. '넌 항상 어딘가 맹한 구석은 있지만, 그 만큼 욕심이 없어서 좋다'고 하셨단 말이야."

"나한테는 '기요시는 남들을 잘 보살피니까 이다음에 꼭 출세할 거다'라고 하셨는데."

"……우리 할머니도 보통이 아니시네."

둘이서 관을 들여다보았다. 생각 탓일까 할머니가 만족스럽게 웃고 있는 것처럼 보였다.

기요시가 이모들이 있는 곳으로 인사를 하러 가자, 안쪽 대기실이 또다시 시끄러워졌다.

"아이고, 어서 와라."

"할머니 얼굴은 봤니?"

"아무것도 못 먹었지?"

"자, 여기 주먹밥 있다."

취직도 안 하고 소설가가 되겠다는 기요시를 한때는 친척들 모두 걱정했으면서 정작 본인이 나타나면 우선 배고픈 것부터 걱정되는 모양이다.

요노스케는 관 뚜껑을 닫았다. 새 향에 불을 붙여 올리고 의자로 돌아갔다. 혼자 남으니 드넓은 회장이 더욱 두드러져 보였다.

몇 시간 전에 있었던 조문 행사에는 할머니의 친구와 옛 동료들이 많이 참석해주셨다. 그런데도 150명을 수용하는 회장이라 여기저기 빈자리가 눈에 띄어서 도중에 담당 직원이 뒤쪽 의자를 정리해서 들고 나갔다.

전보를 받은 지 한 시간 후에 요노스케는 하네다 공항으로 향하고 있었다. 공항에서 티켓을 사고, 이륙 시간이 빠듯하게 탑승구로 달려갔다. 혹시 맨 마지막 승객일지도 몰라 걱정했는데, 그때 막 탑승구가 열렸을 뿐이라 긴 행렬이 늘어서 있었다. 기내로 들어가 자리에 앉으니 그제야 간신히 마음이 안정되었다.

그러나 비행기는 좀처럼 이륙하지 않았다. 아직 탑승하지 못한 승객을 기다리고 있다는 기내 안내방송만 몇 번이나 흘러나왔다. 출발 시간이 지나도 기체는 꿈쩍도 하지 않았고, 10분, 15분이 지났다. 늦게 오는 승객을 기다려주는 것은 매우 친절한 대응이라는 건 요노스케도 잘 알고 있다. 자기가 그 입장이라면 고맙게 여길 것이다. 그러나 이미 기내에 오른 승객 중에는 지금 자기 상황과 마찬가지로 일분일초를 다투는 사람도 틀림없이 있을 것이다. 빨리 이륙해주기만을 간절히 기도하는 사람도 있을 것이다.

평소에는 레스토랑에서 태도가 안 좋은 종업원을 만나도 요노스케는 불평을 하지 않았다. 굳이 말하자면 그런 가게에 들어간 자기가 운이 나빴다고 생각하는 인간이었다. 그러나 지금은 사정이 달랐다.

"늦는 사람은 그냥 놔두란 말이야! 나도 지금 한시가 급해!"

정신을 차려보니 요노스케는 좀처럼 움직이지 않는 비행기 안에서 안전벨트를 풀고 벌떡 일어서 있었다.

순간 기내에 냉랭한 공기가 감돌았다. 모두 조바심이 났을 게 분명한데 동조해주는 사람은 하나도 없었고, 허둥지둥 달려온 스튜어디스가 정중하게 사과를 하며 안전벨트를 다시 매라고 타이를 뿐이었다.

의자에 앉는 순간, 순식간에 땀이 솟구쳤다. 주위 승객들의 차가운 시선이 이쪽으로 쏠렸다. 그 순간 조금 전까지의 낙관은 감쪽같이 사라져버렸다. 늦는 사람은 놔두라고 외치는 바람에 할머니의 죽음을 앞당겨버린 건 아닌가 하는 마음에 온몸의 핏기가 가셨다.

할머니는 결국 의식을 한 번도 되찾지 못한 채, 밤을 넘기지 못하고 두 시가 지나서 숨을 거두었다. 늘 타이밍을 못 맞추는 요노스케는 그 순간을 병실에서 나와 1층 대합실 자동판매기 앞에서 맞고 말았다. 하필이면 모두의 음료수를 사러 나왔을 때였다.

아버지에게 등을 떠밀려 병실로 들어갔다. 어머니를 포함한 네 자매가 할머니를 에워싼 채 "엄마! 엄마!"라고 소리치며 어린애처럼 울부짖었다.

요노스케는 "할머니"라고 그 등 뒤에서 불렀다. 요노스케를 알아챈 어머니가 자기를 배려해 자리를 내줄 거라 짐작했다. 그러나 그 순간의 어머니는 어머니가 아니라 단지 딸일 뿐이었다. 가까이 다가온 아들에게 마음을 써줄 경황도 없이 "엄마, 엄마"라고 흐느끼며 바짝 야윈 할머니의 손을 연신 쓰다듬었다.

네 자매에게 둘러싸인 할머니에게 작별을 고한 요노스케도 이모부들과 다른 사촌들이 기다리는 복도로 나왔다. 할머니의 베갯머리에서 어린애처럼 흐느껴 우는 어머니를 어떻게 받아들여야 할지 당혹스러웠다. 자기와 할머니의 관계가 무척이나 얕게 느껴졌다. 아니, 반대로 어머니와 할머니의 관계가 생각했던 것 이상으로 깊었다는 사실이 새삼 놀라웠다.

복도에서는 이모부들이 그날 밤 간조(干潮) 시간이 몇 시쯤이었나 하는 얘기를 나지막한 목소리로 나누고 있었다.

결국 날이 밝을 때까지 요노스케 혼자서 향을 바꿔주며 제단을 지켰다. 이따금 대기실에서 자다 깨서 나온 이모부와 이모가 "요노스케도 좀 자두는 게 좋아. 내일도 하루 종일 힘들 테니까"라는 말을 건넸지만 요노스케는 자리에서 일어서지 않았다. 힘들게 왔는데 마지막 순간을 지켜보지 못한 속죄의 뜻도 있었기 때문이다.

그러나 복도 창으로 아침 해가 비쳐 들 무렵이 되자, 잠깐 눈을 감았을 뿐인데도 어느새 향 한 개가 다 타버리곤 했다. 장례식장의 직원들이 간간이 얼굴을 내비치게 되었을 때 이모와 이모부에게 자리를 맡기고 수면실에서 기절한 듯이 잠들어버렸다.

오전 열 시부터 장례식까지 세 시간 정도 잤다. 어머니가 두드려 깨워서 상복으로 갈아입고, 기요시와 함께 접수 일을 맡았다. 어중간하게 잔 게 문제였는지 자기도 모르게 꾸벅꾸벅 졸아서 기요시에게 몇 번씩이나 발을 짓밟혔다.

이종사촌 형제가 다 함께 든 관은 맥이 빠질 정도로 가벼웠다. 무심코 "너무 가벼워"라는 말을 흘리는 요노스케의 발을 옆에 서 있던 기요시가 또다시 짓밟았다.

화장장에 도착하자 이모부들은 들고 간 술을 마시기 시작했다. 두 시간쯤 걸린다고 해서 기요시와 밖으로 나왔다. 화장장 굴뚝에서는 하얀 연기가 솟아올랐고, 둘이서 한참동안 그 모습을 바라보고 있는데, "요노스케, 너 '화장터의 소년'이라는 사진 본 적 있니?"라고 기요시가 물었다.

"화장터의 소년?"

"그래. 원자폭탄이 떨어진 후에 미국 종군 카메라맨이 찍은 사진."

기요시의 얘기를 들어 보니 그 사진에는 커다란 구덩이에서 화장되는 희생자들을 물끄러미 바라보는 소년의 모습이 찍혀 있다고 했다. 소년은 축 늘어져 잠든 아기를 등에 업고 있었다. 그러나 그 사진을 찍은 후, 화장하던 남자들이 소년에게 다가가 등에서 그 아기를 내려서 눈앞에 보이는 불꽃 속에 눕혔던 모양이다. 어린 아기는 이미 죽어 있었던 것이다. 소년은 오랫동안 그 불꽃을 직립 부동 자세로 서서 바라보았다. 너무 세게 깨물어서 소년의 입술에서는 새빨간 피가 흘러내렸다고 한다.

야채 행상 트럭에서 흘러나오는 스피커 소리가 밖에서 들려왔다. 할머니의 장례식을 치른 지 어느새 며칠이 지났다. 장례식이 끝났으니 도쿄로 돌아가면 좋을 테지만, 초췌한 어머니가 아무 소리도 안 하는 걸 핑계 삼아 요노스케는 아직도 어물어물 고향 집에 남아 있었다.

스피커 음량이 한 단계 높아지고 물건을 사러 나온 이웃 아주머니들의 목소리가 들렸다.

요노스케는 어제 밤늦게까지, 상심한 어머니가 할머니의 사진을 정리하는 일을 도왔다. 그때까지 앨범에도 안 넣고 '명과 히요코(1912년에 후쿠오카에서 탄생한 병아리 모양의 일본 과자 — 옮긴이)'나 '카스텔라' 상자에 넣어두었던 사진 속에서 할머니가 찍힌 사진만을 골라 연도별로 할머니 앨범을 만들었던 것이다. 어머니는 사진 한 장을 손에 들 때마다 옛일이 떠오르는지 훌쩍훌쩍 울었다.

요노스케가 전화벨 소리에 다시 눈을 뜬 것은 이미 점심이 지난 후였다. 아무도 없는지 1층에서 전화벨이 계속 울려댔다. 요노스케는 전화를 받을 마음도 없이 이불에서 나왔다. 1층 화장실에 가는 도중에 전화벨 소리가 멈췄다. 그러나 요노스케가 전화기 앞을 막 지나치는 순간, 또다시 전화벨이 울렸다. 자다 일어나서 소변이 몹시 급한 상황이었지만, 요노스케는 일단 전화를 받았다.

"여보세요? 저어, 저는 오사키 사쿠……."

"사쿠라? 웬일이야?"

"웬일이라니, 할머니 소식 들었어."

"그것 때문에 일부러?"

"응. ……힘들었지?"

사쿠라는 '많이 슬프지' '고인의 명복을 빕니다' '삼가 조의를 표합니다' 같은 말은 하지 않고, 그냥 "힘들었지"라고만 했다. 왠지 그 말이 요노스케의 가슴 깊이 와 닿았다.

"오늘 아침에 들었어. 그래서 장례식에도 못 가고."

"아냐, 됐어, 됐어."

"나 요노스케네 할머니 많이 좋아했는데."

사쿠라와 사귈 때, 몇 번인가 시내에 있는 할머니 댁에 데려간 적이 있었다. 할머니는 매번 저녁을 차려주셨고 "요노스케, 너 영화관에 갈 돈도 없지?"라며 용돈까지 주셨다. 사쿠라도 할머니랑은 잘 맞는지 요노스케 없이도 뜨개질을 배우러 간 적도 있다고 했다.

"장례식에도 못 가서 성묘라도 할 수 있을까 해서."

"성묘라니, 무덤? 아직 납골 안 했는데."

"아, 그런가."

"이모 집이라도 괜찮으면 데리고 가줄게."

"이모님 집이라니?"

"그 왜, 기요시 형이라고 우리 사촌형 있었던 거 기억해?"

"아, 그 낙천가 형님 말이지?"

"그래. 그 낙천가가 지금은 소설가 지망생이란다."

"소설가?"

"응, 절망하겠대, 지금부터."

그쯤부터 요노스케는 발을 동동 구르기 시작했다. 화장실에 가던 중이었기 때문이다.

"미안, 나 잠깐 소변."

"뭐?"

"아무튼 내가 나중에 다시 걸게!"

요노스케는 사타구니를 움켜쥐며 화장실로 뛰어들었다.

근처 슈퍼 앞 버스 정류장에서 사쿠라를 기다리는 동안, 낯익은 이웃 아주머니 여섯 명이 요노스케에게 말을 건넸다.

"어머나 요노스케, 너 도쿄에 있는 거 아니었니?"라며 근황을 조금 알고 있는 아주머니도 있는가 하면, "많이 컸네. 어느 고등학교 다니니?"라고 묻는, 시간이 멈춰버린 아주머니도 있었다.

요노스케가 버스 정류장에 도착해서 첫 번째 온 버스가 아니라, 두 번째 버스에서 사쿠라는 내렸다. 시내에서 오는 버스는 한 시간에 두 대뿐이라 30분 정도 기다린 셈이다.

"여기서 기다렸어? 도착하면 전화한다고 했잖아."

"기요시 형 집이 여기서 금방이라 먼저 와 있는 게 빠를 것 같아서."

요노스케가 맞은편 길가에 있는 언덕길을 손가락으로 가리켰다. 몇 년 전까지는 소 외양간이었던 곳에 작은 햄버그스테이크

가게가 생겼다.

"요노스케, 언제까지 여기 있을 거니?"

금방 대답할 수 있을 것 같았는데, 가장 중요한 '돌아갈 날짜'를 아직 정하지 않았다는 걸 그제야 알아차렸다.

"학교는 괜찮아?"

"괜찮아. 아르바이트하는 데도 연락해뒀고."

언덕길의 막다른 곳이 기요시의 집이었다. 집에서 나오기 전에 전화를 해둬서 안으로 그냥 들어갔다.

"이모!"

요노스케가 말을 건네자 "어 그래, 요노스케니? 이모 지금 빨래 걷느라고 바쁘니까 알아서 들어와"라는 이모 목소리가 2층 건조대에서 내려왔다.

"기요시 형은?"

"기요시는 장례식 끝나고 바로 갔지."

"절망했어?"

"어? 뭐라고?"

현관으로 올라가 바로 앞에 보이는 방에 할머니의 불단이 마련되어 있었다. 방에는 형광등도 안 켜 있어서 어스름한 방 안에서 영정 속의 할머니가 미소 짓고 있었다. 이모부가 베개로 베었는지 방석이 접혀 있었다. 요노스케가 접힌 불단용 방석을 발로 펴서 "자" 하며 사쿠라 발밑으로 밀어주었다. 방에는 생선찜 냄새와 향냄새가 뒤섞여 있었다.

불단 앞에 바른 자세로 앉은 사쿠라가 천천히 조의금 봉투를 꺼내는 모습을 본 요노스케는 허겁지겁 가로막으며 "그럴 필요 없어"라고 말했다.

"왜?"

"왜라니……."

요노스케는 무심코 "왜긴, 우린 아직 애들이잖아"라고 말할 뻔했지만, 생각해보니 "아직 애들이야!"라고 당당하게 가슴 펴고 말할 나이도 아니었다. 사쿠라는 요노스케를 무시하고 조의금 봉투를 옻칠 쟁반 위에 올려놓았다.

"늘 이렇게 해?"

초에 불을 붙이는 사쿠라에게 요노스케가 물었다.

"조의금 말이야?"

"응."

"왜, 이상해?"

"아니, 이상한 건 아니고."

요노스케는 누군가의 장례에 혼자 참가해본 적이 없었다. 아니 그보다 친척 이외에 가까운 사람이 돌아가신 일도 없었다. 친척인 경우에는 부모님도 함께 가기 때문에 조의금 같은 건 신경 써본 적도 없었다.

사쿠라는 꽤 오랫동안 눈을 감고 할머니의 영정 앞에 두 손을 모으고 있었다. 너무 길어서 "이제 그만 된 것 같은데"라고 요노스케가 말을 걸려는 찰나, 2층에서 빨래를 가득 안은 이모가 집

안을 뒤흔드는 발소리를 내며 내려왔다.

"어머나, 미안해요. 요노스케가 친구를 데리고 온다고 해서 남자 친구인 줄만 알았네. 바로 차 내올게요."

빨래를 발밑에 내동댕이친 이모가 허둥지둥 부엌으로 향하려고 했다.

"아뇨, 신경 안 쓰셔도 돼요. 금방 나갈 거예요."

사쿠라의 말에 "정말 됐어. 우리 지금 갈 거야"라고 요노스케가 말을 덧붙였다.

"어머, 그래?"

"그건 그렇고, 남자애는 왜 차가 없고 여자애는 차를 내주는데?"

요노스케는 묘한 부분을 걸고 넘어졌다.

"차로 바래다줄까?"

버스 정류장으로 향하는 언덕길을 내려가며 요노스케가 사쿠라에게 물었다.

"정말? 그럼 그렇게 할까. 전에는 버스로 여기 오는 것쯤은 아무 일도 아니었는데 요즘엔 차만 타고 다녀서 그런지 피곤하네."

"그러면서 데리러 간다고 했을 때 왜 거절했어. ……난 지로가 바래다주나 했지."

"지로는 이번 주에 없어. 세미나 합숙이래."

"그 녀석 벌써 세미나 들어갔어? 우린 3학년부터인데."

"이과라서 그런 거 아닐까? 뭐라더라, 자기가 만든 기계로 인공위성이랑 교신을 한다던가."

"우와."

'우와'라는 감탄사 외에 다른 말은 나오지 않았다.

사쿠라를 데리고 집으로 가서 아무도 없는 집에서 자동차 열쇠를 꺼내 왔다. 어차피 쏠 사람도 없겠지만, 그래도 일단은 '자동차 씁니다. 금방 들어올게요'라고만 메모를 남겨놓았다.

차에 올라탄 요노스케가 기어 확인, 의자 위치, 룸미러와 사이드미러 조절 따위를 익숙지 않은 손놀림으로 하고 있는데 "저어, 도쿄에서도 운전은 해?"라고 사쿠라가 걱정스러운 목소리로 물었다.

"전혀. 차는 갖고 싶지만, 차고비가 비싸서. 우리 같은 시골도 3만 엔 정도 하잖아. 도심에서는 10만 엔쯤 하는 모양이야."

"그런 얘기 들으면 왜 도쿄에 안 태어났을까 하는 생각 안 들어? 그렇잖아, 도쿄에 집이 있으면 그것만으로도 억만장자니까."

"그렇지만 그 집을 팔면 살 곳이 없잖아. 다른 걸 사려고 해도 비싸긴 마찬가지고."

"그야 그렇지만."

요노스케는 가까스로 준비를 마치고 차고에서 차를 빼냈다. 무료인 셈치고는 부지가 넓어서 자동차를 넣고 빼기는 수월했다.

"쇼코 씨랑 렌트해서 드라이브 같은 거 안 해?"

"안 해, 안 해. 쇼코야말로 렌터카 매장에 고급 승용차나 갖다

댈 타입이잖아."

현 도로로 나오자, 자동차는 바닷가 도로를 달리며 시내 방향으로 향했다. 평일 오후라 도로는 비어 있었고, 기분이 좋아질 만큼 경치가 획획 스쳐 지났다. 방파제와 수평선. 예전에는 따분해서 견딜 수 없었던 풍경인데, 새삼스레 다시 보니 윤택함이 넘쳐나는 풍경이었다. 그런 풍경을 보기 위해 도쿄에서는 몇 십 킬로미터의 정체를 견뎌내며 드라이브를 나가는 것이다. 물론 아르바이트를 하는 고층 호텔 창으로 내려다보는 도쿄의 야경도 압권이지만, 어느 쪽이 아름답냐고 물으면 요노스케는 이쪽이 나을 것 같은 기분이 들었다.

문득 도쿄 출생인 구라모치는 이런 풍경을 본 적이 없을 거란 생각이 들었다. 아니, 본 적이 있다고 해도 이런 풍경을 따분하다고 느껴본 적이 있을까. 과연 어느 쪽이 더 윤택한 걸까.

"요노스케는 나 데려다주고 무슨 예정 있어?"

한동안 말이 없던 사쿠라가 입을 열었다.

"예정? 그딴 게 어디 있어, 없어."

"그럼 잠깐 드라이브 안 할래?"

"……괜찮긴 한데."

"왜?"

"아니, 지로랑도 늘 이런 분위기로 드라이브하나 싶어서."

"그렇다기보다 늘 드라이브밖에 안 해."

"무슨 뜻이야?"

"그렇잖아, 도쿄처럼 데이트 장소가 많은 것도 아니고."

그 말을 듣고 보니 일리가 있다는 생각이 들었다. 방금 전 도로에서 수평선과 도쿄의 야경을 비교했는데, 수평선에서는 놀 수 없지만 도쿄 야경에는 그 불빛이 있는 숫자만큼 놀 장소가 있다는 뜻이다.

신호에도 거의 안 걸려서 요노스케는 기분 좋게 핸들을 잡고 있었다. 아버지 자동차라 마음에 드는 테이프는 없었지만 FM 라디오 정도는 붙어 있었다. 그러나 그것도 시가지를 벗어나면서 전파 상태가 나빠졌다. 남은 건 슈퍼마켓의 할인 정보를 방송하는 AM 라디오뿐이었다.

드라이브를 가자고 한 건 사쿠라였지만 말이 거의 없었다.

"화장실, 괜찮아?"

상대가 말이 없으면 화장실을 참고 있을 거라고만 생각하는 것도 한심하지만, 말하기 어려울 것 같아서 요노스케가 먼저 물었다.

"괜찮아."

"혹시 배고파?"

"요노스케는?"

"난 점심을 많이 먹어서 괜찮긴 한데. 사쿠라가 배고프면 휴게소라도 들어갈까? 난 오므라이스 정도는 더 먹을 수 있는데."

요노스케의 질문에 사쿠라는 아무 대답이 없었다. 대답이 없는 걸 보면 배는 안 고픈 걸 거라 생각하고 요노스케는 다시 운전에 집중했다.

"으음, 도쿄 재밌어?"

"도쿄? 재미있냐고?"

요노스케는 고개를 갸웃거렸다. 재미있는 생활이라는 걸 그려보려 했지만, 그것 자체가 떠오르질 않았다.

"……재미있다기보다 왠지 바빠"라며 요노스케가 웃었다.

"그 말이 재미있다는 거지 뭐."

"그런가?"

"그래. 난 따분해서 죽을 지경인데."

사쿠라의 얼굴을 보고 싶었지만, 그 순간 끼어든 자동차가 있어서 고개를 돌릴 수 없었다.

"지난번에 지로랑 드라이브하다 문득 떠올라서 상상을 해봤어. 지로가 운전하는 차의 조수석에는 내가 앉아 있고 뒷자리에서는 아들 형제가 싸우는 거야."

사쿠라가 아무도 없는 뒷좌석으로 시선을 돌리는 모습이 룸미러를 통해 요노스케에게도 보였다.

요노스케와 사쿠라는 도중에 그 지역에서 유명한 전통 간식 가게에서 간자라시를 먹었다. 설명을 덧붙이면 '간자라시'는 차가운 물에 담근 찹쌀 경단에 시럽을 뿌려 먹는 간식이다. 요노스케도 어릴 때 부모님을 따라 와본 적이 있지만, 어릴 때 왔던 곳을 자기가 직접 핸들을 쥐고 오는 건 감개무량한 일이었다.

또다시 국도로 나가 남쪽으로 달렸다. 해안선을 따라 난 도로에서는 끝없는 수평선이 보이고, 아무리 달려도 경치에 변화가 없었다. 조금 전까지 수평선과 도쿄의 야경을 비교하며 수평선을 바라보는 것도 나름대로 정취가 있다고 생각했으면서 커브를 돌면 똑같이 나타나는 풍경에 요노스케는 벌써부터 따분함을 느꼈다.

"있지, 페리 타고 저쪽으로 건너가 볼까?"

사쿠라가 갑자기 그런 말을 꺼낸 것은 길가에 세워놓은 페리 선착장 간판이 등 뒤로 스쳐가는 순간이었다.

"……안 될 건 없지만, 오늘 중으로 돌아올 수 있나?"

"흐음, 아마 오늘 중으로는 힘들겠지."

"그럼 어떡할래?"

"뭘?"

"잘 데."

"아아."

"아아라니……."

사쿠라도 진지하게 해본 말은 아니었던 것 같다. 그냥 페리 간판이 눈에 띄어서 무심코 던져본 말인 듯했다.

"왠지 이대로 돌아가고 싶진 않다. ……아, 이건 딱히 깊은 의미가 있는 말은 아니야. 같이 있는 사람이 요노스케가 아니고 마키라도 아빠라도 똑같은 말을 했을 거야."

"그건 알아."

"미안, 미안."

"좋아. 가볼래? 건너갈까?"

"어? 정말?"

"네가 꺼낸 말이잖아."

"아니, 물론 그렇긴 한데. 그럼 어디서 묵지?"

"러브호텔. 난 아직 들어가 본 적은 없지만."

"그런 말이 어떻게 그렇게 거침없이 나올까."

멀리 페리 선착장이 보이기 시작했다.

"어떡해? 건너가? 말아?"

페리 선착장이 가까워졌다.

"여기까지 온 김에 한번 가볼까. 그렇지만 러브호텔은 안 들어갈 거야."

"왜?"

"왜라니…… 지로한테 말할 순 없잖아."

"말 안 하면 되지."

"어머, 요노스케, 너 아직도 나한테 마음 있구나."

"없어."

"난 무리야. 만의 하나 요노스케랑 같이 러브호텔에 들어간다고 해도 웃음부터 터질 테니까."

"웃음이 터진다니 그게 무슨 소리야?"

"아, 여기, 여기서 왼쪽! 주차장이 아니라 터미널 쪽으로!"

사쿠라의 말에 요노스케는 황급히 핸들을 꺾었다.

페리 선착장에는 자동차 몇 대가 서 있었다. 주차장 직원의 말로는 앞의 페리가 지금 막 출발해서 다음은 한 시간 후에나 있다고 했다. 차 안에서 기다릴 수밖에 없었다.

"넌 앞으로도 계속 도쿄에서 살 생각이니?"

"아직 아무것도 안 정했어."

"그럼 언제 정하는데?"

"언제긴, 취직 활동할 때가 되겠지."

"그럼 어떤 회사에 취직할 생각인데?"

"그런 건 아직 안 정했어."

"그럼, 언제 정하는데?"

"취직 활동할 때 정한다니까."

햇빛을 받은 바다는 반짝반짝 빛났다. 멀리서 페리가 서서히 다가왔다.

대안(對岸)의 섬까지는 30분쯤 걸리는 짧은 뱃길이었다. 요노스케는 추위를 타는 사쿠라의 손을 이끌고 갑판으로 데리고 나갔다. 바닷바람은 역시 차가웠지만 옅은 석양에 물든 먼 풍경과 선체에 부딪혀 솟구치는 하얀 파도는 아무리 봐도 질리지 않았다.

"우리가 사귈 때도 돈이 조금만 있었으면 이렇게 여러 군데 놀러 다닐 수 있었을 텐데."

바람에 띄엄띄엄 끊어지는 소리로 요노스케가 말했다.

"웃기네. 틈만 나면 침대에 밀어뜨린 주제에. ……그리고 돈이 없기 때문에 즐거운 시기라는 것도 있을 거야."

페리가 섬에 도착할 무렵에는 이미 해가 기운 후였다.

제법 큰 섬이었다. 그러나 민가는 드물었고, 길을 잘못 들어 산길로 들어서면 가로등도 없었다. 어쩌다 불이 켜 있는 곳은 러브호텔뿐이었다. 레스토랑까지는 아니더라도 식당이라도 있으면 좋으련만 좀처럼 눈에 띄지 않았다.

"집에 전화 안 해도 돼?"

캄캄한 산길을 달리는데 사쿠라가 물었다.

"괜찮아. 애들도 아닌데 뭐."

"그게 아니라, 자동차. 말도 안 하고 끌고 나왔잖아."

"아 참, 그렇지……. 아냐, 괜찮아. 메모 써두고 왔으니까."

"'자동차 씁니다. 금방 들어올게요'라고만 썼잖아."

"아, 그랬지. ……그것보다 너는 괜찮아? 오늘 정말 못 돌아가."

"아까 페리 선착장에서 전화했어. 요노스케랑 있다고 하니까 엄마가 뭐라고 했는지 알아?"

"안부 전해주라고?"

"으음, 뭐 비슷하네. 엄마는 지로보다는 요노스케가 밝아서 더 좋대."

"거봐. 어머님은 역시 사람 보는 눈이 있다니까."

"거봐 좋아하네. 정작 중요한 내가 지로를 더 좋아하는걸."

요노스케는 사쿠라와 얘기하는 게 즐거웠다. 사실은 얘기를 안 해도 즐거웠다.

옛 여자친구. 사쿠라밖에 사귄 적이 없으니 당연한 얘기겠지만, 요노스케는 불현듯 '옛 여자친구'가 난생처음 생겼다는 걸 알아차렸다.

"저쪽에 뭐가 있다."

사쿠라가 손가락으로 가리킨 방향에 외따로 불이 밝혀져 있었다. 햄버그스테이크 가게 같았다.

"살았다. 저기서 뭐 좀 먹자. 난 지금 죽을 지경이야."

간신히 찾아낸 햄버그스테이크 집에서 요노스케는 점보치즈햄버그스테이크와 밥 세 그릇을 비웠다. 세 그릇째 먹을 때는 반찬이 없어서 테이블에 있던 소금을 쳐서 깨끗하게 먹어치웠다.

"여전히 잘 먹네."

사쿠라도 어지간히 놀랐는지 옛날부터 요노스케랑 밥을 먹으면 혹시 자기까지 먹어버리는 건 아닐까 걱정했다는 과장된 말까지 늘어놓았다. 그러면서 자기도 눈 깜짝할 새에 특대 햄버그스테이크를 말끔하게 비웠다.

식사 후 커피와 케이크를 즐기고 레스토랑에서 나온 것이 열한 시가 넘어서였다. 섬은 이미 고요하게 잠들고, 개 짖는 소리밖에 안 들렸다.

레스토랑 근처에 오래된 교회가 있었다. 모처럼 왔으니 가보자며 둘이서 어스름한 계단을 올라갔다. 벽돌로 지은 조그만 교회는 자물쇠가 채워져 있었지만, 달빛을 받은 스테인드글라스는 아름다웠다. 높은 지대에 있는 교회에서는 드문드문 불이 밝혀진 항구가 내려다보였다.

교회를 벗어나 다시 차에 올라타자 "정말 어떡하지?"라며 요노스케가 걱정을 했다. 알고는 있었지만, 햄버그스테이크를 먹고 나면 다음 날 아침 여섯 시에 첫 페리가 출발할 때까지는 할 일이 아무것도 없었다.

"실은 너도 러브호텔에 묵을 생각으로 온 거지?"라고 요노스케가 물었다.

"이대로도 좋잖아. 항구 안벽에 차 세워놓고 아침까지 기다리지 뭐. 수평선으로 떠오르는 일출도 틀림없이 아름다울 거야."

"진심이야?"

요노스케가 매달리듯 물었지만, 사쿠라의 결심은 굳은 듯했다. 일단 안벽까지 이동했다. 달빛을 받은 바다가 펼쳐져 있었다. 엔진을 끄자 라디오도 꺼지고 안벽에 부딪치는 파도소리만 남았다.

"아 참, 그러고 보니 오늘 23일이지?"

사쿠라가 갑자기 그렇게 중얼거린 것은 요노스케가 쿠션을 베개로 베려고 뒷좌석으로 손을 뻗은 순간이었다.

"그런가? ……앗."

"그치? 내일 요노스케 생일 맞지?"

요 며칠 경황이 없었던 탓인지 날짜 감각이 둔해졌다.

"어, 맞네. 내일, 내 생일이네."

"어머, 몰랐어?"

손목시계를 보니 때마침 열두 시를 지나고 있었다.

"아, 축하해."

같이 손목시계를 들여다본 사쿠라가 허둥지둥 말했다.

"고마워."

"열아홉이네."

"그러게."

자기가 언젠가 열아홉이 될 거란 건 알고 있었지만, 너무 뜻밖의 상황이라 요노스케는 멍하니 앉아 있었다. 물론 지금까지도 열다섯이 되고, 열여섯이 되고, 열일곱이 되어 열여덟 살이 되었다. 그러나 지금까지는 늘 모두 — 예를 들면 반 친구들이라거나 — 와 같이 나이를 먹는 느낌이었다. 그런데 왠지 이번 열아홉 살만은 밤바다를 앞에 둔 낯선 땅의 안벽에 있어서 그런지 혼자만 열아홉이 된 듯한 기분을 떨쳐낼 수 없었다.

"사쿠라는 생일 아직이지?"

"응, 2월인걸 뭐. ……어, 왜 그래?"

모처럼 맞은 생일에 시무룩한 표정을 짓고 있는 요노스케에게 사쿠라가 걱정스러운 듯 물었다.

"아무것도 아니야."

요노스케는 눈앞의 바다로 시선을 돌렸다. 달빛을 받은 물마루가 마치 살아 있는 것처럼 보였다.

"아 참, 그렇지."

사쿠라가 불현듯 무슨 생각이 떠오른 듯이 뒷좌석으로 손을 뻗었다. 그러더니 종이봉지 안에서 부스럭부스럭 뭔가를 꺼냈다.

"뭐 해?"

"……아, 있다, 있다."

사쿠라가 꺼낸 것은 페리 안 매점에서 산 롤케이크였다.

"어? 또 먹게? 그 큰 치즈케이크를 금방 먹었는데?"

"생일 케이크 대신이야. 초는 없지만."

사쿠라가 롤케이크를 대시보드 위에 내려놓았다. "생일 축하 노래라도 부를까?"라고 해서 "아냐, 됐어"라며 요노스케가 거절했다. 신기하게도 생일 케이크라는 말을 들으니 매점의 롤케이크가 그렇게 보이는 것 같기도 했다.

"왠지 이젠 고등학생이 아니라는 생각이 든다."

롤케이크를 바라보던 사쿠라가 절절한 목소리로 중얼거렸다.

"그래?"

"요노스케랑 이렇게 같이 있으니까 즐겁긴 한데, 이젠 뭔가가 끝났구나 하는 생각이 들어."

"……내일, 도쿄로 돌아갈까."

정신을 차려보니 요노스케는 그렇게 중얼거리고 있었다. 그리고 도쿄로 '가는' 게 아니라 처음으로 '돌아간다'고 말했다는 것을 문득 알아차렸다.

오후의 학생식당은 수업을 빼먹거나 점심시간부터 줄기차게 수다를 떨어대는 학생들로 북적거렸다. 요노스케 역시 지루한 수업 도중에 빠져나와 다음 수업까지 시간을 때우고 있었지만, 시간을 때우는 것마저도 따분해졌다. 그렇다고 달리 할 일도 없었다.

오랜만에 삼바 동아리라도 들여다볼까.

요노스케는 남아도는 시간들이 소용돌이치는 학생식당에서 나왔다.

학생 살롱으로 향하자, 그곳에도 따분해 보이는 삼바 동아리 회원들의 얼굴이 늘어서 있었다. 그중에 이시다 선배도 있었는데 요노스케를 보자마자 "어, 너 언제 돌아왔어?"라며 말을 걸었다.

"지난주에 왔어요."

거의 유령 회원인 요노스케를 맞이하는 회원들의 눈빛은 차가웠다. 그러나 요노스케는 그런 시선은 개의치 않고 모두가 모여 있는 곳으로 다가갔다.

"주임이 요노스케 녀석은 언제부터 교대 근무할 거냐면서 화내던데."

"다음 주부터 들어갈 거예요. 어젯밤에 주임한테도 전화드렸어요."

"그건 그렇고, 별일이네, 네가 여기에 얼굴을 다 내밀고. 혹시 삼바 동아리에 유일한 1학년생이 되고 보니 책임감이라도 좀 생긴 거냐? 그나저나 시간 있으면 신입 회원이나 좀 모아봐라. 관심 있어 하는 친구도 없어?"

일방적으로 이시다에게 공격을 당하던 요노스케는 순간 가토를 떠올렸다. 여름에는 에어컨을 목적으로 매일같이 자러 다녔지만, 워낙에 타산적인 인간이라 시원해진 후로는 연락 한 번 하지 않았다.

"……으음, 권해볼 만한 녀석이 없네요."

그렇게 말하며 고개를 갸웃거린 순간, 요노스케는 그제야 이시다의 말에 걸리는 부분이 있었다는 걸 알아챘다.

"이시다 선배, 방금 제가 유일한 1학년생이라고 했어요?"

"으응."

"아쿠쓰 유이랑 구라모치는요?"

"너 몰랐어? 그 애들 지금 삼바 타령할 상황이 아니야. 학교도 벌써 그만둔 모양이던데."

"네에?"

"그치?"

이시다가 등 뒤에 있던 부원들에게 물었다. 모두들 흥미 없다는 듯 고개를 끄덕였다.

요노스케는 결국 넷째 시간 수업을 빼먹고 구라모치의 집으로 향했다. 다카다노바바에서 지하철로 갈아탄 후 바로 다음 역. 요노스케가 사는 세이부신주쿠 선 역과는 달리 그 주변의 지하철역은 그야말로 주택가 지하에 뜬금없이 역을 만들어놓은 느낌이었다. 개찰구를 나와 계단을 올라가면 슈퍼나 상점가나 자전거 보관소도 없이 별안간 평범하기 이를 데 없는 민가들이 죽 늘어서 있다.

보도에 세워진 지도를 바라보면서 요노스케는 주소록 수첩을 다시 펼쳤다. 알파벳 인덱스가 붙어 있으니 K란에 제대로 적어놓으면 좋으련만 천성이 게으른 탓에 '구라모치'의 주소는 첫 페이지인 A 페이지에 휘갈겨 쓴 글씨로 적혀 있었다.

번지를 확인하니 역에서 그리 멀지는 않았다. 그러나 표적이 될 만한 건물이 없는 데다 좁은 골목을 몇 번씩이나 오른쪽 왼쪽으로 돌아가야 했다.

"두 번째에서 오른쪽. 그 다음은 곧바로 왼쪽이고 세 번째에서 오른쪽, 그 다음에 막다른 곳에서 왼쪽."

지도에서 멀어진 요노스케는 길 순서를 작은 목소리로 중얼거리며 걷기 시작했다. 오래된 민가가 늘어서 있는 지역이었다. 호화주택이라고 할 수는 없지만, 울타리나 돌담으로 둘러싸인 집들에는 작은 문이 있고, 작은 정원이 있고, 새시 문이긴 해도 툇마루가 있는 곳도 많았다.

도착한 구라모치의 집도 다른 집들과 마찬가지로 나지막한 동백나무 울타리가 둘러쳐진 품위 있어 보이는 집이었다.

여닫이가 잘 안 맞는 대문을 통과해 미닫이문이 달린 현관 앞에 선 요노스케는 작은 정원 쪽으로 고개를 내밀며 "실례합니다"라고 말을 건넸다.

곧이어 현관 옆 조그만 창에서 어머니인지 "네에"라고 대답하는 여성의 목소리가 들렸다.

"저어, 요코미치라고 하는데요, 잇페이 집에 있습니까?"라는 말이 채 끝나기도 전에 현관 미닫이문이 열렸다.

"잇페이 친구?"

어머니의 물음에 요노스케는 "네"라며 고개를 끄덕였다.

구라모치의 어머니는 몸집이 작고 마른 사람이었다. 눈가의 깊은 주름이 친절해 보이는 인상이었다. 꽃이라도 심고 있었는지, 한쪽 손에 젖은 국화 다발을 들고 있었다.

"방에 있는 모양인데……. 잇페이! 친구 왔다!"

어머니가 복도 안쪽에 말을 건넸다. 어스름한 복도였지만, 말끔하게 닦여서 검게 반짝거렸다.

"들어갈래요?"

어머니의 권유로 요노스케가 현관으로 한 발을 들여놓은 순간, "요노스케? 웬일이냐, 갑자기"라며 검게 반짝거리는 복도 안쪽에서 구라모치가 나타났다. 낮잠이라도 잤는지 머리는 헝클어져 있었고, 트레이닝복 바지에 손을 찔러 넣고 거리낌도 없이 엉덩이를 벅벅 긁었다.

"아니 그냥, 요즘에 통 안 보여서."

사실은 '너, 학교 그만뒀다며?'라고 단도직입적으로 묻고 싶었지만, 매우 고상해 보이는 어머니가 생긋생긋 웃고 있어서 차마 그 말을 꺼낼 수는 없었다.

"아, 일단 들어와."

"실례하겠습니다."

검게 반짝거리던 복도는 실제로 미끄러질 정도로 반들반들 잘 닦여 있었다. 복도를 따라 걸어가자 "잇페이, 케이크 있으니까 가지러 와라"라고 어머니가 말을 건넸다.

구라모치의 방문에는 '면회 사절'이라는 팻말이 걸려 있었다. "유치하게 이게 뭐야?"라며 요노스케가 손가락으로 퉁기자, 걸어 놓은 본인은 예전에 잊어버렸는지 "아하"라고 흥미도 없다는 듯 대답했다.

구라모치의 방은 석양이 비쳐드는 세 평 남짓한 넓이의 서양식 방이었다. 서양식이라고는 해도 일본식 방과 별반 다를 바 없는 오래된 건물로, 창틀 같은 건 아치 형태였다.

구라모치가 조금 전까지 자고 있었던 듯한 침대에 다시 드러누 워서 요노스케는 책상 의자에 앉았다. 책상 책꽂이에는 교과서가 아니라 레코드가 죽 꽂혀 있었다.

"뭐 하고 지냈냐?"

일단은 대화의 실마리를 풀기 위해 요노스케가 그렇게 말하며 침대를 걷어찼다. 꽃무늬 수건이 덮인 베개를 끌어안은 구라모치 가 "독신 최후의 귀향"이라며 쓸쓸하게 웃었다.

"너, 정말로 학교 그만뒀어?"

"그만뒀어."

"아쿠쓰 유이도?"

"으응, 그만뒀어."

"그럼 너희 진짜로……."

"그래. 혼인신고 하고 일 찾고 아파트 구해야지."

"아버지나 어머니는 뭐라고 하셔? 찬성하셨어?"

"아버지는 말도 안 하고, 어머니는 두 번이나 기절했지. 믿을 거라곤 그나마 유이의 어머니가 협조적이라는 거랄까. 그 애 집은 모자(母子) 가정이야. 그래서 유이 어머니가 일단은 거기서 같이 살아보지 않겠냐고 말씀해주셨지."

침대에 드러누운 구라모치의 모습은 아무리 봐도 의절 직전의 아들로는 보이지 않았다.

"그럼, 아쿠쓰 유이의 어머님 댁에서 살 거야?"라고 요노스케가 물었다.

"일단 처음에는 그렇게 되겠지. 아파트를 구하는 데도 돈이 필요하니까. 그 전에 일부터 찾아야지."

"전혀 초조해 보이지 않는데."

"초조해! 너무 초조해서 무슨 일부터 손을 대야 할지도 모르겠다고."

구라모치는 그렇게 말하며 베개를 다시 끌어안았다.

구라모치 얘기에 따르면 일단 아쿠쓰 유이를 부모님에게 소개를 시키긴 한 모양이다. 아직 아쿠쓰 유이의 배가 눈에 띄지 않아서 두 사람 다 가까스로 평정을 유지하긴 했지만, 그 후로는 그 건에 관한 의논은 거의 없었다고 한다. 구라모치가 보기에는 아버지는 무시하고 모른 척하면 그 얘기 자체가 저절로 사라질 걸로 믿는 듯했고, 한편 어머니 쪽도 꽃을 심거나 요노스케처럼 놀러 온 아들 친구에게 케이크 같은 걸 내주다보면 폭풍우는 차츰 잠들 거라고 믿는 것 같다고 했다.

"부모님 의중은 알겠는데, 너 자신은 어때?"

부모님 불평만 끝없이 계속될 것 같아서 요노스케가 그쯤에서 말을 잘랐다.

"나 자신? 그야 결정했지. 일 찾고 그 애랑 같이 아이 낳아 키울 거야."

베개는 여전히 끌어안고 있었지만, 구라모치의 말투는 단호했다. 순간, 요노스케는 자기가 뭣 때문에 여기까지 찾아왔는지 알 수 없게 되었다.

학생회관 살롱에서 이시다에게 두 사람이 학교를 그만뒀다는 얘기를 듣고 분명 뭔가 생각이 있어서 멀리까지 찾아오긴 했는데, 여기 도착할 때까지 그 중요한 '뭔가'가 무엇인지 전혀 떠오르질 않았다. 두 사람을 말리고 싶었던 걸까. 아니면 갑자기 혼자 남겨지는 기분이 들어서 초조했던 것뿐일까. 구라모치가 다음 주에는 아쿠쓰 유이의 어머님 댁으로 이사할 거라고 말했다.

"내가 도울 만한 일이 있을까?"라고 요노스케가 물었다.

"돈 좀 빌려줘라"라고 구라모치가 농담 반 진담 반으로 곧바로 대답했다.

"그렇게 많진 않지만, 아르바이트해서 모아둔 돈이 있으니까 빌려줄게."

"진짜냐? 야아, 역시 너뿐이다, 내 편이 되어주는 놈은. 평생 잊지 않으마."

이 말은 거의 농담처럼 들렸다.

결국 요노스케는 자기가 뭘 하러 갔는지도 모른 채, 어머니가 손수 만들었다는 케이크를 다 먹고 구라모치의 집에서 나왔다. 그대로 돌아갈 생각이었지만, 어쩐지 불완전 연소된 느낌을 부정할 수 없어서 기분전환 삼아 신주쿠에서 영화라도 보고 들어가기로 했다.

신주쿠 역으로 나와 가부키초로 이어지는 지하도에 있는 소바 가게에서 돈가스 덮밥을 먹었다. 소바 가게치고는 검은색과 흰색을 기본으로 한 세련된 인테리어였고, 벽 한 면 전체에 거울이 붙어 있었다. 카운터식 테이블에서는 아마도 지금부터 밤거리로 출근하는 듯한 사람들이 왜 그런지 의자를 한 개씩 건너뛰고 죽 늘어앉아 묵묵히 메밀국수를 후르륵거렸다. 그런 손님들의 얼굴이 눈앞의 거울에 나란히 비쳤다. 입구에서 바라보면 모든 손님이 마치 자기 자신과 함께 메밀국수를 먹고 있는 것처럼 보였다.

요노스케는 돈가스 덮밥과 메밀국수 세트를 먹고 가부키초의 극장가로 향했다. 도중에 서점에 들러서 《피아》(일본의 TV·영화 관련 잡지 — 옮긴이)를 들척여봤지만 재미있어 보이는 영화는 없었다.

〈하치 이야기〉 같은 걸 보기도 좀 그렇고…….

그런 생각을 하면서도 이왕 나왔으니 일단은 극장가 쪽으로 향하고 있는데, 공중 화장실 앞에 한눈에 보기에도 시골에서 갓 올라온 듯한 아주머니가 서 있었다. 물론 농사용 작업복을 입은 건 아니지만, 어색하게 손질한 머리 모양이나 손에 든 보자기가 유행하는 가게들이 늘어선 지하도 통로에서는 눈에 띄게 겉돌았다.

자기도 모르게 아주머니를 바라보며 통로로 걸어가는데 여자 화장실에서 하이힐로 바닥을 또각또각 울리며 나오는 여자가 있었다. 긴 머리에 가려져 그녀의 옆얼굴은 잘 안 보였지만, 요노스케는 무심코 걸음을 멈추었다.

지하루 씨?

갑자기 멈춰 선 요노스케 때문에 바로 뒤에서 걸어오던 아저씨가 부딪쳐서 "아, 죄송합니다"라고 얼른 사과했다. 그 목소리를 듣고 뒤를 돌아본 여자는 틀림없는 가타세 지하루였다. 요노스케를 알아본 지하루는 '어머?'라고 말하듯이 고개를 갸웃거렸다.

"아, 안녕하세요. 요코미치입니다. 요코미치 요노스케."

자기도 모르게 지하루에게 달려가자, "아, 아하. 오랜만이네. 우라야스 요트 정박지에서 보고 못 봤지?"라며 지하루가 미소를 머금었다.

"……어쩐 일이야? 혼자야?"

지하루의 질문에 당황한 요노스케는 "아니, 그게 실은 〈하치 이야기〉를"이라며 영문을 알 수 없는 대답을 했다.

옆에 서 있던 촌스러운 아주머니가 왜 그런지 지하루 옆으로 다가왔다.

"엄마야. 도쿄에 올라오셔서."

요노스케의 시선을 알아차린 지하루가 약간 성가시다는 듯이 가르쳐주었다.

"처음 뵙겠습니다"라고 인사를 하며 요노스케가 어머니에게 고개를 숙였다.

"지하루 친구여?"

어머니의 질문에 "후배야. 후배"라고 지하루가 귀찮다는 듯 대답했다. 아무리 봐도 지하루와 옆에 선 아주머니는 모녀지간으로는 보이지 않았다. 지하루가 논두렁에 서 있는 정도로 지하도에 서 있는 아주머니에게서 위화감이 느껴졌다.

요노스케가 너무 뚫어져라 쳐다본 탓일까 "요노스케 군, 지금 시간 좀 있어?"라며 지하루가 이야기를 바꿨다.

"시간이요? 있어요, 물론 있죠."

"지금 엄마 역까지 모셔다 드리러 가는 길인데, 그 후에 밥이라도 같이 먹자."

"정말입니까? 네."

방금 돈가스 덮밥에 메밀국수를 먹고 나온 요노스케였지만, 한 치의 망설임도 없이 곧바로 대답했다.

"그럼 저쪽 찻집에서 기다리고 있어. 엄마 배웅하고 바로 올 테니까."

"네."

지하루는 일방적으로 거기까지 말하더니 어머니의 등을 떠밀었다.

"우리 지하루가 신세를 많이 졌지유. 잘 부탁드려유."

갑자기 고개를 깊숙이 숙이는 어머니 모습에 당황한 요노스케가 "아, 아니, 그런 사이는 아닙니다"라고 대답하고 말았다. 지하루가 멍한 표정을 짓는 어머니의 등을 다시 떠밀면서 "그만 됐어"라고 말했다.

"돌아가기 직전에 도쿄 친구도 만나보고 참말 다행이네."

지하루가 아직 말이 채 끝나지도 않은 어머니를 반강제로 떠밀며 걷기 시작했다.

"그럼 저기서 기다려. 금방 올 테니까."

"네."

"그러믄 이만."

고개를 숙이는 어머니에게 요노스케도 고개를 깊숙이 숙이며 인사를 했다. 두 사람은 혼잡한 지하도 통로로 걸어갔다. 머리칼을 나부끼며 걸어가는 지하루와는 달리 어머니의 발걸음은 불안해서 역에서 걸어 나오는 사람과 몇 번씩이나 부딪칠 뻔했다. 그때마다 어머니의 팔을 잡아주는 지하루의 옆얼굴은 요노스케 앞에 있을 때와는 확연하게 달라서 급히 서두르는 기색도 없고 친절해 보였다.

두 사람의 모습이 사라질 때까지 눈배웅을 한 요노스케는 지하루가 말한 찻집으로 들어갔다. 그러나 공교롭게도 빈자리가 없었다. 계산대 앞에 놓인 의자에서 손님이 세 사람이나 기다리고 있었다. 요노스케는 포기하고 찻집 밖에서 지하루를 기다리기로 했다.

11월 · 학교 축제

강의실 창밖으로 드높은 가을 하늘이 펼쳐져 있었다. 유리창에 닿을 듯이 뻗은 은행나무 잎은 노랗게 물들어 있었고, 금방이라도 바람에 날려 떨어질 것 같았다. 종료 시간이 신경 쓰여 말이 빨라진 교수의 강의를 들으면서 창가 자리에 앉아 흔들리는 나뭇잎에 맞춰 행복에 겨운 듯 머리를 흔드는 사람은 요노스케다.

"머리 흔들지 마. 칠판 안 보이잖아."

갑자기 컬러펜 끄트머리로 등을 찔린 요노스케가 뒤를 돌아다보았다. 남학생은 순간 뭐라고 되받아칠까 봐 경계하는 눈치였지만, 요노스케는 여전히 즐거운 듯 고개를 흔들며 "미안해"라면서 웃어 보였다.

"뭐, 뭐야, 기분 나쁘게……."

요노스케는 남학생의 그런 말도 개의치 않았다. 리드미컬하게 머리를 흔들며 자세를 되돌렸다. 누가 봐도 기분이 나쁠 만했다. 수업 종료 차임벨이 울렸다. 교수는 차임벨이 울리자마자 텍스트를 덮었고, 학생들도 서둘러 책상에서 일어서기 시작했다.

"야, 마쓰이, 어떻게 할 거야, 주말 미팅?"

요노스케의 등을 찌른 남학생이 옆에 앉은 남학생에게 물었다.

"어디 애들이랬지?"

"참 나, 오쓰마 여대 애들이라니까."

"갈게! 갑니다! 학교도 가까우니까 우린 오쓰마 애들이랑 사귀는 게 최고겠지?"

등 뒤의 대화를 듣고 있던 요노스케가 뒤를 돌아다봤다.

"미안해, 난 이번 주말에 데이트가 있어서."

"뭐?"

"넌 누구야?"

둘이 동시에 요노스케를 째려보았다.

"이번 주말에 지하루 씨랑 데이트 약속을 한 요코미치 요노스케라고 합니다."

기가 막혀 하는 두 사람을 남겨놓고 요노스케는 자리에서 일어섰다. 은행잎처럼 금방이라도 뚝 떨어질 듯이 리드미컬하게 머리를 흔들어대며.

기분 좋게 강의실 밖으로 나오자, "야, 요노스케!"라며 등 뒤에서 부르는 소리가 들렸다. 몹시 폭신폭신해 보이는 하얀 스웨터를 어깨에 걸친 이시다가 험악한 얼굴로 다가왔다.

"이시다 선배, 안녕하세요!"

"안녕 좋아하네. 오늘부터 연습 시작이야!"

"연습이요? 무슨?"

"삼바지 뭐야. 내가 너랑 연습할 게 달리 뭐가 있겠냐."
"아하, 삼바."
"신입 회원 모집도 할 겸 학교 축제 때 춤출 거라고 했잖아."
"아, 그랬죠……."
"오늘 밤에도 학생회관 살롱에서 연습할 거니까 꼭 참석해."
"네에!? 그런 데서 춤을 춰요?"
요노스케가 이시다의 뒤를 좇으며 계단을 내려갔다.
"그건 그렇고, 이시다 선배."
"응?"
"그 스웨터 말인데요, 양 한 마리쯤 들쳐 멘 것 같네요."
"무슨 소리야. 이게 지금 얼마나 유행인데."
"그래요?"
지나치리만큼 폭신폭신한 스웨터였지만, 멋쟁이 이시다가 유행한다고 하는 걸 보면 유행하는 게 틀림없었다.
"그거 얼마나 해요?"라고 요노스케가 물었다.
"사게?"
"가격에 달렸죠."
"아서라. 너랑 똑같은 거 입으면 내 스타일만 구겨진다."
이시다가 마지막 계단에서 가볍게 뛰어내렸다.
"그럼, 하루 천 엔에 빌려주세요!"
요노스케도 이시다 흉내를 내며 뛰어내렸다. 그러나 운동 부족 탓일까, 착지하는 순간 무릎에서 힘이 쑥 빠지며 휘청거렸다.

"어디 입고 갈 건데? 땀 안 흘리는 곳이면 빌려주지."

이시다의 말을 들은 요노스케는 "땀?"이라며 고개를 갸웃거렸다. 한동안 고민한 후, "땀……"이라며 이번에는 섬뜩한 미소를 지었다.

"왜 이래, 기분 나쁘게. 안 돼, 못 빌려줘."

"어어, 왜요!"

재빨리 밖으로 나가버리는 이시다 뒤를 요노스케가 황급히 쫓아갔다. 가을 햇볕이 내리쬐는 캠퍼스에서 어스름한 학생회관으로 들어서자, 입구 바로 앞, 눈에 엄청 잘 띄는 장소에서 삼바 동아리 부원들이 원을 만들고 서 있었다.

부회장인 기요데라 유키에가 두 사람에게 달려오더니 "이시다 잠깐만, 이 스케줄로는 축제 때까지 턱도 없어"라며 계획표로 보이는 종이를 불쑥 들이밀었다. 등 뒤에 선 요노스케도 알아봤는지 "어머, 네가 웬일이니?"라며 점점 더 험악한 표정으로 변했다.

"기요데라 선배, 안경 바꿨어요?"

비위를 맞춰주려는 듯 요노스케가 물었지만, "바꿨지. 그것도 6개월 전에"라고 차갑게 대답했다.

"요노스케! 얼렁뚱땅한 그 태도, 이시다랑 점점 닮아가는 거 아니니?"

기요데라의 말에 "말도 안 돼"라며 이시다가 허둥지둥 부정했다.

"……아아, 그건 아무래도 상관없고. 아무튼 이 스케줄로는 무리야."

기요데라가 들이민 종이를 성가신 듯이 받아든 이시다가 "어차피 무대에서 하는 것도 아니잖아"라고 중얼거렸다.

"무대가 아니면 어디서 하나요?"라고 요노스케가 물었다.

"캠퍼스를 행진하면서 할 거야."

이시다가 아주 당연하다는 듯 대답했다.

"행진!?"

상당히 큰 목소리였지만, 요노스케의 동요는 완전히 무시당했다. 두 사람은 스케줄에 관해 의논하기 시작했다. 요노스케는 누군가 편이 되어줄 만한 부원이 없을까 주위를 둘러봤지만, 한 사람도 시선을 마주치지 않았다.

요노스케는 하는 수 없이 그 자리를 벗어나 어쩐지 음침한 분위기가 감도는 남학생들이 모여 있는 창가 테이블로 이동했다. 남학생들 중에 체육 수업을 같이 듣는 녀석이 보여서 "여긴 무슨 동아리지?"라고 묻자, "영화연구회"라고 남학생이 대답했다.

"아아, 나도 차라리 이쪽을 들었으면 좋았을걸. 문화적인 냄새도 풍기고 좋을 텐데."

"영화 좋아하는구나. 최근에 본 영화가 뭐니?"

"얼마 전에 보려고 했던 영화는 〈하치 이야기〉."

"〈하치 이야기〉? 그럼 제일 좋아하는 영화는?"

"〈탑건〉."

그쯤 되자 영화연구회 부원들까지도 요노스케에게서 시선을 돌려버렸다.

괜찮아, 괜찮아.

요노스케는 마음속으로 그렇게 중얼거리며 볕 좋은 자리에 놓인 소파에 쿵 하고 앉았다.

지난주에 있었던 일이다. 요노스케는 빈자리가 없어서 못 들어간 찻집 앞에서 어머니를 배웅하러 간 지하루를 기다렸다. 5분이 지나고, 10분이 지났다. 지하루는 돌아오지 않았지만, 가게에서 나오는 손님은 있어서 입구 옆 의자에서 대기하던 손님들도 차례대로 가게 안으로 들어갔다.

그럴 줄 알았으면 고분고분하게 서서 기다릴걸 잘못했다고 후회하며 다시 설까 생각했지만, 자리에 앉은 손님이 있는가 하면 그 뒤에 다시 줄을 선 손님도 있어서 이제 와서 다시 서도 대여섯 팀이 있는 줄의 맨 끝이라는 사실에는 변함이 없었다.

지하루가 나타났을 때, 대기 줄에 서 있는 모습과 밖에서 기다리는 모습 중에 어느 쪽이 더 스마트해 보일지 요노스케 나름대로 고민한 결과 그냥 밖에서 기다리기로 했다.

지하루가 돌아온 것은 요노스케가 찻집 밖에 서서 기다린 지 30분도 더 지났을 때였다. 하마터면 자기가 지하루와 약속을 한 게 혹시 환각이었을지도 모른다고 확신하기 일보 직전이었다.

급히 서두르는 기색도 없이 지하 통로를 걸어온 지하루가 "안 들어갔어? 왜 그랬어, 모처럼 커피라도 같이 마실까 했는데"라고 말했다.

마치 같이 커피를 마시는 것 자체를 포기한 것 같은 말투라서 요노스케는 허둥지둥 "아니, 찻집은 다른 데도 있습니다!"라며 목소리까지 뒤집었다.

"그야 그렇지만……."

"늘 어디에서 놀아?"

"어디냐고 물으셔도……."

그때 요노스케 머리에 떠오른 것은 교정에서 빈 깡통이나 차는 유치한 자신의 모습이었다. 하는 수 없다는 듯 걷기 시작한 지하루를 따라 요노스케도 걸어갔다.

"이 계단으로 나가면 프린스호텔이 있지? 세이부 선 역이랑 연결되어 있고. 거기 라운지도 괜찮지 않을까?"

"있어요, 있습니다. 호텔 있어요. 세이부 선 역이랑 연결된 호텔 있습니다!"

"왜 두 번씩이나 반복해?"

고개를 갸웃거리는 지하루 뒤에 선 요노스케는 무리하게 표정을 굳히며 "딱히 깊은 의미는 없습니다"라고 고지식하게 대답했다.

가보니 호텔 라운지는 정말로 한가했다. 안내받은 자리는 커다란 그림이 걸린 벽 쪽의 L자 형 소파였다. 자리에 앉은 요노스케가 침착하지 못하게 주위를 두리번거리고 있는데, 지하루가 주문을 받으러 온 웨이터에게 '캐모마일티'라는 걸 주문했다. 요노스케는 틀림없이 칵테일 종류일 거라 지레짐작하고 "그럼 난 진토닉으로"라고 쿨하게 주문해버렸다.

웨이터는 무표정이었지만, "대낮부터 그런 걸 마셔?"라며 지하루가 요란하게 놀랐다.

다른 걸로 바꾸는 것도 모양새가 안 좋을 것 같아 "아 네, 마음이 안정돼서"라며 요노스케는 점점 더 상황을 안 좋게 몰아갔다.

"먼저 만나자고 해놓고 미안한데, 나 실은 시간이 그리 많진 않아. 차 마시고 나면 꼭 가봐야 할 데가 있거든……. 요노스케 군이랑 술 마시는 것도 재미는 있겠지만."

"아, 아니, 괜찮습니다. 늘 혼자 마시니까요."

"그래? 그럼 언제 한번 같이 마셔도 되겠네."

"정말입니까!?"

전화위복이란 말도 있다. 달려들 듯이 확인하는 요노스케에게 지하루는 엉겁결에 고개를 끄덕이고 말았다.

"언제? 언제로 할까요?"라며 달려드는 요노스케.

"언제라니…… 지금 정해야 하나?"

"그럼, 언제 정하죠?"

"아니 뭐, 지, 지금도 괜찮긴 하지."

"그럼 이번 주말은?"

"이번 주말……. 꽤, 괜찮긴 한데……."

"그럼 토요일."

"아 응, 토, 토요일."

거기까지 얘기를 몰아붙인 요노스케는 온 힘을 탕진한 듯 녹초가 되었다. 찻집 앞에서 지하루를 기다리는 동안, 그녀가 오면 뭘

가를 해야겠다고 굳게 결심은 했지만, 그것이 뭔지는 몰랐는데 이렇게 주말 약속을 얻어내고 나자 모든 걸 이뤄낸 듯한 성취감에 젖어든 것이다.

"그건 그렇고, 쇼코 양이랑은 잘 돼가?"

테이블에 나온 진토닉을 홀짝홀짝 마시는 요노스케에게 지하루가 물었다.

"요즘은 못 만났습니다."

"음, 그렇구나."

"저어, 지하루 씨는 쇼코 오빠랑……."

"가쓰히코 씨? 나도 요즘 통 못 만났어."

지하루가 담배에 불을 붙였다.

"난 결국 뭘 하고 싶은 걸까? ……나 자신도 잘 모르겠어. 알게 된 계기가 계기인 만큼 요노스케 군한테는 거짓말해도 소용없을 테니까 하는 말인데……."

뿜어낸 담배 연기를 바라보는 여자를 요노스케가 바라보고 있었다. 지하루는 거기까지 말하더니 입을 다물어버렸다.

라운지 여기저기에서 조명을 받은 보랏빛 담배 연기가 떠다니고 있었다. 조금 떨어진 테이블에는 텔레비전에서 몇 번인가 봤던 어느 대학 교수가 있었고, 제자들인지 젊은 여자애들에게 둘러싸여 용궁에라도 있는 듯한 미소를 머금고 있었다.

"난 실은 도호쿠(東北)의 시골에서 자랐거든. 깡시골은 아니었지만, 역 앞 볼링장이 유일한 5층 빌딩인 분위기였지. 거기서 고

등학교까지 다녔고…….'

"인기 많았죠?"

요노스케가 무심코 끼어들었다. 지금이야 윤기가 자르르한 긴 머리를 쓸어 올리면서 나른한 듯이 담배를 흔들고 있는 지하루지만, 몇 년 전까지는 그 머리를 땋아 늘어뜨리고 자전거로 학교에 다녔다는 생각이 들자, 자기도 모르게 무심코 그런 말이 흘러나왔다.

"글쎄 어땠을까……. 그래도 꽤 인기 있었던 편이겠지. 중학교에서도 고등학교에서도 입학하자마자 상급생 남학생들이 내 얼굴을 보러 몰려왔으니까."

웬만한 여자가 입에 올렸다면 참고 들어주기 힘든 자랑이겠지만, 신기하게도 지하루의 입에서 나오자 정말로 성가셨을 것 같은 느낌이 들었다.

"……그런데 뭔가 아니다 싶었어. 뭐라고 해야 할까, 조그만 지역에서 좋아하는 사람을 찾아 결혼하고 행복해지고…… 아니, 그게 아니라, 난 원래 투쟁 본능이 강한 것 같아. 뭔가를 원하는 게 아니라 뭔가를 버리고 싶은 걸 거야."

지하루가 그쯤에서 다시 입을 닫았다. 그렇다고 해서 요노스케에게 그 침묵을 깰 만한 주변머리도 없었다. 지하루가 피우던 담배를 재떨이에 끄고 가느다란 손목에 찬 시계를 쳐다보았다.

"슬슬 가야겠다. 주말에 또 만날 테니까."

약속을 했으니 당연한 말이겠지만, 요노스케는 지하루의 그 말에 일어설 기력마저 잃어버릴 정도로 행복감을 맛보았다. 계산서를 집어 들려 하는 지하루에게 "아니, 여긴"이라며 허둥지둥 말려 보는 요노스케였지만, "됐어. 내가 오자고 했잖아"라며 물러서지 않았다.

"그래도……."

"그럼, 다음에 사."

계산서를 집어든 지하루는 급히 나갔다. 홀로 남겨진 요노스케의 머릿속에는 '다음에 사 = 완벽한 레스토랑 & 바 =《포파이》(일본의 월간 남성 패션 잡지 — 옮긴이) 구매'라는 방정식이 떠올랐다.

주말은 눈 깜짝할 사이에 다가왔다. 요노스케에게는 이번 일주일이 지하루와의 데이트만을 위한 시간이었다고 해도 과언이 아니었다.

데이트 당일, 요노스케는 아르바이트를 마치고 아침 여덟 시가 넘어 집으로 돌아왔다. 그날 밤을 위해 조금이라도 많이 자두는 게 좋겠다며 곧바로 이불 속으로 들어갔지만, 그보다는 자기 전에 다시 한 번 코스를 확인해두는 게 낫겠다고 마음을 고쳐먹고, 포스트잇이 붙어 있는 《포파이》와 《브루투스》(한 달에 두 번 발간되는 남성용 종합 잡지 — 옮긴이)를 펼쳤다.

예약한 레스토랑은 도쿄 타워가 보이는 이탈리안 식당이었다. 안타깝게도 창가 테이블은 못 구했지만, 예약한 자리에서도 고개를 조금 내밀면 조명이 밝혀진 도쿄 타워 꼭대기가 보인다는 애기는 전화 통화로 확인을 끝내두었다. 주문한 와인 이름은 이미 메모지에 써서 지갑에 넣어두었다. 이름이 길긴 하지만 롯폰기로 향하는 전차 안에서 외우면 된다.

설명을 덧붙이자면 약속은 토요일 밤 일곱 시 롯폰기의 '아몬드' 앞이었다. 요노스케가 그곳을 약속 장소로 정했을 때 지하루가 살짝 웃었지만, 달리 이렇다 하게 떠오르는 장소가 없으니 어쩔 수가 없었다.

레스토랑에서 나오면 롯폰기 뒷골목에 있는 동굴처럼 생긴 바에 갈 예정이었다. 물론 그 다음 일도 생각이 없었던 건 아니지만, 여기서 너무 서두르면 모처럼의 행운을 놓쳐버릴 것 같은 기분이 들어서 그냥 흐름에 맡기기로 했다. 그러나 아무리 흐름에 맡긴다고 해도 아몬드와 WAVE밖에 모르면 모양새가 안 좋을 것 같아서 도내 러브호텔 지도라는 걸 구입하기로 했다. 물론 바에서 가까운 곳 두세 군데는 이미 조사를 끝내놓은 상태였다.

행복한 일주일이었다. 요노스케는 벌써부터 지하루와 깊은 사랑을 나눈 것 같은 느낌마저 들었다.

요노스케는 약속 장소에 한 시간이나 일찍 도착했다. 시간을 때우려고 WAVE에 들러서 스팅의 새 앨범 등을 들어봤다. 마음을 안정시키기 위해서였다. 설명을 덧붙이자면 그것 역시 예정에 들어 있었던 일이다.

아몬드 앞에 도착한 것은 약속 시간 10분 전. 그것도 예정대로. 주말 저녁 일곱 시 무렵, 아몬드 앞에는 수많은 사람들이 모여 있었다. 기다리던 사람이 나타나서 곧바로 롯폰기의 밤으로 사라지는 사람도 보였는데, 그때마다 요노스케는 마음속으로 씩 웃었다. 약속 장소에 나오는 그 어떤 여자도 지하루에 견줄 만한 사람이 없었기 때문이다. 교차점을 달려가는 페라리나 포르쉐도 왜 그런지 평범한 자동차로 보였다.

마침내 머리 위의 시계가 일곱 시를 가리켰다. 요노스케는 옷매무새를 고쳤다.

신주쿠 지하도에서의 경험이 있어서 요노스케도 아직은 여유가 있었다. "미안해"라며 서두르는 기색도 없이 걸어오는 지하루의 모습을 아직까지는 쉽게 상상할 수 있었다.

그러나 20분이 지났을 무렵, 걸어오는 지하루의 모습에 조금씩 안개가 끼기 시작했다. 롯폰기에 아몬드가 또 있는 건 아닐까 하는 생각마저 들었다.

시간은 무정했다. 30분이 지났다.

요노스케가 왔을 때 기다리던 사람들은 이미 한 명도 없었다. 물론 모든 사람을 기억하는 건 아니지만, 지하루가 나타나면 어떤 표정을 지을까 내심 기대했던 동년배 남자들은 각자의 상대와 함께 밤거리로 사라졌다.

일단 연락이라도 해볼까 싶어서 요노스케는 근처 공중전화로 눈길을 돌렸다. 그러나 전화박스는 모두 차 있었다. 몇 사람씩 줄을 서 있는 전화박스도 있었다.

멀리 있는 전화박스까지 가도 되겠지만, 그 사이에 지하루가 오면 안 되니 교차점에서 벗어날 수가 없었다. 제대로 움직이지도 못하고 우두커니 서 있는 사이 시간은 또다시 흘러갔다.

차츰 예약해둔 레스토랑이 걱정되기 시작했다. 그러잖아도 도쿄 타워의 꼭대기밖에 안 보이는데, 더 늦었다간 그것마저 못 볼 가능성도 있었다. 그때 마침 길 맞은편에 있는 전화박스가 비었다. 횡단보도의 파란불이 깜박거렸다. 요노스케는 인파를 헤치며 횡단보도를 건넜다. 길을 건너면서도 혹시 그 순간에 지하루가 올지 몰라서 몇 번씩이나 아몬드 앞을 돌아보았다.

간발의 차이로 요노스케가 전화카드를 손에 든 남자보다 먼저 전화박스로 뛰어들었다. 수첩을 꺼내 전화번호를 눌렀다. 지금 오고 있는 중이라 부재중 전화로 돌아갈 줄 알았는데, 덜컥 하는 소리가 들리더니 어찌된 영문인지 "여보세요?"라는 지하루의 목소리가 들렸다.

"여, 여보세요? 저어, 요코미치인데요."

"아, 요노스케 군? 정말 다행이다. 집으로 전화했는데 요노스케 군이 벌써 나가고 없어서……."

요노스케는 침을 꿀꺽 삼켰다. 꼭대기밖에 안 보이는 도쿄 타워가 순식간에 흐릿해졌다.

"저기, 감기에 걸린 것 같아서 오늘은 못 나갈 것 같아. 미안, 정말 미안해."

감기라면 어쩔 수 없는 일이다. 수화기 너머에서 기침 소리도 들렸다. 그러나 마치 콩트 같은 기침 소리였다.

"으음, 저는 괜찮습니다. 무리하지 마세요……."

그 말을 하는 게 고작이었다.

수화기를 내려놓은 요노스케는 멍한 표정으로 전화박스에서 나왔다. 다리가 휘청거렸다. 상대가 나타나지 않는 상황은 참고서 《포파이》에도 《브루투스》에도 나오지 않았다.

***

스타벅스에서 커피를 사들고 에스컬레이터로 향하는데 "지짱"이라며 감독 마에하라가 부르는 소리가 들렸다. 이미 세 시가 넘었는데 그 시간이 되어서야 점심을 먹었는지 요즘 살짝 나오기 시작한 배를 쓰다듬으며 달려왔다.

"요즘 복부 비만이라서 말이야."

마에하라가 자조하듯이 배를 쓰다듬어서 "폴로셔츠를 입으면 눈에 더 띄는 것 같아요. 그건 그렇고 11월인데 안 추우세요?"라고 말을 받으며 에스컬레이터에 올라탔다.

"스튜디오 난방이 세서 난 더워."

두 사람을 실은 에스컬레이터가 소리도 없이 올라갔다. 이곳 롯폰기 힐즈는 어디가 1층인지 분간하기 힘들다. 지하인가 싶었는데 그 앞에 햇볕에 반짝이는 자동차가 멈춰 서 있고, 그럼 그 위가 2층인가 하면, 거기에 정문 현관이 나 있다. 이미 5년이나 이 빌딩 라디오 방송국에 다니고 있지만, 손님을 맞으러 나갈 때마다 상대가 어느 현관에서 기다리는지 짐작할 수가 없었다.

"저기 있는 리먼 브라더스 간판, 철거 안 하나?"

아마도 1층이라 여겨지는 층에 에스컬레이터가 도착했을 때, 마에하라가 그렇게 말하며 입구 바깥쪽을 손가락으로 가리켰다. 도산 뉴스 이후, 무슨 영문인지 뉴스 프로그램에 나온 회사 이름이 들어간 플레이트 앞에서 기념 촬영을 하는 사람들 모습이 보이곤 했다.

이 방송국에서 매주 일요일 오후에 방송되는 15분짜리 프로그램의 사회자로 일하게 된 지 5년째를 맞고 있다. 기본적으로는 청취자의 상담 전화에 응하는 시간이 10분, 그리고 나머지는 상담 내용에 맞는 곡을 틀고, 때로는 임시 뉴스를 읽을 때도 있다. 원래는 어느 유명한 여성 DJ의 출산휴가 때 맡은 대역이었다. 그러나 천성적으로 투쟁심이 강한 탓일까, 상담 상대에게 거침없이 직설적으로 말하는 태도가 신선했는지 결국은 별도의 프로그램을 만들어주었다. 특히 젊은 여성 청취자에게 인기가 있어서 '탐욕스러운, 그러나 볼꼴 사납지 않은 삶의 태도'라는 캐치프레이즈가 호평을 받는 듯했다.

스튜디오가 있는 층까지 올라가자, 응접실 공간을 만들어놓은 창가에서 손에 닿을 듯 도쿄 타워가 보였다. 도쿄 타워의 조명 방식이 바뀐 건 언제부터였을까. 고등학교를 졸업하고 상경했을 당시에는 지금처럼 전체를 떠올리는 듯한 조명이 아니라, 오렌지색의 작은 전구가 타워 형태를 따라 붙어 있었을 것이다.

커피를 들고 음향 조정실로 들어가자 AD 오카모토가 간단한 대본을 들고 다가왔다. 대본이라고 해봤자 이미 5년이나 해온 방송이라 노래 다음에 들어갈 통신판매 상품의 코멘트뿐이었다. 이번 달 상품은 세안 크림이었다.

"이거 저도 쓰거든요"라고 아직 여드름이 남아 있는 오카모토가 말하더니 "가타세 씨는 피부가 참 좋아요"라며 슬쩍 칭찬을 해주었다.

"오카모토 씨, 출세할 거야."

"정말이요?"

"그런 건 어디서 배웠어?"

"그런 거라뇨?"

"여자 칭찬해주는 방법."

"에이, 또 그러신다. 그렇게 심술궂게 말씀하지 마세요. 가타세 씨 피부, 정말 좋잖아요."

대본으로 오카모토의 머리를 톡 때려주고 스튜디오로 들어갔다. 33층 창밖으로는 도쿄 거리가 한눈에 내려다보였다.

마에하라 감독이 음향 조정실로 들어가자 곧바로 방송 시간이 되었다. 5년간이나 같이 일해서 눈빛만으로도 모든 게 순조롭게 흘러갔다. 한때 마에하라와 깊은 사이가 될 뻔한 시기도 있었다. 단기 유학을 떠났던 런던의 아트스쿨에서 막 돌아왔을 무렵인데, 마에하라는 아직 AD였지만 이미 처자식이 있는 몸이었다.

"지짱, 준비됐지?"

헤드폰에서 마에하라의 목소리가 들렸다. 고개를 살짝 끄덕이자 곧바로 프로그램 시그널 곡이 흘러나왔다. 창밖의 빌딩 숲에서는 새빨간 석양이 저물어가고 있었다.

"안녕하세요. 가타세 지하루입니다. 여러분은 일요일 오후를 어떻게 보내고 계실까요? 여러분도 잘 아시다시피 이곳 스튜디오는 롯폰기 힐즈에 있습니다. 그렇습니다, 최근에 세간을 떠들썩하게 만든 리먼 브라더스도 들어 있는 빌딩이죠. 조금 전 입구에서 커피를 사들고 오는데 여기 놀러온 사람들이 리먼 브라더스 회사 간판 앞에서 기념 촬영을 하고 있더군요."

거기까지 말하고 음향 조정실을 쳐다보자 마에하라가 쏩쏠한 미소를 지었다.

1분 정도 오프닝 멘트를 하고 나면 곧바로 전화 상담으로 들어갔다. 생방송이라 전화 상대와는 방송할 때 처음으로 대화를 나누게 된다. 첫 음성을 들을 때까지는 아무래도 늘 긴장이 된다.

"자 그럼, 전화 상담 시간입니다. 이 코너에서는 여러분이 들려주시는 고민에 저 가타세 지하루가 살짝 참견을 하게 되는데요. 자 그럼, 오늘의 첫 번째 고민부터 들어볼까요. 여보세요?"

"여보세요?"

헤드폰에서 들려온 소리는 아직 앳된 느낌이 남아 있는 남자 목소리였다.

"먼저 성함을 말씀해 주시겠습니까?"

"저어, 유타입니다."

"안녕하세요, 유타 씨. 나이와 직업은 어떻게 되시죠?"

"으음, 열아홉이고 학생입니다."

"열아홉 살의 학생이라……. 그것만으로도 고민이 많으실 것 같네요."

"그런가요?"

"아니, 농담이에요, 농담. 미안해요. 그런데 무슨 고민 때문에 전화를 하셨을까?"

"저어, 실은 좋아하는 사람이 있어서."

"그럴 줄 알았지."

"정말요?"

"미안, 미안…… 계속해요."

"연상입니다. 만나면 행복한데 못 만나면 불안해진다고 해야 할까. 저로서는…… 이런 식으로 말하면 모양새가 좀 그렇겠지만, 저는 그녀와 많은 걸 같이 보고 여러 장소에 같이 가보고 싶은데 잘 안 풀린다고 해야 할까요?"

"그녀가 만나주질 않나요?"

"그게 아니라, 저는 재미있는데 그녀도 재미있을까 불안해서."

"자신이 없는 거네요?"

"자신이랄까……, 예를 들면 저는 그녀와 뭘 해도 신선한데 그녀는 이미 누군가와 그걸 해본 적이 있다고 할까, 물론 그녀가 그런 말을 한 건 아니지만, 그렇게 보일 때가 있어서요."

"유타 씨, 한 가지만 먼저 말씀드려도 될까요?"

"네."

"예를 들어 유타 씨가 처음 먹어보는 음식을 그녀가 이미 먹어본 적이 있다고 가정해보죠. 그렇다고 해도 그녀 역시 처음인 거예요, 유타 씨랑 같이 먹는 건."

마이크를 향해 그렇게 대답하며 창밖으로 시선을 돌렸다. 바로 눈앞에 보이는 도쿄 타워와 겹쳐지듯이 헤드폰을 낀 자신의 얼굴이 비쳤다.

광고 중에 뉴스가 들어왔다. AD인 오카모토가 뉴스 원고를 가지고 들어왔다. 광고가 끝나고, 재빨리 원고를 읽었다.

"오늘 오후 다섯 시 13분경, 요요기 역에서 철도 사망사고가 발생하여 전차 운행에 혼란을 겪고 있는 상황입니다. 그 영향으로 야마노테 선 순환선의 도심 방향 열차 운행 중지, 또한 외곽 방향 일부 열차도 많이 지연되고 있습니다. 공교롭게도 퇴근 시간 혼잡과 겹쳐질 것 같습니다. 여러분도 앞으로의 정보에 귀 기울여 주시기 바랍니다."

마에하라의 신호를 받고, 그리운 스팅의 곡을 소개했다.

"수고하셨습니다."

스튜디오에서 나와 음향 조정실로 들어가자, 마에하라와 오카모토가 다소 걱정스러운 표정을 지었다. "지짱, 무슨 일 있어?"라고 마에하라가 물어서 "왜요?"라고 되묻자, "전화 상담 후에 목소리가 갑자기 가라앉은 것 같아서"라고 말했다.

"그랬나요? 죄송해요. 오늘은 약속이 있어서 먼저 가볼게요."

두 사람을 지나쳐 음향 조정실에서 나왔다. 두 사람 앞에서는 아무렇지 않은 표정을 지었지만, 실은 아직도 가슴이 답답하고 개운하질 않았다. 전화 상담에서 연상의 여자를 좋아하게 되었다는 대학생의 상담을 듣는데 뭔가가 떠오를 듯했다. 그러나 그것이 뭔지 여전히 떠오르질 않았다.

그 대학생의 목소리가 누구랑 비슷한 걸까. 전에도 똑같은 상담을 들은 적이 있었나.

신예 화가인 운노와 만나기로 한 곳은 이구라 교차점에 있는 일식집이라 롯폰기 힐즈에서 천천히 걸어가기로 했다. 운노의 그림을 처음 본 것은 어느 미술대학 OB들이 주최한 전시회에서였다. 운노의 그림은 메인 회장이 아니라, 맨 안쪽 작은 방에 걸려 있었다. 전부터 신세를 많이 진 오래된 갤러리 대표 가마타의 초대를 받아서 갔는데, 그의 말대로 메인 회장에 있는 그림은 모두 다 완성도가 높았고, 그것이 오히려 한계를 느끼게 했다. 아는 사람과 대화를 나누기 시작한 그의 곁을 떠나 안쪽 방으로 들어갔다. 하얀 벽에 덩그러니 걸린 운노의 그림은 결코 무작정 칭찬할 만한 수준은 아니었지만, 자신의 한계를 넘어선 곳에서 뭔가를 표현하고자 하는 기백 같은 게 전해져 왔다. 뒤늦게 따라 들어온 가마타에게 시선을 돌리자, "온 보람이 있네"라며 미소를 지었다.

젊은 시절, 목적도 없이 이리저리 놀러만 다닌 탓에 인맥 하나는 넓었다. 자산가의 후계자, 의사, 변호사, 연예인과 상대의 지위를 모으는 카드게임을 하는 듯한 생활을 했다. 지금 생각하면 역겨울 정도의 추억이지만, 당시에는 그런 생활이 즐거웠으니 스스로 생각하기에도 희한할 지경이었다. 그러다 정신을 차려보니 창부 취급을 받고 있었다. 시대 탓으로 돌려버리는 거야 간단하지만, 실제로 그 무렵 노는 친구 정도였던 사람에게 시집을 가서 지금은 소위 말하는 '행복'한 결혼 생활을 하는 친구도 많았다.

그때는 정말이지 몹시 들떠 살았던 것 같다. 그 말밖에 달리 할 말이 없다. 그리고 그 들뜬 생활에 피곤함을 느끼기 시작했을 때 혼마 레이라는 화가를 알게 되었다. 지위도 돈도 없고, 한마디로 아무것도 없는 남자였다. 생활력도 없이 오로지 그림 그리는 일밖에 몰랐다.

거듭 말하지만 놀고 돌아다닌 탓에 인맥 하나만은 넓었다. 그의 그림을 사줄 사람을 찾아내는 일쯤은 간단했다. 물론 그에게 재능이 있었던 건 분명하다. 그러나 재능이 있는 사람일수록 장사 수완은 형편없는 법이다.

모든 연줄을 활용해 그를 여러 사람들에게 소개했다. 시기도 좋았다. 때마침 일본의 경기가 나빠진 무렵이라 그가 그린, 축제가 끝난 것 같은 분위기의 풍경화는 '어어' 하고 놀라는 사이에 순식간에 평판을 얻었다.

그가 매니저를 부탁해서 별다른 의욕도 없이 시작했다. 아무런 기본 지식도 없었지만, 혼마 레이라는 화가를 세상에 내놓았다는 사회적 평가만은 혼자 힘으로 이뤄낼 수 있었다. 젊은 시절부터 술친구였던 갤러리 대표 가마타의 원조 덕분에 요요기에 작은 갤러리를 냈다. 제2의 혼마 레이가 되고 싶어 하는 화가 지망생들이 매일같이 작품을 들고 찾아왔다. 놀러 다녔던 시간을 미술 공부에 모두 투자했다. 이미 20대 중반이 넘었지만 악착같이 공부해서 야간 미술대학에 들어갔고, 혼마의 매니저 일을 하면서 학예연구사 자격을 땄다. 경력이 조금 바뀐 덕도 있었는지 옛날부터 알고 지내던 마에하라가 라디오에 출연해보지 않겠냐는 제의를 했다. 도(都) 내에서 열리는 전시회를 소개하는 코너였다. 돌이켜 생각해보면 그것이 지금 맡은 프로그램의 시작이었다.

정말이지 인생은 어디서 어떻게 풀릴지 알 수가 없다. 그것을 실감하고 있기 때문에 라디오에서 인생 상담도 할 수 있는 거란 생각이 절실하게 들었다. 상담을 한다고 해서 해답을 찾아줄 순 없지만, 해답 같은 건 애당초 찾을 수 없다는 말만은 자신 있게 들려줄 수 있었다.

만나기로 한 일식집에 도착하자, 운노는 이미 카운터에 앉아 맥주를 마시고 있었다. 아직 작품 하나 안 팔린 운노의 생활수준에서 보면 결코 마음 편한 가게는 아닐 테지만, 배짱 하나는 좋은지 그 길을 40년이나 걸어온 주인을 상대로 주눅도 안 들고 농담을 주고받고 있었다.

"미안해, 오래 기다렸어?"

"보나마나 또 헤맬 것 같아서 일찍 나왔는데, 어쩐 일로 안 헤맸어요."

입술에 맥주를 묻힌 채 운노가 웃었다.

운노 옆에 앉으면서 오랫동안 알고 지낸 주인에게 시선을 돌리자, "이 친구, 물건 되겠어"라며 반은 어이가 없다는 듯 반은 진심인 듯 주인이 웃었다.

"어쩐지 가시가 와서 박히는데요."

주인의 말을 들은 운노가 요란한 제스처를 하는 바람에 의자째 뒤로 넘어갈 뻔했다.

"왜 이래, 벌써 취했어?"

"취하긴요. 이제 고작 2센티미터밖에 안 마셨는데."

주인에게 생맥주를 주문하고 담배에 불을 붙였다.

"가타세 씨는 담배를 맛있게 피워요."

"그야 맛있으니까 그렇지."

맥주를 들고 온 주인이 원목 카운터에 잔을 내려놓으며 "카운터에서 담배 피우게 해주는 식당은 우리뿐이야. 그러니 좀 더 소중하게 여겨야지"라고 말을 건넸다.

"오늘 라디오였어요. 스튜디오는 전면 금연이고, 그렇다고 롯폰기 거리를 걸으면서 피울 수도 없잖아요. 그래서 지금 두세 대를 한꺼번에 피우고 싶은 심정이라니까요."

능숙한 손놀림으로 새우토란(토란의 한 종류, 교토의 명물 — 옮긴이)과 대구조림을 작은 그릇에 옮겨 담는 주인 앞에서 운노와 건배를 했다. "건배하긴 아직 이르지만"이라고 못을 박자, "저는 건배를 많이 할수록 좋은 작품을 그리는 타입이에요"라며 주눅 들지 않고 맞받아쳤다.

"그건 그렇고, 정말 어떤 거야? 파티 여는 거야 좋지만 제일 중요한 작품이 없으면 아무 소용 없잖아."

"좋아요. 이번엔."

"끝났어!?"

자기도 모르게 달려들 듯이 얼굴을 들이대고 말았다. 자신 있다는 듯 운노가 고개를 끄덕였다.

"다행이다. 난 정말 심각하게 초대장을 내야 하나 말아야 하나 망설였는데."

"나란 사람이 신용이 영 없는 거네."

"아니 잠깐, 그렇다면 진짜로 건배해야지."

"그럼요. 진짜 건배죠."

"사장님, 미안한데 맥주 말고 샴페인 있어요?"

운노가 완성시켰다는 그림을 한시라도 빨리 보고 싶었다. 한 청년이 반년이나 걸려서 완성시킨 그림을 그 누구보다 일찍 볼 수 있는 이 일이 왠지 매우 사치스럽게 느껴졌다. 젊은 시절부터 줄곧 사치스러운 것을 동경해왔고, 가까스로 도달한 사치스러운 것이 이 정도 수준이라면 자기 인생도 그럭저럭 괜찮다는 생각이 들었다.

가게 주인의 요리와 쌉쌀한 일본주에 기분 좋게 취해서 가게를 나왔다. 식사를 하는 중에도 운노의 신작을 빨리 보고 싶었기 때문에 가게에서 나오자마자 택시를 잡았다.

최근 한 달간 운노는 작품을 완성시키기 위해 회사에서 기요스미시라카와의 창고 거리에 임대한 아틀리에에 틀어박혀 지냈다.

"정말 지금 가시게요? 낮에는 해가 있어서 그나마 괜찮지만, 밤에는 굉장히 추워요."

택시에 올라탄 운노가 새삼스레 기가 막혀 했다.

"아틀리에에 난방기구도 설치해주지 않는 소속 갤러리에 대한 불만인가?"

"아 참, 그렇지. 이젠 나도 정식으로 소속 아티스트가 되는 거니까 혼마처럼 철없는 소리 막 해도 되겠네?"

"혼마는 철없는 소리 안 해."

"안 하긴요, 지금도 아이슬란드 가 있잖아요?"

"자비야."

"에이, 뭐야. 자비였구나."

본래 혼마 레이는 신비로운 백(白)의 세계를 그려내는 아티스트였다. 본인 왈, 앞으로 열 종류의 백의 세계를 더 찾아내기 위한 최초 도항(渡航) 목적지가 아이슬란드라고 했다.

"게다가 혼마는 이제 우리 소속이라기보다 각국 갤러리들과 계약이 돼 있어. 앞으론 운노 군도 돈 좀 벌어줘야지."

"아 정말, 예술가한테 그런 말씀을 하시면 안 되죠."

"무슨 소리야. 난 돈만 되면 예술가든 흉내 잘 내는 탤런트든 누구라도 매니저 할 수 있어."

운노가 어이없어하며 차창 밖을 내다보았다. 짧은 침묵 속으로 라디오 소리가 흘러들었다.

"……조금 전에도 전해드렸습니다만, 오늘 오후 요요기 역에서 발생한 철도 사망사고 속보가 들어왔습니다. 오늘 오후 다섯 시를 지나 요요기 역 야마노테 선 도심 방향 홈에서 한 여성이 선로에 떨어지는 사고가 발생했습니다. 가까이 있던 두 남성이 여성을 돕기 위해 선로로 뛰어들었지만, 구조 시간이 촉박하여 선로로 진입해온 전차에 치이는 안타까운 참변이 벌어지고 말았습니다. 사고 후 조사에서 선로에 떨어진 여성의 신원은 아직 밝혀지지 않았으나, 구조를 하기 위해 선로로 뛰어든 남성은 한국 유학생 ○○○ 씨 26세, 일본인 카메라맨 요코미치 요노스케 씨 40세로 판명되었다고 합니다."

"가타세 씨, 도착했어요."

"어?"

운노의 목소리에 제정신이 들었다. 택시는 이미 아틀리에가 있는 창고 앞에 멈춰 서 있었다. 요금을 내고 차에서 내렸다. 아틀리에는 낡은 창고 3층에 있었다. 구형 엘리베이터를 타고 3층으로 올라갔다.

"가타세 씨, 왜 그래요?"

"응?"

"택시에서 내린 후로 뭔가 좀 이상해요."

"그래? ……아니, 무슨 생각인가가 날 듯 말 듯하면서 안 나서 그래."

"아, 나이 탓이다."

"어허, 무슨 실례의 말을."

엘리베이터에서 내린 운노가 무거운 문을 밀어서 열고 캄캄한 아틀리에의 불을 켰다. 하얗게 불이 밝혀진 아틀리에 한가운데 운노의 신작이 놓여 있었다. 폭이 2미터가 넘는 대작으로 그림 중앙에 금방이라도 사라져버릴 것 같은 사람 그림자가 그려져 있었다.

꽤 오랫동안 아무 말도 없이 그림 앞에 서 있었다. 참을 수 없었는지 운노가 "어때요?"라고 머뭇머뭇 물었다.

흠 잡을 데 없는 작품이었다. 금방이라도 사라져버릴 듯한 사람 그림자로 자기 자신까지 빨려들 것 같은 기분이 들었다.

"저 사람 손을 잡고 싶어진다."

"그렇죠? ……손을 잡으면 저 사람이 사라지지 않고 남아줄까요?"

"자기가 그렸잖아."

"정작 그린 당사자도 모르겠어요."

휑뎅그렁한 아틀리에에 운노의 목소리가 울려 퍼졌다.

지금 자신은 한 사람의 화가가 탄생하는 순간을 마주하고 서 있는 것이다. 그런 생각이 들자, 작품을 앞에 두고 선 가슴이 뜨거워졌다.

***

하나코가네이 역 앞에 있는 공중목욕탕에서 운영하는 빨래방이 있다. 세탁기 여덟 대와 건조기 다섯 대. 넓지도 좁지도 않아서 외워둔 삼바 스텝 같은 걸 연습하기엔 딱 좋았다. 달그락달그락 건조기 돌아가는 소리에 리듬을 맞춰 스텝 연습을 하는 사람은 요노스케다. 어스름한 길가에 있어서 유리가 마치 거울 역할을 해주는 모양이다. 그런데 막상 그렇게 유리 앞에서 춤을 춰보니 역시나 이시다가 야단친 대로 요노스케의 춤은 아무래도 소극적이었다.

삼바 동아리에 들어간 지 어느덧 8개월, 수줍음이나 쑥스러움은 예전에 버렸다고 생각했는데 마지막 남은 미묘한 머뭇거림이 허리 언저리에서 묻어나는지도 모른다.

건조기 부저가 울리는 소리에 요노스케는 허리를 살랑살랑 흔들며 다가가 안에 든 빨래를 확인했다. 역시 10분 만에 다 마르진 않았다. 마르다 만 트레이닝복이 무거웠다. 또다시 허리를 살랑살랑 흔들며 주머니에서 백 엔짜리 동전을 꺼냈다. 허리를 살랑거리며 동전을 넣고, 달그락달그락 드럼이 다시 돌아가기 시작하자, 다시 허리를 살랑거리며 몸의 방향을 틀었다. 그런데 자기 모습이 비쳐야 할 유리문 너머에 웬 젊은 여자가 우뚝 서 있었다. 큼지막한 비닐봉지를 안고 있는 걸 보니 빨래를 하러 왔을 테지만, 그 표정은 한눈에 보기에도 딱딱하게 굳어 있었다.

"아, 아니……"라며 요노스케는 황급히 춤을 멈췄다.

안으로 들어오려던 여자가 뒷걸음질을 쳤다.

"아, 저어, 죄송합니다. 이상한 사람은 아닙니다. 드, 들어오시죠"라고 요노스케가 말을 건넸다.

힘들게 안고 온 빨랫감을 들고 다시 돌아가기도 귀찮다. 그렇긴 하지만 빨래방에서 혼자 춤을 추는 남자도 왠지 섬뜩하다. 여자의 표정은 요노스케도 훤히 읽어낼 수 있을 만큼 빠르게 변했다.

"대학 동아리에서 삼바를 하는데, 이번 축제 때 춤을 춰야 해서 잠깐 연습해본 것뿐입니다."

낯선 사람에게 그렇게까지 설명할 필요는 없겠지만, 그 정도 설명을 하지 않으면 상황을 이해해줄 것 같지도 않았다.

"너무 뜻밖이라 깜짝 놀랐네……."

여자는 그제야 얼굴 근육의 감각이 돌아온 듯 쓴웃음을 웃었다.

"그, 그렇죠. 놀랄 만하죠."

쓴웃음을 웃는 여자에게 요노스케도 미소를 지어 보이며 대답했다.

"지난번에는 여기서 울고 있는 아가씨 때문에 깜짝 놀랐는데……. 여기가 무슨 그런 장소라도 되나?"

여자는 그렇게 말하면서 비닐봉지를 쿵 하고 내려놓더니 남성용 트렁크 같은 게 뒤섞인 빨랫감을 세탁기에 집어넣었다.

"그런 장소라뇨?"

"으음……, 말하자면 감정을 솔직하게 드러낼 수 있을 것 같은 장소?"

"아, 아니, 그게 아니라, 저는 단지 대학 동아리에서 삼바를 하는데, 그 연습 때문에…… 그러니까 제 말은 기분이 고양되어서 춤을 춘 건 전혀 아니고…… 으음, 그리고 기본적으로는 이런 데서 삼바를 출 만한 기분도 아닙니다, 사실은."

요노스케의 변명을 여자가 어쩐지 멍한 표정으로 듣고 있었다.

"……아니, 그게, 최근에 어떤 사람과 데이트 약속을 했는데 보기 좋게 바람을 맞는 바람에. 뭐 하긴, 그녀는 감기 때문에 못 나온 모양이지만, 선배나 친구들한테 그 얘기를 했더니 여덟 명 중에 일곱 명은 '그건 바람맞은 거야'라고들 하고. 그리고 나머지 한 명 '바람 맞은 건 아니겠지'라고 말해준 녀석도 그날 자기가 감기에 걸려서 동아리 연습을 쉬고 싶어 했던 녀석이라."

그때까지 요노스케를 물끄러미 바라보던 여자가 "아, 그만 됐어요. 난 관계도 없으니까"라며 밖으로 나가려고 했다.

"아니, 저도 딱히 이 얘기를 하고 싶었던 건 아닌데."

"정말로 됐다니까."

겁을 집어먹은 듯 여자가 밖으로 나가버렸다. 그 등에 대고 "저, 정말로 삼바 동아리 맞아요!"라고 요노스케가 소리쳤다.

"생각했던 것보다 훨씬 신나고 재밌네요!"

동아리에서 준비한 도시락에 든 튀김을 볼이 미어져라 입 안에 밀어 넣으면서 요노스케가 흥분한 말투로 이시다의 어깨를 두드렸다. 학교 축제 준비 공간으로 사용하는 학생회관 살롱의 한쪽 귀퉁이였다. 동아리 멤버가 다 함께 도시락을 먹기엔 좁은 장소라 옆에 앉은 이시다의 의상에 붙은 날개가 요노스케의 목덜미를 간질였다.

"내가 전부터 그랬잖아. 일단 춤을 추기 시작하면 다른 사람들 눈은 전혀 신경 안 쓰인다고."

"와아, 저도 이렇게 신나는 건 줄은 몰랐어요. 이렇게 재미있는 줄 알았으면 좁은 캠퍼스에서 방해되게 행진할 게 아니라, 아사쿠사 카니발 같은 엄청난 관중 속에서 추면 좋았을걸."

"넌 빈혈로 쓰러졌잖아."

"솔직히 그때는 내심 다행이라 생각했는데."

오전 중에 정문에서 출발해서 야키소바(찐 중국식 국수를 야채·고기 등을 섞어 기름으로 볶은 요리 — 옮긴이) 포장마차 같은 게 늘어선 캠퍼스는 물론 각종 전시회가 펼쳐지는 학교 건물까지, 때로는 성가셔 하는 시선까지 받아가며 춤을 추고 돌아다닌 흥분은 아직도 가실 줄 모르고 요노스케의 가슴에 남아 있었다.

"오후에는 코스가 어떻게 되죠?"

남은 도시락 쟁탈전인 가위바위보에도 참가하면서 요노스케가 이시다에게 물었다.

"체육관에서 라이브 하잖아? 그 앞자리를 노렸는데, 전통 큰북 연구회한테 뺏겨버렸어."

"저런, 그렇군요."

"그래서 잠깐 휴식을 취한 다음에 오전이랑 반대 방향으로 돌아서 정문에서 끝내는 식으로 하게 되었달까."

결국 남은 도시락 쟁탈전인 가위바위보에서 진 요노스케는 바닥에 다시 웅크려 앉았다. 일어서면 서 있는 대로 등에 달린 날개가 거치적거리고, 앉으면 앉아 있는 대로 머리에 쓴 태양이 옆에 있는 이시다의 얼굴을 찔렀다.

"저, 생각보다 춤 잘 췄죠?"

"그러게. 허리도 제대로 돌아가던데. 그보다 신입 회원이나 좀 찾아봐라. 이대로 가다간 우리 은퇴하면 동아리까지 닫아야 할 지경이야."

학교 축제 첫날이었다. 학생회관 살롱 여기저기서 학생들의 웃음소리와 고함 소리가 울려 퍼졌다. 야키소바 포장마차에서 일하는 학생도 라이브를 준비하는 학생도 하나같이 평상시의 자기 모습과는 조금 다른 자신을 주체할 수 없을 만큼 흥분한 모습이었다.

"아, 있다! 요노스케 씨!"

별안간 귀에 익은 목소리가 들려 와서 요노스케가 입구 쪽을 돌아다보았다. 너무 급하게 돌아보는 바람에 머리 장식인 태양 끄트머리가 이시다의 눈가를 정통으로 치고 말았다.

"아얏!"

눈을 감싸 쥐는 이시다에게 사과하고 요노스케는 입구 쪽으로 다시 시선을 돌렸다. 바닥에 어지럽게 흩어진 연극 동아리 소도

구들을 뛰어넘으며 가까이 다가오는 사람은 쇼코였다.

"어, 쇼코!"

순간 발포 스티로폼으로 만든 불상 머리를 넘어도 좋을지 어떨지 망설이던 쇼코가 결국은 넘어서면서 "오랜만이에요! 잘 지내셨어요?"라며 손을 흔들었다.

"잘 지냈지. 쇼코는?"

요노스케가 쇼코 옆으로 달려갔다. 나가사키에서 보트피플과 우연히 맞닥뜨린 후, 쇼코가 딱 한 번 아기와 아기 엄마 상황을 알려주러 찾아왔을 때 빼고는 전혀 못 만났다. 쇼코의 우울함도 심각했고, 요노스케는 요노스케대로 자기가 아무 도움도 못 된 상황이 부끄럽기도 해서 좀처럼 전화를 걸지 못했기 때문이다.

"웬일이야? 갑자기?"라고 요노스케가 물었다.

"가토 씨한테 요노스케 씨가 축제에서 삼바를 춘다는 말을 들었어요."

"가토? 아아, 요즘엔 통 못 만났는데. 어디서 봤어?"

"지금 다니는 영어회화 학원에서 같은 반이에요."

"그 자식도 가끔 연락이라도 좀 하지."

"가토 씨는 '요노스케는 에어컨이 필요한 여름에만 연락한다'고 하시던데요. 아 참, 가토 씨, 요즘에 애인이 생겼나 봐요. 그래서 요노스케 씨랑 놀 시간도 없대요."

"가토 녀석한테 애인이 생겼다고?"

"언제 한번 소개시켜달라고 했더니 '소개시켜줄 순 있지만 깜짝 놀랄 텐데'라는 거 있죠. 대체 어떤 분일까요?"

가토의 애인이라면 남자일 테지만, 왠지 쇼코라면 별로 안 놀랄 것 같은 기분이 들었다.

"……그건 그렇고 뒤늦게 물어서 미안한데, 요노스케 씨 머리에 쓴 게 뭐죠? 해바라기?"

"아니야. 태양이야."

"아하, 태양이구나. 삼바니까."

"……아, 그렇지. 삼바라 태양이구나. ……이제야 알았네."

삼바 동아리 동료들이 요노스케 쪽을 물끄러미 쳐다봤다. 안에 같이 있을 때는 몰랐는데, 떨어져 나오니 삼바 동아리 부스는 생각보다 훨씬 더 눈에 띄었다.

쇼코와 간단한 근황에 관한 대화를 나누고 있는데 오후 출발 집합이 시작되었다. 도시락을 다 먹고 요란한 의상을 입은 채 휴식을 취하고 있던 부원들이 술렁술렁 움직이기 시작했다.

"쇼코, 미안. 난 지금부터 한 번 더 춰야 해."

"저도 볼게요."

"그런데 무대에서 추는 게 아니야."

"그럼 어디서?"

"어디가 아니라 그냥 캠퍼스 안을 행진하면서 추는 거야."

"그럼 어디서 보는 게 제일 잘 보일까요? 옥상?"

"옥상에서 보면 밖에서 출 때는 보이겠지만, 건물 안으로 들어가면……."

"그럼 행렬 뒤에서 따라갈게요."

"그게 좋겠다. 그럼 계속 볼 수 있으니까."

커다란 카세트를 짊어진 이시다를 선두로 삼바 동아리 멤버가 정렬했다. 쇼코를 생각해서 요노스케가 맨 뒤에 섰다. 음악이 흘러나오고 구령을 크게 외치자, 모두가 일제히 허리를 흔들기 시작했다.

"요노스케 씨!"

"왜?"

쇼코가 부르는 소리에 요노스케가 춤을 추며 돌아보았다.

"이거 끝나고 잠깐 시간 있으세요? 오랜만에 만났으니 저녁이라도 함께 했으면 좋겠는데."

쇼코의 정중한 말투는 삼바 리듬과는 도무지 맞질 않았다.

"이거 끝나고 볼일이 좀 있는데."

"뒤풀이라도 하시나요?"

"그게 아니라 구라모치라는 친구 이사하는 걸 돕기로 했어."

말을 하면 리듬이 헝클어졌다. 그렇지만 리듬을 맞추면 말을 할 수 없었다.

"친구분 이사라니 어쩔 수 없네요. 그럼 다음에 다시 만나요."

"미안해."

저녁을 같이 먹자는 청을 거절하고, 요노스케는 허리를 흔들어대며 북적거리는 캠퍼스로 떼 지어 몰려 나갔다. 쇼코는 허리를 흔들 때마다 떨어지는 깃털을 주워들면서 뒤에서 따라왔다.

"그래서 그 쇼코라는 애랑 지금 사귀니?"

조수석에서 갈라진 손톱을 만지작거리던 구라모치가 물어서 요노스케는 핸들을 다시 잡으며 "사귀는 건 아닌데"라고 나지막한 목소리로 힘없이 대답했다.

구라모치의 짐을 실은 경트럭은 야마테 거리를 순조롭게 달리며 신혼집으로 향하고 있었다. 그러나 축제에서 삼바를 끝내고 가구라자카에서 저녁때부터 열리는 뒤풀이에도 빠지고 구라모치의 이사를 도와주러 온 것까진 좋은데, 다소 맥이 빠지는 감도 없지 않았다.

무엇보다 놀란 것은 옮길 짐이 너무 적다는 사실이었다. 이사라고 해서 책상이나 책장 같은 가구도 옮길 줄 알았는데 구라모치가 준비해둔 짐은 종이상자 열 개 정도뿐이었다. 그것도 대부분 옷이 들어 있는 상자라 가벼워서 채 10분도 안 되어 경트럭 짐칸에 다 실을 수 있었다.

더불어 또 한 가지 놀라운 사실은 짐이 적다는 정도가 아니었다. 집에 계시다고 하는데 한 번도 얼굴을 내밀지 않는 구라모치의 아버지와 걱정스러운 시선으로 짐을 바라보긴 했지만 끝끝내 자립하는 아들을 배웅하러 나오지 않은 어머니의, 뭐라고 해야 할까, 오싹해질 만큼 차가운 태도였다.

이제 갓 스무 살밖에 안 된 외동아들이 힘들게 재수까지 하면서 들어간 대학을 중퇴하고, 임신시킨 여자와 둘이 새로운 생활을 시작하는 상황이니 만세삼창으로 배웅할 일은 물론 아닐 것이다. 아무리 그래도 짐을 싸서 집을 나오는 건 일생의 중대사인 만큼, 상경할 때 신파극 여배우처럼 울었던 어머니와 청춘 드라마에 나오는 선생님처럼 어깨를 두드려주던 아버지의 모습이 아직도 기억에 생생한 요노스케로서는 구라모치가 측은해서 견딜 수가 없었다.

"아, 저기. 저 신호에서 왼쪽이야. 그리고 두 번째 골목에서 오른쪽."

한동안 침묵을 지키고 있던 구라모치가 힘없이 앞의 신호를 가리켰다.

"왠지 기운이 없어 보인다."

"밤새 짐 싸느라 피곤해서 그래. 그보다 돈 고마웠다. 덕분에 이사 비용 절반은 충당할 수 있어서 유이 어머니께도 겨우 체면이 섰어."

"아쿠쓰 유이의 아파트가 아이를 못 키우는 곳이라고 해서 힘들게 신혼집까지 구할 필요는 없잖아. 처가에는 왜 안 들어갔어?"

요노스케의 질문에 구라모치가 한숨을 내쉬었다.

"아무리 홀어머니에 외동딸이라고 해도 2LDK 공공주택이야. 미닫이만 열면 어머님이 주무시는 방이라니까."

구라모치의 얘기를 들으며 요노스케가 핸들을 꺾었다.

"······그래도 이번에 임대한 아파트에서 걸어서 1분도 안 걸려. 그러니 아이를 낳으면 어떻게든 신세를 지게 되겠지."

"그건 그렇고, 아이가 생겼다는 건 시간이 흐르면 정말로 태어난다는 말이잖아"라고 요노스케가 중얼거렸다. 자기로서는 진리를 건드리는 의미 깊은 말로 내뱉을 심산이었지만, 현실에 직면한 구라모치는 놀라지 않았다.

"아 참, 그러고 보니 일은 찾았냐?"라고 요노스케가 묻자 "저기, 저기, 저 아파트니까 전신주 앞에 차 세워"라고 말한 후, "일단 채용은 됐는데 한 달은 수습기간이라 월급이 절반밖에 안 나와"라고 구라모치가 대답했다.

"월급 절반인 건 그렇다 치고, 무슨 일인데?"

"부동산."

"부동산이라면 유리창에다 빈 건물 광고지 다닥다닥 붙여놓는 거?"

"그게 아니라 브로커야."

"브로커라고 하니까 왠지 수상쩍게 들리는데."

"제대로 된 회사야. 직원이 여섯 명뿐이라 작긴 하지만, 요즘은 경기도 좋은 것 같고."

차를 너무 바짝 붙여서 운전석 문으로는 내릴 수 없었다. 하는 수 없이 구라모치가 내린 조수석 문으로 나가자, "먼저 올라가서 문 열어놓을게. 202호야"라고 말하며 구라모치가 바깥 계단으로 올라갔다. 예상이야 했지만, 공동 현관이 아니라는 것만이 장점인 낡은 아파트였다.

요노스케는 제일 가벼워 보이는 상자를 안고 계단을 올라갔다. 문을 활짝 열어젖힌 202호를 들여다보니 웬일인지 구라모치가 아무것도 없는 방 한가운데 우뚝 서 있었다.

"이거 어디다 둘까?"

요노스케가 벽 쪽에 상자를 내려놓으려는 순간, "고맙다"라며 구라모치가 울먹이는 목소리로 말했다. 요노스케는 깜짝 놀라 고개를 들었다. 구라모치가 울고 있었다.

"……요노스케, 나 말이지, 열심히 살 거야. 태어날 아기를 위해서라도 열심히 살아갈 거야. 너밖에 없었어. 이사 도와달라고 부탁할 사람이. 고맙다. 어쨌든 유이랑 함께 열심히 살아볼게."

난데없이 눈물을 보이는 구라모치 앞에서 요노스케는 품에 안은 상자를 내려놓고 싶어도 내려놓을 수가 없었다. 그저 어쩔 줄 몰라 허둥거릴 뿐이었다.

12월 · 크리스마스

요노스케 앞으로 고향 집에서 종이상자를 보냈다. 안에는 컵라면 등과 함께 파란 줄무늬 단젠(丹前, 방한용으로 두툼하게 솜을 둔 기모노의 겉옷 — 옮긴이)이 들어 있었다. 고등학교 3년 동안 겨울철마다 요노스케가 애용하던 옷이다. 부모님 몰래 피워본 담뱃불 자국과 한밤중에 공부하다 먹었던 라면 국물 자국도 그대로 남아 있었다. 그 옷을 보내달라고 부탁한 건 요노스케였다.

"단젠 같은 건 싸니까 거기서 사면 오죽 좋을까. 그렇게 낡아빠진 걸 굳이 보내라는 이유가 뭔지, 원"이라는 건 어머니의 말이다.

어머니 말대로 역 앞 세이유에 가면 새 단젠을 싸게 팔았다. 그렇지만 단젠이라는 옷은 신기해서 있으면이야 입지만 일부러 돈을 주고 살 만한 것도 아니었다.

종이상자에서 단젠을 꺼낸 요노스케는 그리운 감촉을 느끼며 팔을 꿰어보았다. 팔을 꿴 순간, 왠지 갑자기 귤이 먹고 싶어졌다. 혹시나 하고 종이상자 안을 뒤적거려 보니 바닥에 하얀 비닐봉지가 보였다. 귤이었다.

어머니는 역시 달라.

요노스케는 차가운 귤을 집어 들었다.

요노스케는 지난주에 아르바이트를 해서 번 돈으로 싸구려 고타쓰(각로[脚爐]. 일본의 실내 난방 장치의 하나로, 나무틀에 화로를 넣고 그 위에 이불 등을 씌운 것 ― 옮긴이)를 샀다. 낡은 단독주택인 고향 집과는 달리 철근 콘크리트 구조인 맨션이고, 게다가 튼튼한 새시 문까지 달려 있어서 전기난로 하나로 충분할 줄 알았는데, 믿었던 콘크리트는 오히려 몹시 차가웠던 것이다.

단젠을 입은 요노스케는 새로 산 고타쓰 위에 서양사 교과서를 펼쳤다. 내일이 제출 마감인 리포트를 써야 했다.

'그리스의 쇠퇴에 관해 폴리스를 연관 지어 서술할 것'

리포트 주제 탓일까, 아니면 단젠을 입은 탓일까, 별안간 눈꺼풀이 무거워졌다. 내일이 제출 마감이니 자면 안 된다는 건 알지만, 다리는 뜨끈뜨끈한 고타쓰 속에 들어 있었고 손을 뻗으면 달콤한 귤이 있었다. 정신을 차려보니 귤을 입에 문 채 요노스케는 어느새 꾸벅꾸벅 졸고 있었다. 단젠을 입고 고타쓰 옆에 쓰러져 자는데 어찌된 영문인지 꾸벅꾸벅 졸며 꾸는 꿈은 최근에 유행하는 〈하트 칵테일〉(와타세 세이조 원작의 만화 또는 그것을 바탕으로 한 텔레비전 애니메이션 ― 옮긴이)의 주인공이 된 내용이라 자기가 단젠 차림으로 멋진 바닷가 호텔에 서 있는 것이었다.

전화 소리에 눈을 뜬 것은 때마침 오픈카를 타고 바닷가 도로를 기분 좋게 달리고 있을 때였다. 요노스케는 고타쓰에서 애벌

레처럼 기어나가 전화를 받았다. 이미 해는 기울어서 고타쓰에서 새어나오는 불빛이 방 안을 발갛게 물들이고 있었다.

"여보세요?"

잠이 덜 깬 요노스케의 목소리에 이어 "여보세요? 요노스케? 나야, 나"라는 소리가 들렸다. 고등학교 친구인 오자와였다.

역 공중전화인지 등 뒤에서 요란한 발차 벨 소리가 들렸다.

"오자와?"

"오랜만이다. 뭐 하고 있었냐?"

"고타쓰에서 잤어."

"으음, 너 혹시 텔레비전 나갈 생각 없냐?"

"뭐?"

"텔레비전 말이야, 텔레비전. 실은 우리 동아리랑 좀 얽힌 일이라 〈네루톤〉('네루톤 홍경단[ねるとん紅鯨團]'이라는 단체 미팅 버라이어티 프로그램의 줄임말 — 옮긴이) 출연자 오디션에 참가할 사람을 모으는 중이거든. 물론 인기 프로그램이라 응모는 쇄도하지만, 이번엔 웬일로 지방에서 상경한 남자와 도쿄 여자 쌍으로 갑자기 특별 방송을 하게 된 모양이야. 그래서 그 오디션이 바로 다음 주인데 아무래도 인원을 다 모으기 힘들어서 각 대학 매스컴 연구소까지 연락을 했나 봐. 근데 우리 동아리는 거의 다 도쿄 출신 녀석들뿐이라서 말이지."

오자와는 일방적으로 거기까지 떠들어대더니 요노스케의 반응도 기다리지 않고 "오디션은 다음 주 목요일이다"라고 덧붙였다.

"여보세요?"

"어쨌든 자세한 사항을 알게 되면 다시 연락할게. 미안, 전차 왔다."

"야, 야아…… 잠깐 기다려."

"왜? 목요일은 힘들어?"

"그게 아니라, 너 지금 〈네루톤〉이라고 했냐?"

"그랬지."

"그거 터널즈(TUNNELS, 이시바시 다카아키[石橋貴明]와 기나시 노리타케[木梨憲武]로 구성된 일본의 인기 개그 콤비 ― 옮긴이)가 하는 텔레비전 프로그램 말이야?"

"그래, 달리 뭐가 있어?"

요노스케는 잠이 덜 깬 데다가 혼란스럽기까지 한 머리로 이야기를 정리해봤다.

"내가 텔레비전에 나갈 수 있다고?"

정리한 결과 내놓은 질문이 이것이었다.

곧바로 "아, 글쎄"라며 오자와가 귀찮다는 듯이 이야기를 반복하려 했다.

"그러니까 그 오디션에 붙으면 내가 텔레비전에 나간다는 말이지?"라고 요노스케가 물었다. 그 말은 틀리지 않았는지 오자와가 "그래"라고 대답했다.

"그런데 미리 말해두지만, 넌 아마 힘들 거다. 얼굴이나 특기라거나 어지간히 눈에 띄는 놈이 아니면 합격하기 어려우니까."

오자와에게 그 말을 듣고 요노스케는 생각했다. 분명 얼굴은 별 볼 일 없었고, 내세울 만한 특기도 없었다.

"아무튼 시간이나 장소 같은 건 결정 나는 대로 연락할게."

오자와가 전화를 끊었다. 이미 끊어졌는데도 수화기 너머에서 울리던 발차 벨 소리가 여전히 귓가에 맴돌았다.

수화기를 내려놓을 때는 요노스케는 벌써부터 텔레비전에 나온 자기 모습을 상상하고 있었다. 연예계를 동경한 적은 한 번도 없지만, 일생에 한 번쯤은 텔레비전에 나가보고 싶은 마음이 아주 없는 것도 아니었다.

중학생 때, 설날에 친구와 함께 시내 신사로 참배를 갔던 요노스케는 지방 텔레비전 방송국의 취재를 받은 적이 있었다. 집에 돌아오자 부모님은 물론이고 이웃 사람들까지 "텔레비전에서 봤다"며 집으로 몰려들었다. 지방 텔레비전 방송국이 그 정도였으니 전국 방송에라도 나가는 날에는······.

요노스케는 거기까지 생각하고 또다시 벌러덩 드러누웠다. 생각을 하면 할수록 오디션에 붙을 것 같지 않았다. 단젠을 입고 귤이나 까먹는 대학생이 텔레비전에 나갈 리가 없었다.

백 명쯤 되는 남학생들이 북적거렸다. 오디션 회장이다. 준비된 좌석은 인원수의 절반밖에 안 돼서 나머지 절반은 벽 쪽에 죽 늘어서 있었다. 요노스케도 물론 벽 쪽에 서 있는 한 사람이다. 오자와처럼 뻔뻔스럽게 안으로 들어갈 수가 없어서 금방이라도 밖으로 튕겨 나갈 듯이 입구 문지방을 버디디고 서 있었다.

그러면서까지 결국은 텔레비전에 나가고 싶었던 것이다.

"그럼, 지금부터 열 명씩 별실에서 심사를 하겠습니다. 이름이 불린 사람은 앞으로 나와 주십시오. 으음, 그리고 이 방으로 다시 돌아오진 않을 테니 짐이 있는 분은 짐도 가지고 가십시오."

사흘 정도는 잠을 못 잔 것 같은 젊은 스태프가 의욕 없는 목소리로 말했다. 처음 열 명의 이름을 불렀고, 잇달아 일어선 학생들을 방에서 데리고 나갔다.

스태프가 사라지자 여기저기서 웃음소리와 말소리가 들렸지만, 아는 사람도 없는 요노스케는 대화를 나눌 상대도 없어서 오자와는 어디 갔을까 고개를 기웃거릴 뿐이었다. 오자와는 어느 틈에 맨 앞줄 근처에 진을 치고, 어느 대학의 책임자 역할을 맡은 듯한 남학생과 명함을 주고받기 시작했다.

약속 장소인 정문 현관에서 오자와는 안절부절못하며 요노스케를 기다리고 있었다. 두툼한 시스템 수첩을 펼치고 화려한 양복 차림으로 서 있어서 그랬는지, 요노스케는 순간적으로 텔레비전 방송국 사람일 거라 착각하고 그냥 지나쳐버렸다.

난생처음 텔레비전 방송국이라는 곳에 들어서는 요노스케는 몹시 긴장해 있었지만, 오자와는 그렇지도 않은지 접수처에서 당당하게 용건을 밝히더니 아무런 거리낌도 없이 엘리베이터에 올라탔다.

엘리베이터는 상당히 붐볐지만, 요노스케는 더는 기다릴 수 없다는 듯 "야, 여긴 연예인도 있겠지?"라고 오자와에게 물었다. 그러나 오자와는 창피한 표정만 지을 뿐 대답이 없었다.

요노스케가 벽 쪽에 서서 15분쯤 멍하니 경쟁자들을 바라보고 있으니, 조금 전 젊은 스태프가 돌아와서 "자, 다음 분 열 명의 이름을 부르겠습니다!"라고 외쳤다.

그 마지막에 요노스케의 이름이 들어 있었다. 혼잡한 실내를 빠져나가는 것보다 복도로 나가는 게 빨라서 요노스케는 복도를 지나 스태프가 기다리는 앞쪽 입구로 향했다.

"자 그럼, 따라오세요."

요노스케는 다른 아홉 명과 함께 의욕 없어 보이는 스태프 뒤를 따라갔다.

심사를 하는 방에는 파이프 의자 열 개가 나란히 놓여 있었다. 그 앞에는 다섯 명의 심사위원들이 있었다. 깔끔하게 양복을 입은 사람이 있는가 하면, 금방이라도 테니스 시합에 나갈 것 같은 차림을 한 사람도 있었지만, 하나같이 공통된 점을 들자면 모두 다 야쿠자 같은 무시무시한 얼굴이었다는 점이다.

이름이 불리는 순서대로 파이프 의자에 앉자, 곧바로 1번부터 자기소개를 시켰다. "와세다대학 3학년 히키타 다다시입니다" "센슈대학 2학년 구보 신야입니다" 등등.

각자 학교와 자기 이름을 밝히자, 야쿠자 같은 사내들이 한두 가지씩 질문을 했다. "취미는?"이라거나 "특기는?"이라거나 "여자친구 없나?"라거나.

그 질문에 저마다 "으음, 취미는 자동차입니다. 국내 B급 라이선스(일본자동차연맹 JAF에서 발행하는 카레이서 운전면허 종류 중 하나 — 옮긴이)를 가지고 있습니다"라거나 "특기는 많이 먹기입니다"라고 대답했다. 실제로 그게 대단한 건지 아닌지 구분이 잘 안 가는 대답들이었다.

그중에 "고시엔(甲子園, 원래는 지명이지만, 여기에서는 일본의 전국 고교야구 대회를 의미함 — 옮긴이)에서 준결승까지 올라갔습니다"라고 말하는 학생도 있었는데, 그때만은 유일하게 야쿠자들 사이에서도 "허어" 하는 감탄사가 흘러나왔다.

이윽고 자기 차례가 된 요노스케는 의자에서 일어나 학교와 이름을 밝혔다. 마지막이라서 그런지 심사위원들 중에는 이미 파일을 덮고 다음 순서를 기다리는 사람도 보였다.

이름을 밝히자, 제일 무섭게 생긴 남자가 "특기는?"이라고 물었다. 줄곧 뭐라고 대답할까 고민은 했지만, 결국은 아무 생각도 안 나서 "딱히"라고 대답하고 말았다. 그 순간 또 한 사람이 파일을 덮었다.

"특기가 없다고? 이왕 여기까지 왔으니 뭐라도 어필해보지 그래?"라고 다른 남자가 말했다.

주변머리 없는 요노스케는 우물우물 말문이 막혀버렸다.

"자 그럼, 대학에서 동아리 같은 건 들었나?"

질문한 사람조차 그쯤에서 파일을 덮더니 젊은 스태프에게 눈짓으로 다음을 준비시키라는 신호를 보냈다.

"동아리도 안 들었어?"

"아, 아뇨……삼바를 조금."

"뭐?"

"그러니까 삼바를 조금."

"삼바? 춤출 수 있어?"

"……네."

남자의 눈이 "그럼 춰봐"라고 말하고 있었다. 이제 와서 "역시 아무래도 못 추겠습니다"라고 말할 수 있는 분위기는 아니었다. 요노스케는 일단 허리에 손을 얹었다. 한 바퀴를 돌리자, 그 다음은 자연스럽게 허리가 움직이기 시작했다. 그러나 음악 없는 삼바는 고역이었다.

그쯤에서 마지막 한 사람마저 매정하게 파일을 덮어버렸다.

준급행 전차가 세이부신주쿠 역에 도착한 것은 오후 네 시를 지난 무렵이었다. 오랜만에 쇼코와 만나기로 했다. 그러나 약속 시간까지는 아직 두 시간이나 남아 있었다. 요노스케는 신주쿠 거리를 어슬렁어슬렁 걸어 다니기로 했다.

목적도 없이 걸음을 내디디려 하자, 올 4월에 불안한 마음으로 상경했을 때 일이 떠올랐다. 그날 야스쿠니 거리 방면의 세이부신주쿠 역 출구에는 꽃봉오리가 거의 다 벌어진 벚나무가 있었다. 무거운 짐을 끌어안은 요노스케는 무심코 발길을 멈추고 그 벚나무를 물끄러미 올려다보았었다.

역에서 나와 같은 장소로 걸어가자 역시 벚나무가 서 있었다. 물론 꽃도 잎도 떨어지고 없었지만, 그래도 8개월 전보다는 조금 성장한 것처럼 보였다. 그날 벚꽃쯤이야 고향 중학교에도 신사에도 넘쳐날 만큼 많이 피었는데 이렇게 물끄러미 바라보는 건 처음이구나 하는 생각을 했던 것이 불현듯 되살아났다.

시선이 느껴져 돌아보니 그 추운 겨울 날씨에 종이상자를 깔고 누워 있는 노숙자가 메마른 나무를 바라보는 요노스케를 이상하다는 듯 쳐다보고 있었다. 생각해보면 요노스케가 노숙자를 처음 본 것도 이곳 도쿄에서였다. 갓 상경했을 때는 역 콩코스에서, 도심의 공원에서 종이상자를 펼친 그들을 볼 때마다 요노스케는 뚫어져라 쳐다보았다. 솔직히 그들이 왜 그런 행동을 하는지 이해할 수 없었던 것이다. 일을 찾아서 하면 될 텐데, 라고 단순하게 생각한 적도 있었다. 누군가 도와줄 가족이 없을까 하며 고개를 갸웃거린 적도 있었다. 난생처음 그들을 가까이에서 본 요노스케에게는 그들의 존재가 한없이 신기할 뿐이었다.

그러나 그것도 처음 몇 개월뿐이었다. 학교 가는 길, 아르바이트하러 가는 길, 어떤 의미에서는 어디를 가나 그들을 발견하게 되자, 어느 순간부터인지 그들이 왜 그런 생활을 할까 하는 의문조차 품지 않게 되었다.

그것은 언제쯤 일이었을까, 하라주쿠에서 시부야 쪽으로 걸어오는데, 작은 아동공원의 나무 사이에서 한 남자 노숙자가 혼자 잠들어 있었다. 아니 자고 있었다기보다 쓰러져 있었던 거라고 생각한다. 요노스케가 그날 막 상경했다면 틀림없이 그에게 말을 건넸을 것이다. 어찌 되었든 길가에 사람이 쓰러져 있는 상황이었다. 그러나 요노스케는 그때 힐끗 쳐다보기만 했을 뿐 그냥 지나쳤다. 정말로 아무런 느낌도 없었던 것이다.

가부키초에서 야스쿠니 거리의 지하 통로를 건넌 요노스케는 JR 신주쿠 역까지 걸어갔다. 목이 말라서 알타 지하에 있는 커피숍에서 오렌지주스를 마시고 좁은 계단을 통과해 지상으로 올라왔다.

알타 앞에는 수많은 사람들이 모여 있었다. 아직 약속 시간도 안 되었으니 쇼코가 있을 리 없지만, 요노스케는 자기도 모르게 사람들 속에서 쇼코의 얼굴을 찾았다. 찬바람에 등을 움츠리고 서 있는 사람들을 바라보고 있으니 도쿄에는 정말로 양아치가 적구나 하는 생각이 새삼스레 들었다.

아마도 가토와 자동차 운전면허 학원에 다닐 무렵인 것 같은데, 실기 수업 휴식 시간에 요노스케가 "도쿄에는 양아치가 없네"라고 물어본 적이 있었다.

가토가 "그런가?"라며 고개를 갸웃거려서 "우리 고향은 변화가에 나가면 양아치들이 넘쳐나"라며 요노스케가 웃자, "도쿄 양아치들은 멋쟁이라 눈에 안 띄는 거 아닐까?"라고 가토가 말했다.

그 말을 들으니 일리가 있었다. 젊은이가 있으면 반드시 질이 안 좋은 녀석이 존재하게 마련인데, 시골에서는 그것이 펀치파마나 스킨헤드 같은 헤어스타일로 드러난다. 그러나 도쿄에서는 똑같이 질이 안 좋은 녀석이라도 왜 그런지 펀치파마도 스킨헤드도 없고, 쟈니스(Johnny's)의 아이돌처럼 자연스럽고 세련된 파마를 하는 것이다.

"겉은 멋쟁이지만 속은 양아치야. 시부야 같은 데 다니다 보면 가끔 무서울 때도 있어."

가토의 의견을 들으면서 요노스케는 고개를 크게 끄덕거렸다. 한눈에 훤히 드러나 보이는 만큼 시골 양아치 쪽이 귀염성이 있다고 느껴졌다.

알타 앞을 지나쳐 또다시 어슬렁거리며 마이시티 옆길로 걸어가는데, 불과 몇 백 미터 차이인데도 전혀 다른 거리에 온 것 같은 인상이었다.

고슈 가도 고가 밑에는 겉보기에도 재개발에서 제외된 듯한 가파른 절벽이 있었고, 절벽 아래로는 전후(戰後) 암시장처럼 지어진 술집 여러 채가 늘어서 있었다.

요노스케는 고가 밑으로 지나지 않고, 왼쪽 골목으로 들어갔다. 알타나 이세탄이 늘어선 신주쿠 거리와는 달리 그 주변 역시 20년쯤 시간이 멈춘 것 같은 장소로, 대폿집이나 오래된 파친코 가게에 뒤섞여 포르노나 야쿠자 영화 전문 상영관이 있었다. 오른쪽에는 풍만한 가슴을 짓누르는 여자 포스터, 왼쪽에는 웃통을 벗어던진 야쿠자 포스터가 보여서 그 사이를 걸어가는 것만으로도 사타구니가 근질근질했다 용기가 불끈불끈 치솟았다 이래저래 정신을 못 차리게 바빴다.

결국 만나기로 약속한 여섯 시 반이 되어도 쇼코의 모습은 보이지 않았다. 알타 앞의 혼잡함은 이루 말할 수 없을 정도라 어쩌면 도착했을지도 모르는 쇼코를 잃어버릴 가능성도 있는 것은 물론, 멍하니 서 있다간 자기 자신까지 잃어버릴 것 같았다.

요노스케는 같은 자리에 1분 서 있으면 자리를 바꿔서 다시 1분쯤 서 있었다. 설마 쇼코가 자기와 같은 장소를 1분씩 늦게 이동하지만 않는다면 대략 3, 4분 정도면 알타 앞의 인파를 모든 각도에서 관찰할 수 있었다.

약속 시간보다 20분쯤 지났을 즈음, 검은색 자동차 한 대가 멈춰 섰다. 전화 통화할 때 "그날은 운전기사 아즈미 씨가 휴일이라 전차로 갈 거예요"라고 말했기 때문에 도로는 전혀 신경 쓰지 않았다.

자동차가 멈춘 시점에서 틀림없을 거라 판단한 요노스케가 인파를 헤치고 가까이 다가가자, 아즈미가 아니라 나이 든 운전기사가 내리더니 차를 빙 돌아 뒷문을 열었고, 뒷좌석에서 지금 막 잡아 만든 것 같은 모피코트를 걸친 중년여성이 내렸다.

어, 아니네.

요노스케는 그렇게 중얼거리며 서 있던 자리로 돌아가려 했다. 그런데 그 여성 뒤에서 쇼코가 내렸다.

"쇼코."

고개를 든 쇼코가 "아, 있어요, 있어"라며 옆의 여성의 어깨를 두드렸다. 요노스케는 가드레일을 넘어 도로로 나갔다.

"늦어서 미안해요. 시간에 맞춰 나왔는데 길이 너무 막혀서."

쇼코보다 먼저 옆에 있는 여성이 사과를 했다. 아마도 쇼코의 어머니겠지만, 일단은 데이트 약속을 한 상황이라 그렇게 믿어도 될지 요노스케는 망설여졌다. 그러나 쇼코가 시원스럽게 "우리 엄마예요. 미안해요, 하도 따라오겠다고 해서"라고 말했다.

"아, 저어, 처음 뵙겠습니다. 요코미치 요노스케입니다."

눈치는 채고 있었지만, 그제야 알아챈 것처럼 요노스케가 인사를 했다.

"이번 여름에 우리 쇼코가 고향 집에 가서 여러 가지로 폐를 끼친 모양이에요."

"아, 아니, 아닙니다."

요노스케가 당황하며 고개를 저었다.

일단 그때부터 데이트를 할 예정이었기 때문에 쇼코의 어머니는 틀림없이 인사만 하고 돌아갈 거라고 요노스케는 믿고 있었다. 그러나 인사를 끝냈는데도 어머니가 차에 오를 기미는 보이지 않았다.

"지금 식사하러 갈 거죠?"

웬일인지 어머니가 혼잡한 알타 앞을 건너다봤다.

"……어디 레스토랑으로 예약하셨을까?"

예약하셨을까? 쇼코의 어머니가 갑자기 눈을 똑바로 들여다봐서 요노스케는 "아, 아니, 예약은 못 했는데요"라며 허둥거렸다.

"어머, 그래요! 역시 젊은 사람들 데이트는 자유로운 분위기라 좋네요. 그럼 지금부터 같이 찾을 건가요?"

왜 그런지 어머니의 눈빛이 반짝반짝 빛났다. 요노스케는 도움을 청하듯이 쇼코 쪽으로 시선을 돌렸다. 그러나 쇼코에겐 남자 친구를 도와줄 마음은 털끝만큼도 없는지 "요노스케 씨, 어떻게 할까요? 생각해둔 데라도 있으세요?"라고 오히려 물어왔다.

"아니, 딱히……."

사실은 조금 전에 지나친 잡거빌딩에 저렴해 보이는 오코노미야키(밀가루에 고기, 야채 등을 넣고 지진 일본 요리로 한국의 전과 비슷함 ― 옮긴이)와 파스타 가게가 있어서 어느 쪽이 좋을까 정도는 생각하고 있었다. 그러나 쇼코는 뭐 그렇다 치고, 목에 큼지막한 장미 코르사주(corsage)를 단 어머니를 그곳에 데리고 갈 용기는 차마 나지 않았다.

"구보 씨, 아직 어디서 먹을지 결정이 안 된 것 같네요. 그러니 제가 끝나고 나면 자동차로 전화드릴게요."

요노스케의 동요는 아랑곳없이 쇼코의 어머니가 운전기사에게 말했다. 그 틈을 타서 요노스케가 쇼코의 팔을 잡아당겼다.

"혹시 어머님도 같이 가시는 거야?"

몹시 당황해하는 요노스케를 보고 쇼코도 조금 놀랐는지 "우리 엄마는 일단 말을 꺼내면 말릴 수가 없어서"라고 사과는 했지만, 현 상황을 타파하려는 노력은 보이지 않았다.

"어쨌든 저쪽으로 이동할까요? 생각해보니 여긴 위험하네요."

도로에 우뚝 서 있는 것을 그제야 알아챈 듯 쇼코의 어머니가 말했다.

"아직 아무것도 결정하지 않았으면 내가 가보고 싶은 곳이 있는데, 괜찮을까요?"

"어디?"

"미쓰코시 뒤쪽인데, 학생 시절에 사귀었던 분과 같이 갔던 튀김 전문집이야. 아직 있을 거야."

요노스케는 걸음을 내디딘 어머니의 뒤를 조용히 따라갈 수밖에 없었다. 쇼코의 어머니가 대학 시절 추억을 얘기하며 찾아간 곳은 전통 있어 보이는 튀김 가게였다. 포렴을 걷고 들어가면서 "요노스케 씨도 여기 괜찮아요?"라고 쇼코의 어머니가 물었다.

"아, 네에……."

밖에 붙은 메뉴를 흘깃 훑어보니 코스 요리는 3천 엔이나 했다. 3천 엔 코스로 세 사람이면 9천 엔. 지갑에 1만 2천 엔이 들어 있으니 다행이긴 하지만, 음료수를 시키면 위험할 수도 있었다.

요노스케는 머릿속으로 재빨리 계산을 하며 모녀의 뒤를 따라가게 안으로 들어갔다. 다행히 카운터에 세 사람 자리가 비어 있었다. 들어간 순서대로 앉으면 좋을 텐데 "내가 왼손잡이라서"라며 쇼코의 어머니가 자리를 양보하는 바람에 요노스케는 두 사람 사이에 끼어 앉는 상황이 되었다. 게다가 카운터에 차가 나오는 순간, 쇼코의 어머니는 메뉴도 보지 않고 "주방장님이 알아서 준비해주세요"라고 주문해버렸다.

깎아 올린 뒷머리가 청결해 보이는 주방장이 "넵, 알겠습니다!"라고 위세 좋게 대답한 것까진 좋지만, 벽에 붙은 메뉴판의 '주방장 추천 메뉴'는 6천 엔이나 했다. 요노스케가 엉겁결에 "아, 저는 차만 마시면 됩니다. 배가 불러서"라는 말을 꺼내려는 순간, "오늘은 제가 대접하고 싶어요. 요노스케 씨 댁에서 이 애가 매일 맛있는 음식을 대접받았으니까"라고 쇼코의 어머니가 말했다. 요노스케는 어깨 너머로 쇼코를 쳐다봤다.

"사달라고 하죠, 뭐"라는 쇼코.

"그래도 괜찮겠습니까?"

속이 빤히 들여다보였다. 괜찮고 말고 할 것도 없이 이미 가진 돈으로는 지불할 수 없는 주문이었다.

"물론이죠. 부족하면 얼마든지 더 시키세요. 요노스케 씨의 어머님은 요리를 아주 잘하신다면서요?"

"아니, 그냥 보통인 것 같은데."

"그렇지만 커다란 생선도 솜씨 좋게 잘 다루신다던데?"

"고향 집 바로 옆에 작은 어항이 있어서 막 잡은 생선 같은 걸 자주 받으니까요. 아, 저도 고등학교 때까지는 친구들이랑 조각배를 타고 나가서 닭새우 같은 것도 잡았습니다."

"어머 세상에, 자연산 닭새우? 그럼 도쿄 요리는 먹기 힘들겠네요?"

"그렇진 않습니다. 도쿄 쪽이……."

거기까지 말한 요노스케는 갑자기 말문이 막혔다. 그 말을 듣고 보니 분명 맛있는 것만 먹고 살았을지 모른다는 생각이 들었다. 최근에는 텔레비전의 여행 프로그램이나 맛집 프로그램을 보면 '맛있겠다'는 생각은 들지만, 고향 집에 있을 때는 한 번도 그런 생각을 해본 적이 없었다. 냉장고를 열면 늘 게가 들어 있었으니 "우와, 게다! 게야!"라며 호들갑을 떠는 젊은 리포터들을 이해하기 힘들었을 것이다. 그러나 도쿄에서 홀로 외로이 살아가는 지금은 상황이 완전히 달라졌다.

요노스케는 접시에 올라온 갓 튀긴 새우를 보며 "우와, 맛있겠다. 잘 먹겠습니다!"라며 재빨리 젓가락을 들이댔다.

요노스케에게 이끌리듯이 양쪽에서 모녀가 젓가락을 들었다.

"엄마, 저건 뭐라고 읽죠? 공(公), 생선(魚)?"

"쇼코, 저건 와카사기(빙어―옮긴이)잖니. 그렇죠, 주방장님?"

호호 불어가며 튀김을 먹는 모녀의 대화 중에 질문을 받은 주방장이 "네 맞습니다. 와카사기입니다"라고 대답하며 기름에 표고버섯을 집어넣었다.

"그런데 요노스케 씨."

"네?"

"학생은 우리 쇼코를 어떻게 생각하나요? 오늘 만나보니까 난 학생이랑 우리 쇼코가 잘 어울리는 것 같은데."

갑작스럽다고 하자면 너무나 갑작스러워서 요노스케는 하마터면 입 안에 든 두 번째 새우가 통째로 목에 걸릴 뻔했다. 기침을 하는 요노스케에게 쇼코의 어머니가 재빨리 차를 건네주었다.

"뭘 그리 놀라요. ……쇼코를 고향 집까지 데려갔으면서."

콜록거리는 요노스케의 등을 쓰다듬으며 쇼코의 어머니가 웃었다.

데려갔다기보다 멋대로 따라왔다는 쪽이 맞지만, 분명 지난여름 해안에서 그 사건만 없었다면 쇼코에게 키스를 하려고 했던 건 틀림없는 사실이었기 때문에 반론할 수도 없었다.

가까스로 기침이 멎은 요노스케가 고개를 들었다.

"언제 한번 집으로 놀러오세요. 내가 우리 집 양반한테도 소개시켜줄 테니까."

요노스케는 당혹스러워서 쇼코에게 시선을 돌렸다. 그러나 쇼코는 마치 따로따로 온 손님인 양 두 종류 있는 소금 중에 어느 쪽을 선택할까 진지하게 고민하는 중이었다.

세 사람의 접시에 갓 튀긴 빙어가 올라왔다. 요노스케는 솜씨 좋게 완성해낸 튀김을 그저 묵묵히 먹을 수밖에 없었다.

손님이 끊일 새가 없는 가게였고, 문득 주위를 둘러보니 입구 부근에 많은 사람들이 기다리고 있었다. 누가 기다리고 있으면 요노스케는 자기도 모르게 서두르게 되는데 쇼코와 그녀의 어머니 눈에는 기다리는 사람들은 보이지도 않는지 튀김 뒤에 나온 생선 된장국과 밥을 느긋하게 입에 넣고 있었다. 이미 부지런히 먹어치운 요노스케의 눈에는 두 사람 다 밥알을 한 개씩 세면서 먹는 것처럼 보였다.

"그건 그렇고, 요노스케 씨, 연말연시에는 고향에 가나요?"

오신코(소금, 된장, 지게미 등에 살짝 담갔다 먹는 단시간 야채 절임 — 옮긴이)를 아삭아삭 씹고 있던 쇼코 어머니가 물었다. 요노스케는 "네. 여기 있어도 아르바이트 교대 근무밖에 없으니까요"라고 대답했다.

"그건 그렇겠네요. 부모님께서도 도쿄에서 성장하는 아드님을 간절히 기다리실 테고."

"그렇지도 않습니다. 고향 집에 가도 잘해주는 건 도착한 날뿐이고, 이튿날부터는 '이거 해라, 저거 해라' 심부름만 시켜요."

"그것도 어머님의 애정이에요. 먹는 모습 하나만 봐도 소중하게 키우셨다는 걸 알겠는데."

쇼코 어머니의 말을 들은 요노스케는 방금 정신없이 밥을 그러먹은 것을 떠올리며 에둘러 비아냥거리는 소리일지도 모른다고 걱정했는데, "그렇죠, 엄마. 요노스케 씨 먹는 모습만 봐도 맛있어 보이죠"라며 쇼코가 끼어들었다.

그때까지 "사흘이나 굶은 것처럼 먹어댄다"느니 "좀 씹으면서 먹어라"느니 야단을 맞은 적은 있지만, 칭찬을 받은 건 처음이었다.

차를 다 마신 쇼코의 어머니가 일어서서 계산서를 들고 계산대로 향했다. 요노스케는 일부러 늦게 일어서서 "쇼코, 정말 얻어먹어도 괜찮을까?"라고 물었다. 작은 목소리로 물었는데, 쇼코의 어머니가 뒤를 돌아보며 "물론 괜찮죠. 그보다 다음엔 어떻게 하실 건가요?"라고 물었다.

일단 "그럼, 어머니는 이쪽에서 먼저 들어가시고"라고 말하고 싶었지만, 그런 말이 나올 리 없었다.

"쇼코, 혹시 요노스케 씨가 괜찮다고 하면 우리 집으로 초대하는 건 어떨까? 아직 시간도 이르고 오늘 밤에는 아버지도 들어오셨을 텐데."

요노스케는 마음속으로 '쇼코, 제발 거절해줘'라고 간절히 빌었다. 그러나 빈 보람도 없이 "그러네. 집이 더 안정되고 좋을지도 모르겠다. 저어, 요노스케 씨, 어때요?"라고 물었다.

"아니, 그렇지만…… 늦어서……."

"어머 무슨 소리, 아직 여덟 시 반밖에 안 됐잖아요."

요노스케의 미력한 저항을 계산대에서 계산을 하던 어머니가 일축해버렸다.

"괜찮지요, 요노스케 씨? 아 참, 오늘 오후에 애플파이도 구웠어요."

계산을 마친 쇼코의 어머니는 가게 전화로 운전기사에게 연락을 했다. 옆에서는 쇼코가 무슨 긴 홍차 이름을 가르쳐주었다. 아무리 발버둥 쳐봐도 거절할 타이밍은 이미 놓쳐버린 후였다.

미쓰코시 앞에 도착한 검은색 승용차를 탄 요노스케는 세타가야에 있는 쇼코의 집으로 향했다. 차 안에서 어머니의 기분은 좋아 보였고, 운전기사까지 합세하여 길이 안 막히는 지름길에 관해 이런저런 대화를 나누었다.

한편 요노스케는 쇼코와 데이트를 할 예정이었는데, '어어' 하고 머뭇거리는 사이 어느새 두 사람의 페이스에 말려들었다. 그러다 정신을 차려보니 아버님을 만나기 위해 쇼코의 집으로 향하는 상황이었으니 고개를 갸웃거릴 수밖에 없었다.

쇼코의 집은 이른바 '한적한 주택가'라는 말을 위해 만들어진 듯한 지역에 자리 잡고 있었다. 어느 집이나 널찍한 정원이 있고, 어느 집이나 정문 옆에 별도 출입문이 붙어 있었다. 자동차가 멈춘 곳은 오래된 일본 가옥과 서양식 건물을 딱 붙여놓은 듯한 건물로, 놀랍게도 자동문이 열리고 그리 넓지는 않지만 주차장까지 붙어 있었다. 민가라기보다 작은 미술관이라고 하는 편이 더 어울렸다.

"여, 여기?"

무심코 묻는 요노스케에게 "오래된 집이죠? 원래는 외가 쪽의 별택(別宅)이었는데, 내가 초등학교 무렵에 아버지가 샀어요"라고 쇼코가 알려주었다.

운전기사가 열어주는 문으로 어머니가 먼저 내렸다. 요노스케는 그 틈을 타서 "쇼코네 외갓집은 뭐 하는 집안인데?"라고 물었다.

"뭐 하는 집안이랄 건 없지만, 계보를 더듬자면 사쓰마 번(藩, 에도시대, 다이묘[大名]가 지배한 영지, 인민, 통치 기구의 총칭 — 옮긴이)의 사무라이였대요."

쇼코가 천연덕스럽게 대답했다. 사무라이라고 해도 그 종류야 하늘과 땅 차이가 나겠지만, 별택이 이 정도 크기라면 하늘 쪽이 틀림없었다.

안내받은 현관 내부는 외관과는 달리 서민적인 인상이었다. 어쩌면 마중을 나온 가사도우미 아주머니의 인상이 서민적이라 그렇게 느꼈을지도 모르지만, 요노스케는 값비싸 보이는 융단이 깔린 복도를 까치발로 걸어갔다.

일본식 방 두 칸을 서양식으로 개조한 거실은 그리 넓지는 않았지만, 사방에 값비싸 보이는 도자기와 꽃병이 장식되어 있었다. 요노스케가 지진이 나면 어느 쪽으로 먼저 뛰어가야 할지 고민이겠다는 태평한 생각을 하고 있는데, "뭐? 쇼코의 남자친구가 왔어?"라는 땅울림 소리 같은 남자 목소리가 들렸고, 요노스케가 깜짝 놀랄 틈도 없이 머리를 짧게 깎은 멧돼지 같은 남자가 모습을 드러냈다.

"아빠, 이쪽이 전에 말씀드렸던 요코미치 요노스케 씨예요."

사냥이었다면 총을 거머쥐고 방어 자세를 취했을 것이다. 그래도 역시 부녀지간이라 그런지 쇼코는 어리광이 묻어나는 목소리로 말했다.

"처, 처음 뵙겠습니다."

요노스케는 두 옥타브쯤 높은 목소리로 말했다. 그런 요노스케를 힐끔 쳐다본 아버지가 프랑스 귀부인들이나 앉을 듯한 로코코풍 소파에 내려앉았다. 웃을 상황은 아니었지만, 요노스케는 황급히 시선을 피했다.

"그래, 학생인가?"라고 아버지가 물었다. 아니, 물었다기보다 소리쳤다.

"네, 네에."

"쇼코랑은 언제부터 교제했지?"

정확하게는 그 교제라는 표현이 맞는지 안 맞는지 미묘하지만, 총이 없는 요노스케로서는 대등하게 맞설 방법이 없었다.

"으음, 여름 무렵부터인가?"

"아빠도 참, 제가 지난번에 얘기했잖아요. 엄마랑 아빠가 생각하는 교제가 아니라 우린 그저 학생끼리……."

"학생이든 사회인이든 남녀는 남녀 아니냐."

요노스케는 쇼코의 말을 가로막는 사람을 처음 보고 감동마저 느꼈다.

"대학에서는 무슨 공부를 하나?"라고 아버지가 물었다. 아니, 소리쳤다.

"저어, 경영학을."

"경영?"

쇼코의 아버지는 사업가라고 했으니 그쯤에서 점수를 좀 딸 거라 생각했는데, "대학 같은 데서 경영학 따위 공부해봤자, 개똥만도 못해"라고 받아쳤다.

"그래, 장래성은 있나?"

"네?"

"사내로서 앞날을 생각할 때 장래성은 있느냐고 물었어."

사내로서 장래성이 있느냐?

난데없이 그런 질문을 받고 곧바로 대답할 수 있는 열아홉 살 대학생이 있을 리 없다. "아니, 저어, 장래성은……"이라며 요노스케가 또다시 우물거렸다.

"아빠, 그렇게 잇달아 질문을 해대면 요노스케 씨가 대답할 수가 없잖아요."

그쯤에서 가까스로 쇼코가 도움의 손길을 뻗어주었다. 그러나 "그럼 넌 장래성도 없는 놈이랑 사귀는 거냐?"라고 아버지가 차갑게 말했다.

"장래성이 있는 거야 당연하죠. 요노스케 씨는 지금까지 내가 만난 그 어떤 사람보다 장래성이 있어요!"

아, 아니 그건 아닌데…….

요노스케, 마음속으로만 그렇게 중얼거릴 뿐.

"네가 장래성이 있다면 그걸로 된 거 아니냐. 뭐, 모처럼 왔으니 천천히 놀다 가게. 난 바둑을 두던 중이니 이만 들어가지."

쇼코의 말에 아버지는 섬뜩할 정도로 아버지다운 표정으로 변했다. 로코코풍 소파에서 일어선 아버지가 요노스케의 어깨를 툭 두드리고 거실에서 나갔다. 아버지의 등을 바라보던 요노스케는 잠수라도 하고 나온 것처럼 "후우~"하고 깊은 숨을 몰아쉬었다.

"미안해요. 늘 저러세요. 내가 사귀는 사람은 곧 장래 자신의 오른팔이라고 생각하는 모양이라."

쇼코가 노고를 치하해주었지만, 그 치하가 또다시 부담스러왔다.

"저어, 실은 둘이 있을 때 진지하게 얘기해볼 생각이었는데, 우리 사귀는…… 거지?"

요노스케의 질문에 쇼코가 심상치 않을 정도로 수줍음을 타기 시작했다. 로코코풍 커튼에 자기 몸을 돌돌 말기 시작했다.

"쇼, 쇼코?"

"……요노스케 씨는 저를 어떻게 생각하시는데요?"

"나? 나야……."

요노스케는 거기서 말문이 막혔다. 사쿠라와 사귀기 시작했을 때 감정과는 확연하게 달랐다. 그러나 쇼코랑 있으면 늘 허둥거리긴 하지만 나중에 떠올리면 즐거웠다.

"나야 쇼코를 좋아하지만"이라고 요노스케가 말했다.

"저도요"라고 쇼코가 대답했다.

"그럼, 사귀는 걸로……."

"……괜찮지 않을까요?"

커튼으로 몸을 휘감으며 사랑 고백을 한 후, 무슨 까닭인지 쇼코는 자기 혼자만 자기 방에 틀어박혀버렸다. 서로 좋아한다는 고백을 한 후라 부끄러울 거라는 건 알지만, 자기 혼자만 방에 숨어버리면 놀러 온 요노스케는 어찌 해야 할지 당혹스러웠다.

다행히 쇼코의 어머니가 홍차를 들고 왔고, 어찌된 영문인지 어머니와 한 시간쯤 대화를 나눈 뒤 쇼코의 집에서 나왔다.

내용은 쇼코 얘기라기보다 쇼코 아버지가 경영하는 회사가 머

않아 상장(上場)되는데, 그렇게 되면 막대한 돈이 일가족에게 들어온다는, 여자친구 어머니와 나누는 대화치고는 아무래도 석연치 않은 냄새가 풍기는 이야기였다.

설명을 덧붙이자면 그 후 크리스마스까지 쇼코에게서는 아무런 연락이 없었다. 요노스케가 전화를 걸어도 있으면서 없는 척을 했다. 그러면서도 가사도우미 아주머니에게는 '집에 있는데 없는 척한다'는 말을 해달라고 부탁하는 것이다. 요노스케는 도무지 여자의 마음을 알 길이 없었다. 아니, 여자의 마음이라기보다 쇼코를 점점 더 이해할 수 없었다. 사귀지 않을 때는 뻔질나게 연락을 했으면서 사귀기 시작하자마자 무슨 까닭인지 소식을 딱 끊어버렸기 때문이다.

세이유 2층은 잡화 코너다. 크리스마스이브다. 크리스마스 장식용품이 늘어선 선반을 멍하니 바라보는 사람은 요노스케다. 굳이 설명을 하자면 요노스케는 크리스마스를 크리스마스답게 축하하며 보내본 적이 단 한 번도 없었다.

매년 이 무렵이 되면 텔레비전이나 라디오에서 캐럴송이 흘러나오니 기분만은 크리스마스이긴 했다. 그러나 고3이었던 작년에는 사쿠라와도 이미 헤어진 후라 크리스마스이브는 단젠 차림으로 수험 공부를 했다. 그리고 그 전 해에도 사쿠라라는 여자친구는 있었지만, 저녁 늦게까지 보충수업을 듣고 서둘러 사쿠라의 집으로 달려갔는데, 가장 중요한 사쿠라가 심한 감기에 걸려 있었다. 그것도 귀염성 있는 감기 증상이 아니라 두 마디만 하면 콧물이 주르르 흘러내리는 상태라서 도무지 미안해서 얼른 집으로 돌아와야 했다. 고1 때는 기억에도 없다. 중학교 3년간은 "크리스마스 선물이라도 사줘야지!" "산타클로스 없다는 건 예전에 알았을 거 아냐!"라고 어머니와 말다툼을 하며 지냈다. 그리고 아직 어렴풋이 산타의 존재를 믿었던 어린 시절에는 종이 삼각모자를 쓰고 귀가하는 술 취한 아버지 손에 들린, 어디서 부딪혔는지 형태가 완전히 망가져버린 케이크만이 유일한 즐거움이었다.

크리스마스라······.

요노스케는 그렇게 중얼거리며 잡화 코너를 돌았다. 오늘 밤에는 쇼코가 직접 만든 케이크를 들고 오기로 되어 있었다. 칠면조는 아니지만 치킨은 도로변 켄터키치킨에서 이미 사다놓았다. 그렇다면 이제 남은 건 방 장식뿐이었다. 그러나 싸구려 트리를 한 개 놔둔다고 해서 열아홉 살 청년 혼자 사는 방이 그리 쉽게 크리스마스답게 변할 리도 없었다. 그래도 없는 것보다는 나을 거라 생각하고, 요노스케는 제일 작은 트리를 바구니에 담았다. 옆을 보니 유리창에 뿌려서 모양을 만드는 하얀 스프레이가 있었다. 요노스케는 그것도 바구니에 담았다. 그래도 그럭저럭 크리스마스다워졌다. 그 밖에 종이 삼각모자와 산타클로스가 머리부터 녹아내리는 양초 등을 사서 혼잡한 세이유를 나섰다. 자전거로 집까지 향하는 도중, 오늘따라 먼지가 굉장히 많다 싶었는데 가만 보니 가루눈이 내리고 있었다.

요노스케는 소리를 지를 정도로 놀라 자전거에서 내려 하늘을 올려다봤다. 고향에도 눈이 내리긴 하지만, 길가에서 천 엔을 줍는 정도로 드문 일이었다.

석양이 지는 하늘에서 가루눈이 흩날리며 떨어져 내렸다. 요노스케는 입부터 벌려보았다. 당연히 아무 맛도 없었다.

쇼코가 변함없이 검은색 센트리로 도착한 것은 요노스케가 때마침 방 장식을 마쳤을 무렵이었다.

초인종이 울리는 소리에 현관으로 뛰어나간 요노스케가 "봤어? 눈! 눈!"이라며 여전히 흥분해 있었지만, 연말연시마다 가족과 함께 스키를 타러 가는 쇼코에게는 요노스케의 흥분은 거의 전해지지 않았다.

"그것보다 너무 멋져요! 방이 크리스마스로 변했네요!"

"세이유에서 마련했습니다."

거침없이 들어온 쇼코는 창문에 쓴 '메리 크리스마스' 앞에 서자마자 고개를 갸웃거렸다.

"Merry의 r 하나가 빠졌네요."

"r 한 개쯤 빠지면 어때. 자, 어서 앉아."

요노스케가 담요를 포개 만든 방석을 쇼코에게 권했다.

"이거, 케이크예요. 모양은 안 예쁘지만 맛은 보장해요."

요노스케는 곧바로 상자를 열었다. 쇼코 말대로 모양이 예쁘진 않았지만, 달콤한 딸기가 늘어선 케이크에는 올바른 철자로 메리 크리스마스라고 씌어 있었다.

"자신 없었는데, 쇼코가 만든 케이크를 보니까 금방 크리스마스 분위기가 나는걸."

"어머, 요노스케 씨, 센스 있네요."

"무슨 센스?"

"크리스마스 센스."

크리스마스 센스라는 게 어떤 것인지 요노스케는 알 수 없었다.

푸짐하게 사 온 치킨을 다 먹고 쇼코가 만들어 온 케이크를 절반쯤 먹었을 때 요노스케가 출연하지 못한 프로그램이 시작되었다. 자기가 안 나오니 재미는 없었지만, 별 생각 없이 둘이서 바라보고 있는데 "요노스케 씨는 저 사람들 중에서 어떤 여자가 좋아요?"라고 쇼코가 물었다.

"어? 저 사람들 중에서?"

대수로울 것도 없는 질문이었지만, 자기도 그 남성 팀의 일원이었을 가능성도 있었다. 요노스케는 텔레비전 앞으로 이동했다.

"요노스케 씨가 어떤 여자를 고를지 기대되네요."

여성 팀은 10여 명쯤 있었다. 요노스케는 그들 한 사람 한 사람을 음미했다. 시간이 꽤 걸릴 듯했다.

"요노스케 씨, 그렇게까지 심각할 필요는 없는데……."

자기의 질문이 요노스케를 그렇게까지 진지하게 만들 거라고는 예상치도 못한 쇼코가 머뭇머뭇 말을 건넸지만, 요노스케는 꼼짝도 하지 않고 화면만 바라봤다.

요노스케는 결국 프로그램이 다 끝날 때까지 음미했다. 쇼코는 당연히 기다리다 지쳐서 요노스케의 무역론 노트에《베르사이유의 장미》의 오스칼 그림을 끼적거렸다. 프로그램이 끝나갈 즈음, 그제야 요노스케는 간신히 텔레비전 앞에서 떨어졌다.

"정했어."

"네?"

쇼코는 생각보다 잘 그려진 오스칼을 만족스럽게 바라보고 있었다.

"네라니. 어떤 여자가 제일 맘에 드느냐면서."

"아, 아하."

쇼코는 흥미를 잃은 지 오래였다. 이제는 오스칼이 더 소중한 모양이다. 고개도 안 들고 "그래, 어느 분인데요?"라고 물었다.

"저기, 하얀 원피스 입은 열아홉 살짜리 여자. 취미가 유화라는."

"아아, 저 분. ······요노스케 씨는 저렇게 세속에 초연할 것 같은 스타일의 아가씨를 좋아하시는군요."

요노스케는 큰일이라도 마쳤다는 듯 한껏 기지개를 폈다. 기지개를 펴면서 자기도 모르게 창밖으로 시선을 돌리자, 뭔가가 이상했다. 요노스케는 방의 열기로 부예진 섀시 문을 손가락으로 문질렀다. 닦인 유리창 너머에 눈이 소복이 쌓인 옆집 지붕이 보였다.

"쇼, 쇼코! 눈이야! 눈이 쌓였어!"

요노스케가 허겁지겁 섀시 문을 열었다. 곧바로 차가운 바깥

공기가 밀려들었지만, 정신없이 좁은 베란다로 뛰어나갔다. 어느새 보도도 가로수도 새하얗게 덮여 있었다. 뒤늦게 나온 쇼코도 "어머, 예뻐라"라며 감탄을 했다.

"눈 밟으러 나가자."

요노스케가 쇼코의 손을 잡았다.

밖은 온통 눈으로 뒤덮인 풍경이었다. 짧은 시간에 내려서 그런지 아니면 원래 지나는 사람이 적은 건지 3센티미터쯤 쌓인 보도의 눈에는 아직 발자국 하나 찍혀 있지 않았다.

밖으로 나온 요노스케는 조심스럽게 눈을 밟기 시작했다. 뽀드득거리는 발소리를 즐기듯이 새하얀 눈길을 걷기 시작했다.

"아 참, 그렇지. 요노스케 씨 고향에는 눈이 안 내리죠."

쇼코가 요노스케의 발자국을 밟으며 따라왔다.

"오긴 오는데 이렇게 쌓인 눈을 보는 건 중학교 3학년 때 폭설 후로 처음이야. 폭설이라고 해봤자 만든 눈사람은 진흙투성이였지만."

요노스케의 발자국이 가로등에 비쳤다. 왠지 밟기 아까웠지만, 하늘에서는 아직도 눈발이 흩날리고 있었다.

"안 추워?"라고 요노스케가 물었다.

"괜찮아요. 저기서 따뜻한 음료수라도 사요."

"그럼 따뜻한 걸로 사서 저쪽 아동공원에 가보자."

캔 커피를 산 요노스케는 쇼코와 손을 맞잡고 공원 안으로 들어갔다. 가로등 불빛이 눈이 부실 만큼 하얀 눈에 반사되고 있었다. 눈을 뒤집어쓰니 쓰레기통까지 예쁘게 보였다. 요노스케와 쇼코는 캔 커피로 손을 녹이면서 가로등 아래에 섰다.

"요노스케 씨, 내일 고향에 가시죠?"

"응, 할머니 성묘도 해야 하니까. 쇼코는 스키 타러 가지?"

쇼코가 뿜어내는 숨결이 손에 만져질 정도로 짙었다.

"나 앞으로는 그냥 요노스케라고 불러볼까?"

"왜 이래, 갑자기."

"아니, 나 결정했어요. ……난 이제부터 요노스케라고만 부를 거예요."

그러더니 쇼코가 갑자기 먼지라도 들어간 듯이 눈을 감았다. 마치 레몬이라도 씹은 듯한 표정이었다. 물론 '레몬 맛 = 키스'라는 것 정도야 요노스케도 알지만, 원래는 키스 뒤가 레몬 맛이다.

자잘한 건 신경 쓰지 않기로 하고, 요노스케는 미끄러지지 않게 발을 단단히 디디고 섰다. 천천히 쇼코의 입술로 자기 입술을 가져갔다. 입술이 살짝 스쳤다. 조금 전에 먹은 케이크의 달콤한 향기가 났다. 요노스케는 쇼코를 부드럽게 끌어안았다.

"쇼코……."

"네?"

"부른 거 아냐."

쇼코는 안심한 듯 또다시 눈을 감았다. 하늘에서는 눈이 펑펑 쏟아져 내렸다.

요노스케, 새해를 맞기 위해 귀성하는 날이다. 14시 25분에 출발하는 하네다발 나가사키행 탑승 안내를 기다리는 사이, 요노스케는 공항 서점에서 시간을 보내고 있었다. 진열대에 산더미처럼 쌓인 《샐러드 기념일》(폭넓은 연령층의 독자에게 사랑받은 현대적 감각의 일본 단가[短歌] 작품집으로 공전의 베스트셀러. 이 책은 TV 방송물이나 영화로도 만들어지고, 일본 전국에 '샐러드 현상'을 불러 일으켜 일종의 사회현상이 되기도 했음 — 옮긴이) 한 권을 집어 들고 팔랑팔랑 넘기며 자기도 한 수 읊어보려 했지만, 교양이 없는 데다 리듬감도 떨어져서 단가라기보다 어설픈 푸념 같은 것만 떠올랐다. 요노스케는 포기하고 책을 내려놓은 후, 계산대 옆에 있는 주간지 한 권을 사들고 서점에서 나왔다.

기내에서 읽을 생각으로 샀으면서 벤치에 앉자마자 펼쳐서 팔랑팔랑 뒤적거리는 사이 눈 깜짝할 새 모두 훑어보고 말았다.

잡지 앞 그라비어 페이지에 대한항공기 사고가 대대적으로 소개되어 있었다. 한국이라고 하면, 아르바이트하는 호텔에서 파티용 종업원이 부족해 급하게 배치받았을 때, 우연히 접대한 것이 한국계 회사의 파티라서 행사 마지막에 아리랑을 함께 불렀던 정도의 지식뿐이었다. 그런데 일본 이름을 밝힌 용의자 여성이 자살 방지용 도구를 입에 문 채 서울로 이송되는 사진을 보고 있으니 마치 다른 세계처럼 느껴졌다. 비유를 하자면 세이유에서 크리스마스 장식품 같은 걸 사던 자신과는 다른, 별개의 자신이 그 다른 세계에 하나 더 있는 건 아닐까 불안해졌다.

잡지를 다 읽은 요노스케는 가까운 공중전화에서 쇼코에게 전화를 걸었다. 웬일로 쇼코가 직접 전화를 받더니 "벌써 도착했어? ……요노스케?"라고 어딘지 모르게 낯선 말투로 물었다.

"아직이야. 지금 탈 거야."

크리스마스이브, 눈 내리는 공원에서 키스를 한 후 방으로 돌아온 쇼코는 "나, 오늘은 이만 가볼게요, 요노스케"라며 무슨 영문인지 황급히 돌아가 버렸다. 키스가 서툴러서 그런가 걱정했는데 다음 날 아침 여섯 시에 전화를 해서 어제는 부끄러워서 일찍 돌아갔다고 했다.

"오늘 밤에 또 전화할게"라고 요노스케가 말했다.

"어머님, 아버님께도 안부 전해줘."

"응, 쇼코도 스키 가서 다치지 않게 조심하고."

"으응, 고마워."

"그럼, 다녀오겠습니다."

"네, 다녀오세요."

전화를 끊자 탑승 안내가 시작되었다. 탑승구로 향하던 요노스케는 문득 도쿄에도 "다녀오겠습니다"라고 말할 상대가 생겼구나 하는 생각이 들었다.

1월 · 새해

고향 집 거실 고타쓰 속에 드러누운 요노스케는 지칠 줄도 모르고 텔레비전을 보고 있었다. 아무것도 안 하고 누워서 빈둥거리기만 하는 전형적인 새해 연휴였다. 베개로 벤 방석이 아직 새것이라 머리를 누이면 봉긋이 솟아올랐다. 그것 때문에 텔레비전 보기가 힘들었다. 머리만 조금 앞으로 내밀면 될 텐데, 그게 귀찮아서 아까부터 몇 번씩이나 방석 모서리만 내리눌렀다. 누르자마자 폭신폭신한 방석은 또다시 부풀어 올랐다. 부풀어 오르면 방석 모서리에 달린 말 꼬리 같은 장식이 텔레비전을 보는 요노스케를 방해했다.

설날부터 며칠간은 띄엄띄엄 방문객도 있어서 명절 음식을 둘러싸고 왁자지껄하게 보냈다. 그러나 이제는 도소주(불로장수에 효험이 있다고 하여 설날에 축하주로 마심 — 옮긴이)를 마시며 축하하고 싶은 기분도 흐릿해졌다. 연일 밤낮으로 계속되는 개그 프로그램에 나온 만담가는 어제와 똑같은 소재로 이야기를 풀어나갔다. 베갯머리에 놔둔 리모컨을 손으로 더듬거리며 요노스케가 부

옆에 있는 어머니에게 말을 건넸다.

"엄마! 리모컨 어디 있어?"

물론 대답이 돌아올 리 없었다. 하는 수 없이 리모컨을 다시 찾는 요노스케의 손에 잡힌 것은 귤이었다. 저녁도 벌써 먹고 배도 꽉 찬 상태였지만, 손에 잡히니 또 먹고 싶어졌다. 요노스케는 몸을 뒤척여 천장을 향해 드러눕고 배 위에서 귤껍질을 벗겼다. 그리고 한 조각 한 조각 맛있게 과즙을 빨아들였다.

바로 옆에서 전화기가 울렸다.

"아직 거기 있니? 전화 좀 받아라."

부엌에서 어머니의 목소리가 들렸다. 한동안 못 들은 척 무시하자, 부엌에서 나온 어머니가 "으이그, 아직 있었잖아"라며 드러누운 요노스케를 짓밟으려 했다.

"그럼 있지"라고 요노스케가 대답했다.

"그럼 전화라도 좀 받아!"

어머니가 기가 막혀 하며 수화기를 들었다. 요노스케는 그 등을 바라보며 또다시 손을 뻗어 두 번째 귤을 더듬었다. 그런데 이번에는 리모컨을 잡고 말았다.

전화는 학창 시절의 친구들과 신년회를 하러 나간 아버지에게서 온 듯했다. 어머니가 "너, 시간 있으면 차 가지고 아버지 좀 모시고 와"라고 요노스케에게 말했다.

"아아~ 싫어."

입술을 내미는 아들을 무시하고, "금방 나간대요"라고 어머니가 자기 마음대로 대답해버렸다.

"난 안 간다니까."

"도자에 있는 '사치'라는 술집이래. 너도 알지?"

"몰라."

"여름방학 때 쇼코 양이랑 같이 노래 불렀던 가게잖아."

"아아, 거기."

"얼른 가."

"아이, 그냥 택시로 오지."

"일부러 전화까지 한 걸 보면 아들이랑 한잔하고 싶어서 그런 거겠지."

"누가?"

"누구긴 누구야, 아버지지."

어머니가 어이없다는 듯이 부엌으로 돌아가면서 "몇 번이나 말했지만, 너 크면 같이 술 마시는 게 아버지의 꿈이었단다"라고 말했다.

"무슨 꿈이 그렇게 소박해"라며 요노스케가 웃었다.

"아버지도 설마하니 이런 아들이 될 줄은 몰랐을 테지."

요노스케는 하는 수 없이 고타쓰에서 기어나갔다. 차라리 식객으로 지내는 편이 더 떳떳할 것 같았다. 시내까지 차로 마중 나가기도 귀찮지만, 텔레비전도 같은 이야기만 반복하는 만담가밖에 안 나올 것 같았다. 일어서서 파자마 위에 청바지를 입는데, "너 살쪘니?"라며 부엌에서 어머니가 얼굴을 내밀었다.

1월・새해

"어?" 요노스케는 엉겁결에 배를 어루만졌다. 매일같이 먹고 자기만 하니 어쩔 수 없는 일이겠지만, 채우려는 벨트 구멍이 두 개나 늘어났다. 요노스케는 무리하게 배를 집어넣으며 벨트를 채웠다. 숨을 토해내자, 벨트가 뱃살 속으로 꽉 조여들었다.

"그건 그렇고 돌아갈 비행기 예약은 했어?"

"아직."

"자리는 있고?"

"만석이야."

"그럼 어쩌려고?"

"고래가 후쿠오카로 돌아갈 때, 그 차로 후쿠오카까지 가서 그 녀석 아파트에서 하룻밤 묵고 거기서 돌아갈 거야. 후쿠오카 편은 자리가 있는 모양이니까."

"고래가 지금 후쿠오카 대학에 다니니?"

"대학이 아니라 입시학원."

요노스케는 자동차 열쇠를 들고 현관을 나섰다. 바다에서 불어온 한풍이 금방이라도 떨어뜨릴 듯한 기세로 현관문에 걸어놓은 시메나와(締繩, 새해에 액운과 잡귀를 막는 의미로 장식하는 새끼줄, 금줄—옮긴이)를 흔들어댔다.

시내에 도착해 차이나타운 주차장에 차를 맡긴 요노스케는 아버지가 기다리는 술집으로 향했다. 아직 설 연휴라 쉬는 가게도 많아서 술집이 늘어선 골목은 한산한 편이었지만, 띄엄띄엄 영업을 하는 가게에서는 요란한 노랫소리가 흘러나왔다. 하수천 가의 한 집에 '사치'라고 쓴 간판이 붙어 있었다.

여름방학 때 부모님과 쇼코와 넷이 차이나타운에 갔다 돌아가는 길에 기분 좋게 취한 아버지가 반강제로 끌고 간 가게였다. 제일 귀찮아하던 어머니는 들어가자마자 마이크를 잡고 놓을 줄을 몰랐고, "이런 가게에 들어와 보는 건 처음이에요"라며 흥미진진해하던 쇼코는 급기야 나중에는 카운터 안에까지 들어가서 베테랑 호스티스와 함께 단골손님에게 새 술병을 권했다.

그곳은 50대 마담과 마담의 조카딸이라는 미카 씨가 꾸려 나가는 작은 술집이었다. 가게로 들어가자 안쪽 칸막이 자리에 앉아 있는 아버지 모습이 보였다. 동창생인 듯한 아저씨, 그리고 그 옆에는 젊은 남자가 앉아 있었다.

"어머나, 요노스케 군."

흘러나오는 '찬비'라는 노래방 소리에 질 수 없다는 듯 커다란 목소리를 내며 마담이 반갑게 맞아주었다.

"저어, 아버지 모시러."

길게 있을 생각은 없다는 걸 선언할 작정으로 요노스케가 말했다. 물론 요노스케의 뜻이 전해질 리 없었고, 카운터에서 나온 마담이 요노스케의 등을 떠밀면서 칸막이 자리로 안내했다.

"아뇨, 금방 갈 겁니다."

카운터에서는 미카 씨가 일행으로 보이는 두 아저씨들을 상대하고 있었다.

"어 그래, 요노스케, 여기 앉아라. 마담! 요노스케한테 미즈와리(위스키 등에 물이나 얼음을 타서 묽게 만든 것 ― 옮긴이) 좀 만들어 줘."

결국 정신을 차려보니 요노스케는 거나하게 취해 기분이 좋은 아버지 옆에 앉혀져 있었다. 마담이 재빨리 술잔에 얼음을 넣으며 "어머, 요노스케 군, 살이 좀 쪘나?"라고 말했다. 낙담한 요노스케 옆에서 기분 좋게 취한 아버지가 "만날 밥 먹고 잠만 자대니 살이 찔 수밖에"라며 껄껄 웃기 시작했다.

앞에 앉은 사람은 나카오 씨라는 아버지의 동창생인 듯했다. 그 옆에 앉은 사람은 요노스케와 마찬가지로 갑자기 마중을 나온 그의 아들, 마사키 씨였다. 요노스케는 우선 "처음 뵙겠습니다"라고 두 사람에게 인사를 했다.

"요노스케 군, 도쿄 애인이랑은 잘 돼가?"

건배를 하자마자 마담이 물었다. 요노스케는 진한 미즈와리에 얼굴을 찡그리며 "아, 네. 덕분에"라고 대답했다.

"오호, 요노스케 군은 벌써 애인까지 생겼나?"

전형적인 술꾼 얼굴의 나카오 씨가 요란하게 놀라는 척을 했다.

"이 녀석한테는 아까운 아가씨야."

집다가 놓쳐서 데구루루 굴러가는 땅콩을 테이블 위에서 쫓으며 아버지가 말했다.

"좋은 집안 아가씨잖아요. 말씨도 좀 우스울 정도로 정중하고."

마담의 말에 요노스케가 고개를 크게 끄덕거렸다.

"그죠? 말씨 이상한 거 맞죠? 아, 다행이다. 왠지 아무도 그런 걸 신경 쓰지 않아서 이상했어요. 나 혼자만 그런가 하고 조마조마했다니까요."

"설에도 데려오면 좋았을걸."

"연말연시에는 가족들과 함께 나스 고원의 별장으로 스키 타러 간대요."

"별장으로 스키? 세상에나 진짜 부잣집 아가씨네."

"아 글쎄, 그렇다니까. 보나마나 이 녀석도 금방 차일 거야."

말참견을 하며 아버지가 마담의 어깨를 끌어안았다. 아들 앞이니 좀 조심해줬으면 하는 생각은 들었지만, 카운터 손님이 부르는 〈브랜디 글라스〉 실력은 형편없었고, 독한 미즈와리를 마셔서 그런지 차츰 될 대로 되라는 식으로 변했다.

벨벳 소파에 담뱃불에 탄 자국이 몇 개나 나 있었다. 지금은 간신히 참을 수 있지만, 조금 더 취하면 틀림없이 손가락을 찔러 넣을 것 같았다.

"……너도 이왕 도쿄 변두리까지 나갔으니 애인이라도 하나 데리고 와봐."

노래책을 펼치고 있던 나카오 씨가 갑자기 아들 마사키에게 말을 건넨 건 바로 그때였다. 모두 다 기분이 좋아 보여서 그곳은 흥겨운 자리라고만 믿었던 요노스케였지만, 새삼스레 생각해 보니 요노스케가 도착한 후로 그 마사키라는 사람은 아직까지 한마디도 하지 않은 상태였다. 한두 살 연상으로 보여서 "도쿄예요?"라고 요노스케가 존댓말로 물었다.

응, 그래. ○○에 살아.

아하, 그러시군요.

대화가 그렇게 이어질 줄로만 알았는데, 웬일인지 그는 발끈한 표정으로 노려보았다.

요노스케는 한두 살이 아니라 좀 더 연상일지도 모른다고 생각을 고치고, "도쿄에 살고 계신가요?"라고 좀 더 정중하게 물었다. 그래도 안 되면 영어로 물어볼까 생각하며 혼자 키득거릴 뻔한 순간이었다.

"도쿄 대학생이라고 해봤자 별 볼 일도 없어"라고 마사키가 내뱉은 것이다.

순간, 자리에 어색한 공기가 흘렀지만 카운터 손님이 부르는 〈브랜디 글라스〉 때문에 두드러지지는 않았다.

"도쿄 대학생이라고 해봤자 별 볼 일도 없다고. 부모 돈으로 놀러나 다니면서 우쭐대기나 하지."

간신히 그럭저럭 넘어갈 뻔했는데, 마사키가 또다시 입을 열었다.

"아 맞다, 마사키 군은 일한다고 했지. 음, 하네다 공항이라고 했던가? 거기도 활주로에서 일하려면 겨울엔 꽤 춥겠네?"

중재에 나서듯 마담이 끼어들었지만, 독한 미즈와리에 취해 있던 마사키의 욕설은 멈추지 않았다.

"시부야 같은 데 가보면 이런 바보 같은 대학생이 득실거리지.

부모한테 돈이나 받아 쓰는 주제에 단체 미팅입네 댄스파팁네, 지들이 아주 대단한 줄 알아. 네 놈들 손으로 직접 벌어서 쓰란 말이야."

 요노스케의 아버지는 별 볼 일 없는 직장인이었다. 나카오 씨도 대학생으로는 보이지 않았다. 마담은 마담이고……. 그렇다면 마사키가 말한 '이런' 바보 같은 대학생이란 틀림없이 요노스케를 가리키는 말이었다.

 "어이, 그만해." 그제야 아들의 폭언을 알아차린 나카오 씨가 끼어들었다. 그러나 효과는 없었다.

 "야, 뭐라고 말 좀 해보시지. 내 말이 다 맞으니까 아무 말도 못하는 거 아냐."

 마사키가 금방이라도 달려들 것처럼 허리를 들자, 마담이 황급히 마사키의 어깨를 잡아 눌렀다. 기본적으로 요노스케는 싸움에는 서툴렀다. 그러나 그 말을 무시하고 "마담 아줌마, CCB의 〈로맨틱이 멈추지 않아〉 부를게요!"라고 분위기를 바꿀 수 있을 것 같지도 않았다. 게다가 제아무리 요노스케라도 발끈하며 머리로 피가 솟구쳤다.

 "놀기만 하는 게 아닙니다! 학교에서 수업도 듣고 아르바이트도 합니다!"

 무슨 까닭인지 요노스케는 옛날부터 피가 머리로 솟구치면 이상하게 말투가 존댓말로 바뀌어버렸다.

 "아르바이트야 고작해야 아르바이트지. 그게 일 축에나 끼냐.

까불지 마!"

"까부는 게 아닙니다!"

말투는 점점 더 이상해졌다. '까부는 게 아닙니다!'라고 말한 뒤, 지금 심정은 훨씬 더 화가 난 상태라고 덧붙이고 싶었다.

"너희 같은 학생 놈들을 보면 열 받는다고!"

"저도 그런 생트집을 잡으면 열 받습니다!"

요노스케가 되받아친 직후였다. 마치 깜짝 상자라도 열린 것처럼 마사키가 눈 깜짝할 사이에 주먹을 움켜쥐고 돌진해왔다. 그러나 꽤 취한 상태라 마사키의 발걸음이 비틀거렸다. 테이블의 술잔이 떨어지고, 마담이 술로 탁해진 목소리로 비명을 질렀다.

순간적으로 들어 올린 요노스케의 다리가 운 좋게 마사키의 배를 차는 바람에 마사키는 그대로 마담 무릎 위에 푹 고꾸라졌다.

"야, 그만해!"

두 아버지의 목소리가 동시에 울려 퍼졌다. 그쯤 되자 '브랜디 글라스 손님'도 노래를 멈춰서 반주만 흘러 나왔다.

마담 무릎에서 일어선 마사키가 "아, 진짜 성질 건드리네!"라고 외치며 다시 달려들었다. 요노스케는 또다시 다리를 내밀었지만 한발 늦는 바람에 얼굴에, 상중하로 표현하자면 중쯤 되는 펀치를 얻어맞고 말았다.

"아야!"

"어허, 그만하라니까, 그만!"

두 아버지도 자리에서 일어나 뒤엉키는 아들들을 떼놓으려 했다. 그러나 아무리 '중'이라고 해도 그대로 얻어맞은 채 끝내기는 요노스케도 억울했다. 앞으로 넘어지는 마사키의 몸을 밀쳐내며 그 코에 있는 힘껏 펀치를 먹였다.

"밖으로 나와! 밖으로!"

얼굴이 창백해진 마사키가 소리쳤다. 마음속으로는 '얼마든지 나가주지!'인데, 무슨 영문인지 "나가겠습니다!"라고 외치고 말았다.

마사키가 어깨를 움켜잡았다. 요노스케도 분해서 그 소매를 움켜잡았다. 한쪽은 어깨, 한쪽은 그 소매를 움켜쥐고 있어서 마치 포크댄스라도 추는 것 같았다.

"그래, 나가라, 나가. 얼른."

진절머리가 난다는 듯 두 아버지가 말했다.

"그래서 밖으로 나가서 마사키 군이랑 싸웠다는 거지?"

부엌에서 어이없어하는 어머니 목소리가 들렸다. 고타쓰에서 눈가에 반창고를 바꿔 붙이던 요노스케가 "그래"라며 입을 내밀었다.

"그래, 엄마도 거기까진 이해하겠어. 그런데 어떻게 그 일이 갑자기 만석이었던 내일모레 비행기 티켓을 구하는 얘기가 되었냐는 거야."

"아 글쎄, 아까 말했잖아."

요노스케가 지겹다는 듯 대답하면서 얼굴을 찡그리며 반창고를 떼어냈다. 테이프 부분이 상처를 잡아당기는 바람에 자기도 모르게 "아야야야" 하는 소리가 흘러나왔다.

어젯밤 요노스케와 마사키는 기세 좋게 술집 '사치' 밖으로 나갔다. 그러나 애당초 싸움에 약한 요노스케와 진탕 취한 마사키가 맞붙어 겨뤄본들, 솔직히 길고양이도 그 사이를 유유히 지나칠 정도였다. 실제로 술 취한 구경꾼까지 "너희들 싸움을 보고 있으니 잠이 쏟아질 지경이다"라고 불평을 했을 정도다. 그러나 싸움에 임하는 쪽은 나름대로 진지하게 싸우기 때문에 아무리 구경꾼에게 힐책을 당했다 해도 싸움이 끝난 후에는 녹초가 되게 마련이다. 5분쯤 맞붙어 싸운 후였다. 서로 어깨로 숨을 들썩이며 길가에 웅크려 앉아 있었다. 아버지가 두 사람이나 옆에 있으니 상황쯤은 살피러 나와 보면 좋으련만 술집 '사치'의 문은 꿈쩍도 하지 않았다.

"도쿄엔 언제 가!"라고 마사키가 버럭 소리를 친 것은 바로 그때였다.

"내일모레 갈 예정인데 티켓을 못 구했단 말입니다!"라고 요노스케가 되받아쳐 소리를 치자, "취소 티켓 대기자 순서 정도는 앞당겨줄 수 있어!"라고 마사키가 소리쳤다.

"어떻게요!"

"그야 하네다 공항에서 일하니까 그 정도는 할 수 있지!"

"취소가 안 생기면 못 타잖아요!"

"대기자 번호가 1, 2번이면 반드시 타게 돼 있어!"

맞붙어 싸운 직후였다. 서로의 말투는 난폭했지만 정신을 차려 보니 요노스케는 구하지 못했던 도쿄행 티켓을 손에 넣게 된 것이다.

"그래서 그 마사키 군이랑 같이 도쿄로 돌아간다고?"

부엌에서 어머니가 웃었다.

"자리는 따로따로 앉을 거야."

"잘됐네. 어찌 됐든 티켓은 구했으니."

요노스케는 둥글게 만 반창고를 텔레비전 옆에 있는 쓰레기통에 던졌다. 평소와 달리 웬일로 한 번에 쏙 들어갔다.

그런 사정으로 요노스케는 묘한 관계인 마사키와 함께 도쿄로 돌아왔다. 하네다 공항에서 비행기를 내려 출구로 향하는 도중, 요노스케는 인사라도 할 생각으로 앞서 걸어가던 마사키를 쫓아갔다. 자리는 따로따로 받았지만, 대기자로 받은 자리가 하필이면 통로를 사이에 둔 마사키의 옆자리였다. 마사키의 볼에는 찰과상이 남아 있었고, 요노스케의 오른쪽 눈은 살짝 부어 있었다. 통로를 사이에 두긴 했어도 두 사람이 나란히 앉아 있으면 싸웠다는 건 누구나 한눈에 알 수 있었다. 그러나 두 사람 다 고집스러운 점까지 닮았는지 손을 뻗으면 어깨를 두드릴 만한 거리인데도 결국은 도쿄에 도착할 때까지 말 한마디 건네지 않았다.

"저, 고마웠습니다. 덕분에 잘 왔습니다."

출구를 나간 곳에서 마사키를 쫓아간 요노스케가 무뚝뚝하게 인사를 했다.

"아아."

귀찮다는 듯이 마사키가 대답했다.

"그럼, 전 여기서."

요노스케가 모노레일 승차장으로 걸어가려는데 "너, 어디 살아?"라고 마사키가 물었다.

"히가시쿠루메에 사는데요"라고 요노스케가 대답했다.

"그럼 혹시 다나시 옆 말이야?"

"그런데요……."

"뭐야, 그런 데 살았어? 나도 여기서 다나시까지 가는데 차 타고 갈래?"

마사키라는 이 남자, 친절한 건지 예의가 없는 건지 도통 알 수가 없었다.

"다나시에 사세요?"

"아니, 여자친구가 차로 마중 왔어. 그 친구 집이 다나시야."

"여자친구 있었네요?"

그럼 술집 '사치'에서도 그렇게 말했으면 얼마나 좋은가. 그러면 맞붙어 싸울 일도 없었을 것이다. 은근히 화가 났지만, 요노스케도 바보는 아니었다. 여기서 모노레일을 타고 하마마쓰초, 거기서 야마노테 선으로 다카다노바바, 거기서 다시 세이부 선으로 갈아타고 약 한 시간. 아무리 생각해도 마사키의 여자친구 차를 얻어 타고 횡하니 가는 게 편할 것 같았다.

"괜찮습니까?"라고 요노스케가 물었다.

"괜찮으니까 말한 거 아냐."

"그야 그렇지만."

걷기 시작한 마사키 뒤를 요노스케가 따라 걸어갔다. 그러나 그대로 싸움 상태인 마사키에게 계속 신세만 지는 건 제아무리 요노스케라도 남자 체면이 말이 아니었다.

"저어"라고 요노스케가 마사키를 불러 세웠다.

"……저, 지금 도착했다고 여자친구한테 전화하고 싶은데 잠깐 괜찮을까요?"

언제까지고 쓸데없는 자존심 싸움을 하는 두 사람이었다. 쇼코에게 도착했다는 전화를 한다고 해서 마사키보다 남자 가치가 올라갈 리도 없었다.

멈춰 선 마사키가 바로 옆에 있는 공중전화를 턱짓으로 가리켰다. 요노스케는 공중전화로 달려가 지갑에서 전화카드를 꺼내 쇼코의 집으로 전화를 걸었다. 설날에 별장에서 지내던 쇼코가 "새해 복 많이 받으세요"라는 전화를 건 후로 요 며칠간 통화를 못 했다. 신호음이 몇 번 울린 후, 평상시처럼 가사도우미 아주머니가 전화를 받았다. 쇼코를 바꿔달라고 하자 "잠깐만 기다리세요"라고 수화기를 내려놓더니 꽤 오랜 시간이 지난 후에야 "여보세요?"라는 소리가 들려왔고, 그것은 쇼코 어머니의 목소리였다.

"새해 복 많이 받으십시오. 저, 요코미치입니다만, 쇼코 씨는?"

허둥지둥 인사를 하면서 요노스케는 바깥쪽으로 시선을 돌렸다. 여자친구로 보이는 여성과 마사키가 이쪽을 보면서 무슨 얘기를 나누고 있었다.

아버지에게도 소개하지 않았을 정도니 얼마나 형편없는 여자가 나타날까 했는데, 도착한 사람은 수화기 너머에서 들리는 쇼코 어머니의 목소리까지 멀게 느껴질 정도로 미인이었다.

"……여보세요? 요노스케 씨? 듣고 있어요?"

수화기에서 쇼코 어머니의 목소리가 들려서 요노스케는 허둥지둥 대답했다.

"아, 네."

"그래서 말이죠, 쇼코는 요노스케 씨가 걱정할 테니 말하지 말라고 했는데."

"네?"

"쇼코 말이에요. 새해 초에 스키 타다 뼈가 부러져서."

"어?"

"어라니, 내가 방금 말했잖아요."

"죄, 죄송합니다. 어? 괘, 괜찮습니까?"

"대단한 건 아니에요. 그런데 그 애가 '이제 못 걷게 될지도 모른다'고 하도 난리를 피워서……."

쇼코 어머니의 말이 끝나자 요노스케는 마사키가 있는 곳으로 달려갔다. 핏기를 잃고 달려간 요노스케를 보더니 마사키와 여자친구가 한 발짝 뒤로 물러섰다.

"왜, 왜 그래?"

"여자친구가 크게 다쳐서, 아니, 큰 부상은 아니지만, 아무튼 입원한 모양이라……."

침을 튀며 설명하는 요노스케에게서 두 사람은 한 발짝 더 뒤로 물러섰다.

또다시 돌아가는 사정상 마사키의 여자친구 차로 요노스케를 병원까지 데려다주게 되었다. 그렇게 되면 두 사람이 돌아서 가야 하기 때문에 요노스케는 "모노레일로 가겠습니다"라고 거절했다. 그러나 마사키의 여자친구가 친절한 사람이라 "어차피 우리도 신주쿠에서 쇼핑하고 돌아갈 생각이었어요"라며 훤히 들여다보이는 거짓말까지 해주었다.

핸들을 잡은 사람은 마사키였다. 뒷좌석에 놓인 쿠션이나 대시보드의 장식을 보니 여자의 자동차가 틀림없었다.

차 안에서 "고향 후배?"라고 마사키의 여자친구가 질문했다. 제대로 대답해주면 좋을 테지만, 마사키는 귀찮은 듯이 "뭐, 그런 셈이지"라며 고개만 끄덕였다. 이제 와 새삼스레 술집 '사치'에서 우연하게 만난 일부터 맞붙어 싸운 일, 그 후 티켓 알선까지를 있는 그대로 설명하기도 번거로워서 요노스케도 결국은 마사키의 고향 후배 — 아마도 그녀의 이미지로는 사이가 좋은 — 인 척하기로 했다.

"스키장에서 부상을 당했는데 신주쿠 병원까지 옮겨졌다면 그렇게 걱정할 일은 아닐 거예요"라고 여자친구가 말해주었다. 남자와는 달리 됨됨이가 좋은 사람이었다.

실제로 그럴 거라는 생각은 하면서도 요노스케는 자기는 감기도 안 걸리는 사람이라 입원이라는 말만으로도 주눅이 들었다.

초등학교 4학년 때 같은 반 남학생이 교통사고를 당한 적이 있었다. 후진하는 자동차와 일어난 자전거 접촉사고라 크게 다친 것도 아니었다. 웬일인지 문병 가는 반대표 세 명 중 하나로 선발된 요노스케는 병원에 도착할 때까지는 수업을 빠지는 게 신이 났을 뿐이었다. 그런데 막상 병원 앞에 서자 피범벅으로 붕대를 감고 있는 친구의 모습을 상상하는 바람에 한심하게도 복도에서 정신을 잃고 말았다. 깨어나 보니 예상보다 훨씬 건강한 그 친구의 침대에 나란히 눕혀져 있었던 것이다.

마사키의 난폭한 운전 덕분에 모노레일이나 전차를 탄 것보다도 훨씬 빨리 신주쿠의 병원에 도착했다. 차에서 내린 요노스케는 운전석의 마사키와 조수석의 여자친구에게 고개를 깊이 숙이며 차를 배웅했다. 마사키와 연락처를 주고받은 것도 아니었다. 여자친구는 이름조차 못 들었다. 병원 부지를 벗어난 차는 큰 도로의 자동차 중 한 대가 되었다. 불현듯 저 두 사람과는 두 번 다시 못 만나겠지 하는 생각이 들었다.

차가 시야에서 사라지자, 요노스케는 1층 접수처로 가서 쇼코의 병실을 물었다. 알려준 층으로 향하는 엘리베이터에서 내릴 때까지는 어스름한 복도 끝 막다른 병실에 쇼코가 다른 환자들과 나란히 누워 있는 어두운 이미지를 떠올렸는데, 엘리베이터에서 내리자 바로 코앞이 가르쳐준 병실이었다. 열어놓은 병실 문에서 쇼코의 웃음소리가 들렸다.

반은 마음이 놓이고, 반은 맥이 빠진 요노스케가 열린 문을 노크했다. 칸막이 너머에서 중년 간호사가 얼굴을 내밀더니 "문병하러 오신 모양이네요"라고 전했다.

"네~에" 하고 안에서 들려오는 쇼코의 목소리 역시 건강한 듯해서 요노스케는 복도에서 "나야"라고 말을 건넸다.

"요노스케 씨?……아니 그게 아니고, 요노스케? 벌써 도착한 거야?"

여전히 편하게 말을 놓는 게 어색한 모양이다. 그런 쇼코의 목소리에 겹치듯이 "그럼 저는 이만 가볼게요"라며 간호사가 나갔다. 요노스케는 말없이 고개를 숙이고 교대하듯 병실로 들어갔다. 칸막이 앞에서 들여다보자, 왼쪽 팔과 다리에 요란한 붕대를 감은 쇼코가 상반신을 일으키고 앉아 있었다.

"쇼, 쇼코……."

달리 할 말이 떠오르지 않았다.

"걱정 말아요. 난 괜찮으니까."

요노스케는 머뭇머뭇 침대로 다가갔다.

"……지금 간호사님이 엄마한테 온 소식을 전해줬어요. 요노스케 씨가, 그게 아니라 요노스케가 여기 올지도 모른다고. …… 그건 그렇고 하네다에서 여기까지 오는데 굉장히 빨리 도착한 거 아닌가?"

"차로 왔으니까."

"택시?"

"그게 아니라, 아는 사람 차."

"아는 사람이라니?"

"……흠 뭐라고 해야 하나, 고향 선배?"

요노스케 역시 설명하기 성가셨던 것이다.

쇼코의 병실은 1인실이었다. 베갯머리 테이블에 놓인 커다란 꽃병에는 백합이 꽂혀 있고, 널찍한 창으로는 눈부신 햇살이 비쳐 들었다. 텔레비전과 화장실이 딸린 방을 한 바퀴 둘러본 요노스케가 "왜 연락을 안 했어"라며 새삼스레 불평을 쏟아냈다.

"모처럼 고향에 설 쇠러 갔는데 걱정 끼칠 것 같아서……."

"이럴 때 걱정 안 하면 언제 걱정해."

"어머……."

무심코 흘러나온 요노스케의 말에 쇼코의 표정이 변했다.

"……내가 다치면 쇼코에게 꼭 연락할 테니까, 그리 알아."

다른 표현도 있을 테지만, 쇼코에게는 요노스케의 마음이 전해진 듯했다.

도서관 복사기 앞에서 차례를 기다리면서 요노스케는 앞 학생의 등을 멍하니 바라보고 있었다. 앞 학생의 발밑에 놓인 자료를 보니 아직도 시간이 꽤 오래 걸릴 것 같았다. 그렇게 생각하는 요노스케의 손에도 수업을 같이 듣는 친구에게 5백 엔을 주고 빌린 두툼한 지리학 노트가 들려 있었다. 이번 주말이 제출 마감인 '문화와 지역'이라는 제목의 리포트에 참고하려고 일단 빌리긴 했는데, 손에 든 노트는 무거웠고 뒤적뒤적 넘겨보니 깨알 같은 글씨, 꼼꼼한 도표와 함께 각종 자료가 셀로판테이프로 붙어 있었다.

머리가 좋아 보이는 녀석한테 빌린 게 잘못이다. 불성실해 보이는 녀석한테 빌렸으면 좀 더 요점만 적어놓은 노트였을 텐데.

잠만 자던 겨울방학도 이미 끝났다. 끝나자마자 요노스케의 생활도 또다시 바빠졌다.

마사키와의 만남이 불씨였는지 모르지만, 도쿄에 돌아와 보니 쇼코는 입원해 있었고, 매일같이 문병 가고 싶은 마음이야 굴뚝같았지만, 때마침 학교 시험 기간이라 도저히 꾀를 부릴 수 없었다. 게다가 연말연시에 쉰 탓에 호텔 아르바이트도 일주일에 사흘 정도는 들어 있었다.

앞의 학생 복사가 이윽고 끝나가려 했다. 드디어 순서가 되었구나 하며 요노스케가 지갑에서 잔돈을 꺼냈다. 그런데 자료를 발밑으로 내린 그 학생이 가방에서 새 교과서를 꺼내 복사하기 시작했다.

"저어, 그건 복사가 몇 페이지나 되나요?"

요노스케도 기다리다 지쳐 말을 건넸다. 뒤로 돌아본 여드름 난 남학생은 자기도 지겹다는 듯이 교과서를 내밀며 50페이지 정도를 잡아 보였다.

"복사한 만큼 이 자리에서 머릿속에 다 들어가면 좋겠지만……"이라며 남학생이 한숨을 내쉬었다.

요노스케도 빌린 지리학 노트를 팔랑팔랑 넘기며 "정말이지 소금이라도 쳐서 먹어버리고 싶다니까요"라고 말을 받았다.

쓴웃음을 웃은 남학생이 복사 작업으로 돌아갔다. 이젠 뚜껑을 닫기도 귀찮은지 버튼을 누를 때마다 녹색 광선이 여드름 난 남학생의 얼굴을 훑고 지나갔다.

요노스케는 웅크리고 앉아 일정표 수첩을 펼쳤다. 영어 1, 영어 2, 서양사, 불어, 경영학, 산업개론, 무역론······. 2주간에 걸쳐 시험과 리포트 제출 예정이 꽉꽉 들어차 있었다.

그날 가까스로 복사를 마친 요노스케는 아르바이트 갈 때까지 시간이 비어서 쇼코를 문병하러 갔다. 복잡골절된 것은 발뿐이라 간호사 얘기로는 약간의 통증을 참고 목발로 걷는 편이 좋은 듯했지만, 쇼코는 파자마 차림을 남에게 보이는 게 싫어서 밖에 나가지 않는 모양이었다. 그러나 병실에서 마땅히 할 일도 없는지 요노스케가 병문안을 가면 어쩐지 심각한 표정으로 신문만 읽고 있었다.

그날도 요노스케는 역 매점에서 스포츠 신문과 석간 세 개쯤을 선물로 사들고 갔다. 주요 일간지 석간은 병원 매점에서도 살 수 있는 것 같았다.

"쇼코, 스포츠 신문 사 왔어."

병실로 들어가자 쇼코는 역시나 신문을 읽고 있었다. 무슨 기사를 읽고 있었는지는 몰라도 심각한 표정으로 "경성배(京成杯, 일본 중앙경마회가 야마나카 경마장에서 실시하는 큰 상이 걸린 경주 — 옮긴이) 결과 실렸어?"라며 경마 결과를 물어왔다.

"마권도 안 산 사람이 그런 게 재미있나?"

요노스케는 석간을 건네주고 익숙한 손놀림으로 파이프 의자를 꺼내 앉았다.

"심심하니까 그렇지. 일본 정치는 움직일 줄 모르고, 페레스트로이카라는 것도 말만 무성하지 정보는 하나도 안 들어오고."

"그렇다고 아무렴 경마 예상이나 할까?"

"그것보다 요노스케……의 시험은 잘 돼가고 있어?"

"저기, 그 말투 말인데, 불편하면 원래대로 돌아가도 돼. 듣다 보면 내가 그 공백에다 '씨' 자를 넣고 싶어진다니까."

"아냐, 난 한 번 정한 건 절대 되돌리지 않아."

"……뭐, 그럼 됐고."

"아 참, 그렇지. 퇴원 날짜가 결정 났어."

"정말? 언제?"

"이번 일요일. 퇴원 후에는 통원 치료야. 몸이 이 모양이니 오가는 건 힘들겠지만……."

"걱정 마. 내가 같이 다녀줄게."

"정말? 그럼 병원 오기 전에 요노스케…… 집에 먼저 들를게."

"됐어. 그렇게 멀리 돌 필요 없어. 내가 쇼코 집으로 갈 테니까."

"그렇지만 그럼 다시 신주쿠까지 나와야 하잖아?"

"그렇긴 하지."

"자, 그럼 여기서 만나기로 할까?"

"여기라니? 병원?"

"딱 중간이잖아."

"아, 그건 그러네."

요노스케는 쇼코가 다 읽은 신문을 힐끔 쳐다봤다. 어지간히 심심했는지 소비세 찬반 논란 기사에 빨간 펜으로 '반대'라고 적혀 있었다.

구라모치가 오랜만에 전화를 한 것은 기말시험과 아르바이트와 쇼코 문병에 지친 요노스케가 오늘 밤만은 한 발짝도 나가지 않기로 결심하고 일찍부터 잘 준비를 하고 있을 때였다. 수화기 너머에서 들려온 구라모치 목소리는 마지막 만났을 때 갑자기 눈물을 보인 인상이 강해서였는지 요노스케가 예상했던 것보다 훨씬 밝았다.

"미안하다. 이것저것 신세를 졌는데 그동안 연락도 못 하고."

전화를 받자마자 구라모치가 첫 마디부터 어울리지도 않는 말을 늘어놔서 요노스케까지 엉겁결에 "나도 걱정돼서 연락해볼까 하던 참인데"라고 말하고 말았다.

연말연시는 멍청하게 보내고, 새해가 밝으면서부터 왠지 이래저래 바빠져서 솔직히 구라모치 생각은 전혀 못 했는데, 말이라는 게 참 편리해서 그렇게 말하고 나니 그렇게 전해지는 모양이다.

"고맙다. 그렇게 말해주니 아직 빌린 돈도 못 갚은 내 처지에서는 연락하기도 부담 없고 좋네."

"돈은 언제든 상관없어. 어차피 곧바로 쓸 돈도 아니었는데, 뭐."

"12월엔 역시나 안 나왔지만, 여름 보너스는 받을 거 같으니까 그때는 꼭 갚을게."

"그런 건 언제든 괜찮다니까. 그보다 언제 술이나 한잔하자."

요노스케는 그렇게 말하며 한쪽 다리를 이불 속으로 밀어 넣었다.

"그야 좋지. 실은 그래서 전화했어. 나 지금 무사시코가네이 역에 있거든. 일이 지금 막 끝나서. 요즘에 영업 일로 이 주변을 돌아다녀. 생각해보니 너희 집이 여기서 가깝고, 혹시 시간이 있으면 오랜만에 술이라도 한잔하러 나와줄까 싶어서."

이미 한쪽 다리를 이불 속에 넣고 있었고, 구라모치의 말에도 묘하게 정중한 기미가 느껴졌다. 요노스케는 거절할 생각으로 시계를 쳐다봤다. 그러나 아직 일곱 시 전. 도저히 "이렇게 늦게?"라는 말을 할 수는 없었다.

요노스케의 침묵에 "미안, 내일도 학교 나가지"라고 구라모치가 입을 열었다. 내일 불어 시험이 있는 건 사실이지만, 충분한 수면을 취한다고 해서 점수가 올라갈 리도 없었다.

"그럼, 나가볼까?"

"진짜?"

"20분이면 갈 수 있을 거야."

"기다릴게."

요노스케는 파자마 대신 입은 트레이닝복 위에 청바지를 입고, 마루이에서 할부로 산 방한용 점퍼를 걸쳤다. 먹고 있던 엔젤파이까지 입에 물고 방에서 나갔다. 밖으로 나선 순간, 같은 층에 사는 교코가 계단을 올라왔다.

"어머, 요노스케 군이네."

"와, 정말 오랜만이네요. 잘 지내셨어요?"

"요노스케 군이야말로 방에 불이 전혀 안 켜져서 혹시 몰래 이사 가버렸나 했는데."

"아르바이트니 뭐니 바빠서 거의 잠만 자러 오니까요. 그래도 왠지 이런 게 도시 생활다운 느낌은 드네요."

"그건 또 무슨 소리야?"

"우리 시골 같은 데서는 사흘이 멀다 하고 앞집 아줌마랑 마주치니까요."

본격적으로 대화를 시작하려는 요노스케에게 "나가는 거 아니었어?"라며 교코가 제동을 걸었다.

"아, 맞다. 지금부터 친구랑 무사시코가네이 역에서 한잔하기로 했는데."

"정말 바쁜 모양이다."

"괜히 쓸데없이 바쁘기만 한 거죠, 뭐."

"왠지 처음에 요노스케 군을 봤을 때는 이런 학생이 도쿄에서 혼자 살아갈 수 있을까 걱정스러웠는데, 이제는 그야말로 청춘을 만끽하는 느낌이네."

"그런가요?"

"그럼. 나랑 처음 만난 날, 요노스케 군은 아직 이불도 도착하지 않아서 안절부절못하고 불안해했잖아."

"그랬죠. 생각해보면 제가 도쿄에서 처음으로 제대로 말을 주고받은 사람이 교코 씨네요."

"물론이지. 난 요노스케 군의 도쿄 친구 1호니까."

"저, 조금 변했나요?"

요노스케의 질문에 교코가 품평을 하듯 요노스케를 바라보더니 "응, 변했어"라며 고개를 끄덕였다.

"그래요?"

"응. 요노스케 군이 지금 이리로 이사를 온다면 난 아마 말을 안 시킬 거야."

"에!? 왜요?"

"⋯⋯모르겠어. 지금 그냥 문득 그런 생각이 드네."

"인상이 나빠졌다는 뜻인가요?"라고 요노스케가 물었다.

교코가 진지한 표정으로 생각에 잠겼다.

"⋯⋯그건 아닌 것 같은데."

"그럼, 뭐죠?"

"으음⋯⋯ 갓 상경했을 때보다⋯⋯."

"때보다?"

"⋯⋯빈틈이 없어졌다!?"

"빈틈?"

"그래, 빈틈."

"저기, 제 입으로 이런 말 하긴 뭣하지만, 저는 늘 사람들한테 '넌 빈틈투성이야'라는 말을 듣는데요."

"아, 물론 그렇긴 하지. 요노스케 군이 빈틈이 많은 건 확실해. 그렇긴 한데 그래도 그게 점점 채워진 것 같다고 할까……."

"왠지 어중간하네요."

"맞아, 그렇게 어중간하지 않으면 그땐 정말로 요노스케 군이 아닌 거지. 그 부분을 잘 간직해야 해."

"어떻게 하면 어중간한 걸 간직할 수 있나요? ……아니, 잠깐만. 그보다 그런 건 간직하고 싶지도 않아요."

허둥거리는 요노스케를 보며 교코가 웃음을 터뜨렸다.

"약속 있다면서?"

"아, 맞다."

구라모치에게 자전거로 20분이면 도착한다고 했는데, 자전거를 타기도 전에 이미 10분이나 지나가 버렸다.

교코에게 작별을 고하고 요노스케는 자전거를 세워둔 1층으로 내려갔다. 자전거를 구르며 달려가는데 왜 그런지 맨션에 처음 도착했던 날이 떠올랐다.

인도 유학을 다녀왔다는 화려한 경력을 가진 교코 앞에서 자기는 요노스케라는 이름의 내력밖에 할 얘기가 없다며 몹시 부끄러워했다.

"무슨 소리야. 앞으로 온갖 것들이 늘어날 텐데."

교코는 분명 그런 말로 위로해주었을 것이다. 그런 교코가 "그때보다 빈틈이 없어졌다"고 말했다. 실제로 신변에 뭔가가 늘어났을 거라고 요노스케는 생각했다. 그러나 그것이 무엇인지 도무지 알 수가 없었다. 아니, 어렴풋하게는 알 것 같았지만, 그것이 앞으로도 자기 곁에 있을지 없을지는 알 수 없었다.

차가 많이 막히는 고가네이 가도를 요노스케는 자전거로 순조롭게 달려갔다. 도중에 교통량에 비해 도로 폭이 극단적으로 좁아지는 장소가 있는데 그곳을 빠져나가는 대형 트럭 풍압에 핸들이 꺾여 하마터면 빨려 들어갈 뻔했다.

만약 거기서 핸들을 잡은 손이 미끄러지기라도 하면 그 거대한 타이어에 빨려든다 생각하니 흔하디흔한 도로의 흰 선이 소중한 구명줄처럼 보였다.

자전거에 올라탄 지 정확히 20분 후, 요노스케는 구라모치와 만나기로 한 역 앞 개찰구에 도착했다. 그런데 역 앞 광장에 구라모치의 모습이 보이지 않았다. 혹시 반대편 개찰구에 있나 싶어 요노스케가 막 움직이려 한 순간, "야, 어디 가" 하며 아저씨 하나가 이쪽으로 다가오며 말을 건넸다. 다시 아저씨 쪽으로 시선을 돌리니 그게 바로 구라모치였다.

"구라모치?"

"그래. 아까부터 손을 흔드는데 왜 무시해?"

"아니, 난 웬 아저씨가 반갑게 손을 흔드나 했지……."

"아저씨?"

처량해 보인다는 말을 아직 스무 살밖에 안 된 친구에게 써도 좋을지 어떨지 망설여지지만, 요노스케의 부족한 어휘로는 눈앞의 구라모치를 달리 표현할 방법이 없었다.

"일 마치고 돌아가는 길이라서."

"야, 아무리 그렇다고 해도."

입학식 때 말고는 양복을 입어본 적도 없는 요노스케마저도 무심코 손을 뻗어 그 헐렁한 넥타이를 바로잡아주고 어긋난 양복 어깨 패드도 제자리로 돌려주고 싶어졌다.

"이거 누구 양복이야?"라고 요노스케가 물었다.

그렇게 묻고 싶어질 만큼 사이즈가 안 맞았기 때문이다.

"양복이 한 벌밖에 없다고 하니까 사장이 옛날에 입던 걸 주더라."

"어쩐지. 아무리 봐도 풍채 좋은 부동산 사장님 사이즈잖아."

더 이상 낡은 양복 얘기는 하고 싶지 않은지 구라모치가 요노스케를 무시하고 걷기 시작했다.

"어디 가?"라고 요노스케가 그 등에 대고 물었다.

"저쪽 뒷골목에 대폿집이 보이던데, 거기도 괜찮겠지?"

뒷골목. 대폿집. 남이 물려준 옷을 입으면 입에 담는 어휘까지 처량해지는 모양이다.

북적거리는 술집 카운터에 자리를 잡자마자, 요노스케는 임신

한 새색시인 아쿠쓰 유이의 소식부터 물었다. 카운터에 나온 생맥주로 건배를 한 구라모치가 "엄청나"라며 손으로 부풀어 오른 배 모양을 만들었다.

"그 뭐냐, 텔레비전에 나오는 것처럼 입덧 같은 게 심한가?"

"그런 시기는 벌써 지났지."

"같이 사는 거지?"

요노스케의 당연한 질문에 구라모치가 어이없다는 듯 고개를 끄덕였다.

"……실은 장모님이 여러 가지로 보살펴주셔서 큰 힘이 돼. 우리 둘뿐이었다면 이런 생활을 꾸려가긴 정말 힘들었을 거야."

"그야 당연하지. 불과 얼마 전까지만 해도 애들이었으니까."

무심코 흘린 요노스케의 말에 어묵으로 뻗치던 젓가락을 멈춘 구라모치가 "맞아, 그랬지"라며 고개를 크게 끄덕거렸다.

고개를 끄덕이며 삶은 달걀을 먹는 구라모치의 옆얼굴은 요노스케가 알고 있던 구라모치와 조금도 달라진 게 없었다. 지금은 사이즈가 안 맞는 양복 차림이지만, 거기에 폴로 재킷이라도 입으면 당장이라도 "야, 둘째 시간 빼먹고 당구장 안 갈래?"라는 말을 꺼낼 것만 같았다.

그러나 배가 나온 아쿠쓰 유이 쪽은 그럴 수도 없을 거라고 요노스케는 어렴풋이 상상을 해봤다. 지금까지 '아이'였던 인간이 뭔가를 경계로 '부모'가 된다.

구라모치에게 처음으로 아쿠쓰 유이의 임신 소식을 들었을 때였던가, 부모는 이보다 좀 더 신성한 기분으로 되는 건 줄 알았다는 말을 했는데, 삶은 달걀을 덥석 베어 먹는 구라모치를 보고 있으니 이제 와 새삼 신성한 기분을 가지라고 한들 곧바로 되는 것도 아닐 거라는 생각이 들었다.

"실은 지금 시험 기간이야."

현재 구라모치가 떠안은 문제에 비하면 학교 시험 따위 하잘것없는 일이겠지만, 요노스케가 '어려운 문제'에서 연상되는 말은 그것뿐이었다.

"2학년은 올라갈 것 같으냐?"

"그건 괜찮아. 너랑 달라서 비교적 수업도 잘 들었으니까."

구라모치가 절반 남은 삶은 달걀을 집더니 "자"라며 요노스케의 접시에 올려주었다. 요노스케는 겨자를 발라 한 입에 밀어 넣었다.

"왠지 어른스럽다."

"삶은 달걀 줘서?"

물론 그건 아니었지만, 요노스케는 제대로 말로 표현하기 힘들었다.

엘리베이터에서 내리자 지상 25층의 유리창에 아름다운 아침놀이 펼쳐져 있었다. 요노스케가 밀고 가는 룸서비스용 왜건에는 아침으로는 너무 이르고, 야식으로는 너무 늦은 햄버거가 실려 있었다.

요노스케는 도심의 고층 호텔 창밖으로 보이는 도쿄의 야경이 아닌 아침 광경을 바라보았다. 하룻밤 내내 지하 대기실에 있어서 그런지 바깥 경치를 바라보는 것만으로도 기분이 밝아졌다. 잿빛 빌딩은 자줏빛으로 물들어 있었다. 아직 조명이 밝혀지지 않은 창이 아침 해를 받아 비늘처럼 빛났고, 거리 전체가 금방이라도 꿈틀거릴 것 같았다.

아침으로는 너무 이르고 야식으로는 너무 늦은 햄버거를 주문한 사람은 비즈니스 고객으로 보이는 미국인이었다.

방으로 들어가 매뉴얼대로 영어로 인사를 건넸지만, "고마워요, 고마워. 나중에 먹을 테니까 그냥 두고 갈래요?"라는 유창한 일본어가 돌아왔다.

그 후 대기실로 돌아가 30분쯤 선잠을 잤다. 눈을 뜨니 여느 때와 다름없이 분주한 아침 일이 시작되었다. 선배 이시다와 함께 시간을 지정받은 아침식사를 각 방에 나르며 돌아다녔다.

"요노스케, 시험은 끝났니?"

엘리베이터 안에서 졸린 얼굴을 한 이시다가 물었다. 조금 전까지 파이프 의자를 붙이고 자다 나와서 나비넥타이는 했지만 나비넥타이보다는 잠결에 눌린 머리가 더 두드러져 보였다.

"그저께 간신히 끝냈어요"라며 요노스케가 한숨을 내쉬었다.

"그래서 평소보다 표정이 더 멍하구나."

웃는 이시다에게는 머리가 눌린 자기 모습은 보이지 않는 모양이다.

"이시다 선배, 봄방학은 어떻게 보내실 거예요? ······그보다 대학생들은 두 달씩이나 되는 봄방학을 다들 어떻게 지낼까요?"

"난 아르바이트해서 돈 모을 거야."

"모아서 뭐하게요?"

"여행 가고 싶어서. 4학년 올라가면 시간도 꽤 생길 테니까 세계 이곳저곳을 여행해보고 싶어."

"우와."

"취직하면 그러기도 힘들 거 아냐. 일생에 단 한 번의 기회일지도 모르고. 그러는 너는?"

세계 여행 앞에서 요노스케는 대답할 말이 없었다.

어차피 할 일도 없으니 아르바이트라도 할까 싶었지만, 돈을 모은다고 해도 이시다처럼 쓸 목적도 없었다.

"두 달이라, 어떻게 할까······."

"계획을 확실하게 세워두는 게 좋을 거다. 게으르게 지내다 보면 두 달도 눈 깜짝할 새에 지나버리니까."

엘리베이터가 목적지 층에 도착해서 요노스케는 왜건을 밀며 복도로 걸어갔다. 30분 만에 날이 완전히 밝아서 창밖 빌딩 사이로 아침 해가 곧게 비쳐 들었다.

"아 참, 너 포르노 비디오 필요하냐?"

복도를 지나면서 너무하다 싶을 정도로 당돌하게 이시다가 물었다.

"필요하죠."

당돌한 질문에 요노스케도 황급히 대답했다.

"부모님 댁을 새로 고칠 모양인데 어떻게 처분해야 할지 고역이야. 여자친구랑 사는 아파트로 가져갈 수도 없는 노릇이고, 버리자니 좀 아깝고."

"주세요, 주세요."

"그럼 다음에 가지러 와라."

"얼마나 있어요?"

"흐음 글쎄, 서른 개쯤."

"진짜요? 근데 설마 무슨 이상한 취향이 있는 건 아니겠죠?"

"이상한 취향이란 게 뭔데?"

"으음, 예를 들면 채찍으로 때린다거나."

"너, 그런 건 안 되냐?"

"굳이 말하자면 모래사장에서 수영복 입고 하롱하롱 뛰어다니는 게 좋죠."

"아직 어린애로군."

주문을 받은 객실에 도착해서 요노스케가 노크를 했다. 세 번째 노크를 한 다음에야 안에서 간신히 대답 소리가 들렸다.

"안녕하세요. 룸서비스입니다."

방금 전까지 불성실한 대화를 나눴으면서도 이미 익숙해진 일이라 그런지 입을 열자마자 밝은 목소리가 튀어 나왔다.

일을 마치고 호텔에서 나온 것은 일곱 시가 넘어서였다. 늘 곧장 역으로 가는데, 오랜만에 따뜻한 아침이라 그런지 호텔 뒤쪽에 있는 작은 공원으로 발길이 향했다. 공원으로 들어가자 어디에선가 새끼 고양이 울음소리가 들려왔다. 부담스러운 소리를 듣고 말았다고 생각하면서도 천성 때문인지 자기도 모르게 그쪽으로 발길이 향했다.

아니나 다를까, 종이상자에 새끼 고양이 한 마리가 버려져 있었다. 못 본 걸로 하고 자리를 떠나려는데 새끼 고양이는 얼굴도 모르는 주제에 작별을 서글퍼하는 울음소리를 냈다. 요노스케는 하는 수 없이 되돌아가서 야윈 새끼 고양이를 끌어안았다.

갓 초등학교에 들어갔을 무렵이었을까, 요노스케는 할머니를 따라간 엔니치(緣日, 신불[神佛]과 이 세상과의 인연이 강하다고 하는 날. 약사여래는 8일, 관세음보살은 18일 등으로 정해져 있으며, 이날에 참배하면 영검이 크다고 함 ― 옮긴이) 행사의 병아리 낚기에서 보랏빛 병아리를 낚은 적이 있었다. 한껏 신이 나서 집으로 데리고 왔지만, 부모님은 "그런 거 귀여워해봐야 사흘이면 죽어"라고 협박을 했다. 그래도 요노스케는 병아리를 열심히 키웠다. 보랏빛 털은 차츰 옅어졌고, 어느 틈에 병아리와 닭의 중간쯤 되는 묘한 생물로 성장해 있었다.

요노스케는 원래는 병아리였지만 어엿한 닭으로 성장해서 언젠가는 꼬꼬댁 꼬꼬꼬꼬 울어대며 달걀을 낳을 날만 손꼽아 기다렸다. 그러나 안타깝게도 엔니치에 파는 병아리들은 모두 수컷이었던 모양이다.

울음소리는 들을 수 없었지만, 엔니치에서 낚은 병아리를 키왔다고 해서 학교에서는 유명해졌다. 반 친구들은 매일같이 집에 가는 길에 구경하러 왔고, 이웃 어른들까지 신기해했다.

공원에 버려진 고양이를 무심코 품에 안아버린 요노스케는 과연 이 일을 어떻게 해야 하나 생각에 잠겼다. 자기가 사는 맨션은 애완동물 금지였고, 그보다 우선 고양이를 전차에 태워도 되는지조차 잘 몰랐다. 그러나 안긴 새끼 고양이는 안심한 표정으로 요노스케의 손을 핥았다.

요노스케는 결국 코트 주머니에 숨겨서 일단은 집으로 데리고 가기로 했다. 그 시간대는 도심에서 교외로 향하는 전차는 텅텅 비어 있을 테고, 최종적으로 맡아 키워줄 주인은 한잠 자고 난 뒤에 생각하기로 했다.

코트 주머니에 넣자 새끼 고양이는 한동안 난폭하게 날뛰었지만, 역으로 향하는 사이 얌전해졌다. 전차에 탔을 때는 혹시 죽은 건 아닌지 걱정될 정도로 조용했다. 너무나 조용해서 걱정이 된 요노스케가 주머니 안을 살며시 들여다봤다. 새끼 고양이는 자기를 어디로 데려가나 하는 걱정스러운 눈빛으로 요노스케를 바라봤다.

문득 시선이 느껴져 고개를 들자, 앞자리에 앉아 있던 여고생이 주머니 속 고양이를 알아채고 미소를 짓고 있었다. 웃는 얼굴이 친절해 보여서 요노스케가 입술을 움직여 "길, 고, 양, 이"라고 가르쳐주었다. 얼굴이 둥그스름한 여학생이 "응" 하고 고개를 끄덕였다.

집으로 돌아온 요노스케는 고양이에게 따뜻한 우유를 먹였다. 한동안 그 모습을 지켜봤지만, 밤샘 근무에 지쳐서 곧바로 고타쓰에서 잠이 들어버렸다.

요노스케가 새끼 고양이 울음소리에 눈을 뜬 것은 오후 두 시가 넘어서였다. 잠에서 깬 순간 배에서 꼬르륵 소리가 났다. 쇼코의 집이라면 키워줄지도 모른다는 생각이 문득 떠오른 것은 고기 없는 야키소바를 한창 만들고 있을 때였다. 쇠뿔도 단김에 빼라고 했으니 서둘러 전화를 걸었다.

목발 생활 중인 쇼코는 집에 있었고, 요노스케가 고기 없는 야키소바를 만들면서 용건을 말하자, "그렇게 귀여운 새끼 고양이라면 키우고는 싶은데, 우리 집은 안 되는데 어쩌지?"라고 미안해하며 거절했다.

"왜? 귀여운데."

"우리 엄마가 고양이 알레르기라서."

"그런 알레르기도 있나?"

"고양이털이랑 안 맞는 모양이야. 콧물이 멈추질 않는대."

콧물을 줄줄 흘리면서까지 키울 수는 없는 노릇이라 요노스케는 사흘 후에 병원에서 다시 만나기로 하고 전화를 끊었다.

구라모치와 아쿠쓰 유이의 집은 새끼 고양이를 키울 만한 경황이 없을 테고……. 적당한 주인이 떠오르지 않았다.

고타쓰 이불 위를 자기 자리로 정했는지 새끼 고양이는 요노스케의 고심도 모른 채 꾸벅꾸벅 졸고 있었다. 가토가 떠오른 것은 야키소바를 다 먹고 고타쓰에 벌러덩 드러누웠을 때였다.

여름 내내 에어컨이 있는 가토의 아파트에 붙어살 때, 옆집 고양이가 베란다 너머로 몇 번이나 놀러온 적이 있었고 "1층 주인도 고양이를 키워서 이 아파트는 애완동물은 괜찮아"라고 가토가 말해준 적이 있었다.

가토도 쓸데없는 소리를 한 셈이다. 요노스케는 전화기를 끌어당겨 오랜만에 가토에게 전화를 걸었다. 몇 개월 만의 전화였지만, 마치 어제까지 같이 있었던 것처럼 부담이 없었다.

"요노스케? 너 잘 지내냐?"

"그럼, 물론 잘 지내지. 저어, 갑작스러운 말이긴 할 텐데 너 혹시 고양이 안 키울래?"

"안 키워."

"달리 받아줄 사람이 없어서 그래. 지금 요 녀석을 받아주면 포르노 비디오까지 붙여갈 텐데."

이시다 얘기가 떠올라서 순간적으로 말을 덧붙였다. 그러나 가토가 별로 흥미 없어 하는 게 금방 느껴졌다.

"최대한 남자가 많이 나오는 걸로 줄게."

요노스케는 갈 곳이 없는 새끼 고양이를 쓰다듬으며 말했다.

2월 · 밸런타인데이

 코트 주머니에 새끼 고양이를 넣은 요노스케는 자전거를 타고 가토의 아파트로 향하고 있었다. 며칠 만에 밖에 데리고 나와서 그런지 새끼 고양이는 얕은 주머니에서 얼굴을 내밀고 흘러가는 경치를 신기한 듯 바라보았다. 요노스케는 요 며칠 새끼 고양이를 극진하게 보살폈다. 마침 아르바이트도 없어서, 거의 꼬박 붙어 있었다. 새끼 고양이는 시끄럽게 울지도 않아서 방에서 계속 키울 수 있을 것 같은 생각도 들었지만, 거기서 키우면 비좁은 방에 틀어박혀서 바깥세상 한 번 못 보여줄 게 뻔했다.

 곰곰이 생각한 요노스케는 새끼 고양이에게 이름 지어주는 걸 단념했다. 이름을 붙이면 남에게 넘겨주지 못할 것 같은 이유도 있었지만, 좀처럼 좋은 이름이 떠오르지 않았기 때문이다. 도쿄에서 가본 디스코클럽 이름으로 지을까 하고 "J트립!"이라고 불러봤지만 고양이는 아무 반응도 보이지 않았다. 반대로 "얼룩아"나 "나비야"라고 부르면 웬일인지 야옹, 하고 건강한 울음소리를 냈다. 근본적으로 유행에 둔감한 고양이였다. 그러나 '얼룩'이나

'나비'라고 지으면 아무도 안 받아줄 것 같기도 했다.

가토의 아파트에 도착한 요노스케는 고양이가 최대한 귀엽게 보이게 하기 위해 눈곱을 떼주고 거꾸로 선 털도 가지런히 쓰다듬어주었다. "난 안 키워도 주인집에서 받아줄지 몰라"라고 가토가 말했다. 임대료를 내러 갔다가 우연히 집주인에게 "놓아기르던 고양이가 없어져서 적적하다"는 소리를 들었다고 했다.

새끼 고양이를 안은 요노스케가 가토의 방으로 향하자, 때마침 가토는 복도에서 세탁기를 돌리고 있었다. 무척 성가시다는 표정은 지었지만, 새끼 고양이를 곧바로 받아 안는 모습을 보니 싫어하는 눈치는 아니었다.

"대체 어디서 주웠어?"라고 가토가 새끼 고양이를 쓰다듬으며 물었다.

"아카사카 공원에서."

"아카사카 같은 데 버리는 고양이도 있나?"

아무튼 쇠뿔도 단김에 빼라고 했으니 주인집 면회부터 청해보기로 했다. 넘겨주는 건 좋지만, 요노스케로서는 키우게 될 사람의 됨됨이 정도는 확인하고 싶었다. 새끼 고양이를 안은 가토와 함께 다시 계단을 내려갔다.

"너 아직도 그 엉뚱한 여자애랑 사귄다면서?" 가토가 물었다.

쇼코 얘기일 테지만, 옛날과는 달리 지금은 어엿번듯한 애인이라서 "엉뚱한 여자애가 누구야?"라며 요노스케가 딴청을 부렸다.

"그 왜, 으음, 쇼코라고 했던가?"

"야, 남의 애인한테 엉뚱한 애가 뭐냐?"

"난 둘이 안 맞을 줄 알았는데."

"왜?"

"딱히 이유가 있는 건 아니고."

"이유도 없으면서 그런 불길한 소린 왜 해."

이러쿵저러쿵 입씨름을 하는 사이 두 사람은 주인집 앞에 도착했다.

"실례합니다."

가토가 익숙한 동작으로 스스럼없이 안으로 들어갔다.

"너희 집 들어가는 것 같다"라며 요노스케가 놀라워했다.

"전에는 하숙집이었대. 그래서 비교적 드나들기가 편해."

멋대로 들어간 가토가 장지문을 열고 "안녕하세요?"라며 안쪽에 인사를 건넸다. 요노스케도 등을 펴며 안을 들여다봤다. 한마디로 표현하자면 생기 없는 옛날 방이었다. 불단이 있고, 고타쓰가 있고, 물론 고타쓰 위에 귤도 있고, 전형적인 할머니가 담뱃대로 담배를 피우고 있었다. 어떤 의미에서 보면 그 광경에 고양이 하나만 빠져 있었다.

다행히 얘기는 간단히 끝났다. 가토가 미리 말을 해뒀는지 일어서기도 귀찮은 듯 보이는 할머니에게 요노스케가 새끼 고양이를 건네자, "아이고, 미인이네"라고 한마디 하더니 그대로 자기 무릎에 새끼 고양이를 앉혔다. 그 위에 앉은 순간, 새끼 고양이는 새끼 고양이대로 줄곧 그곳에 있었던 것처럼 몸을 동그랗게 웅크렸다.

너무나 어처구니가 없었다. "그럼 잘 부탁드립니다"라며 고개를 숙이는 요노스케를 새끼 고양이는 의리도 없이 눈길 한 번 주지 않았다. 은근히 화가 났지만, 좁은 원룸 맨션에서 몰래 키우는 것보다는 할머니 무릎이 훨씬 행복해 보이는 건 틀림없었다.

"이름이 뭐야?"라고 할머니가 물었다.

"아직 안 지었습니다"라고 대답하는 요노스케.

"자 그럼, 나비다"라고 말하는 할머니.

이름이 불린 순간, 새끼 고양이는 야옹, 하고 소리 내어 울었다.

새끼 고양이를 주인집에 넘겨주고 나서 요노스케는 자연스레 가토의 방으로 올라갔다. 오라고 청한 것도 아니니 챙겨주지도 않았다. 가토는 탈수가 끝난 빨래를 창가에 널고, 읽고 있었던 듯한 책을 다시 읽기 시작했다.

"손님한테 너무 매정한 거 아니냐?"

"아하, 미안, 미안."

성의가 없다.

"야, 뭐 읽어?"

"《자금성의 황혼》."

"자금성이라면 중국?"

"그래."

요노스케가 조금만 더 지식이 있었다면, 가토와 대화를 이어나갈 수 있을 테지만, 아는 건 그것뿐이었다.

"그런 걸 왜 읽는데?"

"〈마지막 황제〉라는 영화를 보니까 재미있어서."

"아아, 그거라면 삼바 동아리 선배들도 재미있다고 하더라."

"난 오늘 한 번 더 보러 갈까 해."

"어디로?"

"기치조지."

굳이 말하자면 요노스케가 좋아하는 영화는 〈인디아나 존스〉나 〈나일의 대모험〉 같은 것이었다. 그렇지만 오랜만에 기치조지에 나가보는 것도 나쁘진 않을 것 같았다.

"그럼, 나도 같이 갈게"라고 요노스케가 말했다.

"어? 안 와도 돼."

타협해준 것은 자기 쪽이라고 믿었던 요노스케는 가토의 거절이 당혹스러웠다.

"왜?"

"영화는 혼자 보는 게 좋으니까."

"영화관이니까 혼자는 아니잖아."

"옆에 누가 있으면 신경 쓰여. 게다가 넌 도중에 말 시킬 것 같고."

묘하게 까다롭게 구는 가토의 분위기는 여전히 변함이 없었다.

"그럼 떨어진 데 앉아서 보면 될 거 아냐!"

별로 보고 싶은 것도 아니니 발끈할 필요도 없을 테지만, 요노스케도 엉겁결에 그렇게 되받아치고 말았다.

"그래서 결국 같은 영화를 따로따로 앉아서 봤다고?"

쇼코가 통원치료를 받는 병원이었다. 어이없어하는 쇼코의 질문에 요노스케가 고개를 끄덕였다. 그리고 그날은 쇼코 다리의 깁스를 푸는 날이었다.

통원하는 쇼코와 병원에서 만나는 것도 그날로 어느덧 세 번째였다. 진찰 순서를 기다리는 동안과 진찰을 끝내고 난 후 약 한 시간을 이곳 대합실 벤치에서 함께 보냈던 것이다.

요노스케는 상대가 목발이긴 해도 근처 멋진 찻집에서 커피 한 잔이라도 마시고 싶었지만, 입원 중에 파자마 차림을 남에게 보이는 것조차 싫어했던 쇼코를 병원 밖으로 데리고 나가긴 힘들었다. 그래서 결국은 늘 대합실의 딱딱한 의자에 앉아 매점에서 사 온 캔 커피를 마시곤 했다.

"쇼코, 깁스 풀면 어디 가고 싶어? 계속 집에만 갇혀 있었으니 확 발산하고 싶지?"

잠시 생각에 잠겼던 쇼코가 "스키장만 아니면 어디라도 좋아"라고 대답했다.

"자 그럼, 눈과는 정반대되는 바다 같은 데 가볼까?"

"바다……."

좋은 아이디어라 생각했는데 왠지 쇼코의 표정이 어두워졌다.

"……바다도 좋긴 하지만, 요즘은 바다를 보면 자꾸 그 일이 떠올라서."

"그 일?"

"올 여름에 요노스케 씨 고향 집에서 있었던 일."

"아아, 그거."

"으응, 그거."

"바다를 보면 또 난민을 만날 것 같은 기분이 들어?"

스스로도 바보 같은 질문이라고 생각하면서도 요노스케가 그렇게 물었다.

"꼭 그런 건 아니지만……. 뭐랄까, 바다를 보면 '아, 바다 저 너머에는 곤란에 처한 사람이 아주 많겠구나' 하는 생각이 자꾸만 들어서……."

단순하다면 단순하겠지만, 쇼코의 그 단순한 감상이 요노스케에게도 깊이 와 닿았다.

"그렇다고 우리가 뭘 할 수 있는 것도 아니고."

"그야 그렇지만……."

어쩌다 보니 서로 어두운 표정으로 마주앉아 있는데 진찰실에서 쇼코의 이름을 불렀다.

쇼코가 진찰실로 모습을 감추자 요노스케는 따분함을 달랠 겸 대합실을 휙 둘러보았다. 진찰 시간도 끝나갈 무렵이라 조금 전까지 죽 늘어앉아 있던 환자들 모습도 줄어들었다.

요노스케는 지금껏 병이라는 걸 걸려본 적이 없었다. 최근에 떠오르는 일은 삼바 카니발 전에 수면 부족으로 인한 빈혈을 일으킨 정도였고 감기도 걸리지 않았다. 건강하다는 것에 고마움을 못 느낄 만큼 건강했다.

복도 벽에 포스터가 붙어 있었다. 이과 실험실 같은 데서 보았던 인간의 장기(臟器) 그림으로, 심장이나 간장 등이 다른 색깔로 그려져 있었다. 요노스케는 심심풀이 삼아 자기 가슴에 손을 얹고 "여기가 심장. 이 주변이 위고, 간장은 여기쯤인가"라며 의사처럼 촉진을 해봤다. 심장을 의식하고 눈을 감자, 손바닥에 심장의 고동이 또렷하게 느껴졌다. 너무나 당연하겠지만, 이것이 멈추면 인간은 죽는구나 하는 생각이 불현듯 들었다.

도쿄에 올라온 후 요노스케는 딱 한 번 죽음을 생생하게 느낀 적이 있었다. 말하기에도 부끄러울 만한 체험이라 아무에게도 말하지 않았다. 그것은 처음 신주쿠 역 홈에 섰을 때였다. 요노스케는 하얀 선을 따라 걷고 있었다. 열차 도착 안내방송이 흘러나오고, 앞에서 전차가 달려들어 왔다. 요노스케는 불과 몇 센티미터 옆을 스쳐 지나가는 전차의 풍압을 생생하게 느꼈다.

정말 단순하지만, '이쪽이 아니라, 저쪽에 있었다면 난 죽었겠구나' 하는 생각이 문득 들었다. 요노스케가 '생(生)'과 '사(死)'를 피부로 체험한 건 그때가 처음이었다.

심장의 고동을 싫증도 안 내고 헤아리는 사이 진찰실 문이 열리고 쇼코가 나왔다. 아직 목발을 짚긴 했지만, 최근 몇 주간 감고 있던 깁스가 풀려서 어딘지 모르게 가뿐해 보였다.

"풀었네"라고 요노스케가 말을 건넸다.

"왠지 휑한 게 이상해"라며 쇼코가 마치 알몸이라도 보인 듯 얼굴을 붉혔다.

"저어 쇼코, 오늘 밤에 같이 있자."

생각해두었던 것도 아닌데 별안간 불쑥 튀어나온 말이었다.

"그럼 우리 집으로 갈까?"

익숙한 손놀림으로 목발을 다루며 쇼코가 선뜻 대답했다.

"그게 아니라 둘이서만"이라고 요노스케가 말했다.

당돌하긴 했지만, 둔한 쇼코에게도 요노스케의 진의가 전해졌는지 붉었던 얼굴이 점점 더 붉어져 거의 보랏빛으로 변했다.

"왜, 왜 그래? 그렇게······ 갑자기 무리한······."

평상시 같으면 이쯤에서 몹시 당황하는 쇼코의 반응에 농담을 던지며 얘기를 흘려버렸을 테지만, 웬일인지 요노스케도 물러서지 않았다.

"왜긴, 같이 있고 싶으니까 그렇지. 음, 이 근처 호텔이라도 잡아서······."

"호, 호텔!?"

쇼코가 큰 소리를 지르는 바람에 복도를 걸어가던 간호사들의 시선이 쏠렸다.

"그렇게 큰 소리 내지 마"라며 요노스케가 허둥거렸다.

"요노스케 씨, 본인이 지금 무슨 말을 하고 계신지, 아, 알고 계신가요?"

쇼코는 말투가 오락가락할 정도로 심하게 혼란스러워했다. 요노스케는 일단 쇼코를 벤치에 앉혔다.

"잠깐 진정 좀 하고. ······지금 사람을 죽이러 가겠다는 것도 아니잖아."

"그, 그렇지만…… 호텔이라니……."

쇼코는 부끄러운 건지 화가 난 건지 몸까지 떨었다.

"놀라게 했으면 사과할게. 그래도 우린 애인 사이잖아……."

"그, 그건 나도 알아. 그렇지만 지금은 병원 대합실이고…… 이제 막 깁스를 풀었는데."

"아 물론, 그 말은 맞아. 그렇지만 오늘 밤은 왠지 쇼코랑 꼭 같이 지내고 싶어."

요노스케가 쇼코의 눈을 똑바로 쳐다보았다.

"나도 그날 일에 대해서는…… 나 나름대로 생각은 했어. 그렇지만 이건 너무 갑작스럽지 않나?"

쇼코의 질문에 요노스케는 말문이 막혔다.

어쩌자고 그런 말을 불쑥 꺼냈는지 자기 자신도 이해할 수 없었다. 굳이 이유를 붙이자면 심장의 고동을 계속 느끼고 있었던 탓이랄까.

"……미안해. 그래도 오늘 밤은 쇼코랑 꼭 같이 있고 싶어."

요노스케가 웬일로 물러서지 않았다.

***

화장을 마치고 화장대 앞을 벗어나자 창밖에 택시가 와 있었다. 깜박거리는 비상등의 노란 불빛이 오래된 문기둥을 비췄다.

오랜만에 돌아온 자기 방은 왠지 모르게 썰렁했다. 어머니 말로는 매일 창문도 열어주고 작년 연말에는 대청소까지 했다는데, 사람의 온기가 없으면 방도 여러 가지 감각을 잃어버리는 모양이다. 방이 썰렁하게 느껴지는 것은 오래 비워두었기 때문만은 아니다. 불과 며칠 전까지만 해도 낮 기온이 30도를 넘는 탄자니아에 있었으니 2월에 도쿄로 돌아오면 모든 게 썰렁하게 느껴지는 것도 당연한 일일지도 모른다.

침대에 꺼내놓은 코트를 걸치고 1층으로 내려갔다. 발소리를 들은 어머니가 거실에서 나왔다.

"쇼코, 너무하는 거 아니니? 오랜만에 도쿄에 왔다고 매일 밤 외출만 하고······."

"다음에 언제 귀국할지 모르니까 이번에 만나둘 친구가 많아서 그렇죠."

"그야 그렇지만······. 그래, 오늘 밤엔 누굴 만나니?"

"무쓰미."

"어머, 그래? 그 친구는 잘 지낸다니? 너 같진 않을 테니 분명히 결혼해서 아이도 있겠지."

아버지가 돌아가신 후 이 넓은 집에서 가사도우미와 둘이서만 사는 어머니를 생각하면, 대기하고 있는 택시는 내버려두고 얘기 상대를 계속 해주고 싶지만, 여기서 무른 표정을 지었다간 또다시 독신이라는 것은 물론 현재 하는 일에 대한 푸념까지 쏟아놓을 게 뻔했다.

"내일은 하루 종일 집에 있을 테니까 밤에 둘이 뭐 좀 만들어 먹어요."

"그야 좋은데…… 그보다 쇼코, 그런 신발을 신고 나갈 거야?"

어머니의 시선이 발밑의 운동화로 향했다.

"괜찮아요, 괜찮아. 고급 레스토랑에 가는 것도 아닌데 뭐. 그럼 다녀올게요."

"돌아올 때 조심하고. 요즘은 이 주변도 심상치 않아."

어머니의 말을 배웅 삼아 현관에서 나왔다. 딸이 아프리카 난민 캠프에서 일한다는 걸 잊었는지, 아니면 잊고 싶은 건지, 세타가야 주택가가 심상치 않다며 진지한 표정으로 걱정하는 어머니를 보고 있으면 자기가 정말 이 집에서 자란 딸인가 새삼 신기한 기분이 들었다.

택시에 오르기 전에 등 뒤의 집을 돌아다보았다. 고령인 어머니와 가사도우미밖에 없는 집은 귀국할 때마다 점점 낡아서 전체적으로 위축되어가는 것처럼 보였다.

아버지가 뇌일혈로 돌아가신 것은 지금으로부터 15년도 더 지난 일이다. 그 소식을 들은 것은 부잣집 아가씨들이 다니는 대학을 졸업하고 유학을 떠난 런던에서였다. 소식을 듣자마자 챙길 것도 제대로 못 챙긴 채 귀국했지만, 안타깝게도 임종의 순간을 지켜드리지 못했다. 소중한 사람의 임종을 보지 못하는 건 어쩌면 숙명일지도 모른다.

아버지가 돌아가셨을 때는 아무리 울어도 눈물이 마르질 않아서 홀로 남겨진 어머니와 경쟁이라도 하듯 슬픔에 빠져 살았다. 그러나 15년이나 지난 지금은 아버지는 어쩌면 가장 좋은 시기에 인생을 마감했을지도 모른다는 생각이 들었다.

버블 시기에 폭넓게 확장시킨 사업은 그 당시 이러지도 저러지도 못할 상황에 처해 있었다. 모든 걸 놔버리고 젊은 시절 처음 시작한 작은 폐기물처리업만 유지시키면 좋으련만, 사업만이 아니라 자존심까지도 비대해졌는지 아등바등 발버둥치는 사이 진퇴양난의 상황에 빠져버렸다.

아버지의 죽음 이후, 확장한 사업 대부분은 정리되었다. 가까스로 본업만은 명맥을 유지했지만, 장남인 가쓰히코가 도움이 될 리도 없었고, 그렇다고 가계부 한 번 써보지 않은 어머니가 대신할 수도 없는 노릇이었다. 결국 아버지와 고락을 함께해온 전무에게 그대로 양도되었다. 어쨌든 부잣집 아가씨로 자란 어머니가 죽을 때까지 고생은 안 하고 지낼 수 있게 되었으니 아버지는 그래도 한 여자의 행복은 지켜줬다는 생각은 들었다.

현재 국제연합 직원으로 난민 캠프에서 일하는 걸 떠올리면, 정말이지 자기 인생이 어디서 어떻게 변했을까 그저 신기할 따름이다. 에스컬레이터 식으로 부잣집 아가씨들이 다니는 대학에 들어갔고 졸업 후에는 취직도 하지 않았다. 보는 관점에 따라서는 신부 수업 시기라고 부를 만도 하고, 실제로 시간이 남아돌아 꽃꽂이나 요리학원에도 다니긴 했지만, 단순히 아무런 의욕도 없었던 것 같다. 다행히 24시간 같이 지내는 어머니도 태어나서 한 번도 일을 해본 적이 없는 사람이었다.

그런 생활을 하던 와중에 호시탐탐 때를 노리던 어머니가 맞선을 권유했다. 노리쓰구 씨는 나쁜 사람은 아니었다. 예의바르고 멋쟁이인 데다 친절하고 성실했다. 한마디로 표현하자면 '명문가의 자제분'이었다.

실제로 섬유 업체를 경영하는 집안의 상속자이니 어쩔 순 없지만, 정말로 그것 말고는 달리 형용할 말이 없는 사람이었다.

"좋은 사람이긴 하지만 좋진 않아."

맞선을 본 후, 어머니에게 분명 그렇게 말했던 것 같다. 그러나 어머니는 단호하게 "결혼은 좋은 사람하고 하는 거야. 좋은 사람이니까 금방 좋아질 거야"라고 말했다.

혼사 얘기는 척척 진행되어 이듬해 6월에 식을 올렸다. 갓 스물세 살일 때였다. 신혼 생활은 그럭저럭 무난하게 지냈다. 그러나 정말로 그저 무난할 뿐이었다.

유학가고 싶다는 뜻을 노리쓰구 씨에게 밝힌 것은 결혼한 지 1년이 넘어설 무렵이었다. 무난한 신혼 생활에서 한 가지 깨달은 사실이 있다면, 노리쓰구 씨가 원했던 결혼이란 일종의 '시스템'이라 딱히 자기가 아니어도 문제는 없었을 거라는 점이었다.

유학을 떠나고 싶은 희망은 곧바로 이뤄질 것 같았다. 노리쓰구 씨가 근무하던 회사에서 그에게 뉴욕 근무 발령을 냈기 때문이다. 아파트 테라스에서 센트럴파크가 내려다보인다고 했다. 솔직히 마음은 좀 흔들렸지만, '아냐, 그건 아니야'라고 스스로를 타이르며 고개를 저었다.

노리쓰구 씨는 절대 나쁜 사람은 아니었다. 한 달간 무릎을 맞대고 상의한 후, '다시 한 번 시작해보고 싶다'는 아내의 생뚱맞은 희망을 이해는 못 했지만 존중은 해주었다. 일단 별거라는 형태로 남편은 뉴욕, 아내는 런던 대학으로 향했다. 도쿄와 뉴욕 사이보다는 가까웠지만, 연락은 거의 주고받지 않았다.

런던에서 성실하게 정치학 공부를 하는 중에 노리쓰구 씨에게 좋아하는 사람이 생겼다. 편지로 그 소식을 접했을 때, 가장 먼저 떠오른 생각은 '다행이다. 노리쓰구 씨에게도 운명의 사람은 있었구나' 하는 것이었다.

그 무렵 아버지가 돌아가셨고, 표현은 안 좋지만 그 북새통을 틈타 이혼했다. 다행히 아버지를 여읜 어머니에게 딸의 이혼 따윈 영정에 쓸 사진을 고르는 것만도 못한 일이었다.

스물네 살부터 런던의 대학에서 4년간 정치학을 공부하고, 정신을 차려보니 담당교수의 권유로 대학원에도 진학했다. 그리고 정말로 문득 정신을 차려보니 국제연합 직원으로 일하고 있었던 것이다.

소꿉친구인 무쓰미와 만나기로 한 것은 이치가야에 있는 작은 프렌치 레스토랑이었다. 주택가에 외따로 있는 가게라 택시로 좁은 골목을 헤맸지만, "설마 여긴 아니겠죠?"라며 불안하게 우회전한 골목 막다른 곳에서 다행히도 그 레스토랑을 찾았다.

가게로 들어가자 창가 테이블에 앉아 있는 무쓰미 모습이 보였다. 거의 2년 만에 보는데도 점점 더 귀부인처럼 변해서 청결한 테이블보와 식전주인 샴페인과도 잘 어울렸다.

"늦어서 미안해."

테이블로 다가가자, 머리끝에서 발끝까지 훑어본 무쓰미가 "얘, 쇼코, 너 점점 더 와일드해지는 거 아니니?"라며 웃었다.

"햇볕에 그을려서 그런 거 아닌가? 하루 종일 아프리카 초원을 헤집고 다니니 별수 없지 뭐."

"그야 그렇지만……. 그 왜 옛날 여배우 중에 모험가로 변신한 사람 있잖니. 이름은 잊어버렸는데 왠지 그런 분위기야……."

웨이터가 식전주를 권유했지만, 와인 리스트를 부탁했다. 시원하고 깔끔한 백포도주를 마시고 싶었다. 불과 며칠 전까지 우물 물을 맛있게 마셨다는 게 신기하게 느껴졌다.

"그래, 어떠니? 건강하게 지내?"

와인으로 건배를 하자 무쓰미가 물었다.

"건강하긴 한데 요즘 들어 빨리 지쳐."

"그야 그럴 테지. 이제 곧 마흔인걸."

"귀국 전에도 모기장 분배 건으로 엄청나게 시끄러워서……."

"어? 뭐?"

"모기장 말이야."

멍한 표정을 짓는 무쓰미를 앞에 두고 난민 캠프의 모기장 분배 소동의 전말을 들려줄 마음은 없었다. 실제로 모기장 숫자가 모자라서 난민들의 평소 불만이 금방이라도 폭발할 지경이었는데, 늘 그렇듯 이쪽에서 지시하는 게 아니라, 피난민 리더 역할을 맡은 루반가 씨를 중심으로 의논하고 결정을 내려줘서 가까스로 수습할 수 있었다.

"그건 그렇고, 아이짱은 잘 지내?"

화제를 바꾸자, 무쓰미의 말투는 금세 가벼워졌다.

"실은 지금 그게 큰 문제야. 어렵게 유치원 시험을 치고 들어갔으니 그 후 진로는 안심해도 좋을 줄 알았는데……."

"벌써 중학생 아닌가?"

한숨을 내쉬는 무쓰미에게 물었다.

"그래, 2학년이야"라며 점점 더 침울한 표정을 지었다.

"학교 가기 싫어해?"

"그게 아니라…… 실은 쇼코 너한테도 책임이 있어."

"내가?"

"그래. 네가 국제연합인가 어딘가에서 열심히 일하잖아. 아, 맞다, 맞다. 얼마 전에 우리 집에 온 UNHCR(국제연합난민고등판무관—옮긴이) 잡지에 네 얼굴이 나왔더라."

"아하, 그거. 새 캠프 후보지를 시찰하러 갔을 때야. 화가 나서 얼굴이 무섭게 보이지?"

"그래? 활기 있어 보이던데. ……아, 그래서 말인데, 활기 넘치는 그 모습이 우리 딸한테는 눈부시게 보인 모양이야. 글쎄, 고등학교부터는 스위스에 있는 기숙사 학교에 가고 싶다는 말을 꺼내더라니까."

"어머, 좋잖아. 뭐가 문제야?"

"그렇게 쉽게 말하지 마. 혼자서는 집도 못 보는 애야. 그런 애가……."

심각한 무쓰미 표정에 무심코 웃음이 나와서 "어떻게든 다 하게 돼 있어. 본인이 하고 싶다면 시켜주지 그래? 그리고 말이 나온 김에 하는 말인데 난 어떻고? 나는 훨씬 더 아무것도 할 줄 몰랐잖아."

한참동안 이쪽 얼굴을 물끄러미 바라보던 무쓰미가 납득한 듯이 웃음을 터트렸다.

무쓰미가 외동딸을 소중하게 키웠다는 건 잘 안다. 학교 선택은 물론 아이의 인생에 '소중한 것'들을 마련해주기 위해 필사적이었다. 물론 매우 훌륭한 일이라고 생각한다. 그러나 이 일을 시작한 후 절실히 드는 생각인데, 소중하게 키운다는 것은 '소중한 것'을 주는 게 아니라, '소중한 것'을 잃었을 때 그 상황을 극복해 나갈 힘을 가르쳐주는 게 아닐까 하는 생각이 들었다.

"너 일본에 조금 더 있을 거지?"

무쓰미가 물어서 "응, 다음 주까지는 있을 예정이야"라며 고개를 끄덕였다.

"시간 내서 우리 애 좀 만나줄 수 있겠니?"

불안해 보이는 무쓰미에게 "물론이지. 나도 오랜만에 보고 싶기도 하고"라고 대답했다. 마음이 놓인 무쓰미가 테이블에 나온 사슴고기에 포크를 찔렀다.

레스토랑을 나온 것은 저녁 아홉 시를 넘어선 무렵이었다. 택시를 불러달라고 해서 요요기의 맨션에 사는 무쓰미를 내려준 후 집으로 돌아가기로 했다. 택시가 신주쿠교엔(新宿御苑, 왕실 전용 정원을 국립정원으로 지정해 일반인에게 개방한 신주쿠 한복판의 넓은 공원 — 옮긴이) 옆으로 달려가는데 신주쿠 방면에 기묘한 형태를 한 빌딩이 보였다.

"저기 누에고치처럼 생긴 빌딩은 뭐지?"라고 무쓰미에게 묻자, "최근에 생긴 것 같아. 아마 학교인 것 같던데"라며 고개를 갸웃거렸다. "어디쯤인가?"라며 창밖으로 내다보자, 무쓰미가 귀에 익은 병원 이름을 꺼내며 그 바로 옆이라고 가르쳐주었다.

차는 눈 깜짝할 새에 요요기에 도착했다. 무쓰미의 지시에 따라 주택가 골목길로 들어선 택시가 석조풍 맨션 앞에 멈춰 섰다.

"그럼 언제든 연락해. 이쪽은 늘 비어 있으니까."

차에서 내린 무쓰미가 손을 흔들었다.

골목에서 나온 택시가 다시 큰길로 돌아갔다. 자기도 모르게 뒤를 돌아보니 누에고치 같은 형태를 한 고층빌딩이 멀어져 갔다. 바로 그 옆에 스키장에서 뼈가 부러져서 한동안 입원했던 병원이 있었던 것이다.

몸을 앞으로 돌리자 자기도 모르게 배시시 미소가 번졌다. 벌써 20년도 더 지난 옛일이지만, 그 병원 대합실에서 들었던 요노스케의 목소리가 되살아났다. 이제 막 진찰실에서 깁스를 풀고 나온 상황에 오늘 밤은 같이 있고 싶다며 고지식한 표정으로 중얼거리던 요노스케의 목소리가 지금 막 들은 것처럼 생생하게 되살아났다. 처음에는 요노스케의 뜻을 알아채지 못하고 "그럼, 우리 집으로 갈까?"라고 했던가 뭐라고 대답했을 것이다. 이쪽의 꽉 막힌 대답에 당황하던 요노스케의 얼굴을 떠올리는 것만으로도 웃음이 절로 나왔다.

그 뒤로 얘기가 어떻게 흘러갔는지, 아무튼 웬일로 자기주장을 완고하게 꺾지 않는 요노스케를 따라 병원에서 아주 가까운 시티호텔이라고 불리는, 휴게 요금 같은 게 있는 호텔로 딸깍딸깍 목발을 짚으며 향했을 것이다. 요노스케가 호텔에 가고 싶다고 해서 아무 의심도 없이 게이오플라자나 센트리하얏트에 갈 거라고만 믿고 있었다.

"요, 요노스케 씨……. 저어, 호텔에 갈 각오는 되어 있긴 한데, 각오한 건 이런 데가 아니라 뭐랄까 좀 더……."

분명 10층 건물쯤 되는 작은 호텔 앞에서 그런 말을 하면서 등 뒤의 게이오플라자를 손가락으로 가리켰을 것이다.

"어, 어어! 게이오플라자!?"라고 놀라며 요노스케가 눈을 휘둥그레 떴다.

"아니 뭐, 센트리하얏트라도 상관은 없지만……."

어지간히 불안한 표정을 지었던 모양인지 요노스케가 "그, 그래. 이 근처에서 호텔이라고 하면 그럴 거야"라고 황급히 대답했다.

"아니, 딱히 그쪽이 꼭 좋다는 건 아니고, 어쨌든 갈 마음을 먹었을 때 머리에 떠오른 게 게이오플라자라서……."

"아, 그럼, 그럼. 쇼코 말이 맞아. 내가 좀 그렇잖아, 저런 호텔은 아르바이트하는 곳이라는 이미지밖에 없어서."

문득 시선을 느끼고 정신을 차려보니 룸미러에 이상한 표정을 띤 운전기사의 얼굴이 비쳤다. 자기도 모르는 새에 옛일을 떠올리며 웃었던 모양이다.

"저어 기사님, 간파치(도쿄의 순환도로 중 하나 — 옮긴이) 지나 두 번째 신호에서 우회전 부탁드립니다."

상황을 수습하기 위해 그렇게 말하자, "아 네, 두 번째요"라며 운전기사도 시선을 앞으로 돌렸다. 룸미러에 보이지 않게 자리를 약간 이동했다. 차 안에는 무쓰미가 뿌린 향수 냄새가 아직도 흐릿하게 남아 있었다.

결국 그날은 게이오플라자도 센트리하얏트도 예약이 다 차 있었다. 작은 시티호텔 — 말은 그렇게 해도 실은 러브호텔이다 — 앞에 있던 공중전화로 104에 호텔 전화번호를 묻고는 혼자 외우기 힘들었는지, "쇼코! 344에 01××"라며 이쪽에게 외우게 만들었던 요노스케의 모습이 눈앞에 떠올랐다.

결국 괜찮다는 호텔은 하나같이 방이 없어서 전화박스에서 나온 요노스케의 모습은 세탁기에 돌려버린 면 스웨터처럼 축 늘어져 있었다. 도저히 "다음으로 미룰까요?"라는 말은 꺼낼 수가 없었다.

 난생처음 그런 부류의 호텔에 들어갔다. 그것도 목발까지 짚은 채로.

 아직도 기억이 생생한데, 긴장한 요노스케가 "자, 이걸로"라며 접수처에서 고른 방은 하늘을 이미지해서 만든 객실이었다. 매우 좁은 방이었고 문을 열자 방 한가운데 침대가 있었는데, 거기까지 다섯 칸 정도의 돌계단이 나 있었다. 콘셉트야 '구름 위의 침대'일 테지만, 깁스를 막 풀고 아직 목발을 짚은 몸으로서는 그 구름이 엄청나게 높게 느껴졌다.

 난생처음 좋아하는 사람과 침대를 함께 쓴 밤이지만, 기억에 떠오르는 것은 알몸인 요노스케가 침대에서 계단으로 몇 번씩이나 오르락내리락하는 모습뿐이었다. 그도 그럴 것이 목발을 사용하는 중인 데다 구름 위의 침대였기 때문에 목이 마르면 요노스케에게 주스를 가져다달라고 할 수밖에 없었고, 가방에 든 사탕도 먹고 싶어졌고, 하룻밤이나 있으려니 배가 고파서 음식 메뉴를 배달시켰고, 음식이 오면 또다시 요노스케가 가지러 내려갈 수밖에 없었던 것이다.

 당시에는 스스로도 놀라울 정도로 로맨틱해서 좋아하는 사람에게 안긴 다음 날에는 그가 침대로 가져다주는 아침을 먹는 걸 꿈꿨던 건 사실이지만, 설마하니 그런 식으로 실현될 줄은 상상조차 하지 못했다.

 물론 요노스케의 키스는 달콤했고, 침착하지 못하게 몸 이곳저

곳을 더듬는 그의 손길에 익숙해지자 간지럽지도 않았다. 아무튼 남자의 몸이 그렇게 뜨거운 것이라는 걸 처음 가르쳐준 사람은 요노스케였다.

집으로 돌아오자 벌써 침실로 들어간 어머니가 내려왔다. "무쓰미는 건강하게 지내던?"이라고 물어서 "네에"라고 짧게 대답하고 욕실로 향하려는데, "아 참, 너 나가자마자 네 앞으로 택배가 왔다"라며 선반에 올려둔 작은 상자를 꺼냈다.

"요코미치 다에코 씨가 누구지? 어디서 들어본 것 같긴 한데."

어머니에게 건네받은 작은 상자는 크기에 비해 매우 가벼웠다.

"그 왜, 내가 대학교 때 사귀었던 사람 있잖아요. 요코미치 요노스케 씨. 그분 어머님이에요."

"아, 아하. 요노스케 씨. 어렴풋이 기억이 난다. 그 밝은 느낌의 청년 말이지? 아마 1학년 무렵이었던가?"

"네에."

"그 후로도 연락하고 지냈니?"

"그게 아니라, 지난번에 갑자기 생각이 나서 고향 집으로 연락을 해봤어요."

"아 그래, 옛날 생각이 나는구나. 요노스케 씨는 건강하고?"

어머니의 질문에 대답하지 않고 작은 상자를 들고 2층 방으로 향했다. 소포를 가볍게 흔들어보자 달각달각 메마른 소리가 났다. 계단을 올라가면서 열어보았다. 안에서 나온 것은 몇 장의 사진이었다.

작은 돌들이 데굴데굴 튕겨 오르는 붉은 토지를 사륜구동 라이트가 비추고 있었다. 속도를 올리면 올릴수록 진동은 더 커졌다. 조수석의 실비는 키가 커서 양손을 천장에 붙이고 머리가 안 부딪치게 벋디디고 있었다.

"다르에스살람에서 페니실린을 빨리 받아놓는 게 좋겠지?"

실비의 말에 "아까 사무실에 연락해뒀어"라고 대답하면서 반대 방향으로 돌아가 버릴 것 같은 핸들을 필사적으로 움켜쥐었다. 달이 떠서 캄캄하진 않았지만, 시야에 보이는 대지에는 불빛 하나 없었고, 이따금 덩그러니 서 있는 나무는 사람 그림자처럼 보였다.

"일본에서 막 돌아왔는데 첫날부터 고생이네."

실비의 위로에 미소를 건넸지만, 그러는 그녀도 반년 이상이나 프랑스에 돌아가지 않았다.

난민 캠프에서 직원들이 생활하는 숙소까지는 자동차로 약 10분쯤 걸렸다. 캠프 안에서 같이 사는 게 편하긴 하지만 전기나 통신기기 등의 설비를 생각하면 그렇게 간단한 일이 아니었다.

최근에 콩고에서 도망쳐 캠프에서 살게 된 아직 10대인 자매 중 여동생이 심한 복통을 호소한다는 소식을 들은 것은 일상적인 오후 업무를 마치고 실비와 함께 숙소로 막 돌아갈 때였다. 그래서 지금은 도착하자마자 다시 캠프로 돌아가는 중이었다.

"그 자매, 아직 아무 얘기도 안 하지만, 아주 험한 일을 당했을 거야."

2월 · 밸런타인데이

흔들리는 차 안에서 실비가 불쑥 중얼거렸다.

여자끼리만 캠프로 도망쳐온 난민은 특히 귀를 틀어막고 싶을 정도의 일을 당하는 경우가 많았다. 이 일을 갓 시작한 무렵, 눈물을 흘리며 자신의 경험을 이야기하는 그녀들 앞에서 실신할 지경이 된 적도 있지만, 그때마다 다른 선배 직원들에게 호된 말로 주의를 들었다.

그들을 동정하거나 슬퍼해줄 사람은 세상에 넘쳐난다. 그러나 우리는 동정하거나 슬퍼해주기 위해 여기 있는 게 아니다. 그럼 무엇을 위해 여기 있는가? 그 답은 자기 스스로 찾을 것.

길 앞쪽에 불빛이 보였다. 평평한 대지에 띄엄띄엄 불이 밝혀진 캠프 조명은 마치 밤하늘에서 떨어져 내린 별 같았다.

캠프에 도착하자마자 복통을 호소한다는 여자아이의 텐트로 향했다. 소동이 어지간히 컸는지 텐트 주변에는 걱정스러워하는 수많은 사람들이 모여 있었다. 실비가 곧바로 "상황이 밝혀지는 대로 곧 알려주겠다고 하세요"라고 난민 대표를 맡은 루반가에게 영어로 전하며 텐트에서 떨어지라고 통역해달라고 부탁했다.

텐트 안에는 여동생을 걱정하는 언니가 베갯머리에 웅크리고 앉아 있었다. 루반가의 아내가 뿜어져 나오는 아이의 땀을 수건으로 정성스레 닦아주었다. 루반가를 텐트 안으로 불러 상황을 자세하게 통역해달라고 부탁했다. 그의 이야기를 들으면서 들고 온 페니실린 주사를 준비했다.

텐트 밖에서 누군가가 서글픈 노래를 불렀다. 루반가가 '재앙을 물리치는 기도의 노래'라고 가르쳐주었다.

주사를 놓자 거칠었던 호흡이 안정되고 갈색 피부를 적신 땀도 차츰 가시는 듯했다. 마음이 놓인 루반가의 아내와 실비가 공동 우물로 양동이 물을 바꾸러 나갔다.

고통스러워하던 여동생의 호흡이 편안하게 잠든 숨결로 변하자, 줄곧 그녀의 손을 잡고 있던 언니가 살며시 그 손을 내려놓고, 마음이 놓인 듯 텐트 기둥에 기댔다. 현지 언어로 "괜찮아. 걱정하지 마"라고 그녀에게 말했다. 몹시 지친 표정인데도 그녀는 눈가에 안도의 빛을 띠며 "고맙습니다"라고 영어로 대답했다.

"너, 영어 할 줄 아니?"라고 놀라며 묻자, "네, 학교에 다녔으니까요"라고 유창한 영어로 대답했다.

"동생도?"라고 물으며 고른 숨결을 토해내는 여동생에게 시선을 돌렸다. 또다시 "네에"라고 그녀가 대답했다.

텐트 밖에서 웃음소리가 들렸다. 남자애들이 기부받은 축구공으로 놀고 있는 듯했다.

"익숙하진 않겠지만, 이 캠프에서 천천히 쉬어. 그리고 무슨 할 얘기가 있으면, 내가 언제든 너희 얘기를 들으러 올 거야."

이쪽 말을 듣고 조용히 고개를 끄덕이는 그녀에게 "……그리고 조금 안정되면 미래 얘기도 해보자"라고 말을 잇자, "미래?"라며 깜짝 놀랐다.

"그래. 너랑 여동생의 미래 이야기. 난 그런 일을 돕기 위해 여기 있는 거니까."

그녀의 입가에 지치긴 했지만 희미한 미소가 떠올랐다.

"무슨 일이 있으면 루반가에게 말해. 우리가 언제든 달려올 테니까."

그녀의 어깨를 다독이며 그렇게 말했다. 가방을 들고 일어서자, 잠든 여동생을 살피면서도 그녀가 입구까지 배웅해주었다.

"힘내자."

현지 말로 그녀에게 말했다. 아직 기운은 없어 보였지만 그녀도 살며시 고개를 끄덕여주었다.

차로 돌아오자 실비와 루반가가 뭔가 진지한 대화를 나누고 있었다. 달빛이 두 사람의 심각한 표정을 비추고 있었다. 가방을 트렁크에 넣으며 들어보니 다음 달로 예정된 캠프 이전 계획에 따라 이사 가는 걸 완강히 거부하는 가족이 여럿 있는 듯했다.

이전 지역인 새 캠프는 이곳과 비교하면 설비, 주거 환경 등이 상당히 개선된다. 그러나 여기가 일시적인 피난 장소라면 그쪽은 장기 체재를 목적으로 하는 곳이었다. 달리 말하면 한동안 조국에는 돌아갈 수 없다는 낙인이 찍히는 일이기도 했다.

계획 당초부터 실비는 피난민에게 강력하게 이전을 권유했다. 물론 직원으로서는 올바른 판단이긴 하지만, 가능하면 당사자인 난민들이 최종적인 결정을 내려주기를 바랐다.

두 사람 얘기가 끝나길 기다렸다 실비가 운전하는 차로 다시 숙소로 출발했다. 실비의 운전이 다소 난폭한 이유는 루반가와 난민들에게 자기 의견이 전해지지 않은 게 속상한 게 아니라, 그들의 심정을 이해하면서도 이동 스케줄을 진행시켜야만 하는 자기 자신에게 화가 나 있기 때문이란 건 안다.

"오랜만에 가본 일본은 어땠어?"

기분을 바꾸려는 듯이 실비가 갑자기 물었다.

"……응"이라고 짧게 대답한 채로 왠지 모르게 창밖으로 시선을 돌렸다. 달빛을 받은 황야가 끝없이 펼쳐져 있었다. 별이 총총한 밤하늘이 사라지는 언저리가 지평선이었다.

"무슨 나쁜 뉴스라도 있었어?"

침묵을 신경 쓰던 실비가 다시 말을 건넸다.

"있잖아, 실비. ……처음 좋아했던 사람 기억해?"

"처음이라……. 어릴 때 다섯 살 위인 사촌오빠를 좋아했지."

"그런 거 말고 좀 더 어른이 된 후에."

"그럼 고등학교 무렵에 사귄 남자친구였을까. 지금 생각하면 도대체 그런 남자를 왜 좋아했는지 이상하지만."

거친 비포장도로 때문에 핸들이 돌아갔다. 그럴 때마다 차 안에서 두 사람의 몸이 크게 흔들렸다.

"갑자기 첫사랑 얘기는 왜 꺼내? 혹시 쇼코, 일본에서 그 사람 만났어?"

실비의 질문에 "아니야"라고 짧게 대답했다.

"……어떤 사람이었어?"라고 실비가 물었다.

자동차 라이트가 길가의 작은 돌들을 반짝반짝 비췄다.

"어떤 사람……."

별이 가득한 밤하늘 아래, 당시 모습 그대로인 요노스케의 웃는 얼굴이 떠올랐다.

"……어떻게 설명해야 할지 모르겠네."

"쇼코가 좋아했을 정도면 틀림없이 멋진 사람이었겠지?"

"멋진 사람? 아냐, 전혀. 웃음이 나올 만큼 그 정반대인 사람."

"그래?"

"그렇지만 뭐라고 해야 하나……. 여러 가지 것들에 'YES'라고 말해줄 것 같은 사람이었지."

핸들을 잡은 실비가 이쪽으로 힐끔 시선을 돌렸다.

"……물론 그래서 실패도 많이 했지만, 그런데도 'NO'가 아니라 'YES'라고 말할 것 같은 사람……."

"쇼코, 그 사람 많이 좋아했구나?"

"……응, 아주 많이 좋아했어. 너무너무 좋아서 화가 날 정도로. ……그렇지만 헤어졌지. 지금은 헤어진 이유도 생각이 안 날 정도야. 둘 다 아직 십대였고, 뭔가를 결정할 나이도 아니었으니까."

"얼마나 사귀었는데?"

"1년쯤인가. ……지금 생각하면 정말 바보 같은 이유로 헤어진 셈이지."

"우리처럼 풍요로운 나라에서 자란 젊은 남녀가 헤어지는 이유에 바보 같은 것 말고 또 뭐가 있을까……."

실비가 자조적인 웃음을 흘리려는 순간이었다. 이쪽으로 고개를 돌린 실비가 "왜, 왜 그래?"라며 급히 차를 세웠다.

자기 자신도 알아채지 못했다. 앞 유리창 너머로 끝없이 펼쳐진 밤하늘이 어느새 눈물에 부옇게 흐려져 있었다. 울 생각은 없었는데 볼이 눈물에 젖어 있었다.

너무 당혹스러워서 실비에게 "아, 미안"이라고 말하고 밖으로 나왔다. 엔진 소리만 울려 퍼지는 황야에는 금방이라도 별이 쏟아져 내릴 것 같은 밤하늘이 펼쳐져 있었다.

작년 11월이었던 모양이다. 요노스케는 요요기 역에서 발생한 사고로 세상을 떠났다. 빈혈을 일으켜 선로에 떨어진 여성을 돕기 위해 젊은 한국인 유학생과 함께 선로로 뛰어내렸다고 한다. 두 사람은 정신을 잃은 여자를 일으켜 안았다. 그러나…….

그것은 어쩌면 어떤 운명의 징조였을지도 모른다. 대학 2학년 여름방학에 지금은 원인조차 기억나지 않는 사소한 싸움을 하고 요노스케와 헤어졌다. 그 후로 한 번도 연락을 한 기억이 없다. 그런데 이번에 일본에 돌아갔을 때, 불현듯 요노스케의 목소리가 듣고 싶어졌다. 그 당시 주소 같은 건 당연히 모른다. 가까스로 알아낸 것은 그리운 요노스케의 고향 집이었다.

사건 얘기는 요노스케의 어머니에게 들었다. 일본에서는 큰 뉴스였던 모양이다. 요노스케의 어머니는 마지막까지 눈물을 흘리지 않고 얘기를 들려주었다. "이제 우는 것도 지쳤어요"라며 웃었다. 수화기 너머에 그리운 바다가 펼쳐져 있는 게 느껴졌다.

며칠 후 요노스케의 어머니가 보낸 소포가 도착했다. 편지와 함께 동봉된 것은 오래된 큼지막한 봉투였고, 겉에는 '요사노 쇼코 외에 개봉 엄금'이라고 씌어 있었다. 요노스케의 어머니는 전화 통화에서 요노스케의 방을 정리하다 발견했다고 했다. 어쩌면 요노스케 자신도 잊어버렸던 것일지도 모른다.

꽤 낡은 봉투를 열자, 안에는 사진 몇 장이 들어 있었다.

신생아실 앞에 나란히 서서 유리창 너머를 들여다보는 젊은 남자와 아주머니 사진. 나리타공항인지 멀리서 키스하는 백인 커플을 신기하게 바라보는 남자아이 사진. 마찬가지로 나리타공항인지 젊은 남자가 할아버지에게 티켓을 건네주는 사진. 무슨 영문인지 개 엉덩이가 찍힌 사진. 아마도 어느 공원인 듯한데 함석 접시를 들고 걸어가는 할머니의 뒷모습. 가지 딱 하나에만 작은 꽃잎을 매단 벚나무 사진. 그리고 마지막은 신주쿠 동쪽 출구 광장에서 하품을 하는 젊은 경관의 사진이었다.

아는 사람은 한 명도 없었다. 요노스케가 왜 그런 사진을 자기에게 남겼는지도 알 수 없었다. 그러나 그 사진들을 하나하나 찬찬히 바라보고 있으니 보도사진 작가로 성공했다는 요노스케가 일본의, 아니 이 세상의 절망이 아니라 희망을 찍어온 멋진 카메라맨이라는 사실만은 가슴에 새겨질 정도로 생생하게 전해졌다.

**

"쇼코~!"

고마자와 공원 입구에 겹겹으로 옷을 껴입은 쇼코가 서 있었다. 남의 눈도 아랑곳 않고 큰 소리를 지르며 다가오는 사람은 요노스케다. 거리에는 멋진 카페가 늘어서 있고, 털이 보드라워 보이는 세인트 버나드를 데리고 나온 멋쟁이 커플이 걸어가고 있었다. 장소에 어울리지 않는 요노스케의 큰 목소리에 놀라 뒤를 돌아본 커플이 이번에는 "왜 이렇게 늦어!"라고 소리치는 쇼코의 목소리에 고개를 돌렸다.

요노스케는 멋쟁이 커플 따위 안중에도 없는지 정신없이 쇼코에게 돌진해왔다. 어지간히 추운 모양인지 쇼코는 옆으로 바들바들 떠는 게 아니라, 웬일인지 위아래로 떨어대고 있었다.

"미안. 전차 안이 너무 따뜻해서 깜박 잠들어버렸어……."

그렇게 추운 겨울 날씨에 공원에서 데이트를 하자고 제안한 사람은 쇼코였다. 요노스케는 물론 "너무 춥잖아~"라고 반대했다. 깁스를 막 푼 쇼코를 반강제로 호텔로 데리고 가 마침내 두 사람이 맺어졌다고는 하지만, 그 후로 어쩐지 요노스케가 계속 방에만 틀어박혀 지내려 해서 쇼코가 고육지책으로 내놓은 것이 야외 데이트였다.

"요노스케 씨랑…… 음, 뭐라고 해야 하나…… 서로 사랑한다고 해야 할까, 그게 싫다는 건 아니야. 그렇지만 난 성격적으로 여러 가지 것들을 확실하게 구분해서 생각하는 타입이잖아? 식사 시간에는 식사, 책을 읽는 시간에는 책. 좀 더 말하자면 스파게티 옆에 만두가 있거나 볶음밥 옆에 피자가 있으면 아주 혼란스럽단 말이지. 그러다 보니까 요노스케 씨처럼 밥을 먹는 건지, 으음…… 서로 사랑을 나누는 건지 헷갈리는 분위기에 휩싸이면 난 정말 불편하고 혼란스러워."

이제 갓 자위행위를 배운 중학생처럼 행동하는 요노스케도 요노스케였지만, 고작해야 식사 중에 키스를 당할 뻔한 일로 이렇게까지 되받아치는 쇼코도 쇼코였다.

그런 사정으로 오늘은 야외 데이트였다.

"자, 공원으로 들어가시죠."

얼어붙어 있던 쇼코에게 이끌려 공원 안으로 들어가려던 요노스케는 방금 자기가 왜 큰 소리로 쇼코의 이름을 외치며 달려왔을까 하는 생각을 떠올렸다.

"아 참, 그렇지. 깜박했다. 아냐, 지금 공원에나 들어갈 때가 아니라고."

요노스케는 끌어당기는 쇼코의 팔을 반대로 잡아끌었다.

"무슨 일인데?"

요노스케가 코트 주머니에서 작은 상자를 꺼냈다.

"이것 좀 봐."

꺼낸 물건은 예쁘게 포장된 조그만 상자였다. 열었다가 다시 묶어서 리본 모양이 흐트러져 있었다. 한눈에 보기에도 선물용 상자였다.

착각한 쇼코가 "어머? 뭐야?"라며 얼굴에 희색을 드러냈다.

"……그게 아니라, 실은 이게 우리 집 우편함에 들어 있었어."

"우편함에?"

"그래. 밸런타인데이에 누가 넣어둔 것 같아."

"밸런타인데이는 지난주잖아?"

"아 물론, 그렇긴 한데……."

"그럼, 오늘까지 몰랐다는 얘기야?"

"신문도 안 보는 데다 만날 전단지만 들어 있어서 일주일에 한 번밖에 안 보니까 어쩔 수 없지."

"초콜릿?"

그제야 알아차린 듯 쇼코가 요노스케의 손에서 상자를 빼앗았다.

"그래. 초콜릿."

"누가 보냈는데?"

"이우치 요시코 씨라는 사람."

"누군데?"

"그게 말이지, 들어본 적도 없는 사람이라……."

"모르는 분이 초콜릿 같은 걸 줄 리가 없잖아."

"아니, 그러니까 내 말은…… 이거 혹시 쇼코가 장난친 거야? ……설마 그건 아니겠지?"

상당히 오랫동안 둘이서 초콜릿 상자를 내려다봤다. 설명을 덧붙이자면 요노스케는 밸런타인데이에 쇼코가 직접 만든 엄청나게 큰 하트 모양의 초콜릿을 받았다. 우쭐대며 한 번에 다 먹어버린 탓에 그날 밤에는 코피까지 흘렸다.

만의 하나 그 초콜릿도 쇼코가 보낸 깜짝 선물이라면 매우 공을 들인 짓궂은 장난일 뿐이다. 그러나 그렇다고 해서 자기에게 초콜릿을 줄 만한 여자가 달리 있을 것 같지도 않았다. 하룻밤이나 생각해봤지만, 한심스러울 정도로 떠오르질 않았다.

"정말 짚이는 데가 없어?"

고개를 갸웃거리는 쇼코 옆에서 요노스케도 고개를 갸웃거렸다.

"……아니 그보다 다른 여자한테 받은 초콜릿을 어떻게 애인인 나한테 자랑할 수가 있지?"

문득 생각이 났다는 듯 쇼코가 버럭 화를 냈다.

"자랑하는 거 아니야!"라고 요노스케도 거칠게 되받아쳤다.

"그럼, 뭐야!"라고 소리치며 쇼코도 지지 않았다.

"내 애인이면 빤히 알 거 아냐? 내가 누구한테 사랑을 받아서 몰래 초콜릿을 받을 만한 남자로 보여?……내 입으로 이런 말까지 하고 싶지 않지만."

"그렇게 보일 리가 없지!……자기 애인한테 이런 식으로 말하고 싶진 않지만."

"거, 거봐. 내가 그렇게 인기 많은 남자로 보이냐고?"

"아 글쎄, 그렇게 안 보인다니까."

"그렇잖아. 그래서 내가 걱정하는 건……."

"걱정하는 건?"

"……이게 혹시 다른 방 사람에게 보낼 선물이었는데, 잘못해서 우리 집 우편함에 들어오지 않았나 해서."

갑자기 목소리 톤을 낮추는 요노스케를 쇼코가 가만히 바라보았다. 바라보면서 초콜릿이 든 작은 상자를 살며시 요노스케에게 돌려주려 했다.

"……내가 열어버렸어."

"으이그 정말! 어쩌자고 이런 걸 열어!"

"그야 우편함에……."

"우편함도 일주일에 한 번밖에 안 보는 주제에……."

"그야 그렇지만……."

밖에서 데이트를 할 예정이었지만, 좀처럼 공원 안으로 들어갈 수 없었다.

"어떻게 할 거야?"

"어떻게 할 거냐니, 그래서 원래대로 만들어보긴 했는데."

"한눈에 봐도 열어봤다는 걸 알겠는데!"

"몰래 우편함에 넣은 걸 보면, 아주 많이 좋아하는 사람이겠지……?"

"그야 당연하지. 의리상 주는 초콜릿을 몰래 건네주는 것도 의리가 아니잖아."

결국 공원에도 들어가지 않고 의논한 끝에 두 사람은 이우치 요시코 씨라는 사람의 마음을 헛되게 할 수는 없다는 결론에 도달했다. 그러나 방법은 하나뿐이었다. 60세대나 되는 원룸 맨션을 한 집 한 집 찾아다니는 방법이었다.

"음, 그래도 우리 집이랑 쿄코 씨 집은 빼도 되니까…… 58세대……."

쇼코는 요노스케의 말도 안 듣고 이미 역 쪽으로 걸어가기 시작했다.

공원 데이트를 포기하고 집으로 돌아온 요노스케와 쇼코는 입구에 죽 늘어선 각 호의 우편함 앞에 섰다. 60개의 우편함이 빽빽하게 늘어서 있었다.

"이렇게 보니까 간단한 일은 아니네……."

그중에 '이우치 요시코 씨'가 가슴에 품은 사람이 있는 건 틀림없지만, 찾으려 들면 시간이 상당히 오래 걸릴 것 같았다.

"101호부터 한 집 한 집 도는 게 좋겠지?"

요노스케의 말에 일단 고개를 끄덕인 쇼코가 "그렇지만……"이라며 걸음을 멈췄다.

"……요노스케 방은 205호잖아? 그럼 헷갈리기 쉬운, 예를 들면 105호나 305호부터 도는 게 효율적이지 않을까?"

쇼코의 입에서 나온 효율적이란 말에는 왠지 순순히 고개가 끄덕여지진 않지만, 그것도 일리 있는 말일 것 같아서 요노스케도 동의했다.

"그럼 '5'가 붙은 방부터 돌아보고 찾는 사람이 안 나오면, 그 후엔 순서대로 돌아보자."

"그게 좋겠지. 쇼코 머리 좋네."

"……아!"

복도로 걸음을 내딛던 쇼코가 갑자기 소리를 질렀다.

"왜, 왜 그래?"

"아니…… 아무것도 아니야……."

"아무것도 아니라니…… 그렇게 큰 소리를 질러놓고……. 신경 쓰이니까 빨리 말해."

"아니 뭐, 대수로운 건 아니고……."

"뭔데? 더 좋은 방법이라도 떠올랐어?"

"그게 아니라…… 이 이우치 요시코라는 분, 혹시 방 호수가 아니라 주소를 잘못 안 건 아니겠지?"

피아노가 있다면 이쯤에서 불협화음이 울릴 것이다.

"참 나…… 그런 불길한 소린 꺼내지도 마. 혹시라도 그렇다면 이 동네는 1동에서 5동까지 있단 말이야."

요노스케는 순간적으로 무릎이 휘청거릴 뻔했다.

"서, 설마 그렇진 않겠지. 그렇게까지 덜렁거리는 분은 아닐 거야. 자 그럼, 먼저 105호부터."

기분을 바꾼 듯이 쇼코가 걸음을 내디뎠다. 그 뒷모습이 어쩐지 한껏 들떠 있는 것처럼 보였다.

"쇼코, 지금 혹시 즐기는 거야?"

"아냐, 매우 심각해."

그 말과는 반대로 쇼코는 틀림없이 즐기고 있었다.

105호 현관문의 초인종을 몇 번이나 눌러봤지만 대답이 없었다. 의욕적으로 시작한 것치고는 첫 집부터 빈집이라 두 사람의 긴장감도 떨어졌다.

"그럼 다음은 305호지?"라고 요노스케가 묻자, "아니, 그래도……"라며 쇼코가 106호 초인종으로 시선을 돌렸다.

"쇼코가 먼저 꺼낸 말이잖아. 5가 붙는 방부터 돌아보는 게 효율적이라며?"

"그렇긴 하지만……. 그래도 손만 뻗으면 106호니까 아무리 생각해도 이쪽이 더 효율적인 것도 같고……."

"으이그, 정말……. 그럼 누른다? 106호."

"아, 그래도 방이 이렇게 많으니 어디를 누르고 어디를 안 눌렀는지 모르니까 먼저 메모부터 제대로……."

요노스케는 귀찮아서 가방을 여는 쇼코를 기다리지 않고 초인종부터 눌렀다. 이번에는 안에서 곧바로 남자 목소리가 들렸다.

"저어, 실례합니다. 2층에 사는 요코미치라는 사람인데요."

말을 건네자 문이 열렸다. 다박수염이 난 스물네다섯쯤 되어 보이는 남자가 지금 막 일어난 것 같은 얼굴로 서 있었다.

"갑자기 죄송합니다만, 혹시 이우치 요시코 씨라는 분을 알고 계신가 해서요."

"네?"

"음, 그러니까 이우치 요시코 씨……."

요노스케는 빠른 말로 사정 설명을 했다. 설마 첫 집부터 찾을 것 같진 않아서 중간부터는 대충 적당히 떠들어댔다.

잠이 덜 깨서 그런지 남자는 아무런 대답이 없었다. 옆에 선 쇼코가 메모지에 '106 ×'라고 쓰려던 찰나, "이우치 씨가 초콜릿을……"이라며 남자가 불쑥 중얼거렸다.

"실례 많았습니다. 괜히 시끄럽게 해서……."

설마 하니 첫 번에 당첨될 줄은 몰랐던 요노스케는 조심스럽게 그렇게 말했다.

"저어…… 아시는 분이세요?"

쇼코가 급히 끼어들었다.

"이우치 요시코라고 하셨죠?"

그 말을 듣고 요노스케가 허둥지둥 초콜릿 상자를 내밀었다.

"저어, 죄송합니다……. 이건데요, 방금 말씀드린 대로 우리 집 우편함에 들어 있어서 모르고 열어버렸는데……. 그렇지만 먹진 않았습니다. 단 한 개도."

초콜릿을 받아든 남자가 작은 상자를 물끄러미 내려다봤다.

3월 · 도쿄

　신주쿠 동쪽 출구 광장이 훤히 보이는 찻집에서 요노스케는 멍하니 창밖을 내려다보고 있었다. 상당히 쓴 블루마운틴은 이미 다 마셨고, 커피에 따라 나온 버터쿠키도 접시에 떨어진 부스러기까지 손가락으로 집어 먹었다. 기다리는 사람은 지난번에 초콜릿을 배달했던, 같은 아파트에 사는 무로타 게이스케였다.

　결국 우편함을 잘못 알고 넣은 초콜릿은 그가 2년도 전에 헤어진 여자친구가 보낸 것이었다. 며칠 후 감사 인사로 데려가준 데니즈(Denny's, 일본의 레스토랑 체인점 — 옮긴이)에서 무로타는 "그녀와는 아주 안 좋은 작별을 했지"라고 가르쳐주었다. 그러나 그 이상의 말은 하지 않았다. 안타깝게도 대화 상대인 요노스케가 사랑의 미묘함을 알 리 만무했고, 옆에 있는 사람은 쇼코였다. 무로타 쪽에서 얘기를 중단한 건 올바른 판단이었다. 짧은 침묵 후, 요노스케는 무로타의 말을 이해한 척하며 "수많은 사연이 있게 마련이죠"라고 말했다. 솔직히 '아주 안 좋은 작별'이라는 게 어떤 것인지 이미지조차 떠올릴 수 없었다.

무로타와 헤어진 후, "안 좋은 작별이란 건 결국 어떤 식의 작별일까?"라고 쇼코가 물었다. 아는 체를 한 이상 대답을 안 할 수도 없는 노릇이라 "상대에게 심한 상처를 준 거지"라고 요노스케가 대답했다. 자기도 무슨 말을 하는지 알 수 없었지만, 쇼코는 뭔가를 느낀 듯이 "근데 무로타 씨라는 분은 남에게 상처 줄 사람으로는 안 보이던데……"라며 고개를 갸웃거렸다.

"그런 사람이 심한 짓을 하면 상대가 두 배로 상처 받지 않겠어?"라고 요노스케가 말했다.

"어머나 요노스케, 웬일로 깊이 있는 말을 다 하네."

쇼코가 선망의 눈길로 요노스케를 바라봤다.

요노스케는 쇼코와 얘기를 나누면서 자기가 누군가에게 상처 준 일이 있을까 생각해봤다. 초등학생 무렵, 같은 반 여자애를 울린 적은 있지만, 상처를 줬다고 할 만큼 대수로운 일은 아니었다. 구라모치와 당구장에 가기로 했던 약속을 어겨서 "상처 받았다"는 말을 들은 적은 있지만, 그것 역시 말은 같아도 의미는 달랐다. 결국 자기는 지금껏 누구에게도 상처 준 일은 없구나 하고 재빨리 결론을 내리려는 순간, 문득 옆에서 걷고 있는 쇼코가 눈에 들어왔다.

'아아, 그런 거로구나' 하는 생각이 들었다. 누군가를 상처 준 일이 없는 게 아니라, 상처를 줄 만큼 누군가에게 가까이 다가간 일이 없을 뿐이라는 생각이 들었다.

찻집 입구에서 울리는 종소리에 요노스케는 슬쩍 시선을 돌렸다. 그러나 들어온 사람은 무로타가 아니라, 나이 든 여자 손님들이었다. 자리에 앉기도 전에 "난 레몬티" "난 커피요"라며 웨이트리스에게 주문을 했다.

요노스케는 다시 눈 아래 펼쳐진 신주쿠 동쪽 출구로 시선을 돌렸다. 역 구내에서 쏟아져 나오는 사람과 역 구내로 들어가는 사람들이 완벽하다고 할 만큼 날렵하게 스쳐 지났다.

거의 1년 전, 자기도 커다란 짐을 끌어안고 저기서 나왔구나 하는 생각이 들었다. 그런 생각을 떠올리며 바라보자, 1년 전의 자기가 금방이라도 계단으로 올라올 것 같았다.

벽시계를 보니 찻집에 들어온 지 어느새 20분이 지나 있었다. 무로타는 "10분쯤 후에 갈게"라고 했다. 요노스케는 가까이 다가온 웨이트리스에게 커피 한 잔을 더 주문했다.

무로타는 사진작가였다. 물론 요노스케도 사는 맨션의, 똑같은 구조의 방에서 살고 있으니 유명한 사람은 아닐 테고, 사진작가라기보다 사진작가 지망생이라고 하는 편이 어울릴지도 모른다. 실제로는 보도사진 작가를 지망하는 모양이라 돈이 모아지면 세계 각지로 촬영 여행을 떠나곤 한다고 했다.

신주쿠의 작은 갤러리에서 개최하는 그룹전에 우연히 출품하게 되었다는 말을 듣고 요노스케는 부지런히 오늘 구경을 하러 왔다. 회장에서 마침 본인을 만났고 "시간 있으면 커피라도 한잔 하지"라는 얘기가 나왔던 것이다.

전시된 무로타의 작품은 작년에 필리핀에서 아키노 대통령이 당선되었을 때 찍은 사진이었다. 공식적인 활동 무대보다는 그것을 지탱해주는 민중에게 렌즈를 돌리고 있어서 바라보기만 해도 그들의 함성 소리가 들려올 것 같은 사진들뿐이었다.

사진이라고 하면 '모두 모여서 치즈'라고 외치는 것밖에 몰랐던 요노스케는, 알게 된 상황이 조금 특이하긴 했지만 지인이 찍은 그 사진들 앞에 서서 자기가 마치 사진 속 렌즈를 받은 듯한 기분에 휩싸였다.

주문한 두 잔째 커피가 나왔을 무렵, 무로타가 찻집에 나타났다. 막 나오려는데 아는 사람이 찾아왔는지, 늦어서 미안하다고 하도 정중하게 사과를 해서 요노스케가 오히려 더 송구할 정도였다. 초콜릿을 건네줄 때는 다박수염으로 보였는데, 사진작가라는 걸 알고 나니 그것도 사진작가의 수염으로 보이는 게 신기했다.

"어땠어? 내 사진."

커피를 주문한 무로타가 담배에 불을 붙이며 물었다.

"아, 네에…… 좋았습니다……."

전람회를 돌아본 후니 그 질문이 나오는 건 당연했다. 요노스케도 눈치껏 대답할 만한 말을 준비해두면 좋았을 테지만 머리가 거기까지 돌아가진 않았다. 요노스케의 따분한 대답을 듣더니 무로타는 곧바로 화제를 바꿨다.

"아 참, 아까 말했던 카메라 들고 왔어."

무로타가 그렇게 말하며 가방에서 꺼낸 것은 중고 라이카였다.

모양은 구식이지만, 소중히 다뤄왔다는 걸 한눈에 알아볼 수 있었다.

"정말 빌려도 돼요?"

요노스케는 건네주는 카메라를 받아들었다. 묵직한 중량감이 느껴지고, 기분 탓인지 몰라도 자기 손에 착 감겨드는 느낌이었다.

"물론이지. 그렇지만 아까도 말했듯이 요즘 카메라에 비하면 짜증이 날 정도로 다루기 까다로워."

전람회장에서 어떤 카메라로 촬영했느냐는 얘기가 나왔는데, 어떻게 된 영문인지 그 얘기가 요노스케가 무로타의 라이카를 빌리는 쪽으로 흘러갔다. 설명을 덧붙이자면 요노스케는 단 한 번도 사진이나 카메라에 흥미를 가져본 적이 없었다. 무로타의 박력 있는 작품을 봐서 그럴까, 쉽게 영향을 받는 요노스케는 자기도 뭔가를 찍어보고 싶어졌다.

"혹시 재미있어지면 친구랑 빌린 암실에서 현상하는 것도 가르쳐줄게."

"정말이요?"

요노스케는 무로타의 말에 고개를 끄덕이며 당장 렌즈부터 들여다봤다. 벽 쪽에 앉아 있는 중년 여성들 테이블로 렌즈를 돌리자 그들이 프레임에 들어온 순간, 조금 전까지는 소란스럽게만 느껴지던 한 사람 한 사람의 표정까지 또렷하게 보였다. 소란스럽다기보다 왠지 모르게 서글퍼 보였다.

"뭘 찍을 생각이야?"

이리저리 렌즈를 돌리고 있자, 무로타가 물었다.

"뭐랄 것도 없지만, 사람이겠죠······." 요노스케가 대답했다.

"여자친구 누드라도 찍을 속셈이겠지"라며 무로타가 웃었다.

"어휴, 그런 건 꿈도 못 꿔요. 파자마 차림 보이는 것도 싫어하는걸요."

요노스케가 카메라를 바깥 방향으로 돌렸다. 북적거리는 동쪽 출구 광장이 필터 안에서, 자기가 처음 봤던 때의 광장으로 변한 것 같은 느낌이 들었다.

이른 봄바람이 불고 있었다.

섀시 문인데도 여닫이가 안 좋은지 아까부터 틈새 바람이 쉬쉬 소리를 내고 있었다. 그 소리도 아랑곳없이 요노스케는 무로타에게 빌린 라이카 카메라를 싫증도 안 내고 만지작거리고 있었다. 테이블 맞은편에는 쇼코가 오도카니 앉아 있었고, 웬일인지 얼굴을 붉히고 있었다.

설명을 덧붙이자면 쇼코가 얼굴을 붉힌 데는 물론 그럴 만한 이유가 있었다. 요노스케가 무로타의 전시회에 갔다가 라이카를 빌리게 된 얘기를 들려줬는데, 그 마지막에 무로타가 찻집에서 요노스케에게 했던 "여자친구 누드라도 찍을 속셈이겠지"라는 농담을 진담으로 받아들였기 때문이다.

"······무로타 씨는 난 초보자니까 처음엔 맘 내키는 대로 찍어도 된다고 했지만, 그래도 이왕 하는 거니까 테마라고 하나? 그런 걸 정하고 찍는 게 좋겠지?"

애인의 얼굴을 붉혀놓고, 정작 말을 꺼낸 장본인은 벌써부터 사진작가 대열에라도 낀 양 다른 얘기를 꺼내기 시작했다.

"그치, 쇼코, 어떻게 생각해? 역시 처음에는 정통파답게 풍경 같은 것부터 찍는 게 좋을까?"

필름도 안 들어 있는 카메라를 찰칵찰칵 울리면서 요노스케가 고개를 들었다. 고개를 든 찰나, "어?" 하며 깜짝 놀라고 말았다.

"왜, 왜 그래? 쇼코. 모, 목에 뭐가 걸렸어?"

요노스케는 몹시 당황한 와중에도 카메라를 조심스럽게 테이블에 내려놓고, 엉거주춤한 자세로 쇼코의 어깨를 잡았다. 요노스케가 착각을 하는 것도 당연했다. 쇼코의 얼굴은 그야말로 떡이라도 목에 걸린 것처럼 새빨갛게 달아올라 있었다.

당황한 요노스케의 팔을 뿌리치며 "아무것도 안 걸렸어"라고 쇼코가 냉정하게 대답했다.

"아, 깜짝이야……. 그럼 뭐야? 왜 그렇게 얼굴이 빨개?"

요노스케의 질문에 쇼코가 갑자기 어색한 듯 눈길을 돌리더니 고타쓰 이불의 풀어진 실밥을 손가락으로 잡아당기기 시작했다.

"아, 그건 너무 잡아당기지 말고……."

"나…… 지금 요노스케의 제안을 진지하게 생각해봤는데."

"제안이라니? 내가?"

"으음, 그러니까 뭐라고 해야 하나? 누드…… 모델……."

요노스케로서는 마치 어제 한 얘기를 다시 꺼내는 것 같은 느

꿈이라 대답할 말이 없었다.

"……물론 예술작품으로 선택되는 경우에 한한 얘기지만."

이제 슬슬 익숙해질 법도 하건만 쇼코의 이런, 뭐라고 설명해야 할까, 눈앞에서 자기도 모르는 새에 탈바꿈해가는 느낌에, 요노스케는 도무지 익숙해질 수가 없었다. 요노스케는 "여자친구 누드라도 찍을 속셈이겠지"라는 무로타의 농담을 깊은 의미도 없이 그냥 전달했을 뿐이다. 그러나 그것은 어느새 정식 모델 요청으로 바뀌어버렸고, 정신을 차려보니 조건부 승낙까지 받아낸 상황이었던 것이다.

"아니, 그게 아니고. 아, 물론 쇼코의 마음이야 고맙지만……."

심각하게 고민해서 결정을 내린 쇼코 앞에서 요노스케는 신중하게 말을 골랐다. 이쪽은 그럴 마음이 없었다고 해도, 본인이 이미 그럴 마음을 먹어버렸으니 소홀히 대할 수도 없었다.

"……괜찮아. 난 이미 각오했으니까."

"각오라니……."

이렇게 되면, 이제 더 이상 쇼코의 사고회로가 어떻게 돌아간 건지 짐작할 수도 없지만, 어쨌거나 결사의 각오로 남자친구의 요구에 응해주기로 한 것이다.

"그렇지만 이제 막 카메라를 빌렸을 뿐이고, 어차피 쇼코를 제대로 찍으려면 연습이라도 좀 한 뒤에 찍는 게 좋을 것 같은데……."

거기까지 말한 순간, 쇼코의 표정이 순식간에 변했다.

"⋯⋯아니, 그런 뜻이 아니야. 다른 여자를 찍는다는 게 아니라 일단은 풍경 같은 것부터 연습한 다음에."

일대 결심을 한 누드모델 앞에서 요노스케는 어쨌거나 땀까지 뻘뻘 흘리며 설명을 해야 했다.

"그건 그러네. 아직 필름도 넣어본 적 없는 사람 앞에서 이렇게까지 긴장할 필요는 없겠지."

"그럼, 그럼.⋯⋯아 참, 쇼코, 시간도 많으니까 좀 있다 이 카메라 들고 산책이라도 나가볼까?"

"그거 좋겠다. 산책하는 사이에 아까 요노스케가 말했던 테마 같은 게 떠오를지도 모르고."

쇼코가 자리에서 벌떡 일어섰다.

"벌써 나가게?"

말은 꺼냈지만 엉덩이가 무거운 요노스케의 팔을 쇼코가 잡아당겼다.

"어디로 갈까? 이왕 나가는 길이니 리쿠기엔(六義園, 도쿄 분쿄구에 있는 도립[都立] 정원 ─ 옮긴이)은 어떨까?"

"맞선 사진 찍으러 가는 것도 아닌데."

"음, 그건 그렇다. 자 그럼, 일상이라도 찍어볼까?"

요노스케는 반강제로 밖으로 끌려 나갔다. 끌려 나간 것까진 좋지만, 막상 사진을 찍으려고 하니 뭘 찍어야 할지 막막했다. 맨션 밖은 여느 때와 다름없는 풍경이었고, 굳이 표현하자면 그림이 안 나왔다. 요노스케는 한동안 생각한 끝에 언제 자기가 찍힐지 몰라 부자연스럽게 걷고 있는 쇼코에게 말을 건넸다.

"쇼코, 거기 가드레일에 좀 앉아봐."

"가드레일? 왜?"

"왜긴 사진 찍으려고 그러지."

"앉는 건 좋은데 왠지 좀 평범하다. 요노스케의 테마."

"아직 테마 아니야. 이건 그냥 시험 삼아 찍는 거지."

쇼코는 입술을 내밀면서도 가드레일에 걸터앉았다. 좀 더 동적인 자기 모습을 찍고 싶었는지 언짢아 보였다.

"아무래도 자연스러운 게 좋겠지?"

"그렇지"라고 대답한 순간, 쇼코가 앙뉘(권태를 뜻하는 문예 용어 —옮긴이)한 표정으로 먼 곳을 바라보았다.

"아, 미안. 역시 부자연스러운 쪽이 낫겠다"라고 요노스케가 자기 말을 정정했다.

가깝게 다가갔다 뒤로 물러났다, 쇼코를 프레임 중앙에 놓았다 가장자리로 놓았다 하며 요노스케가 한참동안 구도를 망설이고 있자, 쇼코는 벌써부터 싫증이 났는지 "……아 참, 그건 그렇고, 나 다음 주부터 2주간 파리 가. 2주간 어학연수"라고 갑자기 입을 열었다.

"그래? 너무 갑작스럽네."

"신청이 늦는 바람에 정원이 다 찼었는데, 취소하는 사람이 생겨서 갑작스럽게 가게 됐어."

"프랑스어 공부하게?"

요노스케의 당연한 질문에 쇼코 역시 "으응. 프랑스니까"라고 매우 성실하게 대답한 후, "그런데 이제 슬슬 테마는 찾았어?"라며 이야기를 되돌렸다.

"설마. 방금 전에 말했는데 벌써 찾을 리가 없잖아."

"무로타 씨는 필리핀에서 사진 찍었다며? 그럼 요노스케는 도쿄를 찍으면 어떨까?"

"도쿄? 도쿄에서 뭘 찍어? 혁명 같은 것도 없는데."

"그러니까 내 말은…… 예를 들면 리얼한 도쿄라고 해야 할까, 요노스케의 눈에 비친 도쿄?"

"그런 게 테마가 되나?"

"되고말고. 말하자면 사회악을 추구(追究)하는 듯한 예리한 시점이지."

가드레일에 걸터앉은 애인도 못 찍는 처지에 그런 걸 추구할 리 만무했다.

"요노스케, 약간 배고픈 것 같지 않아?"

"조금만 참아."

"왠지 봄 냄새가 나네."

아직 한 장도 못 찍었는데 쇼코는 완전히 싫증이 나 있었다.

아르바이트를 끝낸 요노스케가 아카사카의 호텔에서 나온 것은 아침 여덟 시 전이었다. 거리는 틀림없는 아침 여덟 시였지만, 요노스케의 신체 시계만은 굳이 따지자면 저녁 여덟 시였다. 전

날 푹 자둬서 그런지 밤샘 근무를 마친 후에도 별로 졸리지 않았다. 아니, 오히려 '지금부터 슬슬 밤놀이라도 나서볼까' 싶을 정도로 힘이 넘쳤다. 그렇긴 하지만 아침 여덟 시부터 '밤놀이'를 할 수도 없는 노릇이고 '아침놀이'를 함께해줄 친구도 없었다. 아르바이트와 수업을 번갈아할 때는 단 1초라도 빨리 집에 가서 자고 싶었지만, 봄방학이 시작되어 아르바이트만 하는 생활이 계속되는 사이에 밤낮이 완전히 뒤바뀐 것이다.

호텔 종업원 전용 출입구로 나와 지하철역으로 향하면서 요노스케는 남아도는 그 힘을 어찌 해야 좋을까 생각했다. 불현듯 구라모치가 떠오른 것은 지하철 계단에서 임산부가 천천히 올라오는 모습이 보였기 때문이다. 요노스케는 요즘 한동안 구라모치를 못 만났다. 가끔 부재중 전화에 구라모치의 메시지가 녹음되어 있긴 했지만, 별스러운 내용도 아니라서 전화를 걸지 않았다. 물론 걸어도 되겠지만, 어쩐지 전에 빌려준 돈을 재촉하는 것 같아서 내키질 않았다. 그러니 다시 한 번 걸어주길 기다렸지만, 꼭 집을 비웠을 때만 전화가 걸려왔다.

그건 아직 초등학교에 다닐 무렵이었을까, 어머니가 친구에게 돈을 빌린 아버지를 책망한 적이 있었다. 별로 큰돈도 아니었는지 "오래 사귄 사이라 몇 푼 안 되는 돈 거래 때문에 그 녀석이 서먹서먹해할 리는 없어"라는 아버지에게 "돈이란 건 빌린 쪽이 아니라 빌려준 쪽이 서먹서먹해지는 거예요"라고 어머니가 말을 받아쳤다. 그 당시에는 '어째서?'라며 이상하게 생각했지만, 실제로 빌려주고 보니 어머니의 말을 조금은 이해할 것 같았다.

요노스케는 근처에 보이는 공중전화로 구라모치에게 전화를 걸었다. 전화를 받은 사람은 아쿠쓰 유이였다. 짧은 인사를 나눈 후, 구라모치는 오늘 쉬는 날이라 아직 자고 있다고 말했다.

"아르바이트가 지금 끝나서……. 심심해서 그런데 잠깐 들러도 될까?"

"안 될 거야 없지만, 넌 여전하구나."

뱃속에 아이가 있어서일까, 마치 엄마 같은 말투였다. 요노스케는 "아무튼 갈게"라며 전화를 끊었다.

지하철을 갈아타고 구라모치가 사는 아파트와 가장 가까운 역에 도착한 요노스케는 편의점 먼저 들렀다. 엄마 같은 아쿠쓰 유이가 우유와 마가린을 사 오라는 심부름을 시켰기 때문이다. 사 들고 가면 아침밥은 확실하게 나올 것 같았다.

이사를 도우러 온 적이 있어서 역에서 가는 길은 금방 알 수 있었다. 때마침 출근 시간 때라 골목길 여기저기에서 서둘러 회사로 향하는 사람들이 쏟아지듯 나와 역으로 향했다. 기온은 아직 낮아서 뿜어내는 숨결은 살짝 희부옇지만, 그 하얀 숨결에 따뜻한 아침 햇살이 부딪쳤다.

모퉁이만 돌면 구라모치의 아파트였다. 요노스케는 한가하게 어슬렁어슬렁 걸어갔다. 그리고 막 모퉁이를 돌아서는 순간이었다.

낡은 아파트 바깥 계단에서 이제 막 일어난 헝클어진 머리로 구라모치가 엉거주춤 뛰어내려 오는 모습이 보였다. 한눈에 보기에도 긴급 사태였다. 너무 급작스러운 일이라 요노스케는 그저 멍하니 멈춰 서 있을 수밖에 없었다.

구르듯이 계단을 내려온 구라모치가 갑자기 잊어버린 물건을 떠올렸는지 이번에는 다시 계단을 뛰어올라 가려 했다.

"구라모치!"라고 요노스케가 간신히 소리를 쳤다.

그 순간 계단 위에서 배를 감싸 안은 아쿠쓰 유이가 고통스러운 표정을 지으며 나타났다. 둔한 요노스케도 상황을 파악하고 허겁지겁 두 사람에게로 달려갔다.

"구라모치!"라며 다시 한 번 계단 밑에서 부르자, 구라모치가 아쿠쓰 유이를 부축하며 "나와, 애가 나와!"라고 소리쳤다.

"빨리 택시! 택시!"

구라모치가 그렇게 외쳐서 요노스케도 황급히 발길을 돌렸다. 막 달려가려는 요노스케에게 "요코미치, 괜찮아!"라고 외치는 아쿠쓰 유이의 목소리가 들렸다.

요노스케는 택시를 잡으러 가야 할지 그냥 있어야 할지 몰라 갈팡질팡했다. 갈팡질팡하는 사이에 두 사람이 계단을 내려왔다.

"예정일은 아직 한참 남았단 말이야!"라고 구라모치가 소리쳤지만, 자기한테 소리를 쳐본들 요노스케는 그저 곤란할 뿐이었다.

"문 잠갔어?"

어쩔 줄 몰라 쩔쩔매는 두 남자와는 대조적으로 당사자인 아쿠쓰 유이는 아직 냉정했다.

"요노스케, 잠그고 와! 열쇠는 현관 선반 위에 있어."

구라모치가 소리를 쳐서 요노스케는 다시 계단 쪽으로 달려갔다. 스쳐 지나는 두 사람에게 시선을 돌렸을 때, 구라모치가 슬리퍼를 한쪽밖에 안 신은 걸 알아차렸지만 그런 걸 알려줄 상황이 아니었다. 요노스케는 어쨌든 아파트 계단으로 뛰어올라갔다.

계단을 뛰어올라가자 구라모치의 옆집 문이 열리더니 젊은 남자가 고개를 불쑥 내밀었다. 소동이 신경 쓰여 나와 본 것 같았다. "죄송합니다"라며 요노스케가 고개를 숙였다.

"유이 부부는?"이라고 남자가 물었다.

말투에 억양이 다른 걸 보니 일본인은 아닌 듯했다. 요노스케는 손가락으로 계단 아래를 가리켰다. 그러자 맨발로 뛰어나온 남자가 계단 아래를 내려다보았다. 그 모습을 발견한 아쿠쓰 유이가 배를 움켜쥔 상황에서도 "김 군! 병원에 들고 갈 가방!"이라고 말하자, 그 옆에 있던 구라모치가 "벽장! 벽장 옆에 있어!"라고 말을 이었다.

두 사람의 말을 들은 김 군이라 불린 옆집 사람이 황급히 구라모치의 방으로 뛰어 들어갔다. 요노스케가 그 뒤를 따라 들어갔다.

"일단 우리 먼저 갈게!"라는 구라모치의 목소리가 계단 아래에서 들려왔다.

방으로 뛰어 들어간 김 군이 방 안쪽으로 들어가더니 벽장 옆에 놓여 있던 보스턴백을 거머쥐었다. 그러더니 "열쇠…… 열쇠가……"라며 현관에서 어쩔 줄 몰라 하는 요노스케에게 "거기,

신발장 위에"라고 가르쳐주었다.

요노스케는 김 군과 뒤엉키듯이 방에서 나왔다. 급히 서두르다 보니 좀처럼 문이 잠기질 않았다. 간신히 문을 잠그고 몸을 돌리자, 어느새 운동화를 신고 나온 김 군이 자기 집 현관문을 잠그고 있었다.

"가죠!"라고 말을 건네서 요노스케도 고개를 끄덕였다.

둘이서 엉거주춤하게 벌린 다리로 계단을 뛰어내려왔다. 그러나 구라모치와 아쿠쓰 유이의 모습은 이미 거기에 없었다. 아파트 부지에서 튀어나오자, 두 사람은 길 저편에서 막 택시에 올라타는 중이었다.

요노스케 일행을 본 구라모치가 "늘 가는 병원이야!"라고 소리친 후 차에 올라탔고, 타자마자 택시는 총알처럼 출발했다.

택시가 모퉁이를 돌아가는 모습을 지켜본 후, "늘 가는 병원이라니?"라고 요노스케가 물었다.

"역 반대편이에요. 걸어서 10분 정도"라고 김 군이 가르쳐주었다.

"택시가 있을까?"라고 요노스케가 묻자, "뛰는 게 빨라요"라고 김 군이 대답했다.

"자, 그럼"이라며 둘이서 좁은 보도로 뛰어가기 시작했다. 뛰어가면서 "유학생?"이라고 요노스케가 물었다.

"네. 한국에서 왔고."

"구라모치네랑 친해요?"

"이웃이니까."

전신주를 피하면서 달려야 하기 때문에 이따금 두 사람의 다리가 엉켰다.

"난 요코미치. 구라모치 부부랑은 같은 대학에 다녔어요."

"난, 김이라고 해요."

"대학생?"

"응."

"몇 학년?"

"3학년."

상당히 빠른 속도라 숨이 차올랐다. 그러나 체격이 좋은 김 군의 속도는 줄어들지 않았다. 차츰 말이 줄어들었고 요노스케는 간신히 따라가는 게 고작이었다.

요노스케는 지난 1년간 제대로 된 운동을 해본 적이 없었다. 아르바이트에 늦을 것 같을 때 역 계단을 뛰어오르는 정도는 할 수 있어서 아직은 괜찮을 거라 믿었다.

건널목을 건너서 뒤를 돌아본 김 군이 손으로 앞을 가리켰다. 큼지막한 병원 간판이 보였다. "저기?"라고 요노스케가 숨을 헐떡거리며 물었다. 목적지에 다 왔으니 속도를 늦출 줄 알았는데, 김 군은 속도를 더 높였다.

"난 더는 무리예요……."

요노스케는 따라가는 걸 포기했다. 김 군의 등이 순식간에 멀어졌다. 운동 부족을 뼈저리게 실감했다.

결국 요노스케는 김 군보다 상당히 늦게 병원에 도착했다. 꽤 큰 병원이었고 아직 이른 아침인데도 대합실 여기저기에 진찰을 기다리는 사람들의 모습이 보였다. 발밑에 산부인과를 표시하는 핑크색 테이프가 붙어 있어서 요노스케는 그 테이프를 따라 안으로 들어갔다. 안뜰로 나가는 바로 앞쪽에 숨결이 조금도 흐트러지지 않은 김 군의 모습이 보였다. 손에 보스턴백이 없는 걸 보니 이미 구라모치에게 전달한 것 같았다.

"김 군, 두 사람은?"이라고 요노스케가 숨을 헐떡이며 말을 건넸다. 뒤를 돌아본 김 군이 손가락으로 복도 앞에 있는 진찰실을 가리켰다.

"금방 태어날까?"

"글쎄."

버티고 서 있어도 소용없을 것 같아서 두 사람은 옆에 있는 벤치에 앉았다. 자리에 앉는 순간, 진찰실 문이 열리고 안심한 듯한 구라모치가 나타났다.

"시간이 좀 더 걸린대. 어쨌든 장모님한테 연락하고 올게."

공중전화 쪽으로 향하던 구라모치가 갑자기 발걸음을 멈추더니 "김 군, 고마워. 너무 소란스럽게 했지"라고 인사를 건네고 나서 "요노스케도 미안하다"라고 사과했다.

"아냐, 아냐"라고 대답하는 요노스케와 김 군의 목소리가 겹치며 동시에 울려 퍼졌다.

유이의 어머니에게 연락을 한 구라모치가 진찰실로 모습을 감추자, 요노스케는 다시 옆에 있는 김 군과 얼굴을 마주보았다. 일단 급한 상황은 넘겼으니 돌아가도 되겠지만, 구라모치가 아무 말도 안 해서 그냥 돌아가기도 좀 난처했다.

"얼마나 걸릴까?"라고 요노스케가 침묵을 깨기 위해 물었다.

"누나 때는 병원에 도착해서 두 시간 정도 걸렸는데"라고 김 군이 대답했다.

"누나 있어?"

"남동생도."

"음……, 난 외동인데."

"음……."

대화가 끊겼다. 둘이서 진찰실 문으로 시선을 돌려보지만 꿈쩍도 하지 않았다.

"그건 그렇고 잘 달리네."

"작년까지 군인이었으니까."

김 군이 선뜻 대답했다.

"무슨 볼일 있는 거 아닌가? 난 괜찮지만"이라고 요노스케가 물었다.

"봄방학이라 괜찮아."

"아 참, 그렇지."

아홉 시가 지나자 접수처에는 긴 행렬이 늘어섰다. 조금 전까지 조용하던 산부인과 복도에도 임산부들의 모습이 띄엄띄엄 보이기 시작했다.

요노스케는 할 일도 없고 심심해서 가방을 열고 라이카를 꺼냈다. 요 며칠 찍지도 않으면서 늘 들고 다녔다.

"아, 라이카?"라고 김 군이 말했다.

"빌린 거야."

한동안 대화도 없이 카메라만 만지작거렸다. 도중에 김 군이 매점에 가는데 필요한 게 있냐고 물어서 빵과 커피우유를 부탁했다.

김 군이 돌아왔고 둘이 빵을 다 먹고 나서도 아쿠쓰 유이가 있는 진찰실에는 변화가 없었다.

"일단 돌아갈까?"

따분하던 요노스케가 묻자, 어딘가 안심한 표정으로 김 군이 고개를 끄덕였다.

"밤이 될지도 모르니까." 요노스케가 다시 한 번 강조했다.

둘이 동시에 일어나 진찰실에 있는 구라모치를 불러내자, 밖으로 나온 구라모치는 아직도 안 갔냐며 놀라는 눈치였다.

"아기 낳으면 연락할게."

구라모치의 말에 요노스케와 김 군은 조용히 고개를 끄덕였다.

요노스케가 구라모치와 아쿠쓰 유이 사이에 건강한 딸아이가 태어났다는 소식을 들은 것은 그날 늦은 오후였다. 전화를 한 사람은 구라모치도 아쿠쓰 유이도 아니고, 오전에 병원에 같이 있었던 김 군이었다. 구라모치가 부탁한 것 같았다.

병원에서 돌아와 자고 있었던 요노스케는 김 군의 말을 듣고

"다행이다. 태어났구나"라고 졸린 눈을 비비며 말했다.

한동안 침묵이 흐른 후, "저어, 애기 보러 갈 거야?"라고 김 군이 물었다.

그날은 아르바이트도 없는 날이었다. 구라모치와 아쿠쓰 유이의 아기를 보고 싶긴 하지만, 왠지 좀 귀찮기도 했다.

"……김 군은?"이라고 요노스케가 되물었다.

"요노스케 군이 가면 같이 갈까 하고."

들려온 김 군의 목소리 느낌으로 봐서는 요노스케와 똑같은 심정인 것 같았다.

"그럼, 갈까?"

거절해주길 기대하며 요노스케가 물었다.

"어, 가게?"

조금 실망한 듯한 목소리로 김 군이 대답했다.

"어, 안 가?"

"가도 좋긴 한데."

"그럼, 갈까? ……지금 나가면 한 시간 반쯤 후에 병원에 도착할 텐데."

결국 이야기는 반대 방향으로 흘러가버렸다.

전화를 끊은 요노스케는 나갈 채비를 시작했다. 이를 닦으면서 멍하니 아침 상황을 떠올리자, '그래, 조금 전까지는 없었던 인간이 지금은 이 세상에 존재하는 거야'라는 너무나 당연한 사실이 새삼 놀랍게 느껴졌다.

요노스케는 눈앞의 거울을 바라보았다. 입가에 하얀 거품을 묻히고 졸린 얼굴을 한 자기 모습이 비치고 있었다. 자기가 하나의 세계 속에 있다고 생각했는데, 갓난아기가 불쑥 세상에 태어나는 걸 보면, 그 하나의 세계 속으로 아기가 들어왔다기보다 아쿠쓰 유이의 몸에서 불쑥 새로운 세계 하나가 만들어진 것 같은 인상이 강했다. 그렇다면 구라모치와 아쿠쓰 유이는 새로운 세계 하나를 만들어낸 셈이다. 물론 그 세계 창조가 발각된 당시에는 두 사람 다 어쩔 줄 몰라 허둥거렸지만, 그래도 훌륭하게 새로운 세계를 만들어낸 것이다.

……왠지 대단한걸.

자기도 모르게 그런 말을 흘리며 요노스케는 거울에 비친 자기 모습으로 다시 눈길을 돌렸다. 눈곱이 붙어 있었다. 잠결에 헝클어진 머리는 해바라기처럼 춤추고 있었다.

요노스케는 약속 시간보다 꽤 늦게 병원에 도착했다. 만나기로 한 로비에 김 군의 모습은 이미 보이지 않았고, 요노스케는 가까이 있던 간호사에게 아쿠쓰 유이의 병실을 물었다. 병실로 향하는 긴 복도에 '신생아실'이라고 적힌 간판이 붙어 있었다. 요노스케는 그 문을 열어보았다.

유리에 달라붙듯이 김 군과 나이 든 한 여성이 서 있었다. 유리창 너머에는 수많은 아기 침대가 늘어서 있었고, 갓 태어난 아기들이 그 안에 잠들어 있었다.

김 군이 눈을 거슴츠레 뜨고 바라보는 걸 보니 구라모치와 아쿠쓰 유이의 아기도 그 속에 있는 게 틀림없었다. 아는 체를 하려고 요노스케가 한 발을 안으로 들여놓는 순간, "귀엽죠?"라고 옆에 서 있던 아주머니가 김 군에게 말을 건넸다.

"……저것 좀 봐, 눈매 같은 덴 애기 아빠를 쏙 뺐잖아."

아주머니의 말에 여전히 눈을 거슴츠레하게 뜬 김 군이 "아니, 제가 아니라 친구 아기예요"라고 대답했다.

"어머, 그래요? 미안해요."

사과는 했지만, 아주머니의 표정은 변함없이 부드러웠다. 틀림없이 아쿠쓰 유이의 어머니인 줄 알았는데 아무래도 그 아주머니는 우연히 거기 있던 사람인 듯했다.

그건 그렇고, 생판 남의 아기인데도 김 군이나 그 아주머니는 바라보는 요노스케까지 부끄러워질 정도로 완전히 넋을 잃은 표정으로 아기를 바라보고 있었다. 요노스케는 퍼뜩 생각이 떠올라 가방에서 카메라를 꺼냈다. 첫 사진인데 이 장면을 찍어도 될까 하는 생각도 들었지만, 자기도 모르게 셔터를 누르고 말았다.

셔터 소리를 알아차린 김 군이 "아, 왔네. 이리 와봐, 이 애가 구라모치랑 유이의 아기야"라며 맨 앞에 누워 있는 아기를 가리켰다.

요노스케도 그들과 마찬가지로 유리창에 찰싹 달라붙었다. 배내옷과 담요로 둘러싸인 아기 얼굴이 거기에 있었다. 흔히들 '새근새근'이라는 말을 쓰는데, 그 얼굴을 바라보는 것만으로도 새근새근 소리가 들려올 것 같았다.

"귀엽죠?"

옆에 서 있는 아주머니의 말에 요노스케는 "네"라고 대답하며 고개를 끄덕였다. 끄덕거리는 요노스케 옆에서 김 군도 고개를 끄덕거렸고, 무슨 영문인지 질문을 한 아주머니까지 고개를 끄덕였다.

세이부신주쿠 선 쾌속 전차 안에서 요노스케는 자기도 모르게 두 손바닥을 지그시 내려다보았다. 조금 전까지 안고 있었던 구라모치와 아쿠쓰 유이의 갓난아기 무게가 손바닥에 생생하게 남아 있었기 때문이다.

요노스케는 아기의 무게를 떠올리는 것뿐인데, 두 손바닥을 확인하는 몸짓은 보기에 따라서는 살인이라도 저질러버린 남자의 동작으로도 보이는지 요노스케가 문득 정신을 차리고 고개를 들자, 앞좌석에서 기분 나쁜 시선으로 바라보던 여자가 눈길을 휙 돌렸다.

병원에서는 구라모치의 부모님과도 오랜만에 만났다. 스무 살아들의 동거, 임신, 결혼이라는 급격한 성장 속도는 좀처럼 현실로 받아들이기 힘들었던 모양이지만, 그래도 첫 손자가 태어났다는 소식은 별개의 문제인지 결국은 그들이 제일 먼저 병원으로 달려온 것 같았다.

병실에 주역인 아기와 엄마 아빠, 그리고 아빠의 부모님과 엄마의 어머니가 모여들자, 어쩐지 어색하긴 했지만, 뭔가가 차츰 녹아내리기 시작했다. 그렇게 되니 자연스레 외부인인 요노스케와 김 군에게는 그 자리가 불편해졌다. 누가 먼저랄 것도 없이 "저희는 그럼 이만"이라며 동시에 그 자리를 벗어났다.

또다시 손바닥을 내려다보는데, 하나코가네이 역 도착을 알리는 안내방송이 흘러나왔다. 요노스케는 자리에서 일어나 여전히 아기의 무게를 떠올리며 전차에서 내렸다.

홈에 있는 공중전화가 눈에 들어왔다. 요노스케는 무심코 그쪽으로 발길을 돌렸고, 정신을 차려보니 수화기를 들고 있었다. 2백 엔쯤 남아 있는 전화카드를 넣었다. 수화기 너머에서 들려온 어머니의 목소리에 "여보세요? 나야"라고 말을 받았다.

"요노스케니? 무슨 일이야? 지금 빨래하는 중인데……."

"아니, 딱히 용건이 있는 건 아니고."

"지난번에 보낸 귤은 잘 받았니?"

"응, 벌써 다 먹었어."

"좀 시지?"

"그런가?"

그쯤에서 요노스케는 어머니와 할 말이 없다는 걸 알아차렸다.

"쇼코, 다음 주부터 2주 동안 프랑스로 어학연수 간대"라고 요노스케가 말했다.

"어머, 그래? 프랑스로?"

"응. 프랑스로."

역시 할 얘기가 없었다.

결국 "빨래하는 중이니까 용건 없으면 끊는다"라고 어머니가 말해서 요노스케도 순순히 수화기를 내려놓았다. 쇼코 얘기가 나와서 내친 김에 쇼코에게도 걸어보았다. 늘 그렇듯이 가사도우미 아주머니가 받았고, 도대체 어디까지 부르러 갔나 싶을 정도로 한참을 기다린 후에야 간신히 쇼코가 전화를 받았다.

"요노스케 씨?"

"다음 주가 출발이네."

"응. 준비하는 게 만만치 않아……."

"지금 놀러 오지 않을래?"

"어머나, 나랑 헤어지는 게 벌써부터 서운해?"

"아직 괜찮아."

"그럼, 가볼까?"

"정말? 아 참, 구라모치네 오늘 무사히 딸을 낳았어."

"어머, 잘됐다."

"왠지 신기해. 불과 얼마 전까지 같이 당구 치던 녀석이 아빠라니."

그렇게 말하면서 요노스케는 문득 신생아실에서 찍은 사진을 떠올렸다.

"아, 참. 그 카메라로 드디어 한 장 찍었어."

"아기!?"

"그게 아니고 아기를 바라보는 김 군이라는 유학생이랑 우연히 거기 같이 있던 아주머니."

수화기 너머에서 반응이 없었다.

"여보세요?"

"……참신하다."

"응?"

"역시 요노스케는 남다른 예술 감각이 있나 봐."

흥분한 쇼코의 목소리가 들려왔다.

"그, 그런가?"

유학생이란 어휘에서는 국제적 감각이, 우연히 그곳에 있었다는 아주머니라는 어휘에서는 타자의 시선이 느껴진다며 쇼코가 입에 침이 마르도록 칭찬을 해댔다. 요노스케는 칭찬을 조금 더 듣고 싶었지만, 그쯤에서 전화카드 잔액이 떨어져버렸다.

"슬슬 안으로 들어가야 하는 거 아닌가?"

나리타 국제공항 탑승구 부근에서 안절부절못하는 사람은 요노스케다. 난생처음 국제공항이라는 곳에 발을 들여놓은 탓일까 모든 게 신기하게만 보였다. 물론 텔레비전에서 본 적은 있지만, 세계 각국의 지명이 늘어선 거대한 게시판도, 널찍한 복도를 오가는 세계 각국의 사람들도 요노스케에게는 그야말로 놀람의 연속이었고, 익숙한 동작으로 체크인을 하고 매점에서 변압기 같은 걸 사들이는 쇼코의 뒤를 아이처럼 졸졸 따라다니는 것만으로도 잔뜩 흥분해 있었다.

쇼코는 출발 전 며칠 동안 요노스케의 방에서 보냈다. 애인이 2주 동안이나 프랑스로 떠나는 드라마틱한 경험을 해본 적 없는 요노스케로서는 마지막 며칠을 로맨틱하게 보내고 싶었지만, 쇼코는 2주간의 프랑스 유학쯤은 "다음 주부터는 가루이자와 별장이야"라는 정도의 의식밖에 없는지, 기껏 묵으러 와서도 어학연수 수업 예습에 여념이 없었다.

그러다 보니 요노스케는 텔레비전도 맘대로 못 보고, 목욕탕에서 콧노래 소리까지 줄여야 하는, 그야말로 옴짝달싹도 하기 힘든 며칠간이었다. 불러들인 사람이 요노스케니 물론 되돌려 보낼 수도 없는 노릇이었다.

"시간 괜찮아? 탑승 게이트로 나가야 하는 거 아냐?"

요노스케는 파닥파닥 뒤집히는 거대한 게시판을 올려다보며 쇼코에게 또다시 물었다.

"아 글쎄, 아직 괜찮다니까"라며 쇼코가 가이드북 페이지를 들척였다. 앞에 보이는 벤치에서는 백인 커플이 작별 키스—아마도—를 나누고 있었다. 그리고 바로 옆에서는 세 살쯤 되는 일본인 사내아이가 신기한 듯 그 모습을 바라보고 있었다. 요노스케는 가방에서 카메라를 꺼내 그 사내아이를 찰칵 찍었다. 사내아이의 얼굴은 두 사람이 뭘 하나 궁금해하는 표정이라기보다 두 사람 중 하나가 누구를 먹어버리는 게 아닌가 걱정하는 모습이었다. 시선을 돌리니 단체 여행객 중 한 사람인 듯한 할아버지의 양복 주머니에서 탑승권이 휙 하고 떨어졌다.

요노스케가 무심코 엉거주춤 일어서는데, 뒤에서 걸어가던 젊은 남자가 주워들더니 허둥지둥 할아버지를 쫓아갔다. 요노스케는 그 모습도 찰칵 하고 필름에 담았다.

"뭘 찍어?"

의아한 표정으로 묻는 쇼코에게 요노스케가 "아니, 별 거 아냐"라고 얼버무렸다. 요노스케의 대답에 쇼코가 불만스러운 표정을 지었다.

"어차피 난 예술 같은 건 이해 못 할 테니까."

"예술은 무슨. 지금 저기서 탑승권 떨어뜨린 사람이 있어서 그걸 주워준 사람을 찍었을 뿐인데."

"흐음,……역시 참신해."

"아니, 난 그저……."

"아, 참. 나 요노스케한테 부탁이 하나 있는데."

쇼코가 갑자기 진지한 표정을 짓더니 손에 든 가이드북을 탁 소리가 나게 덮었다.

"……뭐, 뭔데?"

"그 필름, 첫 번째 맞지?"

쇼코의 질문에 요노스케는 무릎에 올린 카메라를 내려다봤다.

"그런데."

"요노스케가 처음 찍은 사진, 내가 제일 먼저 볼 수 있을까? 물론 요노스케 다음인 건 괜찮고."

"물론 괜찮지……."

"약속한 거지?"

"약속이고 뭐고, 내 사진 따윌 보고 싶어 할 사람은 쇼코뿐일 텐데, 뭐."

"난 요노스케의 작품을 세상에서 제일 먼저 보는 여자가 되고 싶어."

그런 말까지 들으니 오히려 바보 취급하는 것 같은 기분조차 들었다.

"작품은 무슨……. 아무튼 알았어. 그럼 귀국할 때까지 현상해서 아무도 못 보게 봉투에다 큼지막하게 '요사노 쇼코 외에 개봉 엄금'이라고 써둘게."

묘한 약속을 주고받자, "슬슬 가봐야겠다"라며 쇼코가 마침내 자리에서 일어섰다. 입국 심사 게이트까지 배웅할 생각으로 요노스케도 따라 일어섰지만 "저기, 난 사실 배웅 받는 게 왠지 좀 어색해"라고 그제야 쇼코가 입을 열었다.

"뭐!? 그런 말은 공항 오기 전에 했어야지."

"아무튼 요노스케 먼저 갈래? 내가 배웅할 테니까."

"그건 또 뭐야……."

쇼코가 완강하게 고집을 부려서 요노스케는 하는 수 없이 "자 그럼, 다녀오시죠. 조심하고"라며 등을 돌렸다. 몇 번이나 뒤를 돌아보며 걸어가자, "다녀오겠습니다!"라며 쇼코가 손을 흔들었다.

"다녀오세요!"

요노스케도 소리쳤다.

"다녀오겠습니다!"

쇼코도 지지 않고 소리를 쳤다.

작별 인사라기보다 서로 안 지려고 경쟁을 하는 것 같았다. 요노스케는 다시 한 번 외칠까 했지만, 쇼코에게 이길 것 같지도 않아서 포기하고 더 이상 돌아보지 않고 공항을 떠났다.

긴긴 봄방학도 마침내 다음 주면 끝이다. 봄방학이 끝나면 요노스케는 대학 2학년이 된다. 그런데도 신학기를 맞는 마음의 준비는 전혀 없었다. 그뿐인가, 심야 근무 아르바이트 때문에 밤낮이 완전히 뒤바뀐 상태였다.

어젯밤에 오랜만에 파리에 있는 쇼코에게 전화가 왔다. 나리타공항에서 배웅한 다음 날 아침, "지금 도착했어"라는 전화를 건 후로 연락이 없어서 조금 걱정했는데, 잡음 섞인 수화기 너머의 쇼코는 건강해 보였고, 몇 년 만에 보는 파리는 훨씬 더 아름답다며 잔뜩 흥분해 있었다.

쇼코가 지금 가 있다는 '파리'라는 도시를 상상하는 건 간단하지만, 요노스케에게는 현실감이 전혀 없었다. 물론 전화로 얘기를 나누고 있으니 지금 쇼코는 그곳에서 전화를 하는 것이지만, 자기가 있는 장소와 그곳을 좀처럼 연결 지을 수가 없었다.

"언제 요노스케랑 같이 센 강변을 걷고 싶다"라는 말에 "그럼 올해부터 프랑스어 수업 열심히 들을게"라고 요노스케는 대답했다.

요노스케는 평소보다 조금 일찍 아르바이트를 마치고 호텔에서 나왔다. 아침 햇살이 고층 호텔 창에서 눈이 부실 정도로 반사되고 있었다. 이제 막 아침 다섯 시가 넘었지만, 요 며칠 해가 좀 길어졌다. 요노스케는 세수라도 하듯 빌딩 사이로 떠오르는 태양으로 얼굴을 돌렸다.

아직은 달리는 자동차도 거의 없어서 그저 휑하니 넓은 도로와 거대한 고가도로만이 그곳에 남겨진 것처럼 보였다. 지하철 계단으로 향하려던 요노스케는 문득 발걸음을 멈췄다. 도심에서는 보기 드문 집 없는 개가 횡단보도를 걸어오고 있었다. 원래는 검은색 털 같은데 더러워져서 잿빛으로 보였다. 목걸이를 차고 있는 걸 보니 집 없는 개는 아닌 듯했다.

횡단보도를 건너온 개는 요노스케는 본 척도 않고 보도로 걸어갔다. 요노스케는 자기도 모르게 그 뒤를 따라갔다. 개는 역과는 반대 방향으로 걸어갔다. 개는 이따금 뒤를 돌아보며 "따라오지 마"라고 말하듯 요노스케를 쳐다봤다. 요노스케는 개와 보조를 맞추며 가방에서 카메라를 꺼내 그 뒷모습을 찰칵 하고 찍었다. 개는 사진 따윈 안중에도 없이 울창한 공원 안으로 들어갔다.

개가 들어간 공원은 요노스케가 얼마 전 새끼 고양이를 발견한 장소였다. 유명 호텔들이 늘어선 한 귀퉁이에 개발에서 제외된 듯 외따로 남겨진 공원이었다.

개 뒤를 따라 요노스케도 공원 안으로 들어갔다. 이제 갓 아침 다섯 시를 지난 무렵이라 텅 비어 있었다. 터벅터벅 걸어간 개가 광장 구석에 있는 벤치 아래 웅크려 앉았다. 가까이 다가간 요노스케가 등 뒤에서 들여다보니 거기에 개 먹이가 놓여 있었다. 누가 놓아뒀는지 함석 접시에 개 사료가 들어 있었다.

도망칠 줄 알았는데 요노스케가 바로 옆 벤치에 걸터앉아도 개는 계속해서 먹이만 먹었다. 요노스케는 한동안 그 모습을 바라봤고, 보다가 지쳐서 벤치에 벌러덩 드러누웠다. 드러눕는 순간, 시야 한가득 하늘이 펼쳐졌다. 빌딩에 에워싸인 조그만 공원이라 생각했는데, 하늘은 드넓었다.

요노스케는 무심코 "우와"라고 중얼거렸다.

요노스케의 목소리에 개가 힐끔 고개를 쳐드는가 싶더니 또다시 금세 먹이로 돌아갔다.

그렇게 뚫어져라 하늘을 올려다본 것은 처음이었다. 물끄러미 바라보고 있으니 하늘이 뒤로 쓰윽 물러나는 것 같다고 할까, 자기가 아래로 뚝 떨어져 내리는 느낌이 들어서 요노스케는 부랴부랴 벤치 모서리를 움켜잡았다. 깜짝 놀라는 요노스케에게 놀란 개가 순간 뒤로 뛰어갈 태세를 취했지만, 곧바로 안심하고 다시 먹기 시작했다. 요노스케는 몸을 뒤척여 팔베개를 하고 열심히 먹이를 먹는 개를 바라보았다. 개는 요노스케의 시선 따윈 아랑곳하지 않고 정신없이 먹이만 먹었다.

요노스케는 문득 인기척을 느끼고 몸을 일으켰다. 언제 왔는지 옆 벤치에 할머니가 앉아 있었다.

몸을 일으킨 요노스케에게 "아주 잘 먹죠?"라고 할머니가 말을 건넸다. 요노스케는 다시 개에게 시선을 돌렸다.

"……뉘 집 개인 모양인데, 먹이를 놔두니까 매일 아침 찾아오더라고."

때마침 먹이를 다 먹은 개가 만족스러운 듯 입가를 핥으며 벤치에서 멀어졌다. 그 모습을 지켜보던 할머니가 벤치에서 일어서서 함석 접시를 집어 들었다.

"인사도 없이 가버리네요"라며 요노스케가 웃었다.

개 쪽으로 시선을 돌린 할머니가 "누가 아니래, '멍' 하고 짖어주기라도 하면 귀여울 텐데"라며 웃음을 머금었다.

할머니는 개를 쫓아가듯이 공원에서 나갔다. 요노스케는 자기도 모르게 카메라를 꺼내들고 그 뒷모습을 찰칵 찍었다.

벤치에서 일어선 요노스케는 공원에서 나와 천천히 걷기 시작했다. 뺨을 어루만지는 바람에서 확연하게 봄 냄새가 느껴졌다. 도쿄에 처음 올라왔을 때 맡은 냄새였다. 고향의 봄 냄새와는 어딘지 모르게 달랐다.

밤새 일했는데도 내딛는 발걸음이 가벼웠다. 그대로 하나코가 네이에 있는 집까지 걸어갈 수 있을 것 같았다. 전차로 한 시간 이상 걸리니 걸어갈 수야 없겠지만, 그런 기분이 들 정도로 요노스케의 발걸음은 가벼웠다.

무리라는 건 알면서도 요노스케는 갈 수 있는 데까지 한번 걸어보기로 했다. 먼저 아카사카에서 신주쿠까지 걸어가고 지치면 세이부신주쿠 역에서 전차를 타면 될 테고, 여전히 힘이 남으면 다카다노바바, 시모오치아이, 나카이, 아라이야쿠시지마에로 선로를 따라 걸어갈 수 있는 데까지 걸으면 된다.

요노스케는 호텔 옆 언덕길을 신주쿠 방면으로 성큼성큼 올라갔다. 가파른 언덕길을 다 올라서자 제방이 나타났다. 제방은 그 주변부터 요노스케가 다니는 이치가야의 대학 방면으로 이어져 있었고, 아직 꽃을 피우긴 이르지만 작은 꽃봉오리를 매단 벚나무들이 푸른 하늘 아래로 죽 늘어서 있었다. 요노스케는 벚꽃 봉오리에 이끌리듯 제방으로 올라갔다. 올라서자 경치가 환히 트이고 운동장과 야구장이 내려다보였다.

눈 아래 운동장을 내려다보려고 목을 길게 빼자, 요노스케가 스친 벚나무 줄기에서 뻗은 아주 가느다란 가지 끝에 벚꽃 한 송이가 홀로 꽃을 피우고 있었다.

요노스케가 손가락 끝으로 작은 꽃잎을 살며시 스쳐보았다. 가느다란 가지가 휘어지며 꽃잎이 흔들렸다. 요노스케는 카메라를 꺼냈다. 그리고 성급하게 피어난 벚꽃을 한 장의 필름에 담았다. 아직 작은 봉오리밖에 매달지 않은 나무들 속에 단 한 송이만 피어난 벚꽃은 왠지 모르게 쇼코를 떠올리게 했다. 가느다란 가지를 손가락 끝으로 툭 튕기고 요노스케는 다시금 걸음을 내디뎠다. 멀리서 전차 소리가 들려왔다. 가까이서 우는 까마귀 울음소리에 이어 어딘가 멀리서 따라 우는 까마귀 소리가 들렸다.

'그 할머니가 매일 아침 개에게 먹이를 주는구나' 불현듯 그런 생각이 떠올랐다. '멍' 하고 짖어주기라도 하면 귀여울 텐데, 라며 할머니는 웃었다. 요노스케는 주위에 사람이 없는 걸 확인하고,

작은 소리로 "멍" 하고 짖어봤다.

마음만 먹으면 걸어지는 모양인지, 정신을 차려보니 요노스케는 아카사카에서 요쓰야를 지나 신주쿠 역에 거의 가까워져 있었다. 꽤 느긋하게 걸어서 멀리 보이는 동쪽 출구 앞 커다란 시계는 이제 곧 일곱 시가 되어갈 무렵이었다. 아직은 이른 출근 시간이라 역 앞 광장은 한산했다. 역에서 나오는 사람보다는 가부키초 일대에서 아침까지 놀다 파리해진 얼굴로 역으로 향하는 사람들 모습이 더 많이 눈에 띄었다.

동쪽 출구 광장에 도착하자 아직 중학생 정도로밖에 안 보이는 소녀 둘이 가드레일에 앉아 있었다. 놀러 나왔다고 보기엔 너무 이르고 놀다 들어간다고 하기엔 너무 늦은 시각이었다. 둘 다 몹시 피곤한 표정이었고 염색한 머리에는 윤기가 없었다.

파출소 앞에서 애써 하품을 참는 젊은 경관이 보여서 요노스케는 곧바로 카메라를 들고 찰칵 찍었다. 경관의 발밑에서는 비둘기 두 마리가 뭔가를 연신 쪼아대고 있었다. 가까이 다가간 사람에게 놀란 비둘기 두 마리가 동시에 날아올랐다. 날아오른 비둘기들을 눈으로 쫓는 순간, 광장을 에워싼 빌딩이 소용돌이치는 것처럼 보여서 요노스케는 급히 눈을 감았다. 눈을 감으니 역 광장의 소리만 귀에 남았다.

도로를 내달리는 자동차 소리가 들렸다. 아스팔트에 부딪치는 하이힐 소리도 들렸다. 비둘기 울음소리. 바람에 휘말려 떠오르는 비닐봉지 소리.

신호가 바뀌고 많은 사람들이 횡단보도를 건너왔다. 어지러이 흩어지는 그들의 발밑에서 비둘기들은 어디로 도망쳐야 할지 몰라 허둥거렸다. 비둘기들은 차일 듯하면서도 차이지 않았고 밟힐 듯하면서도 밟히지 않았다.

요노스케는 아직도 얼마든지 걸어갈 수 있을 것 같았다.

신주쿠 역 동쪽 출구 광장을 뒤로 하고 선로를 따라 걸어갔다. 곧이어 세이부신주쿠 역에 도착했다. 요노스케는 역으로 들어가지 않고 선로를 따라 북쪽 방향으로 걸음을 내디뎠다. 그대로 가면 신오쿠보, 다카다노바바 역이 나올 테니 걷는 게 싫증나면 언제든지 전차를 탈 수 있었다.

늘 전차로 지나는 장소였지만, 그 일대를 걸어보는 건 처음이었다. 평소 전차 창으로 내다보던 경치 속에 자기가 있다는 감각은 신비로웠다. 고가다리에서 늘 타고 다니던 전차가 달려갔다. 차량의 창문 하나하나가 또렷하게 보였다.

전차를 보내고 요노스케는 또다시 걷기 시작했다. 더 걸을 수 있겠다고 마음먹은 탓일까, 갑자기 배가 고파졌다.

쇼쿠안 거리까지 나온 요노스케는 카레 가게로 들어갔다. 아직 이른 아침이라 가게 안은 텅 비어 있었다. 카운터 구석에 자리 잡은 요노스케는 메뉴도 보지 않고, 돈가스카레 곱빼기를 주문했다. 결국 다 먹을 때까지 손님은 한 명도 들어오지 않았다. 종업원 아가씨도 따분한지 아까부터 자기 손톱만 내려다보고 있었다. 힐끔힐끔 쳐다보는 요노스케의 시선을 알아챈 아가씨가 물을 따라

주러 다가왔다.

요노스케는 문득 이 아가씨가 자기를 얼마 동안이나 기억할까 하는 생각이 들었다. 가게에서 나오자마자 잊어버리진 않겠지만, 다음 손님이 오고, 또 그 다음 손님이 오고, 혼잡한 점심시간이 지나고 나면 잊어버릴 게 틀림없다. 물론 요노스케도 얼마나 기억할지 알 수 없다. 실제로 지난주에 훌쩍 들어갔던 라면집 종업원은 얼굴은커녕 남자인지 여자인지조차 기억나지 않았다.

요노스케는 돈가스카레 곱빼기로 가득 찬 배를 쓰다듬으며 가게에서 나왔다. 계속 걸어갈 작정으로 배를 채웠건만, 배가 부르자마자 걷는 게 귀찮아졌다. 다행히 바로 앞에 신오쿠보 역이 보였다.

그만두지, 뭐.

횡단보도에서 신호를 기다리는데 누군가가 어깨를 탁 두드렸다. 돌아보니 놀란 표정을 띤 김 군이 서 있었다.

"어라, 김 군?"이라며 요노스케도 놀랐다.

"요노스케 군, 여기서 뭐해?"

"김 군이야말로 어떻게 된 거야? 이렇게 이른 아침에."

신호가 바뀌어 둘이 함께 앞으로 걸음을 내디뎠다.

"난 어제 친척 집에서 잤어."

"어 그래? 이 근처야?"

"바로 저기 있는 갈비집."

"난 아르바이트 끝내고 들어가는 길이야."

"신주쿠?"

"아니, 아카사카에 있는 호텔인데 왠지 기분이 좋아서 여기까지 걸어와 버렸네."

"아카사카에서?"

"집까지 걸어갈 수 있을 만큼 힘이 넘쳤는데 저기서 카레를 먹고 나오니까 갑자기 귀찮아지잖아."

요노스케의 말에 김 군이 "하하하" 소리를 내며 웃었다.

"구라모치 병원에 또 갔었어?"라고 요노스케가 물었다.

"집으로 돌아온 지가 언젠데."

"그래?"

"유이도 지요도 건강하니까."

"지요?"

"아기 이름."

"아하, 이름이 지요구나."

김 군의 얘기에 따르면, 아쿠쓰 유이의 어머니가 거의 매일 보살펴주러 들르는 모양이었다.

"옆집에 갓난아기가 있으면 시끄러울 텐데."

"조금. 그래도 아는 아기 울음소리는 안 시끄러워."

"그렇구나. 그건 그렇고 왜 이렇게 일찍 가? 친척 집에서 잤다며?"

"지금 나리타공항에 가는 길이라."

공항으로 향하는 사람치곤 짐이 없었다.

"누구 마중하러?"

"응. 약혼녀."

"우와, 김 군 약혼녀 있었어?"

"사진 보여줄까?"

마침 매표소 앞이라 김 군이 지갑에서 사진 한 장을 꺼냈다. 사진에 찍힌 사람은 피부가 희고 청결한 분위기가 풍기는 여성이었다.

"미인이네."

차표를 산 두 사람은 개찰구를 빠져나왔다. 막 도착한 전차에서 쏟아져 나온 승객들이 계단을 내려왔다. 내려오는 사람들 사이를 누비듯이 둘이서 계단을 올라갔다.

"일본 어때?"라고 요노스케가 물었다.

만원전차에 관해 물었던 것인데, "태평하게 지내지 뭐"라고 김 군이 대답했다.

"그래?"

"지금 한국은 시끄러우니까."

"왜?"

"민주화운동이다 뭐다 해서."

대화를 더 이어가면 좋으련만, 태평한 나라의 젊은이인 요노스케는 더 할 말이 없었다.

홈으로 아침 해가 비쳐 들었다. 계단 근처에는 사람이 많지만, 안쪽은 비교적 한가했다. 둘이서 안쪽을 향해 걸어가는데 그제야 알아차린 듯이 김 군이 요노스케의 목에 걸린 카메라를 가리키며 "사진 찍어?"라고 물었다.

"뭐, 대단한 걸 찍는 건 아니고"라며 요노스케가 웃었다.

자동판매기가 보여 요노스케가 캔 커피를 샀다. 안내방송이 흘러 나왔다. 요노스케가 타는 방향의 전차가 곧 도착할 모양이었다.

두 사람 앞에 차양이 아주 넓은 모자를 쓴 여자가 서 있었다. 쇼코가 늘 쓰고 다니던 것과 비슷한 모자였다. 요노스케의 시선에 이끌려 김 군도 그쪽으로 눈을 돌렸다. 홈을 빠져나가는 돌풍에 그 모자가 가볍게 날아오른 것은 바로 그 순간이었다.

여자가 황급히 머리를 눌렀지만 이미 늦었다. 발밑에 떨어진 모자는 바람에 날리며 홈으로 데굴데굴 굴러갔다.

요노스케가 반사적으로 발을 내디딘 것은 김 군과 거의 동시였다. 모자 주인은 갑작스러운 상황에 놀라 여전히 머리를 누른 채 멍하니 서 있었다.

날아가는 모자를 잡기 위해 요노스케와 김 군이 동시에 움직였다. 가까이 서 있던 사람들의 시선도 굴러가는 모자로 모아졌다. 서두르지 않으면 선로로 떨어질 것 같았다.

요노스케와 김 군은 거의 동시에 손을 뻗었다. 그러나 또다시 두둥실 떠오른 모자는 획 하고 앞쪽으로 날아가 버렸다.

두 사람은 한 발을 더 내디디려 했다. 그러나 홈은 거기서 끊어졌다.

"앗!"

등 뒤에서 소리가 들린 것은 바로 그때였다. 요노스케가 먼저 김 군의 손을 잡은 건지, 김 군이 먼저 요노스케의 손을 잡은 건지 명확하진 않았다. 그러나 동시에 서로를 붙들어 세웠다. 그 순간이었다. 두 사람 눈앞에서 공중으로 두둥실 떠오른 모자를 낚아채듯하며 전차가 스쳐 지나간 것이다.

모든 것이 슬로모션 같았다. 스쳐 지나는 전차의 풍압에 붕 떠오른 모자가 두 사람의 발밑으로 획 날아들었다. 전차만이 속도를 늦추며 홈으로 미끄러져 들어왔다. 요노스케와 김 군은 물론 주위의 모든 사람이 홈에 떨어진 하얀 모자를 바라보고 있었다.

먼저 움직인 사람은 김 군이었다. 손을 뻗어 기적적으로 홈으로 되돌아온 모자를 집어 들더니 멍하니 서 있는 여자에게 건네주었다. 여자는 모자를 받아들고도 여전히 멍한 상태였다.

완전히 정차한 전차 문이 열리고, 수많은 승객들이 쏟아져 나왔다. 홈은 순식간에 소란스러워졌다. 마치 아무 일도 없었던 것 같았다.

요노스케는 자기도 모르게 김 군과 시선을 마주쳤다. 시선이 마주친 순간, 왠지 우스웠다.

"……요노스케 군, 이쪽 전차 아냐?"

"아 참, 그렇지. 그럼 또 봐."

"응. 또 보자."

한 손을 들어 보이며 전차로 뛰어든 젊은이, 그의 이름은 요코미치 요노스케다. 지금으로부터 정확히 1년 전, 대학 진학을 위해 이곳 도쿄로 올라온 열아홉 살 청년. 그 1년 사이에 성장했냐고 묻는다면, "아니, 별로……"라며 어깨를 움츠릴 테지만, 그래도 이곳 도쿄에서 1년간을 살아온 건 틀림없다.

요노스케가 올라타자마자 문이 닫혔다. 발차 벨 소리가 울려 퍼졌다. 요노스케를 태운 전차가 천천히 움직이기 시작했다. 창에 달라붙듯이 선 요노스케는 아직도 손을 흔들고 있었다.

요사노 쇼코 씨에게

지난번 주신 전화 감사했습니다. 오랜만에 쇼코 씨와 얘기를 나눌 수 있어서 너무나 반가웠습니다. 전화로도 말씀드렸지만, 요노스케가 쇼코 씨 앞으로 보내려 한 것 같은 봉투를 보내드립니다. 그 애가 하는 일이니 대수로운 물건은 아니겠지만.

요노스케가 세상을 떠난 지 어느덧 석 달이 지나갑니다. 외동아들을 앞세웠으니 그 슬픔이야 이루 말할 수 없지만, 언제까지 눈물만 흘리며 살 수는 없겠지요.
울다 보면 그 애 얼굴이 떠오릅니다. 늘 활짝 웃던 그 얼굴이.

쇼코 씨, 나는 요즘 요노스케가 내 아들이었던 게 참 다행이라는 생각을 하곤 합니다. 친엄마가 이렇게 말하는 것도 좀 이상할지 모르지만,

그 애를 만난 게 내 인생의 가장 큰 행복이 아니었을까 싶네요. 어디나 있을 법한 정말 평범한 아이였지만 말이에요.

아직도 사고를 자주 떠올립니다. 어쩌자고 그 애는 돕지도 못할 상황이었을 텐데 선로로 뛰어들었을까.
그렇지만 요즘에는 이런 생각도 듭니다. 그 애는 틀림없이 구할 수 있을 거라고 믿었을 거다. '틀렸어, 구할 수 없어'가 아니라, 그 순간 '괜찮아, 구할 수 있어'라고 믿었을 거다. 그리고 이 아줌마는 그렇게 믿었던 요노스케가 너무나 자랑스럽습니다.

시간 나면 언제든 놀러 오세요. 둘이서 요노스케 추억 얘기라도 나눌 수 있으면 좋겠네요.
그런데 보나마나 우스운 얘기만 나올 것 같긴 하네요.
그럼, 일 열심히 하시길. 부디 건강만은 잘 챙기면서.

요노스케의 엄마가

옮긴이의 말

 소설을 바라보는 관점은 크게 작품의 전체적 얼개인 구조와 작품이 담고 있는 교훈이나 의도인 메시지라는 측면으로 나눌 수 있겠다. 대개는 이 두 가지가 적절하게 조화를 이루는 글을 좋은 작품이라 평가한다. 그런데 작가 혹은 작품의 성향에 따라 이 두 요소 중 어느 한쪽이 유독 돋보이거나 압도적인 힘을 가지면서 나머지 한쪽을 솜씨 좋게 아우르는 경우도 있게 마련이다. 반면에 이들 구조와 메시지 사이의 조화가 무너졌을 때, 전자에 치우친 작품은 재미는 있는데 내용이 없다, 후자에 치우친 작품은 작가의 지리멸렬한 설교나 넋두리의 서술이라는 비난을 면하기 어렵다.

 그런 측면에서 볼 때 〈마이니치신문〉에 연재된 요시다 슈이치의 이번 작품 《요노스케 이야기》는 틀 짜기, 즉 구조적인 완성도와 메시지 전달을 동시에 이룩한 작품이라 평가할 수 있다. 다시 말해서 이 작품은 구조적 요소들을 필연적 연관성으로 이어붙임으로써 유기적 전체로 작동하게 완성시킨, 잘 만들어진 소설이라는 뜻이다. 이 소설은 요노스케와 쇼코가 바닷가에서 베트남 난민을 조우하는 장면을 정점으로 앞뒤의 개별적인 구성 요소들이 톱니바퀴처럼 맞물리면서 메시지 전달의 효과를 극대화시킨다. 한마디로 가볍고 쉽고 재미있게 읽히면서도 소설 구조의 묘미와 소설 쓰기의 전범을 보여준 작품인 셈이다.

이런 장점은 똑같은 신문 연재소설이며 작가의 대표작이기도 한 《악인》과 비교해보면 그 차이가 극명하게 드러난다. 이 작품은 반대로 강렬한 메시지의 힘이 구조적 우수성보다 돋보이는 소설이기 때문이다. 《악인》은 인간의 근원적인 심리, 선악 판단과 같은 문제제기와 심오한 의미들에 압도되어 구조로 눈을 돌려 음미할 여유를 누리기 힘들다. 그리고 어떤 면에서는 굳이 그럴 필요성조차 느끼지 못할 정도로 메시지 자체만의 힘으로도 충분한 완성도를 이뤄낸 역작이었다. 그런데 이번에는 그와는 대비되는 시스템적인 역량과 테크닉을 발휘해낸 것이다. 이렇듯 구조와 메시지라는 요소를 자유자재로 넘나들며 소설을 창작해내는 작가의 저력은 그를 소개하는 글에 트레이드마크처럼 따라붙는 문학성과 대중성을 겸비한 작가라는 말과도 일맥상통하는 면이 있을 것이다. 이 작품을 통해 요시다 슈이치라는 작가는 소설 쓰기의 기본 소양은 물론 세상을 바라보는 균형 잡힌 시각과 깊이를 고루 갖춘 작가임을 다시 한 번 실감하게 된다.

《요노스케 이야기》는 제목 그대로 어디에나 있을 법한 대학생 요노스케의 별 대수로울 것 없는, 아니 때로는 쓸데없고 허망한

옮긴이의 말

시간으로도 느껴지는 1년간의 생활과 간간이 20년 후의 주변 인물들의 회상을 곁들여 엮어낸 내용이다. 때문에 밝고 재미있고 유쾌하지만, 자칫하면 남는 게 없다는 비판의 여지를 가진 작품으로 끝날 수도 있었다. 그런데 구조의 힘으로 부정적 평가의 가능성을 극복한 것이다.

그렇다면 그렇게 잘 만들어진 구조로 전달해내고자 했던 이 작품의 중심 메시지는 과연 무엇일까. 그것은 바로 '삶의 우연적 계기들이 가지는 가늠할 길 없는 강력하고도 신비로운 힘'이다. 일상의 사소한 계기들이 우리의 인생을 깊숙이 지배한다는 것을 드러내줌으로써 생 앞에 숙연해지는 기회를 마련해주는 것이다. 작품 안에서 이런 양상들은 난민 조우 사건으로 인해 부잣집 철부지 아가씨가 세상의 그늘과 소외받은 사람들에게 시선을 돌리게 되어 결국은 국제연합의 직원으로 일하게 되는 과정, 이웃집 사진작가와의 우연한 만남으로 요노스케가 난생처음 사진 세계를 접하고 보도사진 작가로 거듭나 세상의 희망을 찍고 실제로 희망을 남기며 죽음을 맞는 결말, 대학 동기들이 책꽂이 조립을 계기로 연인이 되어 학업을 중단하고 어린 나이에 결혼, 출산이라는 쉽지 않은 인생행로를 선택하는 과정 등으로 묘사된다.

어쩌면 기억의 기록이라 할 수 있는 한 청년의 20년 전의 이런 이야기들은 시대적·공간적 배경이 실제 작가의 삶과 여러 가지로 중첩되면서 그를 관심 있게 지켜봐온 독자들에게는 더욱 흥미롭게 다가갈 것이다. 그리고 그 당시 한국의 정치적 상황이나 일본인을 구하다 세상을 떠난 고(故) 이수현 씨의 의로운 죽음을 연상시키는 요소들까지 작품 안에 중요한 모티브로 녹아 있어서 국내 독자들에게는 은근한 친근감이 느껴질지도 모르겠다.

끝으로 이것 역시 우연적 계기가 가져온 또 하나의 현실적 예일 수 있겠는데, 이 작품은 작가가 2009년 봄에 한국을 방문한 것이 계기가 되어 사상 최초 한일 동시출간이라는 전례를 남기게 되었다. 그는 그때 "어떤 사람이 어떠한 계기를 통해 변화하는 다양한 내면의 변화에 관심을 갖고 있다. 이런 내용에 흥미를 갖고 있고, 등장인물에 투영시켜서 쓰고자 한다"는 신념을 밝혔고, 그의 이런 신념이 잘 드러난 작품이 바로《요노스케 이야기》다.

등장인물 중 한 사람의 말처럼 정말이지 인생이란 어디서 어떻게 풀릴지 알 수가 없다. 그리고 비연속적인 사건들이 잇달아 일어나는 장소는 결국 자기 자신이며, 그것들을 구조로 완성시키는 주체도 자기 자신이기에 인생은 소설과는 비교할 수 없을 만큼 흥미로운 창작의 장임을 새삼 상기시켜주는 작품이기도 했다.

이영미

요노스케 이야기

1판 1쇄 발행 2009년 9월 30일
1판 8쇄 발행 2023년 11월 3일

지은이 · 요시다 슈이치
옮긴이 · 이영미
펴낸이 · 주연선

(주)은행나무

04035 서울특별시 마포구 양화로11길 54
전화 · 02)3143-0651~3 | 팩스 · 02)3143-0654
신고번호 · 제 1997-000168호(1997. 12. 12)
www.ehbook.co.kr
ehbook@ehbook.co.kr

ISBN 978-89-5660-318-6 03830

• 이 책의 판권은 지은이와 은행나무에 있습니다. 이 책 내용의 일부 또는 전부를 재사용하려면 반드시 양측의 서면 동의를 받아야 합니다.

• 잘못된 책은 구입처에서 바꿔드립니다.